30일의 밤

3O
일의
밤

블레이크 크라우치 지음

이은주 옮김

푸른숲

《30일의 밤》에 쏟아진 찬사

아찔한 속도감과 끝내주는 반전이 있는 SF 스릴러. NPR.org

눈부시다. 미니애폴리스 스타 트리뷴

장인의 솜씨. 할런 코벤

긴박감 넘치는 스릴러... 시종일관 흥미롭고 종종 감동적이다.
샌프란시스코 크로니클

강렬하게 몰아간다. 엔터테인먼트 위클리

올해 나온 작품들 중 가장 속도감 있고 기묘한 스릴러. Mashable.com

마이클 크라이튼의 영역을 넘보는 블록버스터 소설. 더 버지

짜릿하고 감동적이다. 포트워스 스타 텔레그램

빠르고 영리하며 마음을 사로잡는다. 파이낸셜 타임스

기발한 SF의 표피를 두른 흥미진진한 오락물. 저스틴 크로닌

탁월하다. 리 차일드

뜨거운 심장이 살아 숨쉬는 짜릿한 대서사시. 뉴욕 저널 오브 북스

어둠이 짙은 시간이면 우리 누구나 고민해 볼 법한 의문과 불안을 다룬다.
(…) 크라우치는 공상 과학적 주제에 과학적 개연성을 부여했고, 이런
장르에서 보기 드물게 정서적 깊이까지 담았다. 월스트리트 저널

당신이 단번에 먹어 치우기만 기다리고 있는, 먹음직스러운 바비큐 칩
한 봉지 같은 작품. NPR.org

강렬하게 몰아간다. (…) 《30일의 밤》은 자극적인 구상과 변화무쌍한
줄거리로 가득하다. 그러나 동시에 주인공의 지독한 고난이 밑바탕에
깔려 있어 단순히 흥미진진한 모험에 그치지 않고 차원이 다른 이야기로
확장된다. 엔터테인먼트 위클리

한 번 들면 내려놓을 수 없다. 다른 무엇보다 마음에 관한 이야기로,
오랜 시간에 걸쳐 우리 마음이 시키거나 우리 마음에 일어나는 일을
다룬다. 《30일의 밤》은 21세기판 《멋진 인생》이다. AVClub.com

앉은자리에서 책 한 권을 단숨에 끝낸 게 얼마만인지 모르겠다. 더 버지

여름에 읽기 좋은 멋진 책. 놀라운 설정, 풍부한 대사와 자극적인 전개로 정신을 혼미하게 만드는 줄거리, 마음을 졸이다가 결국 소름이 돋게 하는 클라이맥스를 만날 수 있다. 미니애폴리스 스타 트리뷴

짜릿하고 감동적인 SF 스릴러. 거기에 가슴 절절한 사랑 이야기는 덤.
포트워스 스타 텔레그램

속도감 넘치고 액션 가득한 SF 스릴러. 간결한 문체, 강렬한 캐릭터, 영리한 반전이 돋보인다. 파이낸셜 타임스

독보적이다. 사랑과 후회, 양자 중첩이라는 소재를 흥미진진하고 기발한 줄거리에 녹여낸 어드벤처 소설. 이토록 푹 빠져서 정신없이 페이지를 넘기게 만든 소설은 실로 오랜만이다. 앤디 위어

오래도록 기억에 남을 책. 블레이크 크라우치가 새로운 영역을 창조해 낸 것 같다. 리 차일드

크라우치는 레이저처럼 정밀한 문체, SF와 스릴러를 한데 섞어 놀라운 효과를 내는 줄거리, 예측 불허의 방식으로 전개되는 감동적이고도 반전을 품은 사랑 이야기를 보여준다. 이 모든 요소가 합쳐진 결과는 짜릿한 롤러코스터를 탄 듯한 경험이다. 할런 코벤

우와! 앉은자리에서 순식간에 다 읽었고, 책을 내려놓으면서는 놀라움과 감탄을 금치 못했다. 빠르고, 영리하고, 중독적이다. 그리고 정말 오랜만에 만나본 더없이 독창적이고 압도적인 소설이다. 테스 게리첸

혼을 쏙 빼놓는 초특급 스릴러이자 인생의 두 번째 기회에 관한 도발적인 탐구. 읽는 도중에 책을 내려놓을 수 있는 사람이 과연 있을까? 나는 분명 그러지 못했다. 저스틴 크로닌

'스릴러'라는 용어의 정의에 완벽히 부합하는 책. 여러 장르를 별똥별처럼 가로지르며 정체성과 현실에 관한 근원적인 질문을 제기하고, 마지막에 가서는 사랑 이야기로서의 실체를 드러낸다. 영리하고 속도감과 힘이 넘치며, 무엇보다 감동적이다. 조셉 핀더

블레이크 크라우치가 다시 한 번 대가의 솜씨를 보여준다. 추적과 위기, 로맨스가 점차 고조되다가 놀랍고도 만족스러운 스릴 만점의 결말에 도달한다. 배리 아이슬러

가지 않은 길의 끝에 놓인 나의 삶은 어떤 모습일까
한 번쯤 이런 생각을 해본 적이 있는 모든 이들을 위해

일어날 수도 있었던 일과 실제로 일어난 일은
한쪽 끝을 가리키고, 그 끝은 언제나 현재이다.
발소리는 기억 속에 메아리친다.
우리가 가지 않은 길을 따라
한 번도 열어보지 않은 문을 향하여.

T. S. 엘리엇, 〈번트 노턴〉 중에서

차례

30일의 밤   1   3

감사의 말   5   2   1

1

나는 목요일 밤이 좋다.

목요일 밤은 시간의 바깥에 있는 듯한 느낌을 준다.

오늘은 우리 셋이서만 함께하는 전통, 가족의 밤이 있는 날이다.

아들 찰리가 탁자에 앉아 스케치북에 그림을 그리고 있다. 아이는 곧 만 열다섯 살이 된다. 지난여름 사이 키가 2인치나 자라서 이제 나와 엇비슷해졌다.

나는 양파를 썰다 말고 묻는다. "아빠가 봐도 돼?"

찰리는 스케치북을 높이 들어 마치 다른 행성의 것처럼 보이는 산줄기 그림을 보여준다.

"멋진걸. 그냥 재미로 그리는 거야?"

"학교 과제요. 내일까지 내야 해요."

1

"그럼 얼른 마저 그리렴, 벼락치기쟁이 씨."

살짝 술에 취해 기분 좋게 주방에 서 있는 나는 오늘이 이 모든 행복의 끝이라는 사실을 알지 못한다. 내가 아는, 내가 사랑하는 모든 것이 곧 끝난다는 사실을.

조만간 모든 것이 바뀔 거라고, 모든 것을 빼앗길 거라고 아무도 말해주지 않는다. 그 어떤 근접 경보도, 벼랑 끝에 서 있다는 표시도 없다. 어쩌면 그렇기 때문에 비극이 더 비극적이겠지. 무슨 일이 일어나느냐는 물론이고 그 일이 일어나는 방식까지 더해져서. 가장 예상하지 못한 순간 어디선지도 모르게 날아오는 불시의 타격처럼. 피하거나 맞설 시간도 없이.

천장 조명이 내 와인 잔을 비추고, 양파 때문에 눈이 따끔거리기 시작한다. 서재에 놓인 낡은 턴테이블에서는 텔로니어스 멍크의 음악이 흐른다. 아날로그 음반에는 언제 들어도 질리지 않는 짙은 정취가 있다. 트랙이 넘어갈 때 들리는 치직거리는 잡음이 특히 그렇다. 서재에는 희귀 레코드판이 잔뜩 쌓여 있는데, 조만간 날을 잡아서 제대로 정리해야지 하는 생각만 계속하는 중이다.

아내 다니엘라는 주방 아일랜드 식탁에 앉아 한 손으로는 거의 빈 와인 잔을 빙빙 돌리며 다른 손에는 휴대폰을 들고 있다. 아내는 휴대폰 화면에서 눈을 떼지 않고도 빤히 쳐다보는 내 시선을 느끼고 씩 웃어 보인다.

"나도 알아. 가족의 밤의 기본 규칙을 어기고 있다는 거."

"뭐 그리 중요한 일이길래?" 내가 묻는다.

그녀는 스페인계답게 색이 짙은 눈동자로 내 눈을 마

주 본다. "아무것도 아냐."

나는 아내 쪽으로 다가가서 부드럽게 휴대폰을 빼앗아 조리대에 놓는다.

"슬슬 파스타를 시작해도 되겠는데." 내가 말한다.

"당신이 요리하는 거 구경할래."

"그래?" 이어서 나는 작은 소리로 덧붙인다. "섹시해서 막 흥분되는 거야?"

"아니, 술 마시면서 노는 게 더 재밌거든."

다니엘라는 숨결에서 달큰한 와인 향을 풍기며 도저히 따라 할 수도 없는 특유의 미소를 짓는다. 그 미소는 여전히 나를 무장해제시킨다.

나는 남은 와인을 비운다. "한 병 더 따야겠지?"

"안 딴다면 바보짓이지."

내가 새 와인병의 코르크 마개를 따는 사이 그녀는 휴대폰을 다시 집어 들어 나에게 보여준다. "《시카고매거진》에 실린 마샤 앨트먼 전시회 평을 읽고 있었어."

"호평이야?"

"응, 거의 사랑 고백 수준이야."

"잘됐네."

"나는 늘⋯⋯." 아내는 말끝을 흐리고 말지만, 나는 무슨 말을 하려던 건지 안다. 15년 전, 우리가 만나기 전에 다니엘라는 시카고 미술계의 유망주였다. 벅타운에 스튜디오를 두고 여러 갤러리에 작품을 선보였고, 뉴욕에서 열릴 첫 솔로 전시를 앞두고 있었다. 그러던 중에 덜컥 현실이 닥쳤다. 나라는 현실. 찰리라는 현실. 그리고 한바탕 몰아닥친 산후

1

우울증까지.

그렇게 궤도를 이탈하고 말았다.

지금 그녀는 중학생들에게 미술 과외를 한다.

"그렇다고 축하할 마음이 안 나는 건 아니야. 마샤는 뛰어나고, 충분히 잘될 만하니까."

내가 말한다. "이 말을 들으면 기분이 나아질지도 모르 겠는데, 라이언 홀더가 파비아상을 받았어."

"그게 뭔데?"

"생명·자연과학 분야의 공로를 치하하는 다학제적 상 이야. 라이언은 신경과학 부문에서 수상했고."

"대단한 거야?"

"상금이 수백만 달러에 달하는 대단한 영예지. 연구 보 조금이 쏟아져 들어올걸."

"더 좋은 교수직을 얻게 되고?"

"사실 그게 진짜 크지. 라이언이 오늘 저녁 작은 축하 파티가 열린다며 초대했는데, 난 안 가겠다고 했어."

"왜 안 가?"

"오늘은 우리 가족끼리 보내는 날이니까."

"그래도 가봐야지."

"별로 안 가고 싶어."

다니엘라는 빈 잔을 들어 올린다. "그러니까 당신 말은, 오늘 밤엔 우리 둘 다 실컷 마실 이유가 있다는 거네."

나는 그녀에게 입을 맞춘 뒤 새로 딴 병에서 술을 가득 따라준다.

"당신이 그 상을 탈 수도 있었을 텐데." 다니엘라가 말한다.

"당신이 시카고 미술계를 평정할 수도 있었을 테고."

"그 대신 우린 이걸 이뤘잖아." 그녀는 브라운스톤으로 지어진 우리 집의 높은 천장을 가리켜 보인다. 이곳은 다니엘라를 만나기 전에 상속받은 재산으로 산 집이다. "저기도 우리 작품이 있고." 이번에는 찰리를 가리키며 말한다. 아이는 다니엘라가 그림에 몰두할 때를 연상시키는 아름다운 집중력을 발산하며 스케치 작업에 한창이다.

십대 아이의 부모로 산다는 건 참 이상한 기분이다. 어린 사내아이를 키우는 것과 성년을 앞둔 사람이 나에게서 지혜를 구하는 건 아예 차원이 다르다. 내게는 줄 수 있는 것이 거의 없다고 느껴진다. 분명 명쾌하고 자신감 있게 세상을 특정한 방식으로 이해하는 아버지들, 아들딸들에게 어떤 말을 해야 할지 아는 아버지들도 있다. 하지만 나는 그런 아버지가 아니다. 왠지 나이가 들수록 모르는 게 더 많아진다. 아들을 사랑하고, 아들은 나의 전부다. 그런데도 어쩐지 나는 아들에게 아무 도움이 못 되고 있다는 기분을 떨칠수가 없다. 내 불확실한 전망의 부스러기만을 쥐여준 채 아이를 늑대 소굴로 들여보내고 있다는 기분.

나는 싱크대 옆으로 가서 수납장을 열고 페투치니 면을 찾기 시작한다.

그때 다니엘라가 찰리 쪽으로 고개를 돌리며 말한다. "아빠가 노벨상을 받을 수도 있었어."

나는 소리 내어 웃는다. "그건 과장인 것 같은데."

"찰리, 아빠 말 믿지 마. 아빠는 천재야."

"고마운데, 당신 좀 취했나 봐." 내가 말한다.

"그게 사실인걸. 당신도 알잖아. 당신이 가족을 사랑하는 바람에 과학계가 손해를 봤어."

나는 그저 미소를 지을 뿐이다. 다니엘라가 술을 마시면 세 가지 현상이 나타난다. 고향 말투가 조금씩 튀어나오고 엄청나게 친절해지며 말을 과장하는 경향이 있다.

"언젠가 네 아빠가 했던 말이 있는데―그게 아직도 가슴에 콕 박혀 있어―순수 연구를 하려면 일생을 바쳐야 한다고 했어. 그러면서 아빠는⋯⋯." 한순간 다니엘라가 감정에 복받치는 바람에 나는 흠칫 놀란다. 눈가가 촉촉해진 그녀는 눈물이 나려고 할 때 늘 그러듯이 머리를 가로젓는다. 그러다 막판에 가서야 간신히 감정을 추스르고 눈물을 참아낸다. "아빠가 그랬어. '다니엘라, 나는 죽는 순간에 차가운 무균실험실보단 당신의 기억을 떠올리고 싶어'라고 말이야."

나는 찰리를 쳐다본다. 아이는 스케치를 계속하며 곁눈질을 하고 있다.

아마도 감상에 빠진 부모의 모습에 당황한 것이리라.

나는 수납장을 응시하며 목구멍에 치미는 뜨거운 기운이 가라앉기를 기다린다.

이윽고 진정이 되자 파스타를 집어 들고 수납장 문을 닫는다.

다니엘라는 와인을 마신다.

찰리는 그림을 그린다.

순간이 지나간다.

"라이언의 파티는 어디서 열려?" 다니엘라가 묻는다.

"빌리지탭."

"당신이 늘 가는 단골집이잖아, 제이슨."

"그게 뭐?"

다니엘라가 다가오더니 내 손에서 파스타 박스를 뺏어 간다.

"어서 대학 친구와 한잔하러 가. 친구더러 자랑스럽다 고 말해주고, 고개는 당당히 들어. 내가 축하한다고도 전해 주고."

"당신 축하 인사는 안 전해."

"왜?"

"그 친구 당신한테 마음이 있잖아."

"말도 안 돼."

"사실이야. 오래전부터 그랬어. 나랑 룸메이트였던 시 절부터. 마지막 크리스마스 파티 기억 안 나? 당신이랑 겨 우살이 장식 밑에 같이 서보려고 계속 수를 쓰던 거?"

다니엘라는 그저 웃어넘기며 말한다. "당신이 돌아올 때쯤이면 저녁 식사가 준비돼 있을 거야."

"그 말은 집에 돌아와야 하는 시간이……."

"45분 뒤지."

"당신이 없었으면 난 어찌 살았을까?"

그녀는 내게 키스한다.

"그런 생각일랑 하지도 마시죠."

나는 전자레인지 옆에 놓인 도자기 그릇에서 열쇠와 지 갑을 챙겨 식당 쪽으로 간다. 시선은 식탁 위에 매달린 입방 체 샹들리에를 향한다. 다니엘라가 결혼 10주년에 선물해

1

준 것이다. 정말이지 최고의 선물이다.

현관에 이르렀을 때 다니엘라가 외친다. "올 때 아이스크림 사 와!"

"민트초코칩으로요!" 찰리가 말한다.

나는 팔을 들어 엄지를 추켜세운다.

나는 뒤돌아보지 않는다.

작별 인사도 하지 않는다.

그렇게 이 순간은 어느새 스쳐 지나간다.

내가 아는 모든 것, 내가 사랑하는 모든 것의 마지막이었다.

나는 스무 해째 로건스퀘어에 살고 있는데 이곳은 시월 첫째 주가 오면 이보다 더 좋을 수 없다. 이 무렵이면 F. 스콧 피츠제럴드의 한 구절이 절로 떠오른다. 선선한 가을이 오면 새로 숨통이 트일 테니까.

저녁 공기는 시원하고, 하늘은 제법 맑아 드문드문 별이 보인다. 술집은 낙담한 시카고 컵스 팬들로 가득 차 있어서 평소보다 떠들썩하다.

나는 '빌리지탭'이라는 글자가 깜박이는 현란한 간판의 불빛이 드리워진 보도에서 걸음을 멈추고, 시카고의 자존심 있는 동네라면 어디에서나 흔히 볼 수 있는 길모퉁이 술집의 열린 출입문 사이로 안을 들여다본다. 공교롭게도 이곳은 내가 즐겨 찾는 술집이다. 우리 집에서 고작 몇 블록 떨어진 가장 가까운 곳이다.

나는 앞 유리창의 푸른 네온사인 불빛을 통과해 출입문으로 들어선다.

안으로 들어가는 길에 술집 주인이자 바텐더인 맷이 눈인사를 보낸다. 나는 라이언 홀더를 둘러싼 사람들의 무리를 뚫고 들어가 그에게 말을 건넨다.

"마침 다니엘라에게 네 얘기를 하고 있던 참이었어."

라이언이 미소를 짓는다. 순회강연에 대비해 멋지게 단장한 모습이다. 검정색 터틀넥 스웨터를 입은 몸은 탄탄하고 적당히 그을렸으며 수염은 정교하게 다듬어져 있다.

"야, 너무 반갑다. 이렇게 와주다니 감동이야. 자기?" 그는 옆자리에 앉아 있던 젊은 여자의 맨살이 드러난 어깨를 잡는다. "여기 내 오랜 친구가 당신 자리를 잠시 뺏어도 될까?"

여자가 순순히 자리를 내줘서 나는 라이언 옆의 스툴에 올라앉는다.

라이언이 바텐더를 부른다. "이 집에서 제일 비싼 술로 두 잔 부탁해요."

"라이언, 그럴 필요 없어."

라이언은 내 팔을 와락 움켜잡는다. "오늘 밤은 제일 좋은 걸 마시자고."

맷이 말한다. "맥캘란 25년산이 있는데 드릴까요."

"더블로 줘요. 내 앞으로 달아놓고."

바텐더가 가고 나자 라이언이 내 팔을 툭 친다. 주먹이 단단하다. 언뜻 보면 그는 전혀 과학자처럼 보이지 않는다. 그는 학부 시절에 라크로스 선수로 뛰었고, 지금도 여전히 타고난 운동선수처럼 어깨가 떡 벌어지고 운동신경이 뛰어나다.

"찰리와 멋진 다니엘라는 어떻게 지내?"

"아주 잘 지내."

"다니엘라도 데려오지 그랬어. 지난 크리스마스 이후로 통 못 봤는데."

"대신 축하 인사를 전해달래."

"넌 부인을 참 잘 얻었어. 새삼스러울 것도 없지만."

"너는 조만간 정착할 가능성은 없고?"

"별로 없어. 나한테는 독신 생활이나 거기서 얻는 적잖은 특권이 잘 맞는 것 같거든. 너는 지금도 레이크몬트대학에 있어?"

"응."

"괜찮은 학교지. 물리학과 학부과정 맞지?"

"맞아."

"그럼 네가 맡은 과목은……."

"양자역학. 거의 개론 위주야. 별로 흥미진진하진 않지."

맷이 우리 둘의 음료를 들고 돌아오자 라이언은 잔 두 개를 받아 하나를 내 앞에 놓는다.

"그래서 이 파티는 어떻게……." 내가 말한다.

"그냥 내 밑에 있는 대학원생 몇 명이 즉석에서 마련한 거야. 쟤들은 나를 취해서 떠들게 만드는 걸 세상에서 제일 좋아하거든."

"올해 대단한 성과를 냈잖아, 라이언. 네가 미분방정식에 낙제할 뻔했던 게 아직도 기억나는데."

"그땐 네 덕분에 살았지. 그것도 여러 번."

한순간 나는 이 자신감 넘치고 세련된 남자의 과거를 일별한다. 1년 반 동안 구질구질한 아파트에서 함께 살았던, 엉뚱하고 장난기 많은 대학원생의 모습.

"파비아상을 받은 연구가—"

"전전두엽 피질의 의식 발생 기능을 발견한 연구였어."

"맞아. 그거였지. 그 연구 논문도 읽었어."

"어땠어?"

"압도적이었어."

이 칭찬에 라이언은 진심으로 기뻐 보인다.

"솔직히 말해서, 제이슨, 괜히 겸손 떨려는 말이 아니라 난 획기적인 논문을 발표하는 사람은 너일 줄 알았어."

"그랬어?"

그는 검은 플라스틱 안경테 너머로 나를 찬찬히 살핀다.

"당연하지. 네가 나보다 더 똑똑하잖아. 누구나 아는 사실이었지."

나는 위스키를 들이켠다. 술맛이 참 달다는 걸 인정하지 않으려 애쓴다.

라이언이 다시 묻는다. "그냥 묻는 건데, 넌 요즘 스스로 연구자와 강사 중 어느 쪽에 가깝다고 생각해?"

"나는—"

"왜냐면 나는 스스로를 다른 무엇보다 근본적인 문제에 대한 답을 좇는 사람이라 여기거든. 내 주위 사람들이"—그는 가까이 밀려오기 시작한 제자들을 가리키며 말한다—"그저 내 옆에 붙어 있는 것만으로 지식을 흡수할 수 있을 만큼 총명하다면…… 아주 좋겠지. 하지만 난 지식을 전달하는 일 자체에는 흥미가 가지 않아. 정말 중요한 건 과학이야. 연구라고."

그의 목소리에서 짜증인지 분노인지 모를 감정이 슬쩍 묻어나더니 점차 또렷이 증폭된다. 마치 무언가에 단단히 열을 올리고 있는 듯하다.

나는 그 말을 애써 웃어넘기려 해본다. "나한테 화난 거야, 라이언? 내가 널 실망시켰다고 여기는 것처럼 들리는걸."

"이봐, 난 MIT, 하버드, 존스홉킨스 같은 지구상 최고의 학교들에서 가르쳤어. 최고로 똑똑하다는 놈들을 다 만나봤다고. 제이슨, 네가 그 길로 가려고 마음만 먹었다면 넌 세상을 바꿨을 거야. 네가 그 길을 고수했다면 말이야. 그런데 지금 넌 의사나 변리사가 될 애들에게 학부과정 물리학이나 가르치고 있어."

"모두가 너 같은 슈퍼스타가 될 순 없어, 라이언."

"포기하면 그렇지."

나는 위스키 잔을 비운다.

"아무튼, 잠깐이나마 이렇게 와서 좋았어." 나는 스툴에서 내려오며 말한다.

"이러지 마, 제이슨. 나는 널 칭찬한 거야."

"네가 자랑스럽다, 친구. 진심이야."

"제이슨."

"술 잘 마셨어."

다시 밖으로 나온 나는 보도를 따라 성큼성큼 걷는다. 라이언과의 거리가 멀어질수록 점점 더 화가 솟구친다.

누구에게 화가 나는지조차 모르겠다.

얼굴이 화끈거린다.

양 옆구리를 따라 땀줄기가 흘러내린다.

무심결에 나는 횡단보도 신호를 위반하고 차도에 들어선다. 곧이어 차가 멈춰 서며, 타이어가 노면을 가로지르며 내는 고무의 끼익 하는 마찰음이 귀에 들어온다.

나는 고개를 돌리고 이쪽을 향해 질주하는 노란 택시를 믿기지 않는 표정으로 빤히 쳐다본다.

다가오는 앞 유리 너머로 택시 기사의 얼굴이 또렷이 보인다. 콧수염을 기른 남자가 겁에 질려 눈이 휘둥그레진 채 충돌을 각오하는 표정.

그러다 내 두 손이 자동차 보닛의 약간 뜨거워진 노란색 금속을 정면으로 짚고, 택시 기사는 차창 밖으로 몸을 내밀어 나에게 고함을 지른다. "야, 이 멍청한 새끼야, 죽으려고 환장했냐! 정신 똑바로 차리고 다녀!"

택시 뒤에서 차들이 경적을 요란하게 울려댄다.

나는 인도로 물러나 다시 움직이는 차량의 물결을 바라본다.

그중 차량 석 대에 각기 타고 있던 운전자들은 어찌나 친절한지 굳이 속도를 늦춰가며 내게 가운뎃손가락을 들어 보인다.

홀푸드마켓에서는 내가 다니엘라를 만나기 전에 사귀었던 히피와 비슷한 냄새—신선한 청과물과 원두커피, 에

센셜 오일이 뒤섞인 냄새—가 난다.

택시 사건으로 놀라는 바람에 술이 깬 나는 멍하고 기운 없이 졸린 상태로 냉동고를 훑어본다.

다시 밖으로 나오니 아까보다 공기가 쌀쌀하다. 호수에서 불어오는 차가운 바람이 코앞으로 다가온 반갑잖은 겨울을 예고하는 듯하다.

나는 아이스크림이 담긴 캔버스백을 들고 평소와 다른 길을 택해 집으로 간다. 원래 가던 길보다 여섯 블록이 늘어나지만, 거리가 멀어지는 대신 혼자 있을 수 있는 시간이 그만큼 늘어난다. 택시와 라이언을 거친 지금, 내게는 재정비할 시간이 조금 더 필요하다.

나는 밤이 되어 아무도 없는 건설 현장을 지나고, 거기서 몇 블록을 더 가서 아들이 다녔던 초등학교 운동장을 지나간다. 가로등 불빛 아래 철제 미끄럼틀이 희미하게 빛나고 그네들은 미풍에 흔들린다.

이런 가을밤에는 내 안의 근원적인 무언가를 건드리는 기운이 있다. 아주 오래된 무언가. 아이오와 서부에서 보낸 어린 시절의 어떤 것. 나는 고등학교 축구 시합과 선수들을 환히 비추는 경기장 조명을 떠올린다. 맛있게 익어가는 사과의 향기, 옥수수밭에서 열린 맥주 파티에서 풍기는 시큼한 맥주 냄새를 맡는다. 한밤중 시골길을 달리는 낡은 픽업트럭의 짐칸에서 얼굴에 닿는 바람을 느낀다. 미등 불빛에 먼지가 붉게 소용돌이치고, 나의 전 생애가 내 앞에 크게 펼쳐진다.

청춘은 이래서 좋은 것이다.

아직은 잘못된 선택을 한 적도 없고 어떤 진로에도 전념하지 않았으며 눈앞에 펼쳐진 길은 순수하고 무한한 가능성이기에, 무엇에든 스며들 수 있는 무중력의 상태가 존재한다.

나는 내 삶을 사랑하지만 너무 오랫동안 그런 존재의 가벼움을 느껴보지 못했다. 이런 가을밤이 그나마 내가 누릴 수 있는 최선이다.

찬 공기에 머리가 조금씩 맑아진다.

집에 돌아가면 좋을 것이다. 벽난로를 켜야겠다는 생각도 한다. 우리 집은 늘 핼러윈이 되어서야 벽난로에 불을 피우지만, 오늘 밤은 때 이르게 날씨가 추워진 탓에 찬 바람을 맞으며 1마일을 걷고 나니 와인 한 잔 들고서 다니엘라, 찰리와 함께 난롯가에 앉고 싶은 마음만 간절하다.

고가철도 하부를 가르며 길이 나 있다.

나는 선로의 녹슨 철제부 밑을 지나간다.

유명한 스카이라인도 있지만, 내 생각에는 고가철도 엘(El)이야말로 이 도시를 상징하는 명물이다.

집으로 가는 길 중에서 이곳이 내가 가장 좋아하는 구역이다. 어느 곳보다도 가장 어둡고 조용하기 때문이다.

지금 이 순간······.

들어오는 기차도 없고,

어느 방향에서도 전조등이 비추지 않고,

술집 소음도 들리지 않는다.

저 멀리 공중에서 오헤어공항으로 최종 진입하는 제트기의 굉음만이 아득하게 울릴 뿐이다.

아니, 잠깐……

무언가 다가오고 있다. 인도 위의 발소리.

나는 휙 돌아본다.

그림자 하나가 나를 향해 돌진한다. 무슨 일인지 미처 파악할 겨를도 없이 그림자와 나 사이의 거리는 좁혀진다.

맨 처음 눈에 들어온 것은 얼굴이다.

유령처럼 창백한 얼굴.

아치형으로 높이 그린 듯한 눈썹.

작게 오므린 붉은 입술─지나치게 얇고 지나치게 완벽하다.

그리고 소름 끼치는 눈─동공도 홍채도 없이 크고 새까맣다.

두 번째로 눈에 들어온 건 내 코끝에서 4인치 앞에 겨눠진 총구다.

게이샤 가면 너머에서 낮고 탁한 목소리가 흘러나온다. "뒤로 돌아."

나는 머뭇거린다. 너무 놀라서 몸이 움직여지지 않는다.

남자가 총을 내 얼굴에 바짝 들이민다.

나는 뒤돌아선다.

재킷 왼쪽 앞주머니에 지갑이 있다고 알려줄 새도 없이 남자가 말한다. "네 돈엔 관심 없어. 어서 걸어."

나는 걷기 시작한다.

"더 빨리."

나는 더 빨리 걷는다.

"원하는 게 뭡니까?" 내가 묻는다.

"입 다물어."

머리 위로 기차가 굉음을 내며 지나가고, 우리는 고가 철도 밑의 어둠에서 벗어난다. 내 심장은 가슴 속에서 튀어나올 듯 거세게 뛴다. 나는 돌연 깊은 호기심을 갖고서 주변 환경을 흡수한다. 길 건너편에는 외부인 출입이 통제된 연립주택 단지가 있고, 이쪽 구역에는 다섯 시면 문을 닫는 가게들이 모여 있다.

네일 숍.

법률사무소.

가전제품 수리점.

타이어 판매점.

이 인근은 유령도시 같다. 밖에 사람이라곤 없다.

"저기 SUV 보이지?" 남자가 묻는다. 바로 앞 도로변에 검정색 링컨 내비게이터가 세워져 있다. 경보음이 울린다. "운전석에 타."

"무슨 짓을 할 생각이든—"

"시키는 대로 하지 않으면 여기 길바닥에서 피 흘리다 죽는 수가 있어."

나는 운전석 쪽 문을 열고 미끄러지듯이 운전대 뒤에 앉는다.

"장바구니를 두고 왔어요." 내가 말한다.

"가져와." 남자는 내 뒷자리에 올라탄다. "시동 걸어."

나는 차문을 닫고 홀푸드마켓의 캔버스백을 조수석 바닥에 놓는다. 차 안은 너무나 조용해서 맥박이 뛰는 소리까지 들릴 정도다. 고막을 빠르게 두드리는 나의 맥박 소리.

"뭘 꾸물대고 있어?" 남자가 말한다.

나는 엔진 시동 버튼을 누른다.

"내비게이션을 켜."

나는 내비게이션을 켠다.

"'최근 목적지'를 클릭해."

나는 GPS가 장착된 차를 몰아본 적이 없으므로 터치스크린에서 맞는 탭을 찾기까지 시간이 좀 걸린다.

목적지 세 곳이 화면에 뜬다.

하나는 우리 집 주소다. 또 하나는 내가 일하는 대학이다.

"나를 쭉 미행한 겁니까?" 내가 묻는다.

"풀라스키드라이브를 선택해."

나는 거기가 어디인지 감도 잡지 못한 채 60616 일리노이 시카고 풀라스키드라이브 1400을 선택한다. GPS의 여자 목소리가 길을 안내해준다. 합법적인 유턴이 가능한 곳에서 유턴한 뒤 8마일 지점까지 직진하세요.

나는 기어를 넣고 어두운 거리로 들어선다.

뒷자리의 남자가 말한다. "안전벨트 매."

내가 안전벨트를 매는 동안 남자도 똑같이 한다.

"제이슨, 미리 말해두는데, 이 경로 그대로 가지 않고 조금이라도 허튼짓을 하면 의자 뒤에서 바로 쏴버릴 거야. 무슨 말인지 알아들어?"

"네."

나는 차를 몰아 우리 동네를 통과하며 생각한다. 이 풍경을 보는 것도 마지막일까?

빨간 신호등을 받고 길모퉁이 단골 술집 앞에서 차를

세운다. 짙게 착색된 앞유리를 통해 아직까지 문을 괴어 열어둔 출입구가 보인다. 맷이 언뜻 보이고, 사람들 무리 사이로 라이언의 모습도 보인다. 스툴에 앉은 라이언은 카운터를 등지고 흠집 난 목제 테이블 바 위에 팔꿈치를 짚은 채로 대학원생들과 이야기를 나누고 있다. 아마도 자신의 옛 룸메이트가 주인공으로 등장하는 교훈적이고 섬뜩한 실패담으로 학생들을 사로잡고 있겠지.

라이언을 크게 소리쳐 부르고 싶다. 내가 곤경에 처했다고 알리고 싶다. 내게 도움이—

"파란불이야, 제이슨."

나는 액셀을 밟아 교차로를 통과한다.

GPS 내비게이션은 동쪽으로 로건스퀘어를 거쳐 케네디고속도로까지 길을 안내한다. 거기서 다시 무심한 여자 목소리가 나에게 지시한다. 100피트 앞에서 우회전한 뒤 19.8마일 직진하세요.

남행 차선은 속도를 70마일로 두고 그대로 갈 수 있을 정도로 통행 차량이 적다. 양손에서 흐른 땀이 핸들 가죽을 적시고, 머릿속에서는 의문이 떠나지 않는다. 나는 오늘 밤에 죽는 걸까?

혹여 내가 살아남는다면 앞으로 남은 날 동안 새로운 사실을 마음에 품고 살겠다는 생각이 문득 떠오른다. 우리는 올 때와 똑같은 모습으로 이생을 떠난다. 아무도 없이 완전히 혼자로. 나는 지금 두렵고, 다니엘라나 찰리나 다른 어느 누구도 내가 그들을 가장 필요로 하는 지금 이 순간 나를 도와줄 수 없다. 그들은 내가 지금 무슨 일을 겪고 있는지조차 모른다.

주간 고속도로는 다운타운 서쪽 끝을 둘러 간다. 윌리스타워와 그보다 낮은 주변 고층 건물들이 어두운 밤하늘을 배경으로 고요하고 따스하게 빛난다.

온몸을 옥죄는 혼란과 공포 속에서도 내 머릿속은 지금 이 상황의 수수께끼를 풀어보려 바삐 움직인다.

GPS에 내 주소가 저장되어 있다. 그러니 이 만남은 우연이 아니었다. 남자는 나를 줄곧 미행했다. 나를 안다는 뜻이다. 고로 내가 했던 어떤 행동이 이런 일을 초래한 것이다.

하지만 무슨 행동?

나는 부자가 아니다.

내 삶은 나 자신이나 가족에게 중요한 것 외엔 특별한 가치랄 게 없다.

나는 구속된 적도, 범죄를 저지른 적도 없다.

다른 남자의 아내와 잠자리를 한 적도 없다.

물론 운전하다 가끔 사람들에게 욕을 한 적은 있지만, 그건 시카고의 일상일 뿐이잖은가.

몸싸움이라곤 6학년 때 내 등짝에 우유를 부은 같은 반 아이의 얼굴을 한 대 친 것이 처음이자 마지막이었다.

어떤 해석을 갖다 붙여봐도 내가 누군가에게 나쁜 짓을 한 적은 없다. 뒤통수에 총이 겨눠진 채 링컨 내비게이터를 모는 결말을 맞이할 만한 짓은 더더욱.

나는 원자물리학자이자 작은 대학의 교수다.

가르치는 학생들에게도, 최악인 애들에게조차 정중히 대한다. 내 강의에서 낙제한 학생들은 애초에 학점 따위 신경 쓰지 않아서 낙제한 것이고, 그들 중 누구도 자기 인생을 망쳤다고 나를 비난할 수 없다. 나는 학생들이 낙제를 면하게 해주려고 비상한 노력을 하니까.

사이드미러에 비친 스카이라인이 점점 작아진다. 친숙하고 편안한 해안선의 한 조각처럼 자꾸만 멀어져 간다.

이윽고 나는 조심스럽게 묻는다. "내가 예전에 당신에게 무슨 짓을 했습니까? 아니면 당신을 고용한 사람에게? 도대체 원하는 게 뭔지 도저히 모르겠어서—"

"말을 하면 할수록 너만 더 힘들어질 거야."

처음으로 남자의 목소리가 왠지 낯설지 않다는 사실을 깨닫는다. 정확히 언제 어디서인지 꼬집어 말할 수는 없지만 우리는 만난 적이 있다. 이것만은 확실하다.

내 휴대폰이 문자메시지를 수신하며 진동을 울린다.

한 번 더.

이어서 또 한 번.

남자는 휴대폰 뺏는 걸 깜박했다.

나는 시간을 확인한다. 오후 9시 5분이다.

집을 나선 지 한 시간이 조금 지났다. 볼 것도 없이 어디냐고 묻는 다니엘라의 문자일 터다. 지금은 약속한 시간보다 15분이 지났는데, 나는 절대 늦는 법이 없다.

백미러를 힐끔거려 보지만 너무 어두워서 보이는 거라곤 유령처럼 창백한 가면뿐이다. 나는 위험을 무릅쓰고 실험을 감행한다. 왼손을 핸들에서 떼어 무릎에 놓고 속으로 열까지 센다.

남자는 아무 말이 없다.

나는 왼손을 도로 핸들에 올린다.

내비게이션의 컴퓨터 음성이 정적을 깬다. 4.3마일 더 가서 87번가 출구로 진입하세요.

나는 다시 한 번 핸들에서 왼손을 천천히 뗀다.

이번에는 그 손을 카키색 바지 주머니로 슬며시 넣는다. 휴대폰이 주머니 깊숙이 들어가 있어서 검지와 중지를 갖다 대기도 쉽지 않지만 어찌어찌 두 손가락으로 집는 데 성공한다.

고무 케이스가 주머니의 주름마다 걸리는 와중에 나는 아주 조금씩 살금살금 휴대폰을 끄집어낸다. 그러다 손끝 사이에서 진동이 길게 이어진다. 전화가 온 것이다.

나는 마침내 밖으로 꺼낸 휴대폰을 화면이 위로 향하게 무릎 위에 놓은 뒤 손을 다시 핸들로 가져간다.

내비게이션 음성이 곧 다가올 갈림길까지의 거리를 업데이트하는 사이, 나는 휴대폰을 힐끗 내려다본다.

'다니'에게서 부재중전화 한 통과 문자메시지 세 건이 와 있다.

다니　　2분 전:
　　　　저녁 차려놨어

다니　　2분 전:
　　　　빨리 와. 우리 배고파 죽겠어!

다니　　1분 전:

길 잃은 거야? :)

뒷자리에서 내 휴대폰의 불빛이 보이지는 않을까 걱정하면서 다시 도로를 주시한다.

휴대폰 화면이 꺼진다.

나는 아래로 손을 내려 전원 버튼을 클릭하고 화면을 쓸어 올린다. 암호 네 자리를 입력한 뒤 초록색 '문자메시지' 아이콘을 클릭한다. 다니엘라의 이름이 상단에 떠 있고, 내가 다니엘라와의 대화창을 여는 사이 나의 납치범은 뒷자리에서 자세를 바꾼다.

나는 다시 두 손으로 핸들을 꽉 잡는다.

1.9마일 더 가서 87번가 출구로 진입하세요.

화면 보호기 시간이 초과되어 자동 잠금이 실행되고 휴대폰 화면이 꺼진다.

제기랄.

나는 다시 한쪽 손을 슬그머니 내려서 암호를 재입력하고 내 인생에서 가장 중요한 문자메시지를 입력하기 시작한다. 터치스크린을 누르는 검지의 움직임은 어설프고, 자동완성기능까지 방해하는 통에 단어 하나를 완성하는 데도 두세 번씩 시도가 필요하다.

그 순간 총구가 내 뒤통수를 짓누른다.

나는 반사적으로 방향을 바꿔 추월 차선으로 들어선다.

"뭘 하는 거지, 제이슨?"

나는 한 손으로 핸들을 제자리로 돌려서 서행 차선으로 되돌아가는 한편, 다른 손은 휴대폰 쪽으로 내리며 전송

버튼을 누르려 한다.

돌연 남자가 앞좌석 사이로 돌진하더니, 장갑 낀 손을 내 허리 너머로 쑥 내밀어 휴대폰을 잡아채 간다.

500피트 앞에서 87번가 출구로 진입하세요.

"암호가 뭐야, 제이슨?" 내게서 아무 대꾸가 없자 그가 말한다. "잠깐. 알 것 같아. 생년과 생월의 숫자를 거꾸로 한 거지? 그러니까…… 3, 7, 2, 1. 맞았어."

백미러를 통해 그의 가면을 비추는 휴대폰 불빛이 보인다.

남자는 내가 전송하지 못하게 가로막은 문자메시지를 읽는다. "'폴라스키 1400 119에 전……' 말을 안 듣는군."

나는 주간 고속도로 출구 차선으로 진입한다.

GPS의 음성 안내가 흘러나온다. 87번가로 좌회전한 뒤 동쪽으로 3.8마일 직진하세요.

우리는 상가가 전혀 들어서지 않은 동네를 거쳐 시카고 남부로 접어든다.

줄지어 늘어선 공장식 주택을 지난다.

아파트 단지.

녹이 슨 그네와 그물망 없는 농구 골대가 놓인 텅 빈 공원.

보안 출입구 뒤쪽으로 밤사이 잠가둔 상점 앞 공간.

거리 곳곳에 보이는 낙서.

남자가 묻는다. "그래서, 다니라고 불러, 다니엘라라고 불러?"

목구멍이 꽉 조여온다.

내 안에서 치솟는 분노와 공포와 무력감.

"제이슨, 내가 묻잖아."

"지옥에나 가버려."

남자가 이쪽으로 몸을 바짝 기울이고, 그의 뜨거운 입김이 내 귀에 닿는다. "이렇게 나오면 좋을 게 없을 텐데. 네 평생 겪어본 적 없는 고통을 맛보게 될 거야. 상상조차 못 해본 고통 말이야. 그녀를 뭐라고 부르지?"

나는 이를 악문다. "다니엘라."

"다니라고 부르지는 않고? 휴대폰에 그렇게 저장돼 있는데도?"

나는 차가 뒤집히도록 달려 우리 둘 다 죽여버리고픈 유혹을 느낀다.

"네. 아내가 좋아하지 않아서."

"장바구니에는 뭐가 있지?"

"내가 아내를 어떻게 부르는지는 왜 궁금해하죠?"

"장바구니에 있는 게 뭐야?"

"아이스크림."

"가족 만찬이 있는 날이지, 맞아?"

"네."

백미러에 비친 남자는 내 휴대폰에 글을 입력하고 있다.

"뭐라고 쓰는 겁니까?" 내가 묻는다.

그는 대답하지 않는다.

우리는 어느덧 빈민가를 지나 어느 무인 지대를 달리고 있다. 먼 지평선에 걸린 빛의 흔적이 스카이라인의 전부인 이곳은 시카고처럼 느껴지지 않는다. 거리의 집들은 빛도 활기도 없이 허물어져가고 있다. 모두 버려진 지 오래된 폐허다.

우리는 강을 건너고, 그 바로 앞에는 미시간호가 있다. 검고 광활한 호수면은 이 도시의 황무지에 썩 잘 어울리는 대단원이다.

마치 여기가 세상의 끝인 것처럼.

어쩌면 나의 세상도 그렇게 되겠지.

우회전한 뒤 풀라스키드라이브에서 남쪽으로 0.5마일 직진하면 목적지입니다.

남자가 혼자 킥킥거리며 웃는다. "이야, 너 부인한테 혼나겠는걸." 나는 핸들을 꽉 움켜잡는다. "오늘 밤에 위스키를 같이 마시던 남자는 누구야, 제이슨? 밖에서는 얼굴이 잘 안 보이더군."

시카고와 인디애나의 경계를 이루는 이곳은 너무나 캄캄하다.

우리는 황폐한 철도역사와 공장 지대를 지나고 있다.

"제이슨."

"그 사람은 라이언 홀더예요. 예전에—"

"룸메이트였겠지."

"그걸 어떻게 알았죠?"

"둘이 친해? 네 연락처에는 이름이 없는데."

"별로요. 그런데 어떻게—?"

"난 너에 관해 모르는 게 거의 없어, 제이슨. 너의 인생이 내 특기나 마찬가지지."

"당신은 누굽니까?"

500피트 후 목적지에 도착합니다.

"누구냐고요?"

그는 대답하지 않는다. 그러나 나는 갈수록 더 낯설어지는 외진 풍경에 집중하느라 남자에게서 점점 주의를 거둬들인다.

자동차의 전조등 아래로 포장도로가 흘러간다.

우리 뒤에는 아무것도 없다.

앞에도 아무것도 없다.

내 왼쪽에는 호수가 있고 내 오른쪽에는 버려진 창고들이 있다.

목적지에 도착했습니다.

나는 도로 한복판에서 내비게이션을 끈다.

남자가 말한다. "출입구는 왼쪽 저 앞에 있어."

전조등이 스쳐 지나간 방향에는 금방이라도 쓰러질 것 같은 12피트 높이의 울타리가 둘러쳐져 있고 그 위에는 녹슨 가시철사가 얹혀 있다. 문은 살짝 열려 있다. 한때 문을 고정하고 있었을 쇠사슬은 잘려져 똘똘 감긴 상태로 길가의 잡초 위에 버려져 있다.

"앞 범퍼로 문을 살짝만 밀어."

방음장치가 잘 되어 있는 차 안에서조차 문이 삐걱거리며 열리는 소리가 크게 들린다. 원뿔 모양의 빛이 도로의 나머지 부분을 비추는데, 그 포장 면은 수년간 시카고 겨울의 혹한을 거치면서 갈라지고 뒤틀려 있다.

나는 상향등을 켠다.

조명이 비춰진 주차장에는 흡사 성냥개비를 쏟아놓은

3

것처럼 여기저기 가로등이 쓰러져 있다.

저 너머로 불규칙하게 뻗어 나간 구조물이 어렴풋이 모습을 드러낸다.

세월에 풍화된 건물의 붉은 벽돌색 정면 옆으로 거대한 원통형 탱크들이 늘어서 있고 100피트 높이의 굴뚝 한 쌍이 하늘을 찌를 듯 솟아 있다.

"여기가 어딥니까?" 내가 묻는다.

"기어를 주차 위치에 놓고 시동을 꺼."

나는 차를 정지시키고 기어를 푼 뒤 엔진을 끈다.

주위가 쥐 죽은 듯이 조용해진다.

"여기가 어딥니까?" 나는 다시 묻는다.

"금요일 일정이 어떻게 돼?"

"뭐라고요?"

옆머리에 가해진 강한 충격에 나는 핸들 위로 고꾸라진다. 정신이 아뜩해지면서, 머리에 총을 맞는 게 이런 느낌인가라는 생각이 순식간에 스쳤다.

하지만 그건 아니다. 남자가 총으로 쳤을 뿐이었다.

나는 가격당한 부위에 손을 갖다 댄다.

손가락에 끈적하게 피가 묻어 나온다.

"내일," 그가 말한다. "내일 스케줄이 어떻게 되지?"

내일. 그 말이 참 낯설게 다가온다.

"난…… 물리학 3316 수강반에 시험이 있어요."

"그 외엔?"

"그게 답니다."

"옷을 다 벗어."

나는 백미러를 쳐다본다.

대체 왜 나를 벌거벗기려는 걸까?

남자가 말한다. "뭐라도 시도해 보고 싶었다면 네 손에 운전대가 있을 때 했었어야지. 지금부턴 너는 내 거야. 자, 이제 옷을 벗어. 또다시 같은 말을 하게 만들면 피를 보게 될 거야. 그것도 아주 많이."

나는 안전벨트를 푼다.

회색 후드 점퍼의 지퍼를 내리고 양쪽 소매에서 팔을 빼면서 한 가닥 실낱같은 희망에 매달린다. 아직도 가면을 쓰고 있는 걸로 봐서 저자는 내게 얼굴을 보이고 싶어 하지 않는다. 나를 죽일 생각이라면 내가 자기를 알아보든 말든 상관하지 않을 텐데.

그렇겠지?

나는 셔츠 단추를 끄른다.

"신발도 벗어요?" 내가 묻는다.

"전부 다."

나는 운동화와 양말까지 벗는다.

바지와 사각팬티도 다리 아래로 내린다.

마침내 내 옷은—마지막 실오라기 하나까지도—조수석 앞에 무더기로 쌓인다.

나는 무력함을 느낀다.

무방비 상태로.

표현할 길 없는 수치심에 휩싸인 채.

저자가 날 강간하려고 하면 어쩌지? 결국 그게 목적이었나?

남자는 운전석과 조수석 사이의 콘솔에 손전등을 비춘다.

"차에서 내려, 제이슨."

나는 내가 이 자동차 실내를 일종의 구명보트로 여기고 있음을 깨닫는다. 이 안에 있는 한 그는 정말로 나를 해칠 수 없다.

그가 여기 안을 엉망으로 만들지는 않을 것이다.

"제이슨."

가슴이 크게 들썩이더니 숨이 가빠오기 시작한다. 검은 반점이 시야를 뒤덮는다.

"네가 무슨 생각을 하고 있는지 알아." 남자가 말한다. "그리고 난 이 차 안에서도 아무 문제없이 널 해칠 수 있어."

산소가 부족하다. 자제력을 잃기 직전이다.

하지만 나는 숨을 헐떡이며 가까스로 내뱉는다. "개소리. 여기서 내 피를 보긴 싫잖아."

▦

깨어나 보니 남자가 양팔을 잡고 날 앞좌석에서 끌어내고 있다. 자갈밭에 떨궈진 나는 멍한 상태로 앉아 머리가 맑아지길 기다린다.

원래 호수 주변은 항상 더 추운데, 오늘 밤도 예외가 아니다. 바람은 아무것도 걸치지 않은 내 맨살을 싸늘한 톱날같이 쏘아대고 나는 온 피부에 소름이 돋는다.

주변이 어찌나 어두운지 도시에서보다 별이 다섯 배는

더 많이 보인다.

머리가 욱신거리면서 얼굴 측면을 따라 새로 피가 흘러내린다. 그러나 아드레날린이 몸속 곳곳에 최대치로 뿜어져 나와 통증은 느껴지지 않는다.

남자는 내 옆쪽 흙바닥에 손전등 하나를 떨어뜨린 뒤 자신이 든 손전등으로 우리가 차를 몰고 들어올 때 보았던 무너져가는 건물을 비춘다. "앞장서."

나는 손전등을 꽉 움켜쥐고 힘겹게 일어난다. 비틀거리며 건물로 향하는 내 맨발에 흠뻑 젖은 신문이 밟힌다. 나는 불빛 아래 번쩍이는 찌그러진 맥주 캔과 유리 장식을 피해 간다.

정문 가까이 다가가는 동안, 이 버려진 주차장에 펼쳐질 또 다른 밤의 광경을 상상한다. 앞으로 다가올 밤. 때는 초겨울이고, 하늘에서 내리는 눈의 장막 사이로 번쩍이는 파란색과 빨간색 조명이 어둠을 장식하고 있다. 형사와 사체탐지견이 황폐한 현장에 떼 지어 몰려오고, 그들이 내부 어디에선가 벌거벗은 채 잔인하게 살해되고 부패된 내 시신을 살피는 사이 순찰차 한 대가 로건스퀘어의 우리 집 앞에 멈춰 선다. 시간은 새벽 두 시이고, 다니엘라는 잠옷 바람으로 현관에 나간다. 내가 몇 주째 실종 상태였으므로 그녀는 내가 돌아오지 않을 것임을 직감하고 그 잔인한 현실을 이미 받아들였다고 생각하지만, 막상 냉정하고 침착한 눈빛을 하고 어깨에서 눈을 털어내며 쓰고 온 챙 달린 모자를 정중하게 겨드랑이에 끼우는 젊은 경찰관들을 보니…… 스스로 미처 깨닫지 못한, 아직까지도 온전히 남아 있던 내

면의 무언가가 끝내 무너지고 만다. 무릎이 흐물흐물해지고 몸에서 힘이 다 빠져나간다. 그렇게 그녀가 도어매트 위로 주저앉는 순간, 뒤편에서 찰리가 삐걱거리는 계단을 내려온다. 눈은 게슴츠레하고 머리는 흐트러진 채로 아이가 묻는다. "아빠 일이에요?"

건물에 가까워지니 출입구 위 빛바랜 벽돌에 적힌 단어 두 개가 모습을 드러낸다. 글자 중에 알아볼 수 있는 건 'CAGO POWER'가 전부다.

남자는 벽돌 사이로 난 틈으로 나를 떠민다.

우리 둘의 손전등 불빛이 프런트를 훑는다.

다 썩고 금속 프레임만 남은 가구.

낡은 냉수기.

누군가가 피운 모닥불의 잔해.

갈가리 찢긴 침낭.

곰팡이가 핀 카펫 위에 쓰고 버린 콘돔들.

우리는 긴 복도로 들어선다.

손전등이 없다면 이곳은 코앞에 손을 흔들어대도 안 보일 정도로 캄캄할 터다.

나는 멈춰 서서 손전등을 앞쪽에 비춰보지만 암흑이 빛을 삼켜버린다. 뒤틀린 리놀륨 바닥에는 쓰레기가 덜 밟히고, 벽 바깥 멀리서 들려오는 낮은 바람 소리 외에는 어떤 소리도 들리지 않는다.

시간이 갈수록 더 시린 한기가 내 몸을 엄습한다.

남자는 내 아랫배에 총구를 밀어 넣으며 계속 가라고 재촉한다.

어느 시점엔가, 날 죽이기 전에 나에 관해 모든 걸 알아보려고 작정한 어느 사이코패스의 레이더망에 걸려든 걸까? 나는 모르는 사람들과 자주 교류한다. 우리는 어쩌면 캠퍼스 근처의 그 커피숍에서 짧은 대화를 나눴을지도 모른다. 아니면 고가철도에서. 아니면 단골 술집에서 맥주를 마시며 말을 섞었을지도.

이자는 찰리와 다니엘라에 대해서도 무슨 꿍꿍이가 있을까?

"내가 빌고 사정하면 좋겠습니까?" 내 목소리가 갈라지기 시작한다. "원하면 그렇게 할게요. 뭐든 당신이 원하는 대로 하겠습니다."

끔찍한 건 이 말이 진심이라는 것이다. 나는 기꺼이 스스로를 더럽힐 것이다. 다른 누군가를 해칠 수도 있고, 거의 무슨 짓이든 다 할 것이다. 나를 다시 우리 동네로 데려가주고 오늘 밤이 원래대로—내가 약속했던 아이스크림을 들고 가족이 있는 집으로 걸어가는 식으로—계속되게만 해준다면.

"내가 뭘 해주면?" 남자가 묻는다. "널 보내주면?"

"네."

남자의 웃음소리가 복도에 울려 퍼진다. "네가 이 상황에서 벗어나려고 무슨 짓까지 하려들지 차마 못 볼 것 같은데."

"정확히 무슨 상황 말입니까?"

하지만 남자는 대답하지 않는다.

나는 무릎을 꿇는다.

내가 비춘 빛이 미끄러지듯 바닥에 퍼진다.

"제발 부탁입니다." 나는 애원한다. "이럴 필요 없잖아요." 내 목소리가 너무도 낯설다. "그냥 관두고 떠나면 되잖아요. 왜 나를 해치고 싶은지 모르겠지만 잠깐만 생각해 봐요. 나는―"

"제이슨."

"―가족을 사랑해요. 아내를 사랑하고, 아들을―"

"제이슨."

"―사랑해요."

"제이슨!"

"무슨 짓이든 할게요."

내 몸은 걷잡을 수 없이 떨고 있다. 추위로, 두려움으로.

남자가 내 배를 걷어차고, 나는 허파에서 숨을 토해내며 바닥을 뒹굴어 등을 대고 눕는다. 남자는 위에서 나를 깔아뭉개고는 내 입술 사이로 총구를 쑤셔 넣는다. 총은 찌든 기름과 탄소 잔류물의 맛이 견딜 수 없을 만큼 역겨워질 때까지, 내 입속을 지나 목구멍 깊숙이 파고든다.

오늘 저녁에 마신 와인과 위스키를 바닥에 다 게워내기 직전에 가서야 남자는 총을 뺀다.

이어서 그가 소리친다. "일어나!"

그는 내 팔을 잡고 나를 다시 홱 일으켜 세운다.

내 얼굴에 총을 겨눈 채 그는 손전등을 도로 내 손에 쥐여준다.

나는 가면을 빤히 응시하고, 내 손의 조명은 총을 비춘다.

처음으로 총이 제대로 보인다. 나는 무기에 관해 아는 바가 거의 없다. 그저 이것이 권총이고 해머와 탄창이 있다는 것, 총신 끝에 뚫려 있는 커다란 구멍은 나를 충분히 죽이고도 남아 보인다는 것만 알겠다. 내 손전등의 불빛은 얼굴을 겨눈 권총의 끝에 구릿빛을 부여한다. 어떤 이유에선지, 나는 원룸에서 탄창에 총알을 장전하며 지금 저지르고 있는 일을 준비하는 이 사내의 모습을 그려본다.

나는 여기서 죽을 것이다. 어쩌면 지금 당장.

매 순간이 마지막이 될 것처럼 느껴진다.

"움직여." 남자가 위협하듯 내뱉는다.

나는 걷기 시작한다.

우리는 교차 지점에 이르러 다른 복도로 방향을 튼다. 이번엔 아까보다 더 넓고 길고 아치형이다. 습기 때문에 공기가 후텁지근하다. 멀리서 똑… 똑… 똑 물이 떨어지는 소리가 들려온다. 벽은 콘크리트 재질이고, 바닥은 리놀륨 대신 축축한 이끼로 뒤덮여 있는데 걸음을 뗄 때마다 더 두꺼워지고 축축해진다.

권총의 맛은 아직도 가시지 않은 채 시큼한 담즙 냄새와 섞여 입안을 맴돈다.

추위 때문에 얼굴은 군데군데 감각이 없다.

머릿속에서 작은 목소리가 어떻게 해보라고, 뭐든, 뭐라도 시도해 보라고 나에게 소리친다. 도살장에 끌려가는 새끼 양처럼 이끌리는 대로 한 발 두 발 고분고분히 따르지 마. 왜 저자의 일을 쉽게 해주는 거야?

답은 간단하다.

두렵기 때문이다.

너무나 두려워서 똑바로 걸을 수조차 없다.

생각은 파편으로 부스러지고 어지러이 들끓는다.

희생자들이 맞서 싸우지 않는 이유를 이제야 알 것 같다. 나는 이 사내를 이겨보려 시도하는 상상조차 할 수 없다. 달아나보려는 생각도 할 수 없다.

가장 수치스러운 진실은 따로 있다. 내 마음 한편에서는 차라리 이 모든 것이 끝나기를 바라고 있다는 사실이다. 죽은 이는 두려움도 고통도 느끼지 못하니까. 이건 내가 겁쟁이이기 때문일까? 이것이 죽기 전에 내가 마주할 최후의 진실인 걸까?

아니다.

무엇이든 해야만 한다.

우리는 터널을 빠져나와 내 발바닥을 얼릴 듯이 차가운 금속 표면에 발을 내딛는다. 나는 층계참을 둘러싼 녹슨 쇠난간을 움켜쥔다. 좀 전보다 공기가 더 차갑고, 개방된 공간임이 여실히 느껴진다.

마치 타이머를 맞춰놓기라도 한 듯 노란 달이 미시간호 위로 슬금슬금 모습을 드러내더니 서서히 떠오른다.

탁 트인 방의 위쪽 창문으로 달빛이 흘러들어 오고, 그 빛이 충분히 밝아서 이곳에선 손전등 없이도 모든 것을 제대로 볼 수 있다.

속이 메스껍다.

우리는 50피트 아래까지 연결된 개방형 계단의 꼭대기에 서 있다.

이 안은 유화의 한 장면 같다. 아래에 잇따라 늘어선 잠든 발전기들에 고풍스러운 빛이 떨어지는 방식도, 머리 위 I자형 대들보의 격자 세공도.

이곳은 대성당처럼 고요하다.

"내려갈 거야." 남자가 말한다. "계단 조심해."

우리는 내려간다.

두 번째로 높은 층계참에서 두 계단 높은 지점에 왔을 때 나는 오른손에 손전등을 꽉 움켜쥐고 휙 돌아선다. 남자의 머리를 겨냥했지만…… 아무것도 맞히지 못하고, 몸에 붙은 가속도로 인해 그대로 출발 지점으로 되돌아가고도 멈추지 못한다.

나는 균형을 잃고 떨어진다.

나는 층계참에 세게 부딪치고, 손전등은 내 손에서 튕겨져 나가 가장자리 너머로 사라진다.

잠시 후, 손전등이 40피트 아래 바닥에 부딪치며 굉음을 낸다.

나의 납치범은 고개를 비스듬히 기울이고 내 얼굴에 총을 겨눈 채 무표정한 가면 뒤로 나를 빤히 내려다본다.

그는 권총 해머를 젖히고 나를 향해 다가온다.

그가 무릎으로 내 늑골을 찔러 나를 층계참에서 꼼짝 못하게 내리누르자 나는 신음을 내뱉는다.

총이 내 머리에 닿는다.

남자가 말한다. "이거 하난 인정하지, 시도한 건 장해. 한심하기 짝이 없었지만. 네 속셈은 대놓고 보였어도, 어쨌든 끝까지 싸워보긴 했으니까."

나는 목 옆쪽을 날카롭게 찌르는 느낌에 움찔하며 놀란다.

"저항하지 마." 그가 말한다.

"나한테 뭘 주사한 겁니까?"

그가 뭐라 대답하기도 전에 무언가가 마치 초대형 트럭처럼 내 뇌혈관 장벽을 헤집고 들어간다. 나는 극도의 무거움과 무중력의 느낌을 동시에 받는다. 세상이 빙글빙글 돌고 안팎이 뒤집힌다.

그러다가 약물의 효과는 올 때와 마찬가지로 순식간에 사라진다.

또 다른 주삿바늘이 내 다리를 찌른다.

내가 비명을 지르는 동안 남자는 사용한 주사기 두 개를 구석으로 던진다. "이제 가지."

"나한테 뭘 주사했습니까?"

"일어나!"

나는 난간을 잡고 몸을 일으킨다. 떨어지면서 생긴 상처로 무릎에서는 피가 흐른다. 머리에서도 아직 피가 멈추지 않는다. 나는 춥고 지저분하고 젖어 있으며, 이가 너무 심하게 덜덜 떨려서 이러다 깨질 수도 있을 것 같다.

우리는 계단을 내려가고, 우리 둘의 무게에 조잡한 강철 골조가 흔들린다. 바닥에 이른 우리는 마지막 계단을 내려가 일렬로 늘어선 낡은 발전기들을 따라 걷는다.

바닥으로 내려오니 이 방이 더더욱 엄청나게 커 보인다.

중간에 남자가 걸음을 멈추고 발전기 중 하나 옆에 놓인 더플백을 손전등으로 비춘다.

"새 옷이야. 어서 입어."

"새 옷이라니요? 나는—"

"너는 자세히 알 필요 없어. 옷이나 입어."

온갖 두려움 속에서도 나는 희망으로 두근거린다. 이자가 날 살려주려는 건가? 그게 아니라면 옷을 입힐 이유가 없지 않은가? 내가 여기서 살아남을 수도 있는 걸까?

"당신 누굽니까?" 나는 묻는다.

"서둘러. 시간이 얼마 안 남았어."

나는 더플백 옆에 쪼그려 앉는다.

"먼저 몸부터 닦아."

나는 맨 위에 놓인 수건으로 발에 묻은 진흙을 닦아내고 무릎과 얼굴의 피를 닦는다. 사각팬티와 청바지를 입으니 몸에 꼭 맞다. 남자가 주사한 게 무엇이건 이제 손가락에 그 효과가 느껴지는 것 같다. 체크무늬 셔츠의 단추를 잠그는 손놀림이 둔하다. 두 발은 값비싼 가죽 슬립온에 수월하게 들어간다. 신발 역시 청바지처럼 편하게 맞는다.

이제 더는 춥지 않다. 마치 가슴 중앙에 열원이 있어 사지로 열을 내뿜는 것 같다.

"재킷도 입어."

나는 가방 바닥에서 검정색 가죽 재킷을 꺼내어 소매에 팔을 끼워 넣는다.

"완벽하군." 남자가 말한다. "자, 이제 앉아."

나는 천천히 발전기의 아래쪽 철판에 기대앉는다. 이 기계는 기관차만큼이나 거대하다.

남자는 내 맞은편에 앉는다. 총은 내 방향으로 대충 놓여 있다.

달빛이 안을 가득 채우며 저 높이 깨진 창문들을 굴절시키고, 흩뿌려진 빛이 무언가에 부딪히는데…….

어지럽게 얽힌 케이블.

기어.

파이프.

레버와 도르래.

깨진 계측기과 제어장치로 뒤덮인 계기판들.

다른 시대의 기술 장비다.

내가 묻는다. "이제 어떻게 되는 겁니까?"

"기다릴 거야."

"무엇을요?"

그는 손을 휘저어 내 질문을 일축한다.

기이한 침착함이 나를 감싼다. 어울리지 않게 평온한 기분.

"나를 죽이려고 여기로 데려왔습니까?"

"아니."

낡은 기계에 기대 있자니 더없이 편안하다. 그 속으로 가라앉는 듯한 느낌이다.

"하지만 그렇게 생각되게끔 굴었잖아요."

"다른 방법이 없었어."

"뭘 위한 다른 방법요?"

"널 이리로 데려오기 위해서지."

"그러면 우리가 왜 여기 있는 겁니까?"

하지만 남자는 그저 고개를 젓더니 왼손을 게이샤 가

면 아래로 넣어 얼굴을 긁는다.

기분이 이상하다.

마치 어떤 영화를 보는 동시에 그 안에서 연기도 하고 있는 것 같다.

억누를 수 없는 졸음이 어깨 위로 내려앉는다.

고개가 툭 떨어진다.

"약효가 퍼지길 가만히 기다려." 남자가 말한다.

그러나 나는 그러지 않는다. 불편할 정도로 빠르게 남자의 태도가 바뀌었다는 사실을 떠올리며 나는 저항한다. 그는 전혀 딴사람 같고, 지금 이 순간 그의 모습과 고작 몇 분 전에 그가 보인 폭력의 간극은 무서울 지경이다. 내가 이렇게 차분할 때가 아닌데 내 몸은 너무나 평화롭게 콧노래를 부르고 있다.

극도로 차분하고, 깊고도 멀리 떨어진 느낌이다.

남자는 거의 고백하듯이 나에게 말한다. "참 먼 길이었어. 지금 여기 앉아서 널 보고 있다는 사실이 믿기지 않을 정도야. 너에게 이렇게 말하고 있다는 것도. 너로선 이해가 안된다는 걸 알지만, 물어보고 싶은 게 너무 많아."

"뭘 말입니까?"

"너로 산다는 게 어떤지."

"그게 무슨 뜻이죠?"

그는 잠시 머뭇거리다가 이윽고 말한다. "이 세상에서 네가 자리한 위치에 대해 어떻게 생각해, 제이슨?"

나는 천천히, 신중하게 대답한다. "당신이 오늘 밤 내게 겪게 한 일을 생각하면 상당히 흥미로운 질문이군요."

"사는 게 행복해?"

이 순간의 그늘 속에서 바라본 내 삶은 가슴 저미도록 아름답다.

"내게는 멋진 가족이 있어요. 만족스러운 직업도 있고. 우린 불편함 없이 살고, 아픈 사람도 없어요."

혀의 감각이 둔하다. 내뱉는 단어들이 불분명하게 들리기 시작한다.

"그런데?"

나는 말을 계속한다. "내 인생은 아주 좋아요. 특출하지 않다 뿐이지. 그렇게 될 뻔한 적도 있긴 했죠."

"네 야망을 죽였지, 안 그래?"

"자연스럽게 죽었죠. 방치되어서."

"그렇게 된 정확한 경위는 알고 있어? 특별한 계기가—?"

"아들이었어요. 나는 스물일곱 살이었고, 다니엘라와 사귄 지 두어 달 됐을 때였죠. 다니엘라가 임신 소식을 알려왔어요. 우리가 함께한 시간은 즐거웠지만 사랑은 아니었어요. 아니, 어쩌면 사랑이었을지도. 모르겠어요. 어쨌든 우린 가정을 꾸릴 생각이라곤 전혀 하지 않고 있었어요."

"하지만 그렇게 했고."

"과학자에게는 이십대 후반이 정말 중요한 시기예요. 서른 살까지 뭔가 큰 연구 성과를 발표하지 않으면 한직으로 밀려나니까."

순전히 약물의 영향인지는 몰라도 얘기를 하고 있자니 기분이 참 좋다. 내 평생 가장 말도 안 되는 두 시간을 겪고

서 맞이한 오아시스 같은 보통의 순간. 그럴 리 없다는 건 알지만, 우리의 대화가 계속되는 한 그 어떤 나쁜 일도 일어나지 않을 것만 같다. 말이 나를 보호하기라도 하듯이.

"연구 중이던 큰 건수가 있었나?" 남자가 묻는다.

이제 나는 눈을 뜨고 있는 데만도 온 정신을 집중해야 한다.

"네."

"무슨 연구였는데?"

남자의 목소리가 아득히 멀게 들린다.

"거시적인 물체의 양자 중첩을 만들려고 했죠."

"연구를 왜 그만뒀어?"

"찰리가 태어나서부터 생후 1년까지 많이 아팠어요. 난 무균실에서 보낼 시간이 절대적으로 필요했지만 제시간에 갈 수가 없었죠. 다니엘라에겐 내가 필요했고, 우리 아들에게도 내가 필요했으니까. 그러다 지원금이 끊겼어요. 추진력을 잃었죠. 한때 나는 새롭게 부상한 젊은 천재였지만 내가 주춤하는 사이 다른 누군가가 내 자리를 차지했어요."

"다니엘라를 떠나지 않고 인생을 함께하기로 한 결정을 후회해?"

"아니요."

"전혀?"

다니엘라를 생각하자 이 순간의 생생한 공포를 동반한 감정이 또다시 솟구친다. 두려움이 되살아나고, 그와 함께 집을 향한 그리움이 뼛속까지 사무친다. 지금까지 살면서 필요로 했던 그 어떤 것보다도 지금 이 순간 내게는 그녀가 필요하다.

"전혀요."

곧이어 나는 차가운 콘크리트에 얼굴을 댄 채 바닥에 누워 있다. 약물이 나를 휩쓸어 가고 있다.

남자는 곁에 꿇어앉아 나를 바닥에 바로 눕히고, 나는 이 잊힌 공간의 높게 난 창문으로 쏟아져 들어오는 달빛을 바라본다. 어둠은 꿈틀거리는 빛과 색채로 주름지고, 소용돌이치는 텅 빈 공간들이 발전기 옆에서 열렸다 닫혔다 한다.

"그녀를 다시 보게 될까요?" 내가 묻는다.

"모르겠어."

나를 어떻게 할 작정이냐고 남자에게 백만 번이고 묻고 싶지만 뭐라고 말해야 할지 모르겠다.

두 눈은 자꾸만 감기고, 뜨고 있으려 애써보지만 승산 없는 싸움이다.

남자는 한쪽 장갑을 벗고 맨손으로 내 얼굴을 만진다.

이상한 느낌으로.

섬세한 손길로.

그는 말한다. "잘 들어. 물론 겁이 나겠지만, 네 것으로 만들 수 있어. 네가 한 번도 못 가져본 모든 걸 가질 수 있어. 아깐 놀라게 해서 미안해. 하지만 널 이리로 데려오려면 어쩔 수 없었어. 정말 미안해, 제이슨. 내가 이러는 건 우리 둘 다를 위해서야."

나는 소리 없이 입 모양으로 말한다. 당신은 누굽니까?

남자는 아무 대꾸 없이 주머니에 손을 넣어 새 주사기와 달빛에 수은처럼 반짝이는 투명한 액체가 담긴 작은 유리 앰풀을 꺼낸다.

그는 주삿바늘의 뚜껑을 벗기고 유리병의 내용물을 주사기에 채운다.

눈꺼풀이 서서히 내려가는 와중에 나는 남자가 왼팔 소매를 걷어 올리고 스스로 약물을 주사하는 모습을 지켜본다.

잠시 뒤 그는 앰풀과 주사기를 우리 둘 사이의 콘크리트 바닥에 떨어뜨린다. 눈이 완전히 감기기 전 내가 마지막으로 본 것은 내 얼굴 쪽으로 굴러오는 유리 앰풀이다.

나는 들릴 듯 말 듯한 소리로 속삭인다. "이제 어떻게 되죠?"

그러자 그는 말한다. "말해줘도 못 믿을 거야."

2

누군가 내 발목을 붙잡고 있는 느낌이 든다.

내 어깨 밑으로 두 손이 슥 들어오더니 어떤 여자 목소리가 말한다. "상자에서 어떻게 나온 거죠?"

남자 목소리가 대답한다. "모르겠어. 이것 봐, 의식이 회복되고 있어."

나는 눈을 뜬다. 그러나 보이는 거라곤 흐릿한 움직임과 빛뿐이다.

남자가 소리친다. "어서 여기서 데리고 나가자고."

나는 말을 해보려 하지만, 입 밖으로 나오는 말은 알아들을 수도 없고 형체도 없다.

여자가 말한다. "데슨 박사님? 제 말 들리세요? 지금 박사님을 들것으로 옮길 거예요."

내 발쪽을 쳐다보았는데, 남자의 얼굴이 초점에 들어온다. 그는 자가식 호흡장치가 부착된 알루미늄 재질의 방호복 차림으로 안면 보호구를 통해 나를 응시하고 있다.

내 머리 뒤쪽의 여자를 힐끗 보더니 남자가 말한다. "하나, 둘, 셋."

그들은 나를 들것으로 들어 옮긴 뒤 내 발목과 손목에 패드를 댄 구속 장치를 채운다.

"순전히 당신을 보호하는 차원에서예요, 데슨 박사님."

나는 4, 50피트 위의 천장이 스크롤되어 지나가는 것을 바라본다.

대체 여기가 어디지? 격납고?

순간 기억의 한 조각—내 목을 찌르던 주삿바늘—이 번득이며 떠오른다. 내 몸에 무언가가 주입되었다. 이건 말도 안 되는 환각이다.

무전기가 시끄러운 소리를 낸다. "추출팀, 보고하세요. 오버."

여자가 흥분이 배어 있는 목소리로 말한다. "데슨을 데리고 있습니다. 이동하겠습니다. 오버."

끼익끼익 바퀴 굴러가는 소리가 들린다.

"알겠습니다. 초기 상태 평가는? 오버."

여자는 장갑 낀 한쪽 손을 내려 내 왼팔에 벨크로 테이프로 부착되어 있던 모니터링 장치를 켠다.

"맥박 수: 115. 혈압: 140/92. 체온: 37.1도. 산소 포화도: 95퍼센트. 감마 글루타밀 전이효소: 0.87. 30초 후 도착 예정. 이상 끝."

윙윙거리는 소리에 나는 깜짝 놀란다.

금고처럼 생긴 한 쌍의 문이 천천히 열리고 우리는 그 문을 통과한다.

빌어먹을.

침착하자. 이건 현실이 아니야.

끼익거리는 바퀴 소리가 더 빠르고 다급해진다.

우리는 비닐로 덮인 복도에 와 있고, 나는 머리 위에서 빛나는 형광등 불빛의 맹공격에 눈을 찡그린다.

우리 뒤의 문은 아성의 입구처럼 음산한 금속음을 내며 쾅 닫힌다.

그들은 나를 실은 들것을 수술실로 밀고 들어가, 양압복 차림을 하고 수술용 조명 아래 서 있는 인상적인 인물 쪽으로 다가간다.

그 남자는 안면 보호구 너머에서 나를 향해 미소 지으며 말한다. 꼭 나를 아는 듯한 말투다. "돌아온 걸 환영하네, 제이슨. 축하해. 자네가 해냈어."

돌아왔다고?

남자의 눈만 보이기는 하지만, 그 눈을 봐서는 내가 만나본 사람 누구도 떠오르지 않는다.

"어디든 통증이 있나?" 그가 묻는다.

나는 고개를 젓는다.

"얼굴에 있는 베인 상처와 멍이 어쩌다 생겼는지 아나?"

고개를 젓는다.

"자네가 누구인지 아나?"

고개를 끄덕인다.

"지금 이곳이 어디인지 아나?"

고개를 젓는다.

"날 알아보겠나?"

고개를 젓는다.

"나는 대표이사 겸 의료 총책임을 맡은 레이턴 밴스네. 우리 둘은 동료이자 친구야." 남자는 수술용 가위를 들어 보인다. "자네가 입고 있는 이 옷을 제거해야 하네."

그는 모니터링 장치를 떼어내고 내 청바지와 사각팬티를 잘라내 금속 트레이에 던져 넣는다. 그가 내 셔츠를 자르는 동안 나는 겁먹지 않으려 애쓰며 환하게 내리쬐는 조명을 쳐다본다.

그러나 나는 벌거벗은 채 들것에 묶여 있다.

아니, 벌거벗은 채 들것에 묶여 있는 환각에 빠진 것이다. 나는 스스로에게 이렇게 상기시킨다. 이 모든 건 현실이 아니니까.

레이턴은 내 신발과 옷이 담긴 트레이를 들어, 내 시선이 닿지 않는 머리 뒤쪽의 누군가에게 건넨다. "모조리 검사해."

발소리가 급히 방을 떠난다.

이소프로필알코올의 톡 쏘는 냄새가 나는가 싶더니 레이턴이 내 팔 아래쪽을 문질러 닦는다.

그는 내 팔꿈치 위에 압박대를 감는다.

"채혈을 조금 하려는 것뿐이야." 기구 트레이에서 대형 피하 주사기를 가져오며 그는 말한다.

그는 실력이 좋다. 주삿바늘이 들어간 느낌조차 없다.

채혈을 끝낸 레이턴은 수술실 한쪽 끝의 유리문 쪽으로 들것을 민다. 유리문 옆벽에는 터치스크린이 부착되어 있다.

"이게 신나는 단계라고 말할 수 있었으면 좋겠네만." 그는 말한다. "자네가 너무 혼란스러운 나머지 지금부터 무슨 일이 벌어질지 모르겠다면, 차라리 그 편이 더 나을 걸세."

나는 무슨 일이 벌어질지 묻고 싶지만 여전히 말이 나오지 않는다. 레이턴의 손가락이 터치스크린 위를 종횡무진 춤춘다. 유리문이 열리자 그는 들것이 겨우 들어갈 정도의 챔버에 나를 밀어 넣는다.

"90초면 돼." 그가 말한다. "아무 일 없을 거야. 이걸로 피실험자가 죽은 적은 한 번도 없으니까."

공압장치의 쉬익 하는 소리가 들리고 곧이어 유리문이 미끄러지듯 닫힌다.

천장에 매입(埋入)된 조명이 차가운 푸른빛을 발한다.

나는 목을 길게 뺀다.

나를 중심으로 양쪽 벽 모두 정교한 구멍이 잔뜩 뚫려 있다.

과냉각된 미세 입자가 천장에서 분사되어 나를 머리끝에서 발끝까지 뒤덮는다.

내 몸은 바짝 긴장하고, 차가운 물방울들이 내 피부에 구슬처럼 맺혀 꽁꽁 얼어붙는다.

내가 추위로 떠는 사이, 챔버의 벽이 웅웅거리기 시작한다.

벽에 뚫린 구멍에서 쉬익 소리와 함께 하얀 증기가 분

사되고 소리는 점점 더 커진다.

증기가 왈칵 쏟아져 나온다.

곧이어 분사된다.

양쪽에서 나온 액체 줄기는 들것 위에서 맞부딪쳐 챔버 내부를 자욱한 안개로 가득 채우고 머리 위 조명까지 완전히 덮어버린다. 그 안개가 내 피부에 닿은 자리에는 얼어붙은 물방울이 극도의 고통을 연거푸 폭발시킨다.

팬의 방향이 뒤바뀐다.

5초가 채 지나지 않아 가스가 다 빠져나가고, 이제 챔버 안에는 마치 여름날 오후 폭풍우가 몰려오기 직전의 대기처럼 특이한 냄새가 감돈다. 마른번개와 오존의 냄새다.

가스와 과냉각 액체는 내 피부와 반응하여 산성용액에 담근 것처럼 타는 듯이 지글거리는 거품을 일으켰다.

나는 끙끙 앓는 소리와 함께 구속장치에서 벗어나려 몸부림치면서 생각한다. 도대체 얼마나 더 이 상태가 계속되게 내버려두려는 거지? 나는 통증을 잘 참는 편인데도 지금 이 상황은 '멈추지 않을 거면 차라리 죽여줘'의 경계에 걸쳐 있다.

머릿속에서는 빛의 속도로 생각이 쏟아져 나온다.

이런 일을 가능하게 하는 약물이 있기는 할까? 이렇게나 소름끼치도록 선명한 환각과 통증을 만들어낼 수 있다고?

이건 지나치게 강렬하고 지나치게 생생하다.

혹시 이것이 실제 일어나고 있는 일이라면?

CIA가 수행하는 비밀 작전 같은 건가? 내가 지금 인간

생체 실험이 한창 벌어지고 있는 어둠의 병원에 있는 걸까?
이 사람들이 날 납치한 걸까?

따뜻한 물이 소방 호스같이 강력한 세기로 천장에서 분사되어 고통스러운 거품을 연타로 씻어낸다.

온수가 멈추자 가열 공기가 구멍에서 뿜어져 나와 사막의 뜨거운 바람처럼 내 피부를 휩쓴다.

통증이 사라진다.

나는 정신이 확 든다.

내 뒤에서 문이 열리고 들것이 다시 밖으로 끌려 나간다.

레이턴이 나를 내려다본다. "그렇게 나쁘진 않았지?" 그는 수술실을 지나 옆에 붙은 병실로 나를 밀고 가서 발목과 손목의 구속장치를 푼다.

그는 장갑 낀 한 손으로 들것 위에서 날 일으켜 세운다. 잠시 머리가 어질어질하면서 방이 빙빙 돌더니 얼마 뒤 드디어 세상이 똑바로 돌아온다.

그는 나를 찬찬히 살핀다.

"좀 나아졌어?"

나는 고개를 끄덕인다.

방에는 침대와 서랍장이 있고 그 위에 갈아입을 옷이 가지런히 개켜져 있다. 벽에는 충전재가 부착되어 있다. 날카로운 모서리는 없다. 내가 들것 가장자리로 슬며시 움직이자 레이턴은 내 팔뚝을 잡고 일어서는 걸 도와준다.

내 두 다리는 고무처럼 흐물거려 아무 쓸모가 없다.

그가 나를 침대로 이끈다.

"자네가 옷을 입을 동안 나가 있다가 검사 결과가 나오면 돌아오겠네. 오래 걸리진 않을 거야. 내가 잠깐 나가 있어도 괜찮겠나?"

나는 마침내 목소리를 찾는다. "이게 무슨 상황인지 모르겠어요. 내가 어디에 있는—"

"혼란한 상태는 점점 가실 거야. 내가 면밀히 지켜보겠네. 자네가 괜찮아질 때까지 함께 도울 거야."

그는 문 쪽으로 들것을 끌고 가다가 문턱에서 갑자기 멈춰 서서 안면 보호구 너머로 나를 돌아본다. "자네를 다시 보니 정말 좋군, 친구. 아폴로 13호가 귀환하던 당시의 지상 관제소에 있는 기분이야. 우리 모두 자네가 정말로 자랑스러워."

그가 나가고 문이 닫힌다.

마치 세 발의 총탄처럼 세 개의 잠금쇠가 구멍 안으로 발사된다.

나는 침대에서 일어나 불안한 걸음으로 서랍장 쪽으로 걸어간다.

기운이 너무 없어서 옷—고급스러운 바지, 리넨 셔츠, 벨트는 없다—을 입는 데도 몇 분이 걸린다.

문 바로 위에서 감시 카메라가 나를 지켜보고 있다.

나는 침대로 돌아와서 이 고요한 무균실에 혼자 앉아 가장 마지막으로 남은 확실한 기억을 떠올리려 애쓴다. 시도하는 것만으로 해안에서 10피트 아래로 잠기는 기분이다. 해변에 기억의 조각들이 널려 있고, 나는 그 조각들이 뻔히 보이고 거의 손에 닿을 것만 같은데 폐에는 물이 가득 차오르고 있다. 수면 위로 머리를 내밀어보려고 허우적거리

6

지만 뜻대로 되지 않는다. 조각들을 맞춰보려 용을 쓰면 쓸수록, 온 힘을 쏟으면 쏟을수록, 나는 더더욱 발버둥치고 더더욱 공포에 사로잡힌다.

충전재가 덧대진 이 하얀 방에 앉아 떠오르는 것이라곤—

텔로니어스 멍크.

레드와인의 향.

주방에 서서 양파 다지기.

그림을 그리는 십대 아이.

아니, 잠깐.

아무 십대가 아니다.

내 십대 아이다.

내 아들이다.

아무 주방이 아니다.

내 주방이다.

우리 집이다.

가족 만찬이 있는 저녁이었다. 우리는 함께 요리하고 있었다. 다니엘라의 미소가 보인다. 그녀의 목소리와 재즈 음악이 들린다. 양파 냄새가 나고, 다니엘라에게서 시큼 달콤한 와인 향이 난다. 게슴츠레한 그녀의 눈이 보인다. 이 얼마나 안전하고 완벽한 장소인가. 가족 만찬을 앞둔 우리 집 주방은.

그런데 나는 집에 머물지 않았다. 무슨 이유에선지 집을 나섰다. 왜지?

딱 여기까지 와 있다. 금방이라도 기억이 날 것 같은 지점…….

잠금쇠가 속사포처럼 들어가고, 병실 문이 열린다. 양압복 대신 일반 실험복으로 갈아입고 온 레이턴이 문틀에서 씩 웃으며 서 있다. 마치 샘솟는 기대감을 간신히 억누르고 있다는 듯이. 그가 대충 내 또래이고 명문 사립학교 스타일의 미남이라는 사실이 이제야 눈에 들어온다. 그의 얼굴은 거뭇하게 올라온 수염으로 뒤덮여 있다.

"좋은 소식이네." 그가 말한다. "검사 결과 이상 무야."

"무슨 이상 말입니까?"

"방사능 노출, 생물학적 위험, 전염병이지. 완전한 혈액 스캔 결과는 아침에 나오겠지만 격리 조치는 해제됐네. 아, 자네한테 주려고 가져왔어."

그는 열쇠 다발과 지폐 클립이 담긴 지퍼백을 건넨다.

지퍼백에 부착된 마스킹테이프에 '제이슨 데슨'이라는 글자가 검정 매직펜으로 휘갈겨 쓰여 있다.

"이제 나갈까? 다들 자넬 기다리고 있어."

나는 내 소지품으로 보이는 물건들을 주머니에 넣고 레이턴을 따라 수술실을 나선다.

다시 복도로 나가니 연구원 대여섯 명이 벽에서 비닐을 열심히 떼어내고 있다.

그들은 나를 보더니 하나같이 박수를 치기 시작한다.

한 여자가 외친다. "최고예요, 데슨!"

우리가 다가가자 유리문이 획 열린다.

내 체력과 균형 감각이 돌아오고 있다.

레이턴이 나를 계단통으로 이끌고, 우리는 계단을 올라

간다. 우리가 발을 디딜 때마다 금속 계단이 찰캉찰캉 소리를 낸다.

"계단이 힘들지 않아?" 레이턴이 묻는다.

"네. 어디로 가는 겁니까?"

"사후 보고가 있네."

"하지만 난—"

"면담 전까진 자네 생각을 입 밖에 내지 않는 편이 좋겠네. 알잖나, 절차니 규약이니 때문에 말이야."

층계참 두 개를 오른 뒤 그는 1인치 두께의 유리문을 연다. 우리는 한쪽에 바닥에서 천장까지 창이 여러 개 나 있는 또 다른 통로로 들어간다. 창문들 너머로 격납고가 보이는데, 통로들이 그 건물—총 4층—을 빙 둘러싼 모양이 흡사 아트리움 같다.

나는 그 풍경을 더 자세히 보려고 창문 쪽으로 다가가지만, 레이턴이 왼편의 두 번째 문으로 나를 데려가서 조명이 어둑한 방 안으로 안내한다. 그곳에는 검정색 바지 정장 차림의 여자가 내가 도착하기를 기다리고 있었던 듯 탁자 뒤에 서 있다.

"어서 오세요, 제이슨." 여자가 말한다.

"안녕하세요."

잠시 여자의 눈에 내 시선이 사로잡힌 사이, 레이턴이 내 왼팔에 모니터링 장치를 부착한다.

"이렇게 해도 괜찮지?" 그가 묻는다. "자네 바이털을 조금은 더 지켜봐야 내가 안심이 될 것 같아서 그래. 곧 상황이 안정될 거야."

레이턴은 내 등허리를 손으로 가볍게 찌르며 방 안쪽으로 마저 들어가도록 재촉한다.

내 등 뒤에서 문이 닫히는 소리가 들린다.

여자는 마흔 살쯤 되어 보인다. 짙은 색의 짧은 머리 스타일에 가지런히 자른 앞머리 바로 아래 자리한 눈에 띄게 매력적인 두 눈은 어쩐지 친절하면서도 날카롭게 꿰뚫어보는 듯한 느낌을 동시에 풍긴다.

조명은 부드럽고 자극적이지 않아서 영화가 상영되기 전 극장에 있을 때 같다.

등받이가 곧은 나무 의자 두 개가 놓여 있고, 작은 탁자 위에는 노트북 한 대와 물병, 컵 두 개, 보온 포트, 그리고 모락모락 김을 뿜으며 좋은 커피 향으로 방 안을 채우는 머그컵이 있다.

벽과 천장은 모두 검은 스모크 유리로 되어 있다.

"제이슨, 자리에 앉으시면 시작할게요."

나는 5초간 길게 망설이며 그냥 나가버릴까도 생각해 보지만 어쩐지 그건 좋지 않은, 아마도 대단히 위험한 생각일 거라는 느낌이 든다.

그래서 나는 의자에 앉고, 물병을 가져와 물을 한 잔 따른다.

여자가 말한다. "배가 고프시면 음식을 가져오게 할 수 있어요."

"아뇨, 괜찮습니다."

마침내 내 맞은편 의자에 착석한 여자는 안경을 콧잔등 위로 추켜올린 뒤 노트북에 무언가를 입력한다.

"지금은—" 여자는 차고 있는 손목시계를 확인한다. "—10월 2일 오전 12시 7분입니다. 저는 사원번호 9567 어맨다 루커스이고 제 옆에는……." 그녀는 손짓으로 나를 가리킨다.

"음, 제이슨 데슨 씨가 와 계십니다."

"감사합니다, 제이슨. 배경 설명 겸 공식 기록 목적으로 말씀드리면, 10월 1일 오후 10시 59분경 기술지원팀의 채드 하지가 내부 현장 정기 점검 도중 격납고 바닥에 의식을 잃고 쓰러져 있는 데슨 박사를 발견했습니다. 추출팀이 출동했으며, 오후 11시 24분 데슨 박사는 격리소로 옮겨졌습니다. 레이턴 밴스 박사에 의해 오염 제거를 실시하고 1차 정밀 검사 승인을 거친 뒤 데슨 박사를 지하 2층 회의 강당으로 모셔왔으며, 이곳에서 첫 번째 사후 면담이 시작됩니다."

어맨다는 나를 쳐다보며 미소를 짓는다.

"제이슨, 돌아오셔서 대단히 기뻐요. 시간이 늦었지만 팀원들 대부분이 이 일을 위해 시내에서 급히 달려왔어요. 아마도 짐작하셨겠지만 다들 저 유리 뒤에서 지켜보고 있습니다."

사방에서 박수갈채가 터져 나오고 몇몇은 내 이름을 외친다.

내가 벽 너머를 볼 수 있을 정도로 조명이 들어온다. 강당의 좌석이 유리 상자 모양의 면담실을 에워싸고 있다. 열다섯 혹은 스무 명 정도는 일어서 있고 대부분이 미소를 짓고 있으며 두어 명은 마치 내가 대단히 영웅적인 임무를 수행하고 귀환한 것처럼 눈물까지 훔치고 있다.

나는 개중 두 명이 무장을 하고 있는 것을 눈치챘다. 그들이 찬 권총의 개머리판이 조명 아래 반짝이고 있다.

이 두 사람은 웃지도, 박수를 치지도 않는다.

어맨다는 의자를 살짝 뒤로 빼더니 자리에서 일어나 다른 사람들과 함께 박수를 치기 시작한다.

그녀 역시 깊이 감동한 표정이다.

이 와중에 내 머릿속에는 한 가지 생각뿐이다. 도대체 내게 무슨 일이 일어난 거지?

박수갈채가 잦아들자 어맨다는 다시 자리에 앉는다.

"우리가 너무 흥분해서 죄송해요. 하지만 지금까지 귀환한 사람은 박사님이 유일해요."

나는 어맨다가 무슨 말을 하는지 도통 알 수가 없다. 마음 한편에서는 그냥 이렇게 말해버리고 싶지만 다른 한편에서는 그러면 안 될 것 같다고 생각한다.

조명이 다시 어두워진다.

나는 앞에 놓인 물컵을 생명줄처럼 꽉 움켜잡는다.

"본인이 얼마나 오래 떠나 있었는지 아세요?" 어맨다가 묻는다.

어디로 떠났단 말인가?

"아니요."

"14개월이에요."

맙소사.

"이 사실에 놀라셨어요, 제이슨?"

"그런 것 같습니다."

"음, 우리에겐 너무나 초조해하며 숨죽이고 손에 땀을

쥐었던 시간이었어요. 1년 넘게 기다려서야 이 질문들을 하게 되었네요. 무엇을 보셨나요? 어디로 가셨어요? 어떻게 돌아오셨죠? 빠짐없이 모두 말씀해 주세요. 부디 첫 시작 부분부터요."

나는 물을 한 모금 마신다. 그러면서 돌조각이 우수수 떨어져 나가는 절벽을 붙잡고 있는 손처럼 내가 가진 마지막 확실한 기억에 매달린다. 가족 만찬이 있는 날 집을 나서던 기억.

그런 다음…….

나는 선선한 가을밤에 보도 위를 걸었다. 지나는 술집마다 시카고 컵스 경기를 틀어놓은 소리가 시끄럽게 들린다.

어디였지?

나는 어디로 가는 길이었지?

"천천히 하세요, 제이슨. 급할 것 없어요."

라이언 홀더.

나는 그를 만나러 가고 있었다.

빌리지탭까지 걸어가서 대학 시절 룸메이트였던 라이언 홀더와 술을 한 잔—정확히는 최상급 스카치위스키 두 잔—마셨다.

라이언이 지금 이 상황과 어떤 관련이 있는 건가?

나는 또다시 의문을 품는다. 지금 이 상황은 실제로 일어나고 있는 걸까?

나는 물컵을 든다. 표면에 맺힌 물방울이며 내 손끝에 닿는 차갑고 축축한 감촉까지, 완벽히 실재하는 것처럼 보인다.

어맨다의 눈을 들여다본다.

벽을 찬찬히 살핀다.

아무것도 녹아내리고 있지 않다.

만약 이것이 약물로 유도한 환각 체험이라면 정말이지 내가 한 번도 들어보지 못한 종류의 것이다. 시각이나 청각의 왜곡도 없고, 이상 황홀감도 없다. 이 공간이 현실로 느껴지지 않는 건 아니다. 그저 내가 있어야 할 곳이 아닌 것뿐이다. 어쩐지 내 존재야말로 거짓말 같다. 이게 무슨 뜻인지조차 정확히 모르겠지만, 마음속 깊은 곳에서부터 그런 느낌이 든다.

아니, 이건 환각이 아니다. 환각과는 전혀 다른 무엇이다.

"조금 다르게 접근해 볼까요." 어맨다가 말한다. "격납고에서 깨어나기 전 마지막으로 기억나는 게 뭔가요?"

"술집에 있었어요."

"거기서 뭘 하고 있었나요?"

"옛 친구를 만났습니다."

"그 술집은 위치가 어디죠?"

"로건스퀘어에 있어요."

"그러니까 여전히 시카고에 있었군요."

"네."

"좋아요, 보이는 걸 말해주시겠어요······?"

어맨다의 목소리가 점점 사라진다.

고가철도가 보인다.

사위가 어둡다.

조용하다.

시카고답지 않게 너무 조용하다.

누군가 다가오고 있다.

나를 해치고 싶어 하는 사람.

심장박동이 빨라진다.

손에서 식은땀이 난다.

나는 컵을 탁자에 내려놓는다.

"제이슨, 레이턴이 당신 바이털 수치가 높아지고 있다는군요."

그녀의 목소리가 돌아왔지만 여전히 바다 저편처럼 멀게 들린다.

이건 일종의 속임수인가?

나를 가지고 장난을 치고 있는 건가?

아니, 저 여자한테 그건 묻지 마. 그런 말은 입 밖에 내지 마. 저들이 생각하는 그 사람이 되자. 이 사람들은 차분하고 침착한 데다 개중 둘은 무장한 상태야. 저들이 내게서 듣고자 하는 게 무엇이든 그걸 말하자. 만약 내가 자신들이 생각하는 사람이 아닌 걸 저들이 알게 된다면, 과연 어떻게 될까?

그렇게 되면 아마 난 이곳을 영영 떠나지 못하겠지.

머리가 욱신거리기 시작한다. 손을 올려 뒤통수에 가져다 대니 혹이 만져진다. 손이 닿은 곳이 너무 아파서 나도 모르게 몸을 움찔한다.

"제이슨?"

내가 다쳤던 건가?

누군가 날 공격했던 걸까? 이곳까지 강제로 끌려온 거라면? 혹시 친절해 보이는 겉모습과 달리 이 사람들이 내게 이런 짓을 한 자와 한통속이면 어쩌지?

나는 옆머리를 만져보며 두 번째로 맞아서 생긴 상처를 확인한다.

"제이슨."

눈앞에 게이샤 가면이 보인다.

나는 벌거벗었고 무력하다.

"제이슨."

두어 시간 전만 해도 나는 집에서 저녁 식사를 준비하고 있었다.

나는 저들이 생각하는 사람이 아니다. 저들이 그 사실을 알아채면 어떻게 될까?

"레이턴, 이쪽으로 좀 와주시겠어요?"

전혀 좋을 게 없다.

나는 이제 이 방에 있어서는 안 된다.

이 사람들에게서 벗어나야 한다.

생각을 해야 한다.

"어맨다." 나는 억지로 현 상황에 다시 집중하고 떠오르는 의문과 두려움을 머릿속에서 지워보려 하지만, 그건 무너지는 제방을 억지로 막고 있는 것과도 같다. 계속되지 못할 것이다. 버티지 못할 것이다. "이 상황이 당혹스럽군요." 나는 말한다. "지금 제가 너무 지쳐 있는 데다, 솔직히 오염 제거 작업이 그리 유쾌하진 않았거든요."

"잠깐 쉬고 싶으세요?"

"그래도 될까요? 잠시 머리 식힐 시간이 필요해요." 나는 노트북을 가리키며 덧붙인다. "이것 때문에라도 조금은 똑똑하게 말하고 싶기도 하고요."

"물론이에요." 어맨다는 무언가를 타이핑한다. "이제부턴 기록에 들어가지 않아요."

나는 자리에서 일어난다.

어맨다가 말한다. "제가 개인실로 안내해드릴 수 있어요—"

"그러실 필요 없습니다."

나는 문을 열고 복도로 나간다.

레이턴 밴스가 기다리고 있다.

"제이슨, 누워 있도록 하게. 자네 바이털이 불안정해졌어."

나는 팔에 부착된 장치를 떼어내 그에게 건넨다.

"걱정은 고맙지만 내가 정말로 필요한 건 화장실이에요."

"아. 알겠네. 내가 데려다주지."

우리는 통로를 따라 걷는다.

레이턴은 무거운 유리문을 어깨로 밀며 이번에도 나를 계단통으로 이끈다. 지금 계단은 텅 비어 있다. 가까운 통풍구를 통해 더운 공기를 공급하는 환기장치 외에는 어떤 소리도 나지 않는다. 나는 난간을 붙잡고서 확 트인 공간의 중심부 쪽으로 몸을 기울인다.

바닥까지 층계 두 개, 꼭대기까지도 층계 두 개다.

어맨다가 면담을 시작할 때 뭐라고 말했지? 우리가 지하 2층에 있다고? 그 말은 여기가 전부 지하라는 뜻인가?

"제이슨? 안 오나?"

나는 힘없는 다리와 머리의 통증과 싸우며 레이턴을 따라 계단을 오른다.

계단통 맨 위에 이르자 강화 철문 옆 표지판에 '1층'이라고 적혀 있다. 레이턴이 키카드를 갖다 대고 암호를 입력한 뒤 문을 열어놓고 기다린다.

정면으로 보이는 벽 전면에 블록 글자체로 '벌라서티연구소'라는 이름이 붙어 있다.

왼쪽: 엘리베이터.

오른쪽: 보안 검색대. 금속 탐지기와 회전문 사이에 험상궂은 경비요원이 서 있고, 그 바로 너머에 출구가 있음.

이곳의 경비는 바깥으로 향해 있어 내부인이 나가는 것보다 외부인이 들어오는 것을 막는 데 집중하는 듯하다.

레이턴은 엘리베이터를 지나쳐 복도 저쪽 끝에 있는 한 쌍의 이중문까지 나를 이끈 뒤 키카드로 문을 연다.

안으로 들어가서 그가 전등 스위치를 누르자 잘 꾸며진 사무실이 모습을 드러낸다. 다양한 민간 여객기와 초음속 군용 제트기, 그리고 그 항공기들에 장착되는 엔진 사진이 벽을 장식하고 있다.

책상 위에 놓인 사진 액자 하나가 내 눈길을 끈다. 나이지긋한 남자가 사내아이를 품에 안고 있는 사진인데 아이의 얼굴이 레이턴과 무척 닮았다. 두 사람은 격납고 안의 여러 부품 한가운데에 놓인 커다란 터보팬 엔진 앞에 서 있다.

"내 개인 욕실이 더 편할 것 같아서 이리로 왔네." 레이턴이 안쪽 구석에 있는 문을 가리키며 말한다. "난 여기에 있겠네." 그는 이렇게 덧붙인 뒤 책상 가장자리에 앉아 주머니에서 휴대폰을 꺼낸다. "필요한 거 있으면 부르고."

화장실은 한기가 감돌고 티끌 하나 없이 깨끗하다.

좌변기와 소변기, 샤워 부스가 설치되어 있고 뒷벽 중간쯤에 작은 창이 나 있다.

나는 좌변기에 앉는다.

가슴이 너무 조여와 숨조차 쉬기 힘들다.

저들은 14개월 동안 내가 돌아오기를 기다리고 있었다. 내가 이 건물에서 나가도록 내버려둘 리 없다. 일단 오늘 밤은 안 된다. 내가 저들이 생각하는 사람이 아니라는 점을 감안하면 아마 오랫동안 안 될 것이다.

이 모든 상황이 정교하게 짜인 테스트나 게임이 아닌 한.

레이턴의 목소리가 문을 뚫고 들어온다. "별일 없어?"

"네."

"자네가 그 안에서 뭘 보고 왔는지 모르지만 내가 곁에 있다는 걸 잊지 말았으면 하네, 친구. 겁이 나면 내가 도울 수 있게 꼭 말을 해야 해."

나는 일어선다.

그는 말을 계속한다. "강당에서 지켜봤는데, 이런 말은 좀 그렇지만 자네 상태가 정상이 아닌 것 같았어."

만약 레이턴과 같이 다시 로비로 나간다면, 나는 달아날 수 있을까? 보안을 뚫고 돌진할 수 있을까? 금속 탐지기 옆에 서 있던 육중한 경비를 떠올려본다. 아마 안 될 테지.

"신체적으로는 별 탈 없이 괜찮을 거라 생각되네만, 걱정되는 건 자네의 심리 상태야."

나는 창문까지 닿기 위해 도자기 소변기의 주둥이를 밟고 올라선다. 유리창은 양쪽에 달린 레버로 잠기는 것 같다.

크기가 가로세로 2피트씩밖에 되지 않아서 과연 내 몸이 통과할 수 있을지 모르겠다.

레이턴의 목소리가 화장실 전체에 웅웅 울리더니, 내가 세면대 쪽으로 살며시 되돌아가자 말소리가 다시 또렷이 들린다.

"……자네가 할 수 있는 최악은 이 상황을 혼자 감당하려 하는 거야. 우리 솔직히 말해보자고. 자네는 스스로 무엇이든 해낼 수 있을 만큼 강하다고 생각하는 그런 사람이잖나."

나는 문 쪽으로 다가간다.

잠금쇠가 있다.

떨리는 손으로 자물쇠 실린더를 천천히 돌린다.

"하지만 자네가 느끼는 감정이 무엇이건," 이제 그의 목소리가 몇 인치 거리에서 가깝게 들린다. "반드시 내게 털어놓고, 사후 보고를 내일이나 모레까지 미뤄야 한다면—"

잠금쇠가 부드러운 딸깍 소리와 함께 구멍에 들어가는 순간 레이턴의 말소리가 뚝 멈춘다.

잠깐 동안 아무 일도 일어나지 않는다.

나는 조심스럽게 한 발짝 뒤로 물러선다.

문이 미세하게 움직이는가 싶더니 곧이어 문틀 안에서 격렬하게 덜컹거린다.

레이턴이 말한다. "제이슨. 제이슨!" 그런 뒤 이어지는 소리. "지금 당장 내 사무실로 보안팀을 보내. 데슨이 화장실에 들어가서 문을 잠갔어."

레이턴이 몸으로 부딪쳐서 문이 마구 흔들리지만 자물쇠는 부서지지 않는다.

나는 창문으로 돌진하여 소변기를 밟고 올라가 유리창 양쪽의 레버를 젖힌다.

레이턴이 누군가에게 고함을 지르고 있고, 나는 말소리를 정확히 알아들을 순 없지만 다가오는 발소리가 들리는 것 같다.

창문이 열린다.

밤공기가 훅 끼쳐 들어온다.

소변기에 올라서 있는 와중에도 나는 저 위까지 올라갈 수 있을지 확신이 없다.

소변기 가장자리에서 훌쩍 뛰어올라 열린 창틀을 향해 몸을 날려보지만, 한쪽 팔만 간신히 창틀을 넘어간다.

무언가가 화장실 문에 쾅 하고 부딪치는 동안 내 신발은 매끄러운 수직 벽면 위를 긁어댄다. 견인할 곳도 발을 디딜 곳도 없다.

나는 바닥으로 떨어지고, 다시 소변기 위로 올라간다.

레이턴은 누군가에게 소리친다. "빨리!"

나는 다시 한 번 점프를 하고, 이번에는 두 팔 다 창턱 너머로 착지하는 데 성공한다. 대단히 잘 잡았다고 할 수는 없어도 떨어지지 않을 만큼은 된다.

내가 버둥거리며 창문을 빠져나가기 무섭게 내 뒤에서 화장실 문이 부서진다.

레이턴이 내 이름을 외친다.

나는 0.5초 동안 어둠 속으로 곤두박인다.

얼굴이 먼저 떨어지며 보도와 충돌한다.

나는 아뜩하고 멍한 상태로 일어난다. 귀는 웅웅거리고 얼굴 옆으로 피가 흘러내린다.

나는 밖으로 나왔고, 여기는 두 건물 사이의 어두운 골목이다.

머리 위 열린 창틀에서 레이턴이 모습을 보인다.

"제이슨, 이러지 말게. 내가 도와줄게."

나는 뒤돌아서 달린다. 어디로 가는지도 모른 채 그저 골목 끝의 입구를 향해 불길처럼 질주한다.

입구에 도착한다.

벽돌 계단을 맹렬히 내려간다.

나는 오피스 단지에 들어와 있다.

특색 없이 단조로운 저층 건물들이 한가운데 조명 달린 분수가 있는 볼품없이 작은 연못 주위에 다닥다닥 붙어 있다.

시간대를 생각하면 밖에 사람이 전혀 없는 것도 놀랍지는 않다.

나는 야외 벤치와 잘 손질된 관목, 정자, '산책로'라는 글자 밑에 화살표가 그려진 표지판을 날듯이 스쳐 지나간다.

어깨 너머로 재빨리 뒤를 돌아본다. 방금 내가 탈출한 건물은 5층 높이에 별 특징이 없고 돌아서면 잊을 만큼 평범한 건축물이고, 벌집을 쑤셔놓은 것처럼 입구에서 사람들이 줄줄이 나오고 있다.

나는 연못 끝에서 보도를 벗어나 자갈길을 따라간다.

땀이 흘러 눈을 찌르고 가슴은 불이 붙은 듯 화끈거리

지만 나는 끝없이 팔을 흔들고 두 발을 차례로 세차게 내딛는다.

한 걸음씩 옮길 때마다 오피스 단지의 불빛도 점점 더 멀어져 간다.

앞쪽에는 달리 아무것도 없이 포근한 어둠뿐이고, 나는 목숨이 거기에 달린 것처럼 그 어둠을 향해, 어둠 속으로 다가간다.

상쾌한 강풍이 얼굴을 때리며 지나가자 문득 내가 어디로 가고 있는지 의문이 들기 시작한다. 저 멀리 흐릿한 불빛이라도 보여야 하는 게 아닐까? 티끌만 한 점 하나라도? 그렇지만 나는 거대한 어둠의 틈 속으로 달려가고 있다.

파도 소리가 들린다.

나는 물가에 도착한다.

하늘에 달은 없지만 별빛이 선명해서 미시간호의 넘실대는 수면이 어렴풋이 보인다.

나는 오피스 단지가 있는 내륙 쪽을 바라보며 바람소리에 섞여 다가오는 목소리를 듣고 어둠을 가르는 몇몇 손전등의 불빛을 일별한다.

나는 북쪽으로 방향을 돌려 달리기 시작한다. 파도에 닳은 몽돌이 신발에 와드득 밟힌다. 호숫가에서 수 마일 떨어진 내륙에서 시내 중심부의 희미한 야간 불빛이 보이고, 그곳의 고층 건물들은 호수를 배경으로 삐죽삐죽 솟아 있다.

나는 뒤를 돌아본다. 불빛 일부는 내게서 먼 남쪽으로 향하고 있고 다른 일부는 북쪽으로 향하고 있다.

내게로 점점 가까워지고 있다.

나는 호숫가에서 방향을 틀어 자전거 도로를 건넌 뒤 일렬로 늘어선 덤불을 향해 간다.

목소리가 더 가까워진다.

내 모습이 계속 눈에 띄지 않을 만큼 주변이 충분히 어두울지 의문이다.

3피트 높이의 방파제가 내 앞을 막아선다. 나는 정강이를 까여가며 그 콘크리트 구조물을 기어오르고, 엉금엉금 기는 자세로 산울타리 사이를 뚫고 지나간다. 나뭇가지가 셔츠와 얼굴을 잡아채고 눈을 할퀸다.

덤불을 빠져나온 나는 호숫가와 평행하게 나 있는 도로 한가운데로 들어선다.

오피스 단지가 있는 방향에서 엔진에 시동을 거는 소리가 들린다.

상향등 불빛 때문에 앞이 보이지 않는다.

도로를 건너서 철조망 울타리를 뛰어넘고 나니, 다음 순간 나는 넘어진 자전거와 스케이트보드를 피해가며 누군가의 마당을 가로질러 달리고 있다. 곧이어 집 옆으로 쏜살같이 지나가는 동안 집 안에서 개 한 마리가 발작하듯 짖어댄다. 전등이 탁 켜지는 것과 동시에 나는 뒤뜰에 도착해 또다시 울타리를 뛰어넘고, 어느새 텅 빈 야구 경기장 외야를 전속력으로 달리고 있다. 이렇게 달리는 걸 얼마나 더 계속할 수 있을까 궁금해하면서.

그에 대한 대답인 듯 놀랍도록 속도가 빨라진다.

내야 끄트머리에 이르러서야 나는 주저앉는다. 온몸에 땀이 비 오듯 쏟아지고 모든 근육이 욱신거린다.

아까 그 개가 아직도 짖는 소리가 멀찍이 들리지만 호수 쪽을 돌아보니 손전등도 보이지 않고 사람 목소리도 들리지 않는다.

얼마나 오래 이곳에 누워 있었는지 알 수 없다. 헉헉거리지 않고 숨을 쉴 수 있게 되기까지 몇 시간은 흐른 것만 같다.

마침내 나는 몸을 일으켜 앉는다.

밤공기는 시원하고, 호수에서 불어오는 미풍이 주변의 나무들을 밀어 흔들자 단풍잎이 우수수 내야에 떨어진다.

나는 힘겹게 일어선다. 목이 마르고 지친 채로 내 인생의 지난 네 시간을 곱씹어보려 하지만, 당장은 정신적 여력이 없다.

나는 야구장을 빠져나와 사우스사이드의 하층민 거주 구역으로 걸어간다.

거리는 텅 비어 있다.

몇 블록째 평화롭고 고요한 집들이 이어진다.

1마일 남짓 걸었을까, 어느덧 나는 어느 상업지구의 텅 빈 교차로에 서서 머리 위 신호등이 심야 시간에 맞춰 빨라진 주기로 바뀌는 모습을 구경하고 있다.

번화가가 두 블록에 걸쳐 있지만, 길 건너에 흔한 맥주 간판 세 개가 창 위에 번쩍거리는 지저분한 술집을 제외하면 인기척이라고는 없다. 술집 손님들이 자욱한 담배 연기를 내뿜고 시끄럽게 떠들면서 비틀비틀 밖으로 나오는데, 20분 만에 처음 본 자동차의 전조등이 저 멀리서 모습을 드러낸다.

'휴무'라는 표시등이 켜진 택시다.

나는 교차로로 걸어 나가 신호등 아래 서서 두 팔을 흔든다. 택시가 가까이 다가오며 속도를 줄이다가 나를 피해 방향을 틀려고 하지만, 나는 범퍼가 충돌을 피할 수 없도록 한 발짝 옆으로 옮겨 억지로 차를 세운다.

성난 운전자가 차창을 내린다.

"도대체 무슨 짓이요?"

"차를 타야 해서요."

택시 기사는 깡마른 얼굴에 얼룩덜룩 수염이 난 소말리인이다. 두꺼운 렌즈가 달린 커다란 안경 너머로 나를 빤히 보고 있던 그가 말한다.

"새벽 두 십니다. 오늘 장사는 끝났어요. 더는 일 안 합니다."

"부탁합니다."

"글 못 읽어요? 표시등을 보세요." 기사가 차 지붕을 철썩 친다.

"집에 가야 해요."

차창이 올라간다.

나는 주머니에서 개인 소지품이 담긴 비닐백을 꺼낸 뒤 거칠게 열어 지폐 클립을 그에게 보여준다.

"요금보다 더 드릴 수 있—"

"길에서 비켜요."

"두 배를 드릴게요."

올라가던 차창이 6인치를 남겨놓고 멈춘다.

"현금으로."

"현금으로요."

나는 급히 지폐 뭉치를 훑어본다. 노스사이드 인근까지는 요금이 75달러쯤 나올 테고, 이 돈이면 그 두 배는 감당할 수 있겠다.

"갈 거면 어서 타요!" 기사가 소리친다.

술집 손님 몇몇은 교차로에서 택시가 멈추는 걸 본 터였고, 아마도 차편이 필요할 그들은 이쪽으로 슬슬 다가오며 나에게 차를 잡고 있으라고 큰 소리로 외친다.

그사이 나는 가진 돈을 모두 세보았다. 총 332달러와 유효기간이 지난 신용카드 세 장이 있다.

나는 뒷좌석에 올라타 기사에게 로건스퀘어로 가 달라고 말한다.

"25마일 거리라니!"

"요금의 두 배를 드리잖아요."

기사는 백미러로 내게 눈을 부라린다.

"돈은 어디 있어요?"

나는 100달러를 빼내 앞좌석으로 내민다. "나머지는 도착하면 드리죠."

기사는 돈을 잡아채더니 속도를 높여 술꾼들을 지나쳐서 교차로를 통과한다.

나는 지폐 클립을 살펴본다. 현금과 신용카드 밑에는 내 얼굴은 맞지만 낯선 증명사진이 박힌 일리노이주 운전면허증과 한 번도 가본 적 없는 헬스클럽의 회원카드, 가입한 적 없는 보험사에서 발급한 의료보험증이 있다.

택시 기사가 백미러로 나를 슬쩍 훔쳐본다.

"오늘 밤 일진이 나쁘군요." 그가 말한다.

"그렇게 보이나 봐요?"

"취한 건줄 알았는데, 아니네요. 옷이 찢어져 있고. 얼굴에 피도 나고."

내가 그였어도 정신 나간 노숙자 같은 몰골로 새벽 두 시에 교차로 한가운데 서 있던 나를 태우고 싶진 않았을 것이다.

"곤경에 처했군요." 기사가 말한다.

"네."

"무슨 일이 있었는데요?"

"나도 잘 모르겠어요."

"병원으로 데려다줄게요."

"아뇨. 집에 가고 싶어요."

3 3　　3

우리는 텅 빈 주간 고속도로를 타고 도심이 있는 북쪽으로 달리고, 스카이라인도 슬금슬금 가까워진다. 달려온 거리가 늘어날수록 나는 그나마 온전한 정신이 돌아오는 기분이 든다. 이제 곧 집에 갈 수 있다는 이유만으로도.

지금 일어나는 상황이 무엇이건 다니엘라는 내가 이 상황을 이해할 수 있게 도와줄 것이다.

택시 기사가 우리 집 맞은편에서 차를 세우고, 나는 그에게 약속한 나머지 요금을 지불한다.

나는 급히 길을 건너 계단을 오르고 주머니에서 내 것이 아닌 열쇠를 꺼낸다. 자물쇠에 맞는 열쇠를 고르다 말고 나는 이곳이 우리 집 현관문이 아님을 깨닫는다. 아니, 우리 집 현관은 맞다. 우리 동네도 맞다. 우편함의 번호도 우리 집이 맞다. 하지만 문손잡이가 다르다. 목재는 너무 고급스럽고, 고딕풍의 철제 경첩은 중세 시대의 선술집에 더 어울릴 것처럼 생겼다.

자물쇠의 잠금쇠를 돌린다.

문이 안쪽으로 열린다.

뭔가 잘못됐다.

잘못돼도 한참 잘못됐다.

나는 문턱을 넘어 식당으로 들어선다.

냄새가 우리 집 같지 않다. 희미한 먼지 냄새 말고는 어떤 냄새도 나지 않는다. 꽤 오랫동안 아무도 살지 않은 것 같다. 전등은 꺼져 있다. 몇 개만 그런 게 아니라 전등이란 전등은 모조리 꺼져 있다.

나는 문을 닫고 어둠 속을 더듬거리다가 조광 스위치에 손이 닿는다. 사슴뿔로 만든 샹들리에가 실내를 따스하게 비추는데, 그 아래에 있는 미니멀리즘 양식의 유리 탁자도 내 것이 아니고 의자도 내 것이 아니다.

나는 사람을 불러본다. "누구 없어요?"

집은 너무나 조용하다.

소름끼치도록 조용하다.

우리 집에는, 다니엘라와 찰리와 나, 우리 셋이 옐로스톤국립공원의 인스퍼레이션 포인트 앞에서 자연스럽게 찍은 커다란 사진이 식탁 뒤 벽난로 선반 위에 놓여 있다.

이 집에는, 같은 협곡이 담긴 명암 대비가 뚜렷한 흑백사진이 있다. 더 예술적으로 찍었지만 그 안에는 아무도 없다.

계속해서 주방으로 가본다. 내가 들어서자 센서가 작동하여 매입(埋入)형 조명장치가 켜진다.

더없이 아름답다.

호화롭다.

그리고 활기가 없다.

우리 집에는, 찰리의 1학년 때 작품—파스타를 활용해서 만든 그림—이 하얀 냉장고 위에 자석으로 붙어 있다. 나는 그 그림을 볼 때마다 절로 웃음이 난다. 이 집 주방에는, 가게나우 냉장고의 강철 표면에서 티끌 하나조차 찾아볼 수 없다.

"다니엘라!"

내 목소리의 공명조차도 이곳에서는 다르게 울린다.

"찰리!"

물건은 더 적고 소리는 더 많이 울린다.

나는 거실을 거닐다가 최신식 음향기기 옆에 놓인 내 낡은 턴테이블을 발견한다. 내가 수집한 재즈 음반들은 맞춤형 빌트인 수납장에 알파벳순으로 정성스레 꽂혀 있다.

나는 2층으로 향하는 계단을 오른다.

복도는 어둡고 전등 스위치는 있어야 할 곳에 없지만, 전혀 문제되지 않는다. 조명 시설 대부분이 동작 센서로 작동하게 되어 있어서 더 많은 매입등 전구들이 내 머리 위에서 갑자기 켜진다.

이건 우리 집 원목 마루가 아니다. 더 근사하고 판자 폭도 더 넓으며 표면이 약간 더 거칠다.

공용 욕실과 손님방 사이에는 위스콘신델스의 내 가족

이 담긴 세 폭짜리 그림 대신 네이비피어의 스케치가 놓여 있다. 방습지에 목탄. 오른쪽 아래 모서리에 있는 화가의 서명이 눈길을 끈다—다니엘라 바르가스.

나는 왼쪽에 있는 다음 방으로 들어간다.

우리 아들 방.

다만 여긴 아들 방이 아니다. 이곳에는 아들의 초현실주의적인 미술 작품이 하나도 없다. 침대도 없고, 만화 포스터도 없고, 숙제가 널려 있는 책상도 없고, 라바 램프도 없고, 배낭도 없고, 바닥에 어질러진 옷도 없다.

그 대신 각종 책과 서류로 뒤덮인 넓은 책상에 모니터 한 대가 놓여 있을 뿐이다.

나는 충격에 휩싸여 복도 끝으로 걸어간다. 반투명한 쪽 미닫이를 벽 속으로 밀어 넣고 큰 침실로 들어선다. 호화롭고 차가운 느낌의 이 방 역시 이 집의 다른 모든 것과 마찬가지로 내 것이 아니다.

벽면에는 현관에 있던 것과 같은 스타일의 방습지에 목탄 스케치 작품들이 더 많이 장식되어 있지만, 이 방의 핵심은 아카시아 원목 받침대에 붙박이로 짜 넣은 유리 진열장이다. 아래쪽에서 극적으로 쏘아 올려진 조명이 고급스러운 벨벳 기둥에 기댄 푹신한 가죽 폴더 속의 증서를 비추고 있다. 기둥에 붙은 얇은 체인에 매달려 있는 것은 줄리앙 파비아의 초상이 새겨진 금화다.

증서에는 이렇게 적혀 있다.

거시 물체를 양자 중첩 상태에 놓이게 함으로써

우주의 근원과 진화, 성질에 관한
우리의 지식과 이해를 증진시키는 데
혁혁한 공을 세운 **제이슨 애슐리 데슨**에게
파비아상을 수여한다.

나는 침대 끄트머리에 앉는다.

몸 상태가 좋지 않다.

너무나 좋지 않다.

우리 집은 내 안식처이자 안전하고 편안한 장소, 가족에게 둘러싸여 있는 곳이어야 한다. 그런데 이곳은 우리 집이 아니다.

속이 울렁거린다.

나는 큰방 화장실로 뛰어들어가 변기 뚜껑을 열어젖히고는 새것처럼 깨끗한 변기 안에 속엣것을 다 게워낸다.

타는 듯이 목이 마르다.

수도꼭지를 틀어 흐르는 물에 입을 적신다.

얼굴에 물을 끼얹는다.

나는 느릿느릿 침실로 되돌아간다.

내 휴대폰이 어디 있는지 모르겠지만 침대 옆 협탁 위에 유선전화기가 있다.

다니엘라의 휴대폰 번호를 실제로 눌러본 적이 없어서 기억해 내는 데 잠깐 시간이 걸리지만, 결국은 번호를 입력해 낸다.

신호음이 네 번 울린다.

낮고 자다 깬 듯한 남자 목소리가 전화를 받는다.

"여보세요?"

"다니엘라는 어디 있습니까?"

"전화 잘못 거신 것 같습니다."

내가 다니엘라의 휴대폰 번호를 쭉 부르자 남자가 말한다. "네, 맞게 거셨지만 이건 제 번홉니다."

"어떻게 그럴 수 있죠?"

남자가 전화를 끊는다.

나는 다시 전화를 걸고, 이번에는 첫 신호가 가자마자 남자가 전화를 받아 말한다. "지금 새벽 세 시예요. 다시는 전화하지 마, 또라이 새끼."

세 번째로 시도하자 전화는 곧장 남자의 음성사서함으로 넘어간다. 나는 메시지를 남기지 않는다.

침대에서 일어나 다시 화장실로 가서 세면대 위 거울에 비친 내 모습을 찬찬히 뜯어본다.

내 얼굴은 멍들고, 긁히고, 피가 나고, 흙투성이다. 면도도 필요해 보이고 눈에는 핏발이 서 있지만, 그래도 나는 여전히 나다.

턱에 가해진 강타처럼 극심한 피로의 물결이 나를 덮쳐온다.

다리가 풀리지만 조리대를 잡고 간신히 버틴다.

그런데 순간 저 아래 1층에서—무슨 소리가 난다.

조용히 문이 닫히는 소리?

나는 몸을 곧추세운다.

다시 긴장의 끈을 바짝 조인다.

침실로 되돌아온 나는 소리 없이 문 앞으로 다가가 현

관 입구 전체를 내려다본다.

속삭이는 소리가 들린다.

소형 무전기의 잡음.

누군가 원목 계단을 밟아서 울리는 삐걱 소리.

목소리가 더 또렷해지면서 계단통의 벽 사이에서 울리고 복도 위아래로 퍼져 나간다.

이제 벽에 드리운 저들의 그림자가 보인다. 마치 유령처럼 저들을 앞질러 계단을 오르는 그림자.

내가 머뭇거리며 복도 쪽으로 한 발을 내딛는 순간 한 남자의 목소리—차분하고 신중한 레이턴—가 계단통 밖으로 미끄러지듯이 흘러나온다. "제이슨?"

나는 다섯 걸음을 더 가서 공용 욕실 앞에 도착한다.

"우린 자네를 해치려고 온 게 아니야."

이제 저들의 발소리가 복도까지 왔다.

천천히, 주도면밀하게 내딛는 걸음.

"혼란스럽고 정신없는 기분이라는 거 잘 아네. 아까 연구소에 있을 때 뭐라도 말을 하지 그랬어. 자네가 얼마나 힘든지 미처 깨닫질 못했네. 못 챙겨서 미안하네."

나는 조심스레 문을 닫고 잠금장치를 누른다.

"우린 그저 자네가 자신이나 다른 사람을 해치지 않도록 데려가려는 것뿐이야."

화장실은 크기가 우리 집 화장실의 두 배에, 화강암 벽면으로 둘러싸인 샤워 부스와 대리석 상판을 얹은 이중 화장대가 있다.

변기 바로 맞은편에 내가 찾고 있는 것이 보인다. 세탁물 활송장치로 연결되는 개구부가 달린 붙박이 벽장이다.

"제이슨."

화장실 문 너머로 무전기의 지직거리는 소리가 들린다.

"제이슨, 부탁이야. 얘기 좀 하세." 그의 목소리에서 난데없이 좌절감이 터져 나온다. "우린 모두 삶을 다 바쳐가며 오늘 밤을 위해 노력했어. 이리 나오게! 이건 빌어먹을 미친 짓이야!"

찰리가 아홉 살이나 열 살쯤 되던 해의 어느 비 내리던 일요일에 우리 가족은 동굴 탐험가 놀이를 하면서 오후 시간을 보냈다. 나는 세탁물 활송장치가 동굴로 들어가는 입구인 양 찰리를 몇 번이고 그 아래로 내려보냈다. 아이는 작은 배낭을 메고 임시로 만든 헤드램프—머리 정수리에 묶어서 고정한 손전등—까지 썼다.

나는 활송로 개구부를 열고 벽장 위로 기어오른다.

레이턴의 말소리가 들린다. "침실로 가지."

타닥타닥 발소리가 복도를 따라 울린다.

세탁물 활송장치로 내려가는 공간은 빠듯해 보인다. 어쩌면 지나치게 빠듯한 것 같다.

화장실 문이 흔들리는 소리가 나기 시작한다. 문손잡이가 마구 흔들리더니 잠시 뒤 여자 목소리가 들린다. "여기요, 이 문이 잠겼어요."

나는 개구부 아래를 들여다본다.

완전히 캄캄하다.

화장실 문이 꽤나 두꺼운지, 문을 부수고 들어오려는 저들의 첫 번째 시도는 쪼개지는 소리만 내고 끝난다.

이 구멍 안에 내 몸이 들어갈지 알 수 없지만, 저들이 재차 문을 들이받는 순간 문이 경첩에서 찢기듯 떨어져 나가 요란한 소리를 내면서 타일 바닥 위로 쓰러지자 나는 다른 선택의 여지가 없음을 깨닫는다.

저들은 화장실 안으로 돌진하고, 나는 거울에 스치듯 비친 레이턴 밴스와 연구소에서 봤던 보안 담당자 중 한 명의 모습을 본다. 보안 담당자는 테이저 건처럼 보이는 물건을 손에 들고 있다.

한순간 거울 속에서 레이턴과 내 시선이 마주친 데 이어 테이저 건을 소지한 남자가 그 무기를 들어 올리며 휙 돌아선다.

나는 두 팔을 가슴 앞으로 모으고 활송장치에 몸을 맡긴다.

내 위에서 화장실의 고함 소리가 점차 사라질 때쯤 나는 빈 빨래 바구니에 쾅 하고 충돌한다. 플라스틱 바구니가 쪼개지면서 나는 세탁기와 건조기 사이로 굴러떨어진다.

벌써부터 저들의 발소리가 계단을 쿵쾅거리며 다가오고 있다.

떨어질 때의 충격으로 오른쪽 다리에 찌르는 듯한 통증이 훑고 지나간다. 나는 재빨리 일어나 브라운스톤 집의 뒤편으로 연결되는 프랑스식 유리문 쪽으로 쏜살같이 달아난다.

황동 문손잡이는 잠겨 있다.

발소리가 바짝 다가오고 목소리도 더 커졌으며, 무전기가 지직거리며 울릴 때마다 지시하는 고함 소리가 잡음 너머로 들린다.

나는 자물쇠를 돌리고 문을 당겨 연 다음 삼나무 목재로 된 테라스를 돌진하여 가로지른다. 테라스는 내 것보다 훌륭한 그릴과 나는 가져본 적 없는 온수 욕조를 뽐내고 있다.

계단을 내려가 뒤뜰로 들어선 뒤 장미 정원을 지나친다. 나는 차고 문을 열어보려 하지만 문은 잠겨 있다.

안에서는 사람들이 자꾸 움직이다 보니 집의 조명이란 조명이 모두 작동되었다. 1층에서 나를 찾으려고 이리저리 뛰어다니며 서로에게 소리치는 사람이 네댓 명은 되는 것 같다.

뒤뜰에 8피트 높이의 사생활 보호용 울타리가 쳐져 있다. 그 문에 달린 걸쇠를 푸는 순간 누군가가 테라스로 질주하며 내 이름을 외친다.

골목은 비어 있고, 나는 어느 방향으로 갈지 멈춰서 생각하지 않는다.

그냥 달린다.

다음 거리에서 나는 뒤를 힐끗 돌아보고 두 사람이 나를 쫓아오는 걸 확인한다.

멀리서 자동차 시동 거는 소리가 들리더니 포장도로 위를 끼이익 하며 회전하는 타이어의 소음이 뒤따른다.

나는 좌회전을 한 뒤 다음 골목이 나올 때까지 전력 질주한다.

지나는 거의 모든 집의 뒤뜰이 사생활 보호용 높은 울타리로 막혀 있지만 다섯 번째 집의 울타리는 허리 높이의 연철 구조물이다.

SUV 한 대가 갑자기 방향을 획 틀더니 골목 안으로 빠르게 달려온다.

나는 낮은 울타리로 돌진한다.

울타리를 뛰어넘기에는 기력이 달린 나머지, 뾰족한 금속 가지 위로 어설프게 기어올라 뒤뜰에 쿵 하고 쓰러진다. 잔디밭을 기어서 차고 옆의 작은 창고 앞에 도착한다. 문에 자물쇠가 달려 있지 않다.

내가 삐걱거리며 열린 문 안으로 살며시 들어가는 찰나에 누군가가 뒤뜰을 가로질러 달려온다.

나는 가쁜 숨소리가 새 나가지 않도록 문을 닫는다.

헐떡임이 멈추지 않는다.

창고 안은 칠흑같이 어둡고 휘발유와 오래된 잔디 찌꺼기 냄새가 난다. 나는 문 뒤편에 기대어 가슴을 들썩인다.

턱 밑으로 땀이 뚝뚝 떨어진다.

얼굴에 붙은 거미줄을 떼어낸다.

어둠 속에서 내 두 손에 합판 벽이 만져지고 손가락 끝에 다양한 연장—전지가위, 톱, 갈퀴, 도끼날—이 닿는다.

나는 벽에서 도끼를 내려 나무 손잡이를 움켜쥐고는 손가락으로 도끼머리를 쭉 훑어본다. 뭐 하나 보이지는 않지만 이 도끼는 수년째 한 번도 갈지 않은 것 같다. 군데군데 깊게 패고 금이 간 도끼날은 이제 날카롭지 않다.

눈을 찌르는 땀방울을 몰아내려 눈을 깜박이면서 나는 조심스레 문을 연다.

아무런 소리도 들어오지 않는다.

다시 뒤뜰이 들여다보일 때까지 문을 몇 인치 더 살살

열어본다.

뜰은 비어 있다.

이 짧은 고요와 평온의 순간에, 오컴의 면도날 법칙이 나에게 속삭인다. 모든 조건이 동일하다면 가장 단순한 답이 정답이라는 원리. 어떤 비밀 실험 조직이 마인드컨트롤인지 뭔지 모종의 목적을 가지고 내게 약물을 주입해서 납치했다는 가설이 이 원리에 꼭 들어맞나? 아니, 전혀. 그러려면 저들은 날 세뇌시켜서 우리 집이 우리 집이 아니라고 믿게 하거나, 아니면 단 몇 시간 만에 우리 가족을 없애고 실내장식을 싹 치워서 내가 아무것도 알아보지 못하게 했어야 한다.

그게 아니라면─뇌에 생긴 종양 때문에 내 세상이 뒤죽박죽이 되어버렸다고 하면 더 그럴듯할까?

그놈이 내 머릿속에서 몇 개월 혹은 몇 년 동안 조용히 자라고 있다가 마침내 내 인지과정을 엉망으로 만들고 모든 것에 대한 나의 인식을 왜곡하고 있는 거라면.

문득 떠오른 이 생각에 강력한 확신이 든다.

이게 아니라면 그토록 빠르게 나를 휩쓸어 쇠약하게 만들 수 있는 원인이 달리 뭐가 있겠는가?

달리 무엇이 나로 하여금 단 몇 시간 만에 정체성과 현실 감각을 잃고 내가 안다고 생각했던 모든 것에 의문을 품게 만들 수 있겠는가?

나는 기다린다.

또 기다린다.

또 기다린다.

마침내, 밖으로 나와 잔디밭에 들어선다.

더는 목소리가 들리지 않는다.

더는 발소리도 나지 않는다.

그림자도 없다.

자동차 엔진 소리도 없다.

이 밤이 다시금 확고하고 사실적으로 느껴진다.

이다음에 어디로 갈지는 이미 정해졌다.

시카고머시병원은 우리 집에서 열 블록을 걸어가야 나오므로, 나는 새벽 4시 5분에 응급실의 강렬한 조명 속으로 절뚝거리며 들어간다.

나는 병원이 싫다.

병원에서 어머니가 돌아가시는 걸 지켜봤다.

찰리는 태어나자마자 몇 주 동안을 신생아 집중치료실에서 보냈다.

대기실은 비어 있다시피 한산하다. 나를 제외하면 피묻은 붕대에 싸인 팔을 움켜잡고 있는 야간 공사장 인부와 괴로운 표정의 가족 세 명이 전부다. 가족 중 아버지는 얼굴이 벌게져서 큰 소리로 울어대는 아기를 안고 있다.

안내 데스크의 여자가 문서 업무를 보다 말고 고개를 든다. 시간대를 감안하면 놀랍도록 눈이 말똥말똥하다.

안내원이 투명한 플렉시글라스 칸막이 사이로 묻는다. "어떻게 오셨나요?"

나는 무슨 말을 할지, 내 사정을 어디서부터 어떻게 설명해야 할지 미처 생각해 보지 못했다.

내가 바로 대답하지 않자 안내원이 말한다. "사고를 당하셨어요?"

"아니요."

"얼굴이 상처투성이신데요."

"제 상태가 이상합니다." 내가 말한다.

"무슨 말씀이죠?"

"상담을 좀 받아야 할 것 같습니다."

"노숙자신가요?"

"아니요."

"가족들은 어디 계세요?"

"모르겠습니다."

여자는 나를 위아래로 훑어본다. 빠르고 전문적인 평가다.

"성함이 어떻게 되시죠?"

"제이슨입니다."

"잠시만 기다리세요."

의자에서 일어난 여자가 코너를 돌아 사라진다.

30초쯤 뒤, 안내원의 자리 옆에 있는 문이 열리면서 웅성거리는 소리가 난다.

간호사가 미소를 지으며 말한다. "이리 오세요."

그녀는 나를 한 병실로 안내한다.

"담당 선생님이 곧 봐드릴 거예요."

간호사가 문을 닫고 나가자 나는 진찰대에 앉아 눈부

신 조명을 피해 눈을 감는다. 내 평생 이렇게 피곤한 적은 처음이다.

턱이 아래로 툭 떨어진다.

나는 몸을 곧추세운다.

앉은 채로 깜박 잠이 들었다.

그때 문이 열린다.

몸집이 큰 젊은 의사가 클립보드를 들고 걸어 들어온다. 뒤따라오는 간호사는 아까와 다른 사람이다. 염색한 금발에 푸른색 수술복을 입은 이 간호사는 목에 맷돌이 매달린 것처럼 새벽 네 시에 걸맞은 피로에 전 모습이다.

"제이슨 씨죠?" 굳이 손을 내밀어 악수를 청하거나 야간 근무자의 무심함을 가장하려는 시도 없이 의사가 묻는다.

나는 고개를 끄덕인다.

"성은요?"

그에게 성까지 알려주는 것이 망설여지지만, 다시 생각해 보니 이 또한 뇌의 종양인지 뭔지 머릿속에 생긴 고장 때문일 수도 있을 것 같다.

"데슨입니다."

내가 철자를 불러주는 동안 의사는 신규 환자 등록서로 추측되는 서류에 휘갈겨 적는다.

"저는 담당의 랜돌프입니다. 오늘 밤 무슨 일로 응급실에 오셨습니까?"

"제 머리에 뭔가 문제가 있는 것 같습니다. 종양이나 그 비슷한 거요."

"왜 그렇게 생각하셨죠?"

"상황이 이상하게 흘러가요."

"그렇군요. 좀 더 자세히 말씀해 주시겠어요?"

"제가…… 좋아요, 제 말이 미친 소리처럼 들릴 겁니다. 나도 안다는 걸 말씀드리려고요."

클립보드를 보고 있던 의사가 흘낏 고개를 든다.

"우리 집이 우리 집이 아니에요."

"무슨 말인지 모르겠군요."

"그 말 그대롭니다. 우리 집이 우리 집이 아니에요. 내 가족이 거기 없어요. 모든 게 훨씬…… 훌륭해요. 싹 다 개조되어 있고—"

"그런데 주소는 댁이고요?"

"맞아요."

"그러니까 내부는 다르지만 외부는 같다는 얘기인 거죠?" 의사의 말투가 마치 어린아이를 상대하고 있는 듯하다.

"네."

"데슨 씨, 얼굴의 상처는 어쩌다 생겼어요? 옷에 묻은 흙은요?"

"사람들이 나를 뒤쫓고 있어요."

이 말은 하지 말았어야 했지만 너무 피곤한 나머지 걸러 말할 수가 없다. 그야말로 정신이상자처럼 들렸을 게 분명하다.

"뒤쫓고 있다고요."

"네."

"뒤쫓는 사람이 누구였습니까?"

"모르겠어요."

"그 사람들이 왜 뒤쫓았는지 아세요?"

"그건…… 복잡해요."

나를 살피고 의심하는 의사의 표정은 안내 데스크의 간호사보다 훨씬 더 미묘하고 노련하다. 거의 눈치채지도 못할 정도다.

"오늘 밤에 약물이나 알코올을 복용하셨습니까?" 그가 묻는다.

"저녁 일찍 와인 약간이랑 그 후에 위스키를 좀 마시긴 했지만 여러 시간 전의 일입니다."

"또 물어서 죄송하지만—교대 근무가 많이 길어져서요—머리에 이상이 있다고 생각하시는 이유가 뭡니까?"

"제 삶에서 지난 여덟 시간이 말이 안 되기 때문입니다. 모두 현실 같기는 한데, 그건 현실일 수가 없어요."

"최근에 머리를 다친 적이 있습니까?"

"아뇨. 아, 누가 내 뒤통수를 친 것 같긴 합니다. 만지면 아프거든요."

"누가 쳤습니까?"

"잘 모르겠어요. 지금은 정말 아무것도 확신을 못 하겠어요."

"좋아요. 혹시 마약을 하십니까? 현재든 과거에든?"

"대마초를 1년에 두어 번 피웁니다. 하지만 최근에는 하지 않았어요."

의사는 간호사 쪽으로 고개를 돌린다. "바버라가 채혈을 좀 하도록 할게요."

그는 클립보드를 탁자에 내려놓고 가운 앞주머니에서

펜라이트를 꺼낸다.

"제가 좀 살펴봐도 될까요?"

"네."

랜돌프가 내 얼굴에서 몇 인치 앞까지 다가온다. 그의 입에서 나는 퀴퀴한 커피 냄새가 느껴지고 최근에 면도하다 생긴 듯한 턱에 베인 자국이 보일 정도로 가깝다. 그는 내 오른쪽 눈에 펜라이트를 비춘다. 잠깐 동안 내 시야의 중심에는 밝게 빛나는 점 하나만 존재하고, 그 빛은 잠시나마 나머지 세상을 태워 없앤다.

"데슨 씨, 자해를 하고 싶은 생각이 들어요?"

"자살 충동 따위는 없어요."

빛이 내 왼쪽 눈을 비춘다.

"이전에 정신병원에 입원한 적이 있어요?"

"아니요."

그는 부드럽고 차가운 손으로 조심스레 내 손목을 잡고서 맥박을 잰다.

"무슨 일을 하세요?" 그가 묻는다.

"레이크몬트대학에서 가르칩니다."

"기혼이세요?"

"네." 나는 본능적으로 결혼반지를 만지려고 손을 뻗는다.

반지가 없다.

빌어먹을.

간호사가 내 셔츠 왼팔 소매를 걷어 올린다.

"부인 성함이 어떻게 되세요?" 의사가 묻는다.

"다니엘라요."

"두 분 관계는 좋습니까?"

"네."

"지금 환자분이 어디 있는지 부인이 궁금해하지 않을까요? 부인께 전화를 해야 할 것 같은데요."

"해봤습니다."

"언제요?"

"한 시간 전, 우리 집에서요. 다른 사람이 받더군요. 전화 잘못 걸었다면서."

"번호를 잘못 눌렀을 수도 있죠."

"아내 전화번호는 잘 압니다."

간호사가 묻는다. "주삿바늘은 괜찮으세요, 데슨 씨?"

"네."

내 팔 아래쪽을 소독하던 간호사가 말한다. "랜돌프 선생님, 여기 좀 보세요." 그녀는 몇 시간 전 레이턴이 내 피를 뽑았을 때 생긴 주사 자국을 만진다.

"언제 생긴 겁니까?" 의사가 묻는다.

"모르겠어요." 내가 방금 전 탈출해 온 연구소에 관해서는 언급하지 않는 편이 좋으리라.

"누가 본인 팔에 주삿바늘을 찌른 게 기억이 안 난다고요?"

"네."

랜돌프가 간호사에게 고개를 끄덕이자 간호사가 내게 주의를 준다. "조금 따끔하실 거예요."

의사가 묻는다. "휴대폰은 가지고 계세요?"

"어디 있는지 모르겠습니다."

그는 클립보드를 챙긴다. "부인 성함을 다시 말씀해 주세요. 전화번호도요. 저희가 대신 연락해 보죠."

내 피가 플라스틱 바이알에 흘러들어 가는 동안 나는 다니엘라의 이름 철자를 불러주고 다니엘라의 휴대폰 번호와 우리 집 번호를 줄줄 읊는다.

"제 머리를 스캔할 건가요?" 내가 묻는다. "그래서 무슨 이상이 있는지 찾아보고?"

"당연히 그럴 겁니다."

병원에선 나에게 8층의 일인실을 배정해준다.

나는 화장실에서 얼굴을 말끔히 씻은 후 신발을 벗어 던지고 침대로 기어들어 간다.

잠이 나를 끌어당기지만 내 머릿속의 과학자는 전원을 끌 생각을 않는다.

생각을 멈출 수가 없다.

가설을 세웠다가 해체하기를 반복한다.

지금까지 일어난 모든 일에 논리를 입히려고 발버둥친다.

현재로서는 무엇이 실제이고 무엇이 실제가 아닌지 알길이 없다. 내가 결혼한 적이 있는지조차도 확신할 수 없다.

아니, 잠깐만.

나는 왼손을 들어 약지를 자세히 들여다본다.

반지는 없지만 반지가 있었던 증거가 손가락 뿌리 주

위의 희미한 자국으로 남아 있다. 반지는 여기에 있었다. 자국을 남겼다. 그렇다면 누가 반지를 가져간 게 된다.

나는 반지 자국을 만지며 이것의 의미—내 현실의 마지막 남은 흔적—가 안겨주는 공포와 안도감을 동시에 인지한다.

문득 드는 생각—

내 결혼을 나타내는 이 마지막 물리적 흔적이 사라져버리면, 그때는 어떻게 될까?

의지할 닻이 없다면?

시카고 위의 하늘에 조금씩 동이—희망도 없이 구름이 잔뜩 낀 자줏빛으로—터올 무렵 나는 깊은 잠에 빠진다.

4

4

다니엘라가 따뜻한 비눗물에 손을 푹 담그고 있을 때 현관문이 쾅 닫히는 소리가 난다. 그녀는 30초 전부터 공략하고 있던 냄비를 문지르다 말고 싱크대에서 고개를 들어 발소리가 다가오는 쪽을 어깨 너머로 힐끗 돌아본다.

제이슨은—다니엘라의 어머니 말처럼—바보처럼 씩 웃으며 주방과 식당 사이 아치형 입구에 등장한다.

씻고 있던 그릇들로 다시 시선을 돌리며 다니엘라가 말한다. "당신 몫은 냉장고에 있어."

싱크대 위 김 서린 창문에 비친 모습으로 남편이 캔버스천 장바구니를 아일랜드 식탁에 놓고 그녀 쪽으로 다가오는 것을 지켜본다.

남편의 두 팔이 슬그머니 그녀의 허리를 감싼다.

다니엘라는 반농담조로 말한다. "아이스크림 몇 통으로 빠져나갈 수 있다고 생각한다면 뭐라 할 말이 없네."

남편은 다니엘라에게 바짝 밀착하여 그녀의 귀에 대고 속삭인다. 마시다 온 위스키의 잔향이 섞인 그의 숨결이 타는 듯이 뜨겁다. "인생은 짧아. 화내지 마. 시간 낭비잖아."

"어쩌다가 45분이 근 세 시간이 됐어?"

"한 잔이 두 잔 되고 두 잔이 세 잔 되고, 그렇게 계속 느는 것과 같은 이치겠지. 정말 미안해."

뒷덜미에 닿는 그의 입술에 미묘한 전율이 그녀의 등줄기를 스친다.

다니엘라는 말한다. "이런다고 못 빠져나가."

이제 남편은 그녀의 목 옆에 키스한다. 그가 이런 스킨십을 하는 건 오랜만이다.

그의 두 손이 미끄러지듯 물속으로 들어간다.

두 사람의 손가락이 뒤엉킨다.

"뭘 좀 먹어야지." 다니엘라가 말한다. "당신 식사 데워줄게."

다니엘라는 그를 지나쳐 냉장고로 가려 하지만 그가 길을 막아선다.

그를 마주하게 된 그녀는 그의 눈을 쳐다본다. 둘 다 술을 마셔서인지 몰라도 마치 모든 분자가 충전된 것처럼 두 사람 사이에 강렬한 기운이 감돈다.

그가 말한다. "아아, 당신이 너무 보고 싶었어."

"도대체 얼마나 마셨길래—?"

그가 느닷없이 키스를 하며 그녀를 찬장 쪽으로 밀어

붙인다. 조리대가 그녀의 허리를 찌르는 와중에 그는 그녀의 엉덩이 위로 손을 가져가 청바지에서 셔츠를 끄집어내고, 어느덧 그녀의 맨살을 만지는 그의 손이 오븐레인지만큼 뜨겁다.

그녀는 그를 다시 아일랜드 식탁 쪽으로 밀어낸다.

"맙소사, 제이슨."

그녀는 약한 주방 전등 불빛에 그를 찬찬히 들여다보며 그가 위풍당당하게 집으로 돌아오면서 가져온 이 기운의 정체를 파악해 보려 애쓴다.

"밖에서 뭔 일이 있었구나." 그녀가 말한다.

"아무 일도 없었어. 시간 가는 걸 잊고 있었던 것뿐이야."

"그러니까 라이언의 파티에서 다시 스물다섯 살이 된 듯한 기분을 느끼게 해준 어느 젊은 여자한테 수작을 건 게 아니라고? 그래서 잔뜩 달아오른 채로 여기 이렇게 와서는ㅡ"

그가 소리 내어 웃는다. 너무나 멋지게.

"뭐?" 그녀가 말한다.

"그래서 지금 이러는 거라고 생각하는 거야?" 그는 그녀에게 한 걸음 다가간다. "술집에서 나왔을 때 마음이 딴데 가 있었어. 아무 생각도 없었지. 그렇게 찻길에 들어섰다가 하마터면 택시에 치여서 도로에 널브러질 뻔했어. 정말 무서워 죽는 줄 알았어. 이걸 어떻게 설명해야 할지 모르겠는데 그 순간 이후로ㅡ마트에서도, 집으로 걸어올 때도, 지금 여기 우리 주방에 서 있으면서도ㅡ너무나 생생하게 살아 있다는 기분이 들어. 처음으로 내 삶을 확실하고 명쾌하게 보고 있는 느낌이랄까. 내가 감사히 여기는 모든 것들.

당신. 찰리."

그녀는 그에게 났던 화가 사르르 녹는 기분이다.

그가 말한다. "우리가 나이 들면서 생각이 점점 굳어지고, 그 틀에 너무 깊이 갇혀서 어느 순간 사랑하는 사람들을 있는 그대로의 모습으로 보지 못하는 것처럼 말이야. 하지만 오늘 밤, 지금 이 순간, 나는 당신을 다시 바라보고 있어. 우리가 처음 만난 순간, 당신의 목소리와 당신의 냄새가 새로운 세상같이 다가왔던 순간처럼. 내가 지금 무슨 말을 하고 있는지 모르겠네."

다니엘라는 그에게 다가가 두 손으로 그의 얼굴을 감싸 쥐고 입을 맞춘다.

그런 뒤 그녀는 그의 손을 잡고 위층으로 이끈다.

복도는 어둡고, 그녀는 남편이 이토록 그녀를 가슴 뛰게 한 게 얼마만인지 떠오르질 않는다.

찰리의 방 앞에서 그녀는 잠시 걸음을 멈추더니 닫힌 문에 귀를 갖다 대고 헤드폰 너머로 새어 나오는 시끄러운 음악 소리를 확인한다.

"이상 무." 그녀가 속삭이듯 말한다.

두 사람은 발소리를 최대한 죽이며 삐걱거리는 복도를 지나간다.

침실에 들어가자 다니엘라는 문을 잠근 뒤 서랍장 위 칸을 열어 초를 찾지만, 제이슨에게는 그러고 있을 시간이 없다.

그는 다니엘라를 침대로 끌어당겨 매트리스 위에 눕힌 다음 그녀의 위에서 키스를 퍼붓고, 두 손은 그녀의 옷 속으로 들어가 그녀의 몸을 천천히 더듬는다.

그녀는 뺨과 입술을 적시는 축축한 물기를 느낀다.

눈물.

그의 눈물이다.

그녀는 두 손으로 그의 얼굴을 잡고 묻는다. "왜 울어?"

"당신을 잃어버린 것 같았어."

"나는 당신 거야, 제이슨." 그녀가 말한다. "바로 여기에 있잖아, 자기야. 난 당신 거야."

캄캄한 침실에서 그가 그녀의 옷을 벗기는 동안 그녀는 이토록 누군가를 간절히 원해본 적이 없었다. 화는 이미 다 사그라졌다. 술기운에 밀려들던 졸음도 싹 달아났다. 그는 두 사람이 처음 사랑을 나눴던 순간으로 그녀를 데려가주었다. 벅타운에 있던 다니엘라의 복층 아파트. 상쾌한 시월의 공기가 들어오라고 열어둔 거대한 창문 사이로 도심의 불빛이 비쳐들었던, 늦은 밤 술집에서 나와 비틀대며 집으로 향하는 사람들의 시끄러운 말소리와 멀리서 울리는 사이렌 소리, 휴식에 들어간 거대한 도시의 기계 소리—절대 꺼지는 법이 없으므로 완전히 정지하진 않고 유휴 상태에서 나는 편안한 배경음—도 따라 들어왔던 그 순간으로.

절정에 이른 순간 그녀는 침실에서 소리를 지르지 않으려 안간힘을 쓰지만 도저히 억누를 수가 없다. 제이슨 역시 마찬가지다.

오늘 밤은 그럴 수 없다.

오늘 밤은 어쩐지 다르니까. 어쩐지 더 좋으니까.

최근 몇 년간 두 사람 사이는 그리 나쁘지 않았다. 아니, 그 반대에 가까웠다. 하지만 가슴속에서 마구 끓어 넘치며 세상을 극적으로 뒤집어놓는 그런 아찔한 사랑의 감각을 느껴본 건 정말이지 너무나 오랜만이다.

5

5

"데슨 씨?"

나는 화들짝 놀라며 깬다.

"안녕하세요. 놀라게 해서 죄송해요."

한 의사가 나를 내려다보고 있다. 초록색 눈동자와 짧은 빨강 머리, 흰 가운 차림에 한 손에는 커피 컵을, 다른 손에는 태블릿 PC를 들고 있다.

나는 똑바로 앉는다.

침대 옆 창밖을 보니 낮 시간이다. 몇 초 동안 나는 지금 어디에 있는지 전혀 생각나지 않는다.

유리창 너머를 바라본다. 낮게 깔린 구름이 1천 피트 상공에서 스카이라인을 가로막으며 도시를 뒤덮고 있다. 여기서 바라보니 호수와 2마일에 걸쳐 사이사이 공간을 채우고 있는 시카고의 동네가 보인다. 중서부의 회색빛 흐린 하늘 아래 모두가 색이 바래 보인다.

"데슨 씨, 이곳이 어디인지 아시겠어요?"

"머시병원요."

"맞아요. 간밤에 상당히 혼란한 상태로 응급실에 오셨어요. 제 동료 의사인 랜돌프 박사가 입원시켜드렸고, 오늘 아침에 퇴근하면서 선생님 차트를 제게 넘겼어요. 저는 줄리앤 스프링어입니다."

나는 손목에 꽂힌 링거 주사를 힐끔 내려다보고는 줄을 따라 시선을 옮겨 금속 거치대에 매달린 링거 백을 본다.

"무슨 약을 놓는 겁니까?" 내가 묻는다.

"그냥 기본 수액이에요. 탈수 증세가 심했어요. 몸은 좀 어떠세요?"

나는 재빨리 자가 진단을 해본다.

속이 메스껍다.

머리가 깨질 듯이 아프다.

입안이 솜처럼 텁텁하다.

나는 창밖을 가리키며 말한다. "저런 느낌이에요. 이상한 숙취 같은."

몸의 불편 외에도 나는 영혼에 곧장 쏟아져 내리는 것 같은 강렬한 공허감을 느낀다.

마치 속이 다 도려내진 듯한 기분.

"MRI 검사 결과가 나왔어요." 의사가 말하며 태블릿 PC 화면을 켠다. "스캔 결과는 정상이었어요. 얕은 멍이 좀 있었지만 심각한 건 아니고요. 그보단 약물 검사 결과가 시사하는 바가 훨씬 큽니다. 랜돌프 박사에게 알려주신 대로 알코올 흔적을 발견했습니다만 그것 말고도 나온 게 있었어요."

"뭔가요?"

"케타민이에요."

"그건 뭔지 모르겠네요."

"수술용 마취제예요. 케타민의 부작용 중 하나가 단기간의 기억상실입니다. 혼란 증상을 보인 것도 어느 정도 설명이 되죠. 약물 검사에서 제가 한 번도 본 적 없는 성분도 검출됐습니다. 향정신성 화합물인데, 정말 이상한 혼합제였어요." 그녀는 커피를 한 모금 마신 뒤 덧붙인다. "이건 여쭤볼 수밖에 없는데—이 약물들을 본인이 직접 복용한 게 아닌가요?"

"당연히 아닙니다."

"어젯밤에 랜돌프 박사에게 부인의 성함과 전화번호 두 개를 주셨죠."

"아내의 휴대폰 번호와 우리 집 전화번호요."

"제가 오전 내내 부인과 연락하려고 시도했지만 부인의 휴대폰 번호는 랠프라는 남자의 번호이고 댁 전화는 계속 음성사서함으로 넘어가더군요."

"아내 번호를 저한테 불러주시겠습니까?"

스프링어는 다니엘라의 휴대폰 번호를 줄줄 읽는다.

"맞아요." 내가 말한다.

"번호가 확실히 맞나요?"

"100퍼센트 확실합니다." 스프링어가 다시 태블릿 PC

를 보는 동안 내가 묻는다. "제 몸에서 검출된 그 약물들이 장기적인 의식 변성을 유발할 수도 있습니까?"

"망상 말씀이신가요? 환각 증상?"

"맞습니다."

"솔직히 저도 이 정신 화학물질이 뭔지 모릅니다. 그러니까 이 물질이 환자분의 신경계에 어떤 영향을 미쳤는지 자신 있게 말하기는 어려워요."

"그러면 제가 여전히 그 영향을 받고 있을 수도 있습니까?"

"다시 말씀드리지만 이 물질의 반감기가 어느 정도인지, 몸에서 방출되는 데 얼마나 걸리는지 저도 알 수 없습니다. 하지만 현재 환자분이 어떤 물질의 영향하에 있는 걸로 보이지는 않아요."

전날 밤의 기억이 되살아나고 있다.

벌거벗은 내가 총이 겨눠진 채 폐건물로 걸어 들어가는 모습이 보인다.

목에 맞았던 주사.

다리에도.

게이샤 가면을 쓴 남자와 나눈 이상한 대화의 단편들.

낡은 발전기와 달빛으로 가득 찬 방.

그리고 지난밤을 생각하면 실제 기억과도 같은 감정적인 무게가 느껴지지만 그 속에는 꿈인지 악몽인지 모를 한 가닥 환상이 덧대어져 있다.

그 폐건물 안에서 내가 무슨 일을 당했던 거지?

스프링어가 의자를 끌고 와서 내 침대 옆에 앉는다. 가까이 있으니 엷은 모래를 뿌려놓은 것처럼 그녀의 얼굴을 뒤덮은 주근깨가 눈에 띈다.

"랜돌프 박사에게 말씀하셨던 내용에 관해 얘기해 보죠. 그가 뭐라고 적었냐면……" 스프링어가 한숨을 내쉰다. "죄송해요, 글씨가 엉망이네요. '환자의 말: 우리 집이었는데 우리 집이 아니었어요.' 사람들에게 쫓기다가 얼굴에 상처와 멍이 생겼다고도 하셨는데, 사람들에게 왜 쫓겼냐는 질문에는 대답하지 못했어요." 의사는 화면에서 눈을 떼고 고개를 든다. "교수세요?"

"그렇습니다."

"학교가……."

"레이크몬트대학입니다."

"그런데 말이에요, 데슨 씨. 주무시는 동안, 그리고 부인의 흔적을 찾을 수가 없어서—"

"아내의 흔적을 찾을 수 없었다는 게 무슨 뜻입니까?"

"부인 성함이 다니엘라 데슨 맞죠?"

"네."

"서른아홉 살이고요?"

"네."

"그 이름과 나이에 맞는 사람은 시카고 어디에도 없었어요."

이 말은 나를 무너뜨린다. 나는 스프링어로부터 눈길을 돌려 다시 창밖을 본다. 바깥은 워낙 흐려서 하루 중 어느 때인지조차 감춰져 있다. 아침인지 낮인지 저녁인지 알 수가 없다. 작은 빗방울이 유리창 저편에 달라붙는다.

이쯤 되니 이제 뭘 두려워해야 할지조차 모르겠다. 어쩌면 정말 사실일지 모를 이 현실인지, 아니면 내 머릿속에서 모든 것이 허물어지고 있을 가능성인지. 이 모두가 뇌종양 때문에 일어나는 일이라고 생각했을 때가 차라리 훨씬 좋았다. 적어도 그때는 설명이라도 됐으니까.

"데슨 씨, 우리가 실례를 무릅쓰고 환자분의 정보를 검색해 봤습니다. 이름, 직업으로요. 찾을 수 있는 모든 걸 찾아봤어요. 제 질문에 아주 신중하게 대답해 주셨으면 해요. 정말로 본인이 레이크몬트대학의 물리학 교수라고 생각하세요?"

"그렇게 생각하는 게 아니라, 그게 사실입니다."

"시카고에 있는 모든 대학의 이과학과 교수진 홈페이지를 찾아봤어요. 레이크몬트도 포함해서요. 환자분은 그중 어디에서도 교수 명단에 올라 있지 않았습니다."

"그럴 리가요. 거기서 가르친 게 언제—"

"제 말을 마저 들어보세요. 환자분에 관해 찾아낸 정보가 있긴 하거든요." 스프링어가 태블릿 PC에 뭔가를 입력한다. "제이슨 애슐리 데슨, 1973년 랜들과 엘리 데슨 부부의 아들로 아이오와주 데니슨에서 출생. 환자분이 여덟 살 때 모친이 돌아가셨다고 여기 나오는데요. 어떻게 돌아가셨나요? 물어보는 게 실례가 아니라면요."

"심장 기저질환이 있었는데 심한 독감에 걸렸다가 폐렴으로 진행됐습니다."

"유감이네요." 스프링어는 계속해서 읽는다. "1995년 시카고대학에서 학사학위, 2002년 같은 대학에서 박사학

위 취득. 여기까지 다 맞나요?"

나는 고개를 끄덕인다.

"2004년 파비아상을 수상했고, 같은 해 《사이언스》지는 환자분의 연구 내용을 커버스토리로 다루면서 '올해의 혁신성과'로 선정했어요. 하버드, 프린스턴, UC 버클리에서 초청 강연을 했고요." 스프링어는 고개를 들어 어리둥절한 내 시선을 마주보더니 태블릿 PC를 내 쪽으로 돌려서 자신이 제이슨 A. 데슨의 위키피디아 문서를 읽고 있다는 사실을 확인시켜준다.

내 몸에 부착된 심장 모니터링 기기에서 동리듬이 눈에 띄게 빨라졌다.

스프링어가 말한다. "2005년 제트 추진을 연구하는 벌라서티연구소의 과학총책을 맡은 후로는 새로운 논문을 발표하거나 교수직을 수락한 적이 없어요. 마지막으로, 8개월 전 형님이 환자분에 대해 실종신고를 했으며 환자분은 1년 넘게 행방이 묘연하다고 적혀 있네요."

나는 이 내용에 너무 심하게 동요한 나머지 숨도 제대로 쉴 수 없다.

내 혈압 변화가 심장 모니터링 기기의 경보장치를 자극했는지 날카로운 삑 소리가 나기 시작한다.

덩치 큰 간호사가 문 앞에 나타난다.

"우린 괜찮아요." 스프링어가 말한다. "저 소리 좀 꺼주시겠어요?"

간호사는 모니터링 장치 쪽으로 다가가 경보음을 끈다.

간호사가 나가자 의사는 난간 너머로 손을 뻗어 내 손

을 잡는다.

"도와드리고 싶어요, 데슨 씨. 많이 두려우시다는 걸 잘 알겠어요. 무슨 일이 있었는지 모르겠지만, 스스로도 모르고 있다는 느낌이 드는군요."

호수에서 불어온 세찬 바람이 빗줄기를 옆으로 날려 보낸다. 나는 유리창에 기다란 줄무늬를 만들며 흘러내리는 빗방울이 그 너머의 세상을 흐릿하게 물들여 인상파 화가의 잿빛 도시 풍경화로 바꿔놓는 광경을 바라본다. 저 멀리 미등과 전조등 불빛이 간간이 점처럼 박혀 있다.

스프링어가 말한다. "경찰에 연락했어요. 수사관이 와서 환자분의 진술을 받고 지난밤에 무슨 일이 있었는지 진상 규명에 들어갈 예정이에요. 우선 이것부터 진행할 거고요. 그다음으로, 다니엘라와의 연락 시도에는 실패했지만 대신 아이오와시티에 있는 형님 마이클 데슨 씨의 연락처는 알아냈어요. 허락해 주신다면 형님에게 연락해서 환자분이 여기 있다고 알리고 환자분의 상태에 대해 상의하려고 해요."

이 말에 어떻게 대꾸해야 할지 모르겠다. 형과는 2년 넘게 연락하지 않고 살았다.

"형한테 전화하는 게 좋을지 잘 모르겠네요." 내가 말한다.

"좋습니다. 하지만 명확히 해두자면, 연방건강정보법에 의거 제 환자가 불능 상태나 위급한 상황으로 인해 정보 공개에 동의하거나 반대할 수 없다고 판단될 경우, 환자의 정보를 가족이나 친구에게 공개하는 것이 환자에게 득이 되는지 여부를 판단할 권한이 제게 있습니다. 현재 환자분의 정신은 불능 상태라고 판단되고, 환자분에 관해서나 환자분의 이력을 아는 사람과 상의하는 편이 환자분께 가장 이롭다고 생각해요. 그러니 저는 마이클 데슨 씨에게 연락하겠습니다."

스프링어는 바닥으로 시선을 내리깐다. 다음 할 말이 무엇이든 말하고 싶지 않은 눈치다.

"마지막 세 번째로," 그녀가 말한다. "환자분의 상태를 파악하려면 정신과 전문의의 지침이 필요합니다. 그래서 환자분을 시카고-리드로 전원 조치하려고 합니다. 여기서 조금 떨어진 노스사이드의 정신건강센터예요."

"저기요, 지금 돌아가는 상황을 정확히 파악하지 못하는 건 인정하지만 난 미치지 않았습니다. 정신과 전문의와는 기꺼이 상담하겠습니다. 사실 그런 기회는 환영이에요. 하지만 자진해서 입원할 생각은 없습니다. 선생님이 부탁하는 게 그거라면요."

"부탁하는 게 아니에요. 죄송하지만, 데슨 씨, 이 사안에 있어 환자분에겐 선택권이 없습니다."

"뭐라고요?"

"이 경우를 'M1 억류'라고 하는데, 법적으로 저는 환자분이 본인이나 타인에게 위협이 된다고 판단될 시 72시간 비자의 입원 명령을 내릴 수 있어요. 저기, 이 방법이 환자분을 위한 최선이에요. 지금 상태로는—"

"저는 자력으로 이 병원에 걸어 들어왔습니다. 내게 무슨 문제가 있는 건지 알아내고 싶었기 때문이에요."

"네, 그 선택은 옳았고, 저희가 하려는 일이 바로 그겁니다. 환자분이 이처럼 현실과의 괴리를 겪고 있는 이유를 찾아내서 완전히 회복하기 위해 필요한 치료를 받을 수 있게 해드리려는 거예요."

나는 모니터링 장치에서 내 혈압 수치가 오르는 것을 지켜본다.

또다시 경보음이 울리게 하고 싶진 않다.

나는 눈을 감고 숨을 들이쉰다.

숨을 내쉰다.

다시 한 번 산소를 들이마신다.

혈압 수치가 내려간다.

"그러니까 나를 벨트도 없고 날카로운 물건도 없는 패딩 방에 집어넣고 약을 줘서 몽롱한 상태로 만들겠다는 겁니까?"

"그런 게 아니에요. 낫고 싶어서 이 병원에 오신 거잖아요, 그렇죠? 이게 낫기 위한 첫 단계입니다. 저를 믿으셔야 해요."

스프링어는 의자에서 일어난 뒤 의자를 방 저편의 텔레비전 아래로 끌고 간다. "그냥 이대로 쉬고 계세요, 데슨 씨. 곧 경찰이 올 테고, 이따 저녁에는 시카고-리드로 이송해 드리겠습니다."

나는 그녀가 나가는 모습을 지켜본다. 위협적인 와해의 조짐이 내 바로 위에서 나를 짓누른다.

나의 정체성을 이루는 신념과 기억의 모든 조각들—내 직업, 다니엘라, 우리 아들—이 그저 내 머리의 비극적인 오

작동일 뿐이라면 어쩌지? 나는 스스로 생각하는 그 사람이 되기 위해 계속 싸울 것인가? 그렇지 않으면 그 사람, 그가 사랑하는 모든 것과 절연하고 이 세상이 내게 원하는 사람의 껍데기 안으로 들어갈 것인가?

그리고 내가 미친 거라면, 그때는 어떻게 하지?

내가 아는 모든 것이 틀렸다면?

아니. 그만해.

나는 미쳐가고 있지 않다.

지난밤에 맞은 약물이 내 혈중에 있었고 몸에는 멍 자국이 있었다. 내 열쇠로 우리 집이 아닌 그 집의 문이 열렸다. 내 머리에 종양은 없다. 약지에는 결혼반지 자국이 있다. 나는 지금 이 병실에 있고, 이 모든 일이 실제로 일어나고 있다.

내가 미쳤다는 생각은 용납될 수 없다.

이 문제를 해결하는 것만 용납될 뿐이다.

병원 로비를 향해 엘리베이터 문이 열리자 나는 싸구려 양복과 비에 젖은 외투를 입은 두 남자의 어깨를 밀치며 지나간다. 그들은 경찰 같아 보이는데, 엘리베이터 안으로 들어서면서 나와 눈이 마주친 순간 문득 의문이 든다. 이들은 나를 만나러 가는 길일까.

나는 대합실을 지나 자동문 쪽으로 향한다. 보호 병동에 있지 않아서인지 몰래 빠져나오기가 생각보다 훨씬 수월했다. 그저 옷을 갈아입고 복도에 사람이 없어질 때까지 기다리다가 간호사실을 유유히 지나가는 동안 눈썹 하나 까딱하는 사람도 없었다.

출구에 가까워질 때까지도 나는 경보음이 울리고 누군가 내 이름을 소리쳐 부르고 보안요원들이 로비를 가로지르며 나를 쫓아오기를 계속 기다린다.

얼마 지나지 않아 나는 비 내리는 바깥에 서 있다. 시간은 초저녁쯤인 것 같다. 붐비는 도로가 오후 여섯 시경의 주변 풍경이라는 추측에 신빙성을 더한다.

나는 서둘러 계단을 내려가 보도에 들어서고, 그대로 속도를 늦추지 않고 다음 블록까지 걸어간다.

뒤를 힐끗 돌아본다.

쫓아오는 사람은 없다. 적어도 내 눈에 보이는 한은.

그저 우산의 물결만 이어져 있다.

나는 비에 흠뻑 젖고 있다.

어디로 가야 할지 모르겠다.

은행 앞에 다다른 나는 보도에서 벗어나 입구의 돌출부 아래로 몸을 피한다. 석회암 기둥에 기대어 노면을 뚫을 듯이 내리는 빗속을 지나쳐 가는 사람들을 바라본다.

바지 주머니에서 지폐 클립을 꺼낸다. 어젯밤에 쓴 택시비가 내 쥐꼬리만 한 재산을 크게 갉아먹었다. 남은 현금은 182달러뿐이고 신용카드들은 아무 쓸모가 없다.

집으로 가는 건 아예 불가능하다. 하지만 우리 집에서 두어 블록 거리에 싸구려 모텔이 하나 있는데, 거긴 방값을 댈 수도 있겠다 싶을 만큼 너저분한 곳이다.

나는 다시 빗속으로 나간다.

시시각각 날이 더 어두워진다.

기온도 더 떨어진다.

코트나 재킷 하나 입지 않은 나는 두 블록을 가는 동안 속옷까지 흠뻑 젖는다.

데이즈 인은 빌리지탭 맞은편 건물에 들어서 있다. 그런데 그렇지가 않다. 차양 색이 다르고 정면 전체가 이상하게 고급스럽다. 이건 호화 아파트가 아닌가. 심지어 우산을 쓰고 밖에 서서 검정색 트렌치코트를 입은 여자를 위해 택시를 잡고 있는 도어맨까지 보인다.

내가 길을 맞게 찾아왔나?

내가 다니는 길모퉁이 술집 쪽을 슬쩍 쳐다본다.

앞 창문에 깜박이고 있어야 할 '빌리지탭'이라는 네온사인은 어디로 가고 없고, 황동색 글자가 박힌 육중한 나무판이 기다란 막대에 붙은 채 바람에 삐걱거리는 출입구 위에서 흔들리고 있다.

나는 속도를 높여 계속 걷는다. 빗물이 눈에 들이친다.

지나치며 보이는 건—

왁자지껄한 주점들.

저녁 손님을 받을 준비를 마무리하는 식당들—하얀 리넨 테이블보 위에 반짝이는 와인글라스와 식기류가 신속히 세팅되는 동안 오늘의 스페셜 메뉴를 외우는 서빙 직원들.

에스프레소 머신에 갓 볶은 원두를 가는 소리로 가득한 낯선 커피숍.

정확히 원래 모습대로인, 다니엘라와 내가 좋아하는 이탈리안 레스토랑. 문득 내가 거의 24시간째 아무것도 먹지 않았다는 사실을 깨닫는다.

그렇지만 나는 계속 걷는다.

양말까지 몽땅 젖을 때까지.

걷잡을 수 없이 몸이 떨릴 때까지.

어느덧 밤이 되었고, 나는 창문에 창살이 쳐져 있고 출입구 위에는 별스럽게 큰 간판이 달린 3층짜리 호텔 밖에 서 있다.

호텔 로열

나는 갈라진 바둑판무늬 바닥에 물을 뚝뚝 흘리며 안으로 들어선다.

내부는 예상했던 것과 다르다. 적나라한 의미에서의 초라함이나 지저분함은 없다. 그저 세월에 잊힌, 한창때가 지난 곳이다. 내 기억 속 증조부모님의 금방이라도 쓰러질 것 같던 아이오와 농가 거실 풍경을 떠올리게 한다. 나머지 세상이 저만치 앞서가는 동안 저 낡은 가구는 시간이 멈춘 듯 천년째 이곳에 있었던 것 같은 느낌. 실내에는 곰팡내가 풍기고, 보이지 않는 음향 장치에서 빅밴드 음악이 조용히 흘러나오고 있다. 뭔가 1940년대 곡인 듯하다.

안내 데스크에 앉은 턱시도 차림의 나이 든 직원은 흠뻑 젖은 내 몰골을 보고도 전혀 놀라는 기색이 없다. 그저 축축한 지폐 95달러를 받더니 3층의 어느 객실 열쇠를 건넨다.

엘리베이터 안은 비좁고 갑갑하다. 내가 구릿빛 문에 비친 나의 일그러진 형상을 쳐다보고 있는 동안 엘리베이터는 시끄러운 소리를 내며, 계단을 오르는 살찐 남자처럼 힘겹게 3층으로 올라간다.

두 사람이 나란히 걷기도 힘들 만큼 좁고 어둑한 통로를 절반쯤 지나니 내 방 번호가 나온다. 나는 열쇠로 한참 씨름한 끝에 구식 자물쇠를 열고 안으로 들어간다.

안에는 이렇다 할 것이 없다.

조잡한 금속 프레임 안에 울퉁불퉁한 매트리스가 깔린 싱글 침대.

벽장만 한 화장실.

서랍장.

브라운관 텔레비전.

그리고 창가에 놓인 의자 하나. 유리창 반대편에선 뭔가 불빛이 반짝이고 있다.

나는 침대 발치를 돌아가서 커튼을 젖히고 밖을 내다본다. 호텔 간판이 내 눈높이에 가까이 걸려 있어 초록색 네온 불빛 사이로 떨어지는 빗줄기가 보인다.

그 아래로 시선을 내리니 보도 위에 한 남자가 가로등 기둥에 기대어 서 있다. 연기가 빗속으로 피어오르고, 남자의 모자 아래 어둠 속에서 담뱃재가 빨갛게 빛나다가 사그라진다.

저기서 나를 기다리고 있는 걸까?

피해망상에 사로잡힌 건지도 모르지만 나는 문 쪽으로

가서 잠금쇠를 확인하고 사슬고리를 걸어놓는다.

그제야 나는 신발을 벗어던지고 옷을 벗은 다음 욕실에 딱 한 장 있는 수건으로 몸을 닦는다.

이 방에서 가장 좋은 건 창문 아래에 놓인 구식 주철 라디에이터다. 나는 그 기계를 세게 튼 뒤 따뜻한 바람에 양손을 갖다 댄다.

젖은 옷가지를 의자 등받이에 걸쳐 라디에이터 가까이 밀어놓는다.

침대 옆 탁자 서랍에서 기드온 성경책과 시카고 광역권 전화번호부를 찾아낸다.

나는 삐걱거리는 침대 위에 몸을 쭉 뻗고 드러누워 전화번호부의 D 페이지를 펼치고 내 성을 찾기 시작한다.

내 이름을 금방 찾아낸다.

제이슨 A. 데슨.

주소가 일치한다.

번호도 일치한다.

나는 침대 옆 탁자에서 수화기를 들고 내 유선전화 번호로 전화를 건다.

신호음이 네 번 울린 뒤 내 목소리가 들린다. "안녕하세요, 제이슨입니다. 다만 지금은 제가 집에 없어서 직접 받은 게 아니에요. 이건 녹음 메시지입니다. 그다음은 어떻게 할지 아시죠."

나는 삐 소리가 나기 전에 전화를 끊는다.

이건 우리 집 음성메시지가 아니다.

또다시 광기가 엄습하며 나를 태아처럼 오그라뜨리고

산산조각 내겠다고 위협한다.

그러나 나는 그 기운을 억누르며 새로 만든 주문을 되뇐다.

내가 미쳤다는 생각은 용납될 수 없다.

이 문제를 해결하는 것만 용납될 뿐이다.

실험물리학의 핵심은—사실 모든 과학이 그렇지만—문제의 해결이다. 하지만 모든 문제를 한꺼번에 해결할 수는 없는 법이다. 더 크고 중대한 질문, 즉 큰 타깃이 언제나 존재한다. 그러나 그 타깃의 엄청난 범위에만 집착하다 보면 초점을 잃게 된다.

비결은 작게 시작하는 것이다. 자신이 답할 수 있는 문제를 푸는 데 집중하라. 단단히 딛고 설 수 있는 마른 땅을 확보하라. 이런 노력을 기울이고 나서 만약 운이 따라준다면, 중대한 질문의 수수께끼를 이해할 수 있게 된다. 포토몽타주에서 서서히 뒤로 물러남으로써 궁극적인 이미지가 드러나는 걸 목격하게 되듯이.

나는 두려움, 편집증, 공포에서 벗어나 실험실에 있는 것처럼—한 번에 작은 문제 하나씩—이 문제를 공략해야 한다.

단단히 딛고 설 수 있는 마른 땅을 확보하라.

현재 나를 괴롭히고 있는 중대한 질문은 내게 무슨 일이 있었느냐다. 이 질문에 답할 길이 없다. 아직까지는. 물론 막연한 의심은 품고 있지만, 의심은 편견을 갖게 하고 편견은 진실로 이어지지 않는다.

왜 어젯밤에 다니엘라와 찰리가 우리 집에 없었을까?

왜 그 집에 내가 혼자 사는 것처럼 보였을까?

아니다, 이 질문 역시 너무 크고 너무 복잡하다. 데이터의 영역을 좁혀보자.

다니엘라와 찰리는 어디에 있을까?

조금 나아졌지만 더 줄여보자. 다니엘라는 우리 아들이 어디 있는지 알 것이다.

그렇다면 내가 출발점으로 삼은 질문은 이것이다. 다니엘라는 어디 있는가?

어젯밤 우리 집이 아닌 그 집 벽에서 본 스케치—그 그림들은 다니엘라 바르가스의 작품이었다. 다니엘라는 서명에 미혼일 때의 이름을 썼다. 왜일까?

나는 창을 통해 들어오는 네온 불빛에 넷째손가락을 비춰본다.

결혼반지 자국이 사라지고 없다.

자국이 있기는 했던 걸까?

나는 커튼에 달린 실밥을 조금 뜯어내어 약지에 감는다. 내가 아는 세계와 삶과의 물리적인 연결고리로서.

잠시 뒤 나는 다시 전화번호부를 집어 들고 V 페이지를 펼쳐서 단 하나 있는 다니엘라 바르가스 항목에서 멈춘다. 그 페이지를 통째로 찢어낸 뒤 다니엘라의 번호를 누른다.

자동응답기에서 흘러나오는 그녀의 친숙한 목소리에 가슴이 뭉클하다. 메시지의 내용에 심히 불안해지는 와중에도.

"다니엘라입니다. 지금은 그림 작업 차 외출 중입니다. 메시지를 남겨주세요. 차우(ciao)."

한 시간 만에 옷이 따뜻하게 데워지고 물기도 거의 말랐다. 나는 세수를 하고 옷을 입은 뒤 1층 로비로 내려간다.

거리에 나오니 바람은 불지만 비는 수그러들었다.

가로등 옆에서 담배를 피우던 남자는 가고 없다.

허기 때문에 머리가 조금 어지럽다.

식당 대여섯 곳을 지나치고서야 내 현금을 바닥내지 않을 만한 곳—큼직하고 두꺼운 조각을 판매하는 환하고 지저분한 피자 가게—을 발견한다. 안에는 앉을 데가 없어서 나는 보도에 선 채로 게걸스레 피자를 먹어치우며 생각한다. 이 피자가 내가 생각하는 것만큼 인생을 바꿀 만한 맛일까, 아니면 내가 제대로 판단할 수도 없을 만큼 굶주린 것일까.

다니엘라의 주소지는 벅타운에 있다. 내 수중에는 75달러와 잔돈이 남아 있으니 택시를 부를 수도 있겠지만 어쩐지 걷고 싶다.

보행자와 교통량이 금요일 밤을 가리키고, 거리에도 그에 걸맞은 활력이 감돈다.

나는 아내를 찾아 동쪽으로 향한다.

다니엘라가 있는 곳은 노란 벽돌 건물이고, 정면은 최근 추위에 적갈색으로 변해가는 담쟁이덩굴로 뒤덮여 있다. 구식 황동판 형태인 호출장치를 살피다가 첫 번째 열 맨 밑의 둘째 줄에서 다니엘라의 이름을 발견한다.

호출 버튼을 세 번 눌러도 아무런 답이 없다.

문에 끼워진 높은 창유리 사이로 이브닝드레스와 오버코트 차림의 여자가 보이고, 여자는 복도에 또각또각 하이힐 소리를 울리며 다가온다. 내가 창에서 물러나 뒤돌아설 때 문이 활짝 열린다.

　　여자는 휴대폰으로 통화를 하는 중이고, 여자가 지나갈 때 훅 풍기는 술 냄새로 보아 열정적인 밤을 일찌감치 시작한 듯한 느낌이 든다. 여자는 내 존재를 알아채지 못하고 급히 계단을 내려간다.

　　나는 문이 닫히기 전에 가장자리를 붙잡아 열고, 계단을 통해 4층으로 올라간다.

　　다니엘라의 집은 복도 맨 끝에 있다.

　　노크를 한 뒤 기다린다.

　　대답이 없다.

　　다시 로비로 내려가는 길에 다니엘라가 돌아올 때까지 여기서 기다려야 하지 않을까 생각한다. 하지만 그녀가 시내에 없을 수도 있지 않은가? 집에 돌아왔는데 내가 무슨 스토커처럼 그녀가 사는 건물 밖을 어슬렁거리고 있는 걸 보면 어떻게 생각하겠는가?

　　정문 출입구가 가까워질 즈음 게시판을 뒤덮은 전단들이 우연히 눈에 들어온다. 미술관 개관부터 낭독회와 시 경연대회까지 온갖 행사를 알리는 내용이다.

　　그중 게시판 중앙에 붙어 있는 가장 큰 공고문이 내 시선을 사로잡는다. 움프라는 미술관에서 열리는 다니엘라 바르가스의 전시회를 홍보하는 안내 포스터다.

　　나는 걸음을 멈추고 전시 개막일을 찾아본다.

10월 2일 금요일.

오늘 밤이다.

다시 거리로 나오니 또다시 비가 내리고 있다.

나는 손을 들어 택시를 잡는다.

미술관은 열 블록 넘게 떨어진 곳에 있고, 내가 탄 택시가 이 저녁의 파장이 최고조에 달해 택시들이 주차장처럼 한가득 서 있는 데이먼애비뉴를 지날 즈음 나는 더 감당할 수 없을 만큼 긴장감이 폭발한다.

결국 나는 택시에서 내려서 힙스터들로 가득한 인파에 섞여 꽁꽁 얼릴 듯 차가운 가랑비 속을 걸어간다.

움프는 오래된 식품포장 공장을 개조해서 만든 미술관이고, 안으로 들어가는 줄이 블록 중간까지 이어져 있다.

비참하게 덜덜 떨면서 45분을 서 있은 후에야 나는 마침내 비에서 해방되어 입장료 15달러를 내고 사람들 열 명의 무리와 함께 다니엘라의 이름과 성이 거대한 그라피티 스타일의 글씨로 벽 위에 써 붙여진 대기실로 안내된다.

우리가 함께 산 15년 동안 다니엘라와 같이 전시회와 개관식에 무수히 가봤지만 이런 건 한 번도 접해보지 못했다.

벽의 숨겨진 문에서 턱수염을 기른 호리호리한 남자가 나타난다.

조명이 어두워진다.

"여러분이 지금부터 보실 작품의 제작을 맡은 스티브 콘콜리입니다." 남자는 인사말을 한 뒤 문 옆에 있는 디스펜

서에서 비닐봉투를 한 장 뜯어낸다. "휴대폰은 여기 넣어주세요. 반대쪽으로 나가실 때 찾아가실 수 있습니다."

비닐봉투가 한 바퀴 쭉 돌면서 휴대폰이 쌓인다.

"지금부터 시작될 여러분 인생의 10분에 관해 한 말씀 드리겠습니다. 여러분이 지적 작용을 잠시 멈추고 이 설치물을 경험하면서 느끼는 감정에 집중해 주셨으면 하는 작가의 부탁 말씀이 있었습니다. '얽힘'전에 오신 것을 환영합니다."

콘콜리가 휴대폰이 담긴 봉투를 받아 들고 문을 연다.

나는 마지막으로 그 문을 통과한다.

잠시 동안 우리 그룹은 어둡고 비좁은 공간에 모여 있다. 그러다 우리가 있는 공간이 완전히 캄캄해지는 것과 동시에 문이 탁 닫히는 소리가 울려 퍼지면서 창고처럼 생긴 드넓은 방이 모습을 드러낸다.

점점이 박힌 빛이 우리 머리 위에서 서서히 또렷해지면서 내 시선이 위쪽으로 쏠린다.

별이다.

별들은 놀랍도록 생생하고, 하나하나 이글이글 타는 듯한 느낌을 준다.

어떤 별은 가까이, 어떤 별은 멀리 있고, 간혹 하나가 쏜살같이 허공을 가른다.

나는 앞에 놓인 것을 본다.

우리 무리에서 누군가 작게 내뱉는다. "어머나."

눈앞에는 플렉시글라스로 만든 미로가 놓여 있다. 시각효과 덕분에 미로가 무수한 별무리 아래에서 무한히 뻗어

나가는 것처럼 보인다.

투명판들 사이로 빛이 잔물결처럼 번져간다.

우리는 천천히 앞쪽으로 움직인다.

미로에는 다섯 개의 입구가 있고, 나는 모든 입구가 만나는 연결 지점에 서서 다른 사람들이 각기 다른 길에서 표류하는 모습을 바라본다.

아까부터 줄곧 있던 나직한 소리가 문득 귀에 들어온다. 음악이라기보다는 텔레비전 화면조정음 같은 백색소음이 낮게 이어지는 음조 위로 쉬이익 흘러나온다.

길 하나를 골라 미로에 들어서는 순간 투명판이 사라진다.

눈이 멀 것같이 강렬한 빛이 내 발밑의 플렉시글라스까지 온통 뒤덮었다.

잠시 뒤 투명판 일부에서 루프 영상이 재생되기 시작한다.

탄생—울음을 터뜨리는 아기와 기쁨의 눈물을 흘리는 엄마.

올가미 끝에서 발을 차고 몸을 비트는 사형수.

눈보라.

태양.

스쳐 지나가는 사막 풍경.

나는 들어온 길을 계속 따라간다.

막다른 길이 나온다.

막다른 길에서 커브를 돈다.

영상 이미지의 빈도가 높아지며 더 빠르게 반복된다.

교통사고의 뒤틀린 잔해.

열정적인 섹스를 나누고 있는 커플.

간호사와 의사 들이 내려다보는 가운데 병원 복도에서 들 것에 실려 가는 환자의 시점.

십자가.

석가모니.

펜타그램.

평화의 V 사인.

핵폭발.

조명이 꺼진다.

별들이 되살아난다.

플렉시글라스가 다시 비쳐 보인다. 다만 지금은 투명판 위에 디지털 필터 같은 것—움직임 없이 떼 지어 모여 있는 곤충과 내리는 눈—이 덮어씌워져 있다.

이 필터 때문에 미로 안에 있는 다른 사람들이 광활한 황무지를 누비는 실루엣처럼 보인다.

그리고 지난 24시간 동안 겪은 혼란과 두려움에도 불구하고, 아니 어쩌면 내가 겪은 그 모든 일 때문에, 지금 이 순간 보고 있는 광경은 나를 뚫고 들어와 강타를 날린다.

미로 안에 있는 다른 사람들을 볼 수 있는 동안은 우리가 같은 방 안에 있다고 느껴지지 않는다. 심지어 같은 공간에 있는 것 같지도 않다.

그들은 아예 다른 세상에 동떨어져서 자신들만의 궤도를 헤매고 있는 듯 보인다.

한순간 나는 격렬한 상실감에 휩싸인다.

슬픔도 고통도 아닌 보다 원초적인 감정.

깨달음과 그 뒤에 따라오는 지독한 공포—우리를 둘러싸고 있는 한없는 무관심이라는 공포.

이것이 다니엘라의 작품에 내재된 주된 의도인지는 모르지만 나는 분명 그렇게 느낀다.

우리는 모두 존재라는 얼어붙은 땅을 정처 없이 헤매며 무가치함에 가치를 부여하고 있다. 우리가 사랑하고 미워하는 모든 것, 우리가 믿으며 싸우고 죽이고 죽어서라도 지키려 하는 모든 것이 저 플렉시글라스에 영사된 이미지만큼이나 무의미한 것을.

미로의 출구에는 마지막 루프 영상 하나—남자와 여자가 아이의 작은 손을 한 쪽씩 잡고 맑게 갠 푸른 하늘 아래서 풀밭 언덕을 함께 달려 오르는 모습—가 재생되면서 투명판에 다음과 같은 글귀가 천천히 나타난다.

아무것도 존재하지 않는다.

모두가 꿈이다.

신도, 인간도, 세계도, 태양과 달과 무수한 별도—꿈이다.

모두 한낱 꿈일 뿐, 실재하지 않는다.

존재하는 것은 빈 공간, 그리고 당신…뿐이다.

또한 당신은 당신이 아니다—당신은 육체도 피도 뼈도 없이,

그저 하나의 생각에 지나지 않는다.

마크 트웨인

또 다른 대기실로 들어가니 우리 그룹의 나머지 사람들

이 비닐봉투 주위에 모여 서서 각자 휴대폰을 챙기고 있다.

거기서 곧장 널찍하고 조명이 환한 미술관으로 들어선다. 반질거리는 원목 바닥이 깔려 있고 미술 작품이 벽을 장식하고 있는 그곳에 바이올린 삼중주단이 있고…… 눈부시게 아름다운 검정 드레스를 입은 여자가 연단에 서서 모여 있는 사람들에게 연설을 하고 있다.

나는 꼬박 5초쯤 걸려서야 이 여자가 다니엘라임을 깨닫는다.

레드와인이 든 잔을 한 손에 들고 다른 손으로 손짓하고 있는 그녀는 눈부시게 빛난다.

"—최고로 멋진 밤이고, 이렇게 제 신작을 응원하러 와주신 여러분 모두에게 정말 감사드립니다. 이루 말로 할 수 없어요."

다니엘라가 와인 잔을 들어 올리며 외친다.

"건배!"

모인 사람들도 차례로 건배에 응한다. 다들 술잔을 기울이는 동안 나는 다니엘라에게 다가간다.

가까이에서 보는 그녀는 전류가 흐르는 듯 짜릿하다. 너무나 생기가 넘쳐흘러서 나는 그녀를 소리쳐 부르는 것을 자제할 수밖에 없다. 이 사람은 우리가 처음 만났던 15년 전과 같은 활기를 내뿜는 다니엘라다. 수년의 세월—평상 상태, 들뜬 행복감, 우울, 타협—이 그녀를 현재 나와 한침대를 쓰는 여자, 멋진 엄마이자 멋진 아내지만 이루지 못한 꿈의 속삭임과 끝없이 싸우는 사람으로 바꿔놓기 전의 다니엘라.

나의 다니엘라는 이따금씩 나를 겁먹게 하는 무거움과 거리감이 담긴 눈빛을 띤다.

그런데 이 다니엘라는 두 발이 땅 위에 떠 있다.

어느새 나는 그녀로부터 10피트도 채 되지 않는 거리에 서 있다. 심장은 쿵쾅거리고, 그녀가 나를 알아볼까 생각하고 있는 순간—

눈이 마주친다.

다니엘라의 눈이 커지고 입이 벌어지는데, 그녀가 내 얼굴을 보고 충격을 받은 건지 기쁜 건지 단순히 놀란 건지 분간이 가지 않는다.

다니엘라는 사람들 사이를 헤치고 다가와 두 팔로 내 목을 껴안고 나를 꽉 끌어당기며 말한다. "세상에, 당신이 여기 오다니. 별일 없는 거야? 당신이 한동안 외국에 나갔다는 소리도 들리고 실종됐다는 소문도 들었어."

나는 이 말에 어떻게 반응해야 할지 몰라 그저 이렇게 말한다. "음, 이렇게 여기 있잖아."

다니엘라는 수년째 향수를 뿌린 적이 없지만 오늘 밤은 향수를 뿌리고 왔다. 그녀에게서는 나 없는 다니엘라 같은, 우리 각자의 향기가 우리의 향기로 합쳐지기 이전의 다니엘라 같은 향취가 난다.

나는 놓고 싶지 않지만—내겐 그녀의 손길이 필요하다—다니엘라는 포옹을 풀고 물러난다.

내가 묻는다. "찰리는 어딨어?"

"누구?"

"찰리."

"누굴 말하는 거야?"

내 속에서 뭔가가 비틀린다.

"제이슨?"

그녀가 우리 아들을 모른다.

우리에게 아들이 있긴 한가?

찰리가 존재하기는 할까?

당연히 존재한다. 그애가 태어날 때 내가 그 자리에 있었다. 찰리가 몸부림치고 소리 지르며 세상으로 나오고 10초 뒤에 내가 그애를 안았다.

"괜찮아?" 다니엘라가 묻는다.

"응. 방금 미로를 빠져나와서 그래."

"어땠어?"

"눈물이 날 뻔했어."

"전부 당신 얘기야." 그녀가 말한다.

"그게 무슨 뜻이야?"

"1년 반 전에 우리가 나눴던 대화 기억 안 나? 당신이 날 찾아왔을 때? 당신이 영감을 줬어, 제이슨. 저 작품을 만드는 동안 날마다 당신 생각을 했어. 당신이 한 말을 떠올렸지. 헌정사 못 봤어?"

"아니, 어디에 있었는데?"

"미로 입구에. 당신에게 쓴 글이야. 이번 작품을 당신에게 헌정했고 당신이랑 연락하려고 애를 썼어. 오늘 밤 당신이 특별 게스트로 와줬으면 했는데 아무도 당신을 못 찾더라고." 그녀는 미소를 짓는다. "어쨌든 지금 이렇게 당신이 왔잖아. 그럼 된 거지."

심장이 너무나 빠르게 뛰고 금방이라도 실내가 빙글빙글 돌 것 같은데, 바로 그때 라이언 홀더가 다니엘라 옆에서 그녀에게 팔을 두르고 서 있다. 그는 트위드 재킷을 입고 있고 머리가 희끗희끗하며, 불가능하게도 어젯밤 빌리지탭에서 열린 그의 파비아상 수상 축하 파티에서 마지막으로 봤을 때보다 창백하고 몸도 덜 탄탄하다.

"이런, 이런," 나와 악수하며 라이언이 말한다. "파비아상의 주인공 아니신가."

다니엘라가 말한다. "친구들, 난 다른 손님들한테도 인사하러 가봐야 해서 말이야. 그치만 제이슨, 이 행사 뒤에 우리 집에서 비밀 모임을 할 건데, 당신도 올래?"

"좋아."

군중 속으로 사라지는 다니엘라를 바라보고 있을 때 라이언이 말을 건다. "한잔할래?"

오, 좋고말고.

미술관에서는 할 수 있는 모든 걸 준비해 놓았다—애피타이저와 샴페인이 든 쟁반을 들고 다니는 턱시도 차림의 웨이터들이며, 다니엘라의 세 폭짜리 자화상 아래쪽 한쪽 구석에 마련된 유료 바까지.

바텐더가 우리가 주문한 위스키—맥캘란 12년—를 플라스틱 컵에 따르는 사이에 라이언이 말한다. "네가 잘나가는 건 알지만 이건 내가 살게."

기분이 참 묘하다—라이언에게선 어젯밤 우리 동네 술집에서 좌중을 압도하던 사람의 거만하고 뻐기는 태도라고는 찾아볼 수 없다.

우리는 술잔을 받아 든 뒤 다니엘라를 에워싼 무리로부터 떨어진 조용한 구석 자리를 찾는다.

둘이 구석에 서서 차례차례 미로에서 나오는 사람들로 실내가 채워지는 광경을 바라보다가 내가 먼저 말을 꺼낸다. "그래, 어떻게 지냈어? 한동안 네 소식을 놓친 것 같아서."

"시카고대학으로 옮겼어."

"축하해. 강의를 맡은 거야?"

"세포분자신경과학. 전전두엽 피질과 관련된 꽤 괜찮은 연구도 진행 중이야."

"재밌겠는걸."

라이언이 내 쪽으로 몸을 바짝 기울인다. "진지하게 말하는데, 소문이 장난이 아니었어. 이쪽 사람들 전부가 떠들고 있다고. 뭐라고 하냐면"—그가 목소리를 낮춘다—"네가 중압감에 못 이겨 실성했대. 어디 정신병원 독방에 갇혀 있다고도 하고 죽었다는 얘기도 있고."

"여기 이렇게 있잖아. 정신도 멀쩡하고 몸도 따뜻하고 숨도 쉬면서."

"그러니까 내가 만들어준 화합물…… 그게 성공한 거지?"

나는 그가 무슨 말을 하는 건지 갈피를 못 잡고 그를 빤히 보기만 한다. 내게서 바로 대답이 나오지 않자 라이언이 말한다. "아, 알겠어. 비밀유지협약서 더미에 꼼짝없이 묶여 있는 거로군."

나는 위스키를 한 모금 마신다. 여전히 배가 고프고, 술기운은 너무나 빨리 머리로 올라가고 있다. 다음 웨이터가 가까이 지나갈 때 나는 은쟁반에서 작은 키슈 세 개를 잡아챈다.

뭐가 그리 걸리는 건지 몰라도 라이언은 그냥 넘기지를 못한다.

"저기, 불평하려는 건 아니지만," 그는 말한다. "나는 너나 벌라서티를 위해 보이지 않게 많은 일을 했다고 생각해. 우리 둘이 알고 지낸 지도 오래됐고, 네가 차원이 다른 커리어를 쌓았다는 것도 알아. 하지만 뭐랄까……. 너는 원하는 걸 나한테서 얻어 갔고……."

"그리고 뭐?"

"됐어, 잊어버려."

"아냐, 얘기해줘."

"그러니까 내 말은 대학 시절 룸메이트를 조금만 더 존중해 줄 수도 있지 않았겠냐는 거야."

"네가 말하는 화합물이 뭐야?"

라이언은 경멸의 시선을 감추지 않고 나를 쳐다본다. "나쁜 자식."

우리가 가장자리에 조용히 서 있는 동안 실내는 사람들로 점점 더 빽빽해진다.

"너희 둘이 사귀어?" 내가 묻는다. "너랑 다니엘라?"

"그렇다고 할 수 있지." 그가 말한다.

"그게 무슨 뜻이야?"

"만난 지 조금 됐어."

"넌 옛날부터 항상 다니엘라에게 마음이 있었잖아."

그는 실실 웃기만 한다.

나는 사람들 무리를 훑다가 다니엘라를 찾아낸다. 그녀는 침착하고 집중한 모습이고, 그녀를 빙 둘러싼 기자들은 휴대용 컴퓨터를 열어놓고 그녀가 하는 말을 정신없이 받아쓰고 있다.

"어떻게 돼 가고 있어?" 이렇게 물으면서도 정말로 대답을 듣고 싶은 건지 확신이 서지 않는다. "너랑 내…… 다니엘라 말이야."

"아주 좋아. 그녀는 내가 꿈에 그리던 여자야."

라이언은 수수께끼 같은 미소를 짓고, 한 3초간 나는 그를 죽여버리고 싶다.

새벽 한 시, 나는 다니엘라네 집 소파에 앉아 그녀가 마지막 손님을 문까지 배웅하는 모습을 보고 있다. 지난 두어 시간은 참 쉽지 않았다—다니엘라의 미술계 친구들과 조금은 조리 있게 대화를 나누려 애쓰는 동시에 다니엘라와 단둘이 있을 기회를 기다리느라. 보아하니 그 기회는 계속 나를 비껴갈 모양이다. 라이언 홀더, 내 아내와 잠자리를 갖는 남자가 아직도 가지 않았고, 내 맞은편 가죽 의자에 털썩 드러눕는 걸 보니 아마도 오늘 밤에 그대로 눌러앉을 거라는 느낌이 든다.

나는 두꺼운 유리잔 바닥에 남은 싱글몰트 위스키를 홀짝인다. 취하지는 않고 알딸딸하게 술기운이 오르는데, 알코올이 내 의식 세계와 내가 빠져 있는 이 토끼굴 사이에서 썩 훌륭한 완충제가 되어준다.

내 삶이라고 주장하는 이 이상한 나라.

문득 다니엘라가 내가 가기를 원하지 않을까 하는 생각이 든다. 자신이 너무 오래 눌러앉아 눈총을 받는지도 모르고 마지막까지 남아 있는 둔한 사람이 나라면 어쩌지.

다니엘라는 문을 닫고 사슬고리를 건다.

하이힐을 벗어 던진 그녀는 비틀거리며 소파로 와서 쿠션 위에 쓰러지듯 털썩 주저앉으며 말한다. "정말 엄청난 밤이었어."

그녀는 소파 옆에 붙은 작은 탁자의 서랍을 열고 라이터와 색유리 파이프를 꺼낸다.

다니엘라는 찰리를 임신하면서 마리화나를 끊었고 다시는 피우지 않았다. 그녀가 한 모금 빨아들이고 나서 내게 파이프를 건네는 걸 보고 있다가 이런 생각이 든다. 이 밤은 이미 이상하기 짝이 없는데 까짓것 못 할 게 뭔가?

우리는 이내 몽롱하게 취한 채 온 벽면이 다양하고 광범위한 미술 작품들로 뒤덮인 널찍한 아파트의 나직이 웅웅거리는 고요 속에 앉아 있다.

다니엘라가 거실의 배경이 되어주는 남향으로 난 커다란 창문에서 블라인드를 걷어 올리자, 유리 너머로 반짝거리는 도심의 장관이 펼쳐진다.

라이언은 다니엘라에게 파이프를 넘기고, 다니엘라가 파이프를 다시 채우기 시작하자 내 옛 룸메이트는 의자에 털썩 기대앉아 천장을 쳐다본다. 라이언이 자꾸 앞니를 혀로 핥는 것을 보자니 피식 웃음이 난다. 대학원 시절에도 마리화나만 했다 하면 나오던 그의 버릇이었기 때문이다.

나는 창문을 통해 보이는 무수한 불빛을 바라보다가 불쑥 묻는다. "너희 둘은 나를 얼마나 잘 알아?"

이 말은 그들의 주의를 끈 눈치다.

다니엘라는 파이프를 탁자에 내려놓고 소파 위에서 양 무릎을 가슴께로 오므린 채 내 쪽으로 몸을 돌린다.

라이언은 눈을 번쩍 뜬다.

그러곤 의자에서 자세를 바로 한다.

"무슨 말이야?" 다니엘라가 묻는다.

"나를 믿어?"

그녀는 팔을 뻗어 내 손을 잡는다. 더없이 짜릿한 전율. "당연하지."

이어서 라이언이 대꾸한다. "우리 사이가 안 좋을 때도 네가 정직하고 괜찮은 사람이라는 생각에는 변함이 없었어."

다니엘라는 걱정스러운 얼굴이다. "괜찮아?"

이 말을 해서는 안 된다. 정말이지 이래서는 안 된다.

하지만 나는 할 작정이다.

"이건 가정인데," 내가 말한다. "과학자에 물리학 교수인 남자가 여기 시카고에 살고 있어. 이 남자는 항상 꿈꿨던 만큼 크게 성공하진 못했지만 행복하게 꽤 만족하며 살고 있고 결혼은"—나는 다니엘라를 쳐다보면서 아까 미술관에서 라이언이 썼던 표현을 떠올린다—"꿈에 그리던 여자와 했어. 둘 사이에는 아들이 하나 있고, 잘 살고 있어.

어느 날 밤, 이 남자는 옛 친구를 만나러 술집에 갔어. 대학 시절에 막역하게 지낸 그 친구는 최근에 아주 권위 있는 상을 받았고. 그러다 집으로 돌아가는 길에 무슨 일이 벌어졌어. 남자는 집에 가지 못해. 납치되었기 때문이지. 구체적으로 무슨 일이 있었는지는 불분명하지만, 마침내 온전히 정신이 돌아왔을 때 남자는 시카고 남부의 어느 연구소에 있고 모든 게 바뀌어 있어. 집도 다르고, 남자는 교수도 아니고, 이 여자와 결혼하지도 않은 거야."

다니엘라가 묻는다. "그렇게 바뀌었다고 생각한다는 거야, 실제로 그렇게 바뀌었다는 거야?"

"내 말은 이 남자의 시각에서 보면 여기는 그가 살던 세계가 아니라는 거야."

"뇌종양이 생겼군." 라이언이 의견을 낸다.

나는 옛 친구를 바라본다. "MRI 결과 종양은 없었어."

"그럼 사람들이 이 남자를 상대로 장난치고 있는 건 아닐까. 남자의 인생 전반에 침투하는 치밀한 장난을 치고 있는 거지. 언젠가 그런 영화를 본 것 같아."

"채 여덟 시간도 안 되는 동안 집 내부가 싹 다 바뀌었어. 벽에 걸린 그림이 달라진 정도가 아니라 가전, 가구가 못 보던 것들이야. 전기 스위치들의 위치도 달라졌어. 장난이 이렇게 복잡할 순 없잖아. 뭣 하러 그런 걸 하겠어? 이 남자는 그저 평범한 사람인데. 누가 그를 상대로 이렇게까지 장난을 치려고 하겠어?"

"그럼 그 사람이 미친 거네." 라이언이 말한다.

"난 미치지 않았어."

아파트가 아주 조용해진다.

다니엘라는 내 손을 잡으며 말한다. "우리한테 무슨 얘길 하려는 거야, 제이슨?"

나는 그녀를 쳐다본다. "아까 저녁에 당신이 그랬지. 우리가 나눴던 대화가 작품의 영감이 됐다고."

"그랬지."

"그 대화에 관해 말해줄 수 있어?"

"기억이 안 나?"

"응, 단 한 마디도."

"어떻게 그럴 수가 있어?"

"부탁이야, 다니엘라."

한참 동안 침묵이 흐르고, 그녀는 아마도 내 말이 진심인지 확인하려는 듯 내 눈을 찬찬히 살핀다.

마침내 그녀가 말한다. "아마 봄이었을 거야. 우리가 얼굴을 본 지도 꽤 되었고, 사실 예전에 우리가 갈라선 후로는 거의 연락도 하지 않고 지냈었어. 물론 당신이 잘됐다는 소식은 듣고 있었지. 항상 너무나 자랑스러웠어.

하여간 어느 날 밤 당신이 내 스튜디오에 찾아왔어. 난데없이 불쑥. 최근에 내 생각을 많이 했다고 하는데, 처음엔 그저 옛 애인과 한번 놀아보려는 수작인가 했지만 이건 뭔가 달랐어. 정말 하나도 기억 안 나는 거야?"

"그 자리에 있지도 않았던 것 같을 정도야."

"우리는 당신 연구에 관해 얘기하기 시작했어. 비밀리에 진행 중인 어떤 프로젝트에 참여하고 있다면서 당신이 말하길—이건 또렷이 기억나—아마 다시는 나를 보지 못할 거라고 했어. 그제야 당신이 소소하게 얘기나 하자고 들른 게 아니란 걸 깨달았지. 당신은 작별 인사를 하러 온 거였어. 당신은 우리라는 존재가 결국 선택들로 결정되고, 자기는 그중 몇 가지 가능성을 날려버렸지만 무엇보다 나와의 선택이 가장 큰 실수였다고 말했어. 그러면서 여러 가지로 미안하다고 했고. 가슴이 뭉클했어. 그렇게 헤어진 뒤로는 당신한테서 연락이 오거나 만난 적이 없다가 오늘 밤에 이렇게 본 거야. 이번에는 내가 하나 물어볼게."

"좋아." 술과 마약과 다니엘라가 해주는 말을 분석해보려는 시도 사이에서 머리가 빙글빙글 도는 느낌이다.

"오늘 저녁 리셉션에서 날 봤을 때 당신이 가장 먼저 물은 말이 '찰리'가 어디 있는지 아냐는 거였어. 그게 누구야?"

내가 다니엘라에게서 가장 좋아하는 점 중 하나는 그녀의 솔직한 성격이다. 그녀에게는 가슴에서 입으로 단단히 연결된 직통 라인이 있다. 필터링도 자체 수정도 없다. 그녀는 티끌만큼의 잔꾀나 속임수도 없이 자신이 느낀 대로 말한다. 왜곡 따위는 하지 않는다.

그렇기에 다니엘라의 눈을 들여다보고 그녀가 완전히 진심이라는 걸 알게 되자 가슴이 무너져 내릴 것만 같다.

"별일 아니야." 나는 말한다.

"별일이 확실한데 뭘. 1년 반 만에 처음 만나서 얼굴 보자마자 물은 게 그거잖아?"

나는 남은 잔을 비우고 어금니 사이에서 녹다 남은 마지막 얼음 조각을 씹는다.

"찰리는 우리 아들이야."

다니엘라의 얼굴에서 핏기가 사라진다.

"잠깐만," 라이언이 날카로운 말투로 끼어든다. "그냥 약 기운에 실없는 얘기나 하고 있는 줄 알았는데. 이게 뭐 하자는 거야?" 그는 다니엘라를 쳐다봤다가 다시 내 쪽을 본다. "농담하는 거야?"

"아니, 농담 아니야."

다니엘라가 말한다. "우리한테 아들은 없고, 그건 당신도 아는 사실이야. 우린 15년 전에 헤어졌어. 당신도 알잖아, 제이슨. 당신도 분명 알잖아."

지금 당장 그녀를 설득해볼 수도 있을 것이다. 나는 이 여자에 대해 너무나 많이 알고 있으니까—결혼 생활을 하면서도 최근 5년 사이에야 그녀가 말해준 어린 시절의 비밀까지. 하지만 이런 식의 '폭로'는 역효과를 낳을 것 같아 걱정스럽다. 그녀가 내 말을 증거가 아니라 교묘한 속임수나 잔재주로 여길 것 같아서. 내가 진실을 말하고 있다고 그녀를 납득시키는 최선의 방법은 냉철하고 진심 어린 태도라고 나는 확신한다.

"내가 아는 사실은 이래, 다니엘라. 당신과 나는 로건스퀘어의 브라운스톤 집에 살고 있어. 우리에겐 찰리라는 열네 살 된 아들이 있고. 나는 레이크몬트대학의 그저 그런 교수야. 당신은 미술가로서의 경력을 희생하고 주부로 살아가는 멋진 아내이자 엄마야. 그리고 라이언, 너. 너는 유명한 신경과학자야. 파비아상을 탄 사람은 너고, 세계 곳곳에서 강연을 한 사람도 너야. 순전히 미친 소리같이 들린다는 건 알지만 난 뇌종양도 없고, 누가 날 가지고 장난치고 있지도 않고, 미친 것도 아니야."

라이언이 소리 내어 웃는다. 하지만 그 웃음소리에는 분명 날카로운 불쾌함이 어려 있다. "편의상 네가 방금 한 말이 모두 사실이라고 쳐. 아니면 적어도 네가 그렇게 믿는다고 치자고. 이 이야기에서 알려지지 않은 변수는 최근 몇 년 사이에 네가 진행했다는 연구야. 그 비밀 프로젝트 말이지. 그 연구에 관해 말해줄 게 있어?"

"아무것도 없어."

라이언은 힘겹게 자리에서 일어난다.

"가는 거야?" 다니엘라가 묻는다.

"늦었어. 더는 못 들어주겠고."

내가 말한다. "라이언, 일부러 말을 안 해주는 게 아니야. 말을 못 하는 거지. 난 그 일에 관해 전혀 기억이 없어. 나는 물리학 교수야. 정신 차리고 깨어나 보니 어느 연구소였고 모두 내가 거기 소속이라고들 생각했지만 나는 그렇지 않아."

라이언은 모자를 집어 들고 문 쪽으로 향한다.

문턱을 넘어가다 말고 그가 고개를 돌려 나를 보더니 말한다. "넌 지금 정상이 아냐. 병원에 데려다줄게."

"이미 갔다 왔어. 다시 돌아가진 않을 거야."

라이언은 다니엘라를 보며 말한다. "쟤가 갔으면 좋겠어?"

다니엘라는 내 쪽으로 고개를 돌리고—추측건대—미친 사람과 단둘이 남고 싶은지 아닌지 고민한다. 그녀가 나를 믿지 않기로 마음먹으면 어쩌지?

이윽고 그녀는 고개를 저으며 말한다. "괜찮아."

"라이언," 내가 말한다. "네가 만들어준 화합물이 뭐였어?"

라이언은 말없이 나를 노려보기만 하고, 잠깐 동안은 그가 대답해 줄 것 같다는 생각이 든다. 그의 얼굴에서 긴장감이 빠져나가는 모습이 마치 내가 미친 건지 아니면 그저 약에 취해 멍청하게 구는 건지 판단하려 애쓰는 것 같다.

그러다 별안간 그는 결론에 도달한다.

얼굴이 다시 딱딱하게 굳는다.

그는 온기라고는 없는 목소리로 말한다. "잘 자, 다니엘라."

그런 뒤 돌아서서 나간다.

그의 뒤에서 문이 쾅 닫힌다.

다니엘라가 요가 바지와 민소매 티셔츠 복장으로 차한 잔을 들고 손님방으로 들어온다.

나는 그사이 샤워를 했다.

기분은 전혀 나아지지 않았지만 적어도 몸은 깨끗하고 병원 소독약 냄새도 사라졌다.

다니엘라는 침대 매트리스 끄트머리에 앉으며 나에게 머그컵을 건넨다.

"카모마일차야."

나는 뜨거운 도자기 컵을 두 손으로 감싸 쥐며 말한다. "이러지 않아도 괜찮아. 다른 데로 가면 돼."

"여기서 나랑 같이 있어. 이 얘긴 이제 끝."

그녀는 느릿느릿 내 다리를 넘어가서 침대 나무판에 등을 기대고 내 옆에 앉는다.

나는 차를 홀짝인다.

따뜻하고 부드러우며 은은한 향이 풍긴다.

다니엘라는 유심히 본다.

"병원에 갔을 때 의사들은 당신이 무슨 병인 것 같대?"

"모르겠대. 날 입원시키고 싶어 했어."

"정신병동에?"

"응."

"그런데 당신이 동의를 안 했고?"

"응, 그냥 나와버렸어."

"그러면 자의와 무관한 강제 입원이었겠네."

"맞아."

"현재로서 그것이 최선의 방법은 아닌 게 확실해, 제이슨? 그러니까 내 말은, 지금 당신이 나한테 하는 얘기를 누군가 당신한테 했다면 어떤 생각이 들겠어?"

"그 사람이 제정신이 아니라고 생각하겠지. 하지만 그건 틀린 생각일 테고."

"그렇다면 말해봐. 당신한테 무슨 일이 일어나고 있다고 생각해?"

"나도 잘 모르겠어."

"당신은 과학자잖아. 가설이 있을 거 아니야."

"데이터가 충분치 않아."

"직감으로는 어때?"

나는 카모마일차를 한 모금 마신 뒤 목구멍으로 넘어

가는 차의 따스한 온기를 음미한다.

"우리 모두는 스스로가 상상조차 할 수 없을 만큼 거대하고 기이한 현실의 일부라는 사실을 전혀 깨닫지 못한 채 하루하루를 살아가."

다니엘라가 두 손으로 내 손을 꼭 잡는다. 비록 그녀가 내가 아는 다니엘라는 아니지만, 나는 이 엉뚱한 세계에서 이 침대에 앉아 있는 지금 순간에조차 이 여자를 미치도록 사랑한다는 사실을 감출 수 없다.

그녀의 얼굴을 바라보자니 스페인계 특유의 두 눈동자가 거울처럼 잔잔하고 진지하다. 나는 그녀를 만지지 않으려고 모든 의지를 동원한다.

"두려워?" 그녀가 묻는다.

나는 총구를 들이대고 위협하던 남자를 떠올린다. 연구소도. 브라운스톤 집까지 쫓아와서 나를 강제로 끌고 가려 했던 무리들도. 내 호텔방 창문 아래에서 담배를 피우고 있던 남자도 생각난다. 서로 배치되는 나 자신과 이 현실의 모든 요소들 외에도, 이곳을 나가면 저 밖에 나를 찾고 싶어하는 사람들이 실재하고 있다.

앞서 내게 해를 가했고 어쩌면 또다시 해치려 하는 사람들.

순간 번쩍 정신이 들게 하는 생각이 나를 덮친다—그 자들이 여기까지 나를 추적할 수도 있을까? 내가 다니엘라를 위험에 빠뜨린 걸까?

아니다.

만약 그녀가 내 아내가 아니고 15년 전에 사귀었던 여자친구일 뿐이라면 누가 그녀를 예의 주시할 까닭이 없지 않은가.

"제이슨?" 다니엘라가 나를 부르더니 다시 한 번 묻는다. "두려워?"

"응, 아주 많이."

그녀는 손을 올려 부드럽게 내 얼굴을 만진다. "멍이네."

"어쩌다 생겼는지 몰라."

"그 사람 얘길 해줘."

"누구?"

"찰리."

"당신이 듣기엔 기분이 정말 이상할 텐데."

"아니라고는 못 하겠어."

"음, 말했듯이 그애는 열네 살이야. 곧 열다섯이 돼. 생일은 10월 21일이고, 시카고머시병원에서 미숙아로 태어났어. 출생 시 몸무게가 고작 0.9킬로그램이었어. 생후 첫해에는 여러 가지로 도움이 많이 필요했지만 씩씩하게 버텨줬어. 지금은 건강하고 키도 나만 해졌지."

다니엘라의 눈에 눈물이 차오른다.

"머리카락은 당신처럼 어둡고 유머 감각이 뛰어나. 학교 성적은 안정적인 중상위권이야. 엄마를 닮아 우뇌가 아주 발달했지. 일본 만화책과 스케이트보드에 푹 빠져 있어. 끝내주는 풍경화를 즐겨 그리고. 속단이 아니라 당신처럼 미술적 감각을 타고난 것 같아."

"그만해."

"뭐라고?"

그녀가 눈을 감자 눈가에서 눈물이 새어 나와 뺨을 타고 흘러내린다.

"우리에겐 아들이 없어."

"정말로 그애에 대한 기억이 없다고 맹세해?" 내가 묻는다. "장난 같은 게 아니고? 지금이라도 말해주면—"

"제이슨, 우린 15년 전에 헤어졌어. 더 정확히 말하면 당신이 나랑 끝냈잖아."

"그건 사실이 아니야."

"헤어지기 전날 당신한테 임신 사실을 알렸어. 당신은 생각할 시간이 필요하다고 했고. 다음 날 당신이 내 아파트로 찾아와서, 그때껏 살면서 가장 힘든 결정이었지만 당신은 연구 때문에 너무 바쁘다고 말했어. 종국에 그 큰 상을 받게 될 연구라고. 앞으로 1년간 당신은 실험실에서 살게 될 텐데 그건 나한테 못할 짓이라고 했어. 우리 아이한테도 못 할 짓이라고."

내가 말한다. "실제 있었던 일은 그렇지 않아. 나는 쉽진 않겠지만 둘이서 어떻게든 해보자고 말했어. 그렇게 우린 결혼해서 찰리를 낳았어. 난 연구 지원금을 잃었고, 당신은 그림을 그만뒀지. 난 교수가 되고 당신은 전업 주부가 됐고."

"그렇다 해도 오늘 밤 우리 현실은 이렇잖아. 결혼하지 않았고, 아이도 없어. 당신은 앞으로 날 유명하게 만들어줄 설치미술전 개막식을 보고 왔고, 당신도 실제 그 상을 받았어. 지금 당신 머릿속이 어떻게 된 일인지 모르겠어. 당신에겐 정말로 다른 기억이 있는지 몰라도, 무엇이 현실인지는 확실해."

나는 차의 표면에서 올라오는 김을 가만히 내려다본다.

"내가 미쳤다고 생각해?" 내가 묻는다.

"나도 모르겠지만, 당신은 지금 상태가 안 좋아."

이어서 그녀는 특유의 연민 어린 눈빛으로 나를 바라본다.

나는 부적이기라도 한 듯 반지 대신 손가락에 묶여 있는 실을 만진다.

"있잖아, 내가 하는 말을 믿을 수도 있고 안 믿을 수도 있겠지만 나는 그렇게 믿고 있다는 걸 당신이 꼭 알았으면 좋겠어. 당신에겐 절대 거짓말하지 않아."

아마 지금이야말로 그 연구소에서 정신을 차린 이후로 내가 겪은 가장 비현실적인 순간이리라. 내 아내이지만 아내가 아닌 여자의 집에서 손님방 침대에 앉아 우리에게 있지도 않다는 아들에 관해, 우리 것이 아니었던 인생에 관해 얘기하고 있는 지금이.

나는 한밤중에 침대에서 혼자 깨어난다. 심장이 두근거리고, 어둠은 빙글빙글 돌고, 입안은 구역질이 올라올 정도로 말라 있다.

섬뜩한 느낌에 사로잡힌 1분 남짓 동안 나는 여기가 어딘지 전혀 알 수가 없다.

이건 술기운도, 약 기운도 아니다.

그보다 훨씬 심각한 수준의 혼란 증상이다.

이불을 꽁꽁 싸매보지만 몸이 자꾸만 덜덜 떨리고, 온몸에 걸친 몸살 기운이 점점 더 심해지며 다리는 불편하고 머리는 지끈거린다.

다음에 눈을 떴을 때는 방 안에 햇빛이 가득하고 다니엘라가 걱정스러운 얼굴로 날 지켜보고 있다.

"열이 펄펄 끓어, 제이슨. 응급실에 데려다줄게."

"괜찮아질 거야."

"괜찮아 보이지가 않아." 그녀는 얼음처럼 찬 수건을 내 이마에 올려놓으며 묻는다. "느낌이 어때?"

"좋은데, 이러지 않아도 돼. 난 택시를 잡아타고 호텔로 돌아갈게."

"가려고 하기만 해봐."

이른 오후 무렵 열이 내렸다.

다니엘라가 재료를 일일이 준비해 치킨누들수프를 만들어주었다. 내가 침대에서 일어나 앉아 수프를 먹는 동안 그녀는 내가 익히 아는 거리감 어린 눈빛으로 구석에 놓인 의자에 앉아 있다.

그녀는 생각에 잠겨 있다. 뭔가를 골똘히 궁리하느라 내가 쳐다보고 있는 것도 눈치채지 못한다. 나는 빤히 쳐다보려는 건 아니지만 그녀에게서 눈을 뗄 수가 없다. 그녀는 여전히 다니엘라 그 자체다. 그나마 몇 가지 다른 점이라면—

머리카락이 더 짧다.

몸 상태가 더 좋다.

화장을 했고, 입고 있는 옷—청바지와 몸에 꼭 붙는 티셔츠—때문에 서른아홉 살보다 훨씬 어려 보인다.

"나는 행복해?" 그녀가 묻는다.

"그게 무슨 말이야?"

"우리가 함께한다는 삶에서 말이야……. 나 행복해?"

"그 얘기는 하고 싶지 않은 줄 알았는데."

"간밤에 한숨도 못 잤어. 이 생각만 자꾸 나더라고."

"내 생각엔 행복한 것 같아."

"미술을 못 하는데도?"

"분명 아쉬워하기는 하지. 옛 친구들이 하나둘 성공하는 걸 보는데, 그들을 위해 진심으로 기뻐하지만 또 한편으론 마음이 안 좋다는 것도 알아. 나도 그렇거든. 이런 공통점이 우리 사이를 끈끈하게 묶어줘."

"우리 둘 다 실패자라는 거구나."

"우린 실패자가 아니야."

"우리는 행복해? 같이 사는 거 말이야."

나는 수프 그릇을 한쪽으로 치운다.

"응. 결혼 생활이 으레 그렇듯이 힘든 때도 있었지만 우리에겐 아들도 있고 집도 가정도 있어. 당신은 내 최고의 친구야."

다니엘라는 나를 똑바로 쳐다보면서 짓궂게 웃으며 묻는다. "성생활은 어때?"

나는 그저 웃는다.

"맙소사, 내 말 때문에 당황한 거야?"

"그래."

"하지만 질문에 대답을 안 했어."

"내가 그랬지?"

"뭐가 문젠데, 별로인 거야?"

그녀는 이제 끼를 부리고 있다.

"아니, 아주 좋아. 그냥 민망해서 그러지."

그녀는 의자에서 일어나 침대 쪽으로 걸어온다.

매트리스 끝에 걸터앉더니 그 크고 깊은 눈으로 나를 가만히 바라본다.

"무슨 생각해?" 내가 묻는다.

그녀는 고개를 젓는다. "당신이 미치거나 헛소리를 늘어놓은 게 아니라면 방금 우리는 인류 역사상 가장 이상한 대화를 나눴다는 생각."

나는 침대에 앉아 시카고 위로 서서히 사라지는 햇빛을 바라본다.

이름이 뭐건 어젯밤에 비를 몰고 왔던 폭풍 전선은 그사이 소멸되었다. 폭풍이 지나간 뒤 하늘은 맑고 나무들은 색이 변했으며, 저녁에 가까워진 빛—황금빛 편광—에는 나로선 상실이라고밖에 표현하지 못하는, 숨 막히게 아름다운 데가 있다.

로버트 프로스트가 노래한 오래 머물 수 없는 황금빛.

주방에서는 냄비가 쨍쨍 부딪히고 수납장이 열렸다 닫혔다 하는 소리가 들린다. 고기 요리 냄새가 복도를 타고 손님방으로 흘러들어 오는데, 믿을 수 없을 만큼 익숙한 향이다.

나는 침대 밖으로 나와 오늘 하루 중 처음으로 멀쩡히 선 뒤 주방으로 향한다.

바흐의 음악이 흐르고 레드와인 병이 열려 있다. 주방 아일랜드 식탁 앞에 선 다니엘라는 앞치마를 두르고 물안경을 쓴 상태로 동석 조리대에서 양파를 썰고 있다.

"냄새가 끝내주는걸."

"그거 좀 저어줄래?"

나는 레인지 앞으로 가서 깊은 냄비의 뚜껑을 연다.

더운 김이 얼굴에 훅 끼치니 집에 돌아온 기분이 든다.

"몸은 좀 어때?" 다니엘라가 묻는다.

"다른 사람이 된 것 같아."

"그러니까…… 나아졌다고?"

"응, 훨씬."

이것은 스페인 전통 요리─토종 콩류와 초리소, 판체타, 검은 소시지 같은 고기류를 섞어서 만든 콩 스튜─이다. 다니엘라는 1년에 한두 번 이 음식을 만든다. 주로 내 생일에, 아니면 눈 내리는 주말에 하루 종일 와인을 마시면서 함께 요리하고 싶을 때.

나는 스튜를 저은 뒤 냄비 뚜껑을 도로 덮는다.

다니엘라가 말한다. "콩 스튜인데─"

자제해야 한다는 생각을 하기도 전에 무심코 말이 입

밖으로 튀어나와 버린다. "당신 어머니 레시피지. 더 정확히는 내 아내의 외할머니."

다니엘라가 칼질을 멈춘다.

그녀는 뒤돌아 나를 본다.

"나도 일을 시켜줘." 내가 말한다.

"또 나에 대해 아는 게 뭐 있어?"

"저기, 내 시점에서 보면 우리는 15년을 같이 살았어. 그러니까 모르는 게 거의 없지."

"내 시점에서는 겨우 두 달 반이었고 심지어 엄청 오래전 일이야. 그런데도 이 레시피가 우리 집안에서 몇 대에 걸쳐 전해 내려왔다는 걸 당신이 알고 있네."

잠시 주방에 묘한 정적이 감돈다.

마치 우리 사이의 공기가 양전하를 띠며 우리 지각 범위의 끄트머리에 놓인 주파수로 웅웅거리는 것 같다.

이윽고 그녀가 말한다. "거들고 싶다면 지금 스튜에 올릴 토핑을 준비 중인데, 무슨 토핑인지 말해줄 수도 있지만 아마 당신은 이미 알고 있겠지."

"강판에 간 체더치즈, 고수 잎, 사워크림이지?"

그녀는 보일 듯 말 듯 미소를 띠며 눈썹을 치켜 올린다. "거봐, 이미 알잖아."

우리는 커다란 창가에 놓인 식탁에서 저녁을 먹는다. 유리창에는 촛불이 비치고 그 너머에는 도시의 불빛들이 우리 동네의 별자리인 듯 환하게 빛난다.

음식은 환상적이고 불빛을 받은 다니엘라는 아름다우며 나는 그 연구소에서 비틀거리며 빠져나온 후 처음으로 현실감이 든다.

식사가 끝날 무렵—우리 둘 다 그릇을 비웠고 두 번째 와인 병까지 끝을 냈다—다니엘라는 유리 식탁 위로 손을 뻗어 내 손을 잡는다.

"당신에게 무슨 일이 일어나고 있는지 모르지만, 제이슨, 당신이 나를 찾아와서 기뻐."

그녀에게 키스하고 싶다.

그녀는 길을 잃고 헤매는 나를 받아주었다.

온 세상이 말이 안 되기 시작했을 때.

그러나 나는 그녀에게 키스하지 않는다. 그저 그녀의 손을 꼭 잡으며 말한다. "당신이 내게 뭘 해준 건지 짐작도 못 할 거야."

우리는 식탁을 치우고 식기세척기에 그릇을 넣은 뒤 싱크대에 가득한 나머지 그릇에 달려든다.

내가 헹궈서 주면 그녀가 물기를 닦아서 치운다. 오래된 부부처럼.

뜬금없이 내가 말한다. "그래, 라이언 홀더라고?"

그녀는 수프 냄비의 속을 닦다 말고 나를 쳐다본다.

"그 문제에 관해 말하고 싶은 거라도 있어?"

"아니, 그냥—"

"뭔데? 그 사람은 당신 룸메이트였고 친구야. 영 아니라고 생각해?"

"라이언은 항상 당신한테 마음이 있었어."

"질투하는 거야?"

"당연하지."

"아, 철 좀 들어. 그 사람은 멋진 남자야."

그녀는 다시 냄비를 닦는다.

"얼마나 진지한 관계야?" 내가 묻는다.

"두어 번 만났어. 아직 서로의 집에 칫솔을 두거나 하는 사이는 아냐."

"흠, 라이언은 그러고 싶어 할걸. 정신없이 빠진 것 같아 보여."

다니엘라는 능청스레 웃는다. "당연한 거 아니야? 난 끝내주니까."

나는 손님방 침대에 누워 있다. 도시의 소음이 수면 기계처럼 나를 재워줄 수 있도록 창문은 약간 열어두었다.

높은 창문 밖의 잠든 도시를 응시한다.

어젯밤 나는 단순한 질문에 대한 답을 찾아 나섰다. 다니엘라는 어디 있는가?

그리고 그녀―독신의 성공한 미술가―를 찾았다.

우리는 결혼한 적도, 아들을 낳은 적도 없다.

내가 지금 역사상 가장 치밀한 장난에 놀아나고 있는 것이 아니라면, 다니엘라의 존재가 갖는 성격은 지난 48시간의 퍼즐이 점점 드러내 보이는 다음의 가설을 뒷받침하는 듯 보인다.

이곳은 나의 세계가 아니다.

이 네 마디 말이 머리를 스치는 이 순간에도 나는 그것이 무얼 의미하는지, 혹은 그 전적인 무게를 어찌 가늠해야 할지 확신할 수 없다.

그래서 나는 다시 한 번 말해본다.

이 가설을 입어본다.

몸에 잘 맞는지 확인한다.

이곳은 나의 세계가 아니다.

조심스러운 노크 소리에 나는 깜짝 놀라 꿈에서 깨어난다.

"들어와."

다니엘라가 들어와서 침대 속 내 옆에 자리를 잡는다.

나는 일어나 앉으며 묻는다. "무슨 일 있어?"

"잠이 안 와."

"무슨 일인데?"

그녀가 내게 입을 맞춘다. 15년째 같이 산 아내와 키스하는 것이 아니라 15년 전 처음으로 아내와 키스하는 것만 같다.

순수한 에너지와 충돌.

나는 그녀의 위로 올라가 두 손으로 그녀의 허벅지 안쪽을 미끄러지듯 어루만지며 새틴 슬립을 맨 엉덩이 위로 올리다가 문득 동작을 멈춘다.

그녀는 가쁜 숨을 내쉬며 말한다. "왜 멈추는 거야?"

나는 하마터면 못 하겠어, 당신은 내 아내가 아니야, 라고 말할 뻔하지만, 그 역시 사실은 아니다.

　이 사람은 다니엘라가 맞다. 이 미친 세계에서 유일하게 나를 도와준 사람. 그래, 어쩌면 합리화하려는 건지 몰라도 지금 나는 길을 잃었고 거꾸로 뒤집혔으며 너무나 무섭고 절박해서 그저 원하는 정도가 아니라 이게 간절히 필요하다. 게다가 그녀도 같은 감정인 것 같다.

　나는 그녀의 눈을 가만히 내려다본다. 유리창으로 슬며시 들어온 빛에 두 눈이 희뿌옇게 반짝인다.

　빠져들고 또 빠져들 수 있는 그 눈.

　그녀는 내 아들의 엄마가 아니고 내 아내도 아니며 우리는 삶을 함께하지도 않았지만 그래도 나는 역시 그녀를 사랑한다. 내 머릿속에, 내 역사 속에 존재하는 그 다니엘라로서만이 아니다. 이것이 무엇이건, 지금 이 순간 이 침대에서 내 아래에 실재하는 이 여자를 사랑한다. 같은 눈, 같은 목소리, 같은 냄새, 같은 맛…… 똑같은 물질의 배열이기에.

　그 뒤에 이어진 행위는 결혼한 사람들의 성관계가 아니다.

　우리는 더듬고, 만지고, 자동차 뒷좌석에서 하듯이, 그 따위 아무도 신경 쓰지 않으니 콘돔도 쓰지 않고, 양성자들이 서로 충돌하는 것 같은 섹스를 나눈다.

　잠시 뒤, 우리는 땀에 젖고 부르르 떨리는 몸을 한데 얽은 채로 누워 우리의 도시를 비추는 불빛을 바라본다.

　다니엘라의 심장이 그녀의 가슴 안에서 열심히 뛰고

있고, 내 옆구리에 전해져 오는 그 **쿵쿵**거리는 울림은 이제 서서히 속도가 줄어들고 있다.

더 느리게.

더 느리게.

"별일 없지?" 그녀가 속삭이며 말한다. "머리 굴리는 소리가 여기까지 들리는데."

"당신을 찾지 못했다면 뭘 어떻게 했을지 모르겠어."

"이렇게 찾았잖아. 그리고 무슨 일이 일어나고 있든 내가 곁에 있어. 알고 있지?"

그녀는 손가락으로 내 손을 어루만진다.

내 약지에 감긴 실에 이르러 그녀의 손가락이 멈춘다.

"이게 뭐야?"

"증거." 내가 말한다.

"증거?"

"내가 미치지 않았다는 증거."

또다시 정적이 흐른다.

정확한 시간은 모르겠지만 새벽 두 시가 지난 건 분명하다.

이제 술집들이 문을 닫을 시간이다.

거리는 눈보라 치는 밤을 제외하면 이보다 더할 수 없이 고요하고 한산하다.

빼꼼히 열린 창문 사이로 비집고 들어오는 공기가 더없이 차다.

차가운 공기는 땀으로 번들거리는 우리의 몸을 훑는다.

"집으로 돌아가야겠어." 내가 말한다.

"로건스퀘어에 있는 당신 집 말이야?"

"응."

"뭐 하려고?"

"내 집에 사무실이 있더라고. 컴퓨터에서 내가 최근에 했던 작업이 뭔지 정확히 확인하고 싶어. 논문이든 기록이든 내게 일어나고 있는 상황을 설명해 줄 뭐라도 찾게 될지 모르니까."

"날이 밝자마자 내가 태워다 줄 수 있어."

"그러지 않는 게 좋겠어."

"왜?"

"안전하지 않을 수도 있어."

"그게 왜—"

밖의 거실에서 쾅 하고 크게 울리는 소리와 함께 문이 덜컹거린다. 누군가 주먹으로 문을 세게 두드리고 있는 것 같다. 경찰들이 쳐들어왔을 때나 날 법한 소리다.

내가 말한다. "이 시간에 대체 누구야?"

다니엘라는 침대에서 내려가 아무것도 걸치지 않은 채 방 밖으로 나간다.

나는 한참이 걸려서야 배배 꼬인 이불 속에서 팬티를 찾아내고, 팬티를 다 입을 때쯤 다니엘라가 테리 천 가운을 입고 자기 침실에서 나오고 있다.

우리는 함께 거실로 나간다.

문을 두드리는 소리가 계속되는 동안 다니엘라가 현관 문 쪽으로 다가간다.

"열지 마." 내가 속삭이듯 말한다.

"당연하지."

그녀가 현관문 구멍 가까이 몸을 굽히는 순간 전화벨이 울린다.

우리 둘 다 흠칫 놀란다.

다니엘라는 거실을 가로질러 커피 테이블에 놓인 무선전화기 쪽으로 다가간다.

그사이 현관문 구멍을 들여다보니 한 남자가 복도에 문을 등지고 서 있다.

남자는 휴대폰으로 통화 중이다.

다니엘라가 전화를 받는다. "여보세요."

남자는 온통 검은색 차림—닥터마틴 신발, 청바지, 가죽 재킷—이다.

다니엘라가 전화기에 대고 말한다. "누구세요?"

나는 그녀 쪽으로 다가가 문을 가리키며 소리 없이 입모양으로 말한다. 저 남자야?

그녀는 고개를 끄덕인다.

"원하는 게 뭐래?"

그녀는 나를 가리킨다.

이제 남자의 목소리가 문을 통해서, 그리고 수화기 너머로 동시에 들려온다.

다니엘라가 전화기에 대고 말한다. "무슨 말씀을 하시는지 모르겠네요. 지금 여기엔 저뿐이고 저 혼자 살아요. 그리고 새벽 두 시에 낯선 남자를 집에 들일 순 없—"

현관문이 굉음을 울리며 열리고 사슬고리가 끊어져 방안으로 튕겨 날아가더니 곧이어 총신에 검은색 긴 튜브를 끼워 넣은 권총을 들고 남자가 들어선다.

남자는 우리 두 사람에게 총을 겨눈다. 그가 문을 걷어차서 닫는 순간 피운 지 얼마 안 된 담배 연기 냄새가 아파트로 훅 끼쳐 들어온다.

"나를 찾으러 왔잖아요." 내가 말한다. "이 여자는 이 일과 아무 상관도 없습니다."

남자는 나보다 키가 1, 2인치 작지만 체구는 더 건장하다. 머리는 삭발했고, 회색 눈동자는 차갑다기보다 무심해서 마치 나를 인간이 아니라 정보로 보고 있는 것 같다. 1과 0으로 이루어진 존재. 기계나 할 법한 방식으로.

입안이 바싹 말랐다.

현재 벌어지고 있는 상황과 그것을 처리하는 나 사이에 이상한 거리가 존재한다. 단절되고, 지연된다. 뭔가 조치를 취하고 무슨 말이라도 해야 하는데 나는 불시에 나타난 이 남자의 존재에 얼어붙은 기분이다.

"내가 같이 갈 테니까, 그냥—"

남자의 조준 방향이 내게서 조금 벗어나 위로 향한다.

다니엘라가 말한다. "잠깐만요, 안 돼—"

총이 발사되고, 원래 소리보다 소음기로 억제된 총성에 그녀의 목소리가 도중에 끊긴다.

일순간 미세한 붉은 안개가 내 눈을 가리나 싶더니 다니엘라가 소파에 주저앉는다. 그녀의 크고 검은 두 눈 사이 정중앙에 구멍이 뚫린 채.

나는 비명을 지르며 그녀 쪽으로 가려 하지만, 갑자기 몸속의 모든 분자가 멈춰버리면서 충격적인 고통으로 근육이 통제할 수 없이 죄어든다. 결국 나는 커피 테이블 위로 무너져 내리고, 깨진 유리 속에서 부들부들 떨고 끙끙거리며 이게 현실일 리 없다고 스스로 되뇐다.

총을 쏜 남자는 내 쓸모없는 두 팔을 등 뒤로 꺾고는 케이블 타이로 양 손목을 십자형으로 묶는다.

곧이어 무언가 잡아 찢는 소리가 들린다.

남자는 내 입에 덕트 테이프를 붙인 뒤 내 뒤의 가죽 의자에 앉는다.

나는 테이프가 붙여진 채로 악을 쓰며 이건 현실이 아니라고 외쳐보지만, 이것은 엄연히 현실이고 내겐 이 현실을 바꿀 방도가 없다.

뒤에서 남자의 목소리가 들려온다. 차분하고, 상상도 못 했던 높은 목소리 톤을 가졌다.

"어이, 나 여기 있어……. 아니, 이쪽으로 다시 왔으면 좋겠는데……. 맞아. 재활용품이랑 쓰레기 처리장 있는 곳. 건물 뒤쪽 입구와 후문 다 열려 있어……. 두 명이면 충분해. 여기 상태는 꽤 괜찮은데, 그래도 오래 끌어서 좋을 거 없지……. 그래…… 그래…… 알았어, 그거 좋겠군."

테이저 건이었을 걸로 짐작되는 무기의 맹렬한 효과는 마침내 다소 누그러들었지만 아직 나는 움직일 기운이 없다.

내 쪽에서 보이는 거라곤 다니엘라의 종아리뿐이다. 나는 그녀의 오른쪽 발목으로 한줄기 피가 흘러내려 발등을 지나고 발가락 사이를 적시더니 바닥에 피 웅덩이를 만들기 시작하는 광경을 바라본다.

남자의 핸드폰이 울린다.

남자가 전화를 받는다. "아, 자기…… 맞아, 자기를 깨울까 봐 그랬지……. 응, 일이 좀 생겨서……. 글쎄, 아침에 끝날 수도 있어. 마무리되는 대로 골든애플에서 같이 아침 먹을까?" 남자가 웃는다. "알았어. 나도 사랑해. 잘 자."

두 눈이 눈물로 뒤덮인다.

나는 테이프 뒤에서 목이 터져라 소리친다. 남자가 날 쏘건 때려서 기절시키건, 어떤 식으로든 이 순간의 격렬한 고통을 멈춰주지 않을까 생각하면서.

그러나 남자는 전혀 아무렇지도 않은 것 같다.

그저 말없이 앉아 내가 악을 쓰며 미쳐 날뛰도록 내버려둔다.

6

다니엘라는 담쟁이덩굴로 덮인 외야 담장 위쪽에서 스
코어보드 아래 관람석에 앉아 있다. 토요일 오후, 정규시즌
마지막 홈경기가 열리는 시간이고, 그녀는 제이슨, 찰리와
함께 시카고 컵스가 매진된 홈구장에서 호되게 당하고 있
는 경기를 구경하고 있다.

포근한 가을날은 구름 한 점 없이 맑다.

바람도 불지 않는다.

시간도 초월한다.

대기에 떠도는 향은—

볶은 땅콩.

팝콘.

플라스틱 컵에 넘치도록 담긴 맥주.

다니엘라에게 관중의 함성은 이상하게도 편안한 느낌을 준다. 다니엘라 가족은 본루에서 충분히 멀찍이 떨어져 있어서 선수가 담장 너머로 공을 날려 보낼 때 방망이를 휘두른 뒤 공이 맞기까지 지체되는 시간—빛의 속도 대 소리의 속도—을 인지할 수 있다.

이들 가족은 찰리의 꼬마 시절엔 종종 야구 경기를 보러 다녔지만, 리글리 필드를 찾은 지도 어느새 까마득하게 오래되었다. 어제 제이슨이 얘기를 꺼냈을 때 다니엘라는 찰리가 별로 내켜하지 않을 줄 알았지만, 그게 아이의 마음속에 있던 향수를 자극했는지 정작 찰리는 오고 싶어 했고 여기 와 있는 지금은 편안하고 행복해 보인다. 그들은 모두 행복하다. 따스한 햇볕 아래 완벽에 가까운 만족감을 느끼는 삼총사가 되어 시카고 스타일 핫도그를 먹으며 눈부신 잔디밭을 뛰어다니는 선수들을 구경하고 있다.

자기 인생에서 가장 중요한 남자 둘 사이에 끼여 앉아 미지근해진 맥주를 비우던 다니엘라는 문득 오늘 오후는 어쩐지 다른 느낌이라는 생각을 한다. 찰리 때문인지 제이슨 때문인지 그녀 자신 때문인지는 잘 모르겠다. 찰리는 5초마다 휴대폰을 보는 법 없이 지금 순간에 몰두해 있다. 그리고 제이슨은 몇 년 만에 가장 행복해 보이는 모습이다. 무중력 상태, 이 표현이 떠오른다. 미소마저 더 크고 밝아지고 더 거리낌 없이 짓는 것 같다.

게다가 그녀에게서 잠시도 손을 떼질 못한다.

아니, 그보단 그녀가 다른 것일지도 모른다.

어쩌면 지금 마시고 있는 이 맥주와 수정처럼 맑은 가

을 햇빛과 한꺼번에 모여 있는 관중의 활기 때문일지도.

그러니까 종합하자면 이건 그저 그녀가 사는 도시의 심장부에서 어느 가을날에 열린 야구 경기를 보며 살아 있는 기분을 만끽하고 있는 걸지도 모른다.

경기가 끝난 후에 찰리는 약속이 있어서 로건스퀘어에 있는 친구 집에 내려주고, 부부는 브라운스톤 집에 들러 옷을 갈아입은 뒤 단둘이서 저녁을 즐기러 나선다. 다운타운 쪽으로 향하기는 하지만 구체적인 일정도, 정해진 목적지도 없다.

토요일 밤의 긴 산책.

레이크쇼어드라이브를 따라 저녁의 혼잡한 도로를 달리던 중, 다니엘라가 10년 된 서버번의 중앙 콘솔을 쳐다보다가 말한다. "가장 먼저 하고 싶은 게 뭔지 생각났어."

30분 뒤 그들은 조명이 달린 대관람차의 곤돌라에 타고 있다.

네이비피어의 장관 위로 천천히 올라가는 관람 칸 안에서 다니엘라는 제이슨에게 꼭 안긴 채 이 도시의 근사한 스카이라인을 바라본다.

일회전하던 곤돌라가 최고 정점—유원지에서 150피트 높이—에 이르렀을 때 다니엘라는 제이슨이 그녀의 턱을 만지며 그와 마주하도록 그녀의 얼굴을 돌리는 것을 느낀다.

관람 칸에는 그들 둘뿐이다.

이 높은 곳까지도 퍼넬케이크와 솜사탕 향이 풍겨와

밤공기가 달콤하다.

회전목마를 탄 아이들의 웃음소리가 들려온다.

저 아래 미니골프 코스에서는 홀인원을 한 여자가 즐거운 비명을 지르고 있다.

제이슨의 격정은 이 모두를 가르며 나아간다.

그가 키스하는 동안 그녀는 바람막이 점퍼 너머로 가슴 속에서 두방망이질하는 그의 심장을 느낄 수 있다.

그들은 그들 형편보다 비싸고 좋은 시내의 한 식당에서 저녁 식사를 하고, 마치 몇 년 만에 처음 말하는 사람들처럼 내내 대화를 나눈다.

사람들이나 지난 추억 얘기가 아니라 생각을 나눈다.

그들은 템프라니요 한 병을 마저 비운다.

또 한 병 주문한다.

오늘 밤은 시내에서 보내볼까 생각한다.

다니엘라에겐 이토록 열정적이고 이처럼 자신감 넘치는 남편을 본 것이 정말로 오랜만이다.

그는 의욕에 불타고 자신의 삶과 또다시 사랑에 빠져 있다.

두 번째 와인 병이 절반쯤 비어갈 때쯤 그는 창밖을 내다보는 그녀에게 묻는다. "무슨 생각 하고 있어?"

"위험한 질문인데."

"나도 알아."

"당신 생각을 하고 있었어."

"어떤 내 생각?"

"나랑 한번 자보려고 꼬시는 거 같아." 그녀가 소리 내어 웃는다. "그러니까 내 말은, 당신이 굳이 애쓸 필요 없을 때도 애쓰는 것 같다는 거야. 우리는 결혼한 지도 오래됐는데 당신이, 음……."

"당신에게 구애하는 것 같다고?"

"바로 그거야. 오해하진 마, 불평하는 거 아니니까. 전혀 아니지. 정말 멋진걸. 다만 이게 다 무슨 영문인질 모르겠어서 그래. 당신 괜찮은 거야? 무슨 문제가 있는데 나한테 말을 안 하는 거 아냐?"

"아무 문제없어."

"그러면 이틀 전에 택시에 치일 뻔했던 일 때문에 이러는 게 맞아?"

그가 말한다. "그 순간 눈앞에 지나온 삶이 주마등처럼 스쳤던 건지 뭐였는지 잘 모르겠지만, 그날 집에 돌아왔을 때 모든 것이 다르게 느껴졌어. 더 생생했다고 할까. 당신이 특히 그랬어. 지금 이 순간에도 나는 마치 당신을 처음 보고 있는 것 같고 긴장돼서 가슴이 벌렁거려. 당신 생각이 머리에서 떠나질 않아. 이 순간이 있기까지 우리가 했던 그 모든 선택에 관해 생각해. 여기 이 아름다운 탁자 앞에 우리가 함께 앉아 있는 이 순간. 그러다 이 순간이 오지 못하게 했을지도 모를 모든 사건들까지 생각하다 보면 이 모든 게, 글쎄, 모르겠어……."

"모든 게 뭐?"

"너무나 연약하게 느껴져." 그는 잠시 생각에 잠기는

듯하다가 이윽고 말을 잇는다. "우리가 하는 모든 생각, 우리가 내릴 수도 있는 모든 선택이 새로운 세계로 분기한다는 점을 생각하면 무서울 지경이야. 우리는 오늘 야구 경기를 보고 나서 네이비피어에 갔다가 여기 저녁 먹으러 왔잖아? 하지만 이건 실제 일어난 일의 한 가지 버전에 지나지 않아. 다른 현실에서 우리는 부두 대신 교향악단 연주회에 갔어. 어떤 현실에서는 외출하지 않고 집에 있었고, 또 다른 현실에서는 레이크쇼어드라이브에서 큰 사고를 당해서 아무 데도 가지 못했어."

"그렇지만 그 다른 현실들은 실제 존재하지 않잖아."

"사실은 그 현실들도 지금 이 순간 당신과 내가 경험하고 있는 현실과 마찬가지로 실재해."

"어떻게 그게 가능해?"

"수수께끼지. 하지만 실마리가 있어. 대다수 천체물리학자들은 항성과 은하를 결합시키는 힘—전 우주를 작동하게 해주는 것—이 직접 측정하거나 관측할 수 없는 이론상의 물질에서 온다고 믿고 있어. 소위 암흑물질이라 불리는 것인데, 이 암흑물질이 현재 알려진 우주의 대부분을 구성하고 있어."

"그게 정확히 뭔데?"

"아무도 확실히 몰라. 물리학자들 사이에서 새로운 이론을 통해 이 물질의 기원과 속성을 설명하려는 시도는 꾸준히 있었어. 일반 물질과 마찬가지로 중력을 가지고 있지만 완전히 새로운 요소로 이루어진 물질인 건 분명해."

"새로운 유형의 물질이구나."

"맞아. 일부 끈이론 학자들은 암흑물질이 다중 우주의 존재 여부를 확인하는 실마리가 될 수 있다고 생각해."

잠시 생각에 잠겨 있던 다니엘라가 묻는다. "그 다른 현실들이라는 거…… 그건 어디에 있어?"

"가령 당신이 연못에서 헤엄치는 물고기라고 쳐. 당신은 앞뒤로나 양옆으로는 움직일 수 있지만 물 밖으로 올라갈 수는 없어. 만약 누가 연못 옆에 서서 당신을 보고 있어도 당신은 거기 누가 있는지 알 수가 없겠지. 당신에겐 그 작은 연못이 세상의 전부일 테니까. 그럼 이번에는 누군가 물속으로 손을 뻗어서 당신을 연못 밖으로 들어 올린다고 생각해 봐. 그제야 당신은 그때껏 세상의 전부인 줄 알았던 곳이 작은 연못에 불과하단 걸 알게 되겠지. 다른 연못들도, 나무들도, 저 위에 있는 하늘도 볼 테고. 그러면서 자신이 상상도 못 할 만큼 거대하고 불가사의한 현실의 일부라는 걸 깨닫게 되는 거야."

다니엘라는 의자 뒤로 몸을 기대며 와인을 한 모금 마신다. "그러니까 수천수만 개의 다른 연못이 지금 이 순간에도 우리 주위에 있는데─단지 우리 눈에 안 보일 뿐이다?"

"바로 그거야."

예전에 제이슨은 걸핏하면 이런 식의 얘기를 했다. 밤 늦도록 그녀를 붙잡고 허황된 가설을 세우곤 했는데, 가설을 시험해 보는 때도 있었지만 대부분의 경우는 그저 그녀에게 잘 보이려는 목적이었다.

당시에는 그게 먹혔다.

지금도 먹히고 있다.

다니엘라는 잠시 눈길을 돌려 두 사람이 앉은 테이블 옆 창문을 응시한다. 강물이 미끄러지듯 흘러가는 동안 주변 건물들에서 나온 불빛이 분유리 같은 강 수면에 소용돌이치며 끝없이 일렁인다.

이윽고 그녀는 와인 잔 테두리 위로 그를 돌아본다. 두 사람의 눈길이 마주치고, 그 사이에 놓인 촛불이 흔들린다.

그녀가 말한다. "그 연못들 중 하나에, 과학자로서 연구를 이어나간 다른 버전의 당신이 있을 것 같아? 삶에 치이기 전 당신이 이십대 때 가지고 있던 모든 계획을 성공적으로 실현해 낸 버전이?"

그가 싱긋 웃는다. "그런 생각이 스치긴 했지."

"그러면 유명 미술가가 된 또 다른 나도 있을지 모르겠네? 지금의 이 삶 대신 그 길을 택한?"

제이슨은 몸을 앞으로 기울이더니 앞에 놓인 빈 그릇들을 옆으로 치우고 테이블 너머로 그녀의 두 손을 잡는다.

"또 다른 당신과 내가 비슷하거나 다르게 살아가는 연못이 백만 개 있다 한들 바로 여기, 지금 이 순간보다 좋은 건 없어. 다른 건 몰라도 이거 하나만큼은 확신해."

천장에 매달린 백열전구가 덮개도 없이 깜박거리는 불빛을 작은 방에 마구 쏟아붓는다. 나는 철제 프레임 침대에 끈으로 묶여 있다. 발목과 손목은 구속장치가 달린 쇠사슬로 묶인 뒤 잠금 카라비너를 통해 콘크리트 벽에 박힌 아이볼트에 연결되어 있다.

문에 달린 자물쇠 세 개가 열리는데도 나는 진정제를 너무 많이 맞은 상태라 놀라지도 않는다.

문이 활짝 열린다.

레이턴은 턱시도를 입고 있다.

금속 테 안경을 썼다.

그가 가까이 다가오자 오드콜로뉴 냄새가 훅 풍기더니 곧이어 입에서 술 냄새가 난다. 샴페인인가? 그는 어디서

오는 길일까. 파티? 자선행사? 입고 있는 재킷의 새틴 재질 가슴 포켓에 아직도 핑크 리본이 꽂혀 있다.

레이턴은 종잇장처럼 얇은 매트리스의 가장자리에 천천히 앉는다.

그의 표정이 심각하다.

그리고 믿기지 않을 만큼 슬픈 얼굴이다.

"자네도 분명 하고 싶은 말이 있겠지만, 제이슨, 나부터 얘기하게 해줬으면 하네. 앞서 일어난 일에 대해서는 책임을 통감하고 있어. 자네가 돌아왔고, 우리는 자네가 그렇게…… 상태가 안 좋으리라곤 미처 예상하지 못했네. 우리가 자네에게 도움이 못 되었던 점, 미안하게 생각하네. 달리 할 말이 없어. 난 그저…… 지금까지 일어난 모든 일이 대단히 유감이야. 자네가 돌아온 건 경사스러운 일이어야 했어."

진정제에 취해 있는 와중에도 나는 슬픔으로 부들부들 떨고 있다.

그리고 분노로.

"다니엘라의 아파트에 왔던 남자—날 쫓으라고 당신이 보냈습니까?" 내가 묻는다.

"자네가 달리 선택의 여지를 주지 않았네. 자네가 이곳에 관해 그 여자에게 말했을 가능성만으로도—"

"그녀를 죽이라고 했습니까?"

"제이슨—"

"그랬어요?"

레이턴은 대답하지 않지만 그것이 곧 대답이다.

나는 레이턴의 두 눈을 노려보고, 머릿속은 온통 그의

얼굴 가죽을 벗겨버리고 싶다는 생각뿐이다.

"이 망할······."

나는 격한 감정에 허물어진다.

흐느껴 운다.

다니엘라의 맨발에 피가 흘러내리던 장면을 머릿속에서 지울 수가 없다.

"정말 미안하네, 친구." 레이턴이 손을 뻗어 내 팔을 잡자 나는 그의 손에서 빠져나가려다 어깨뼈를 삘 뻔한다.

"건드리지 말아요!"

"자네가 이 방에 들어온 지 24시간이 다 돼가네. 이렇게 자넬 묶어놓고 진정제를 맞히는 건 나로서도 못 할 짓이네만 자네가 스스로에게나 다른 사람들에게 위험이 되는 한 이 상황은 바뀔 수 없어. 뭐라도 먹고 마셔야 하네. 그렇게 하겠나?"

나는 벽에 난 금만 뚫어져라 쳐다본다.

레이턴의 머리로 금을 하나 더 내는 상상을 한다.

그 머리를 검붉은 반죽만 남을 때까지 콘크리트 벽에 내리치고 치고 또 치는 상상.

"제이슨, 식사 시중을 받든가 아니면 위루관을 꽂아야 하네."

그를 죽여버리겠다고 말하고 싶다. 그와 이 연구소 사람들 전부. 그 말이 목구멍까지 올라오지만 그나마 이성이 가로막고 나선다—나는 지금 이 남자의 손아귀에 있다.

"그 아파트에서 자네가 끔찍한 광경을 목격했다는 걸 알고 있고, 그 점은 유감으로 생각하네. 그런 일이 없었으면 좋았겠지만 때로 걷잡을 수 없는 상황이 되면……. 이봐, 자네가 그런 걸 봐야 했던 것에 대해 정말이지 유감스럽게 생각한다는 걸 부디 알아주게."

레이턴은 자리에서 일어나 문 쪽으로 가서 문을 연다.

문턱에 선 그가 내 쪽을 돌아본다. 얼굴의 반은 빛을 받고 반은 그림자가 졌다.

그가 또다시 말한다. "어쩌면 당장은 이 말이 귀에 들어오지 않겠지만, 자네가 없었으면 이곳도 없었네. 자네의 연구, 자네의 걸출한 능력이 아니었다면 우리 중 누구도 여기 없었을 거야. 난 누구라도 이 사실을 잊도록 내버려두지 않을걸세. 그중에서도 특히 자네가."

나는 안정을 찾는다.

안정을 찾은 척한다.

이 작은 방에 이대로 묶여 있어서는 무엇 하나 뜻을 이룰 수 없을 테니까.

나는 침대에 누운 채로 문 위에 달린 감시 카메라를 쳐다보며 레이턴을 부른다.

5분 뒤 레이턴은 내 구속장치를 풀면서 이렇게 말하고 있다. "이걸 풀어줄 수 있어서 내가 다 기쁘네."

그가 나를 일으켜준다.

가죽 수갑에 내 손목이 까져 있다.

입안은 바싹 말랐다.

미칠 듯이 목이 마르다.

그가 묻는다. "좀 나아졌나?"

문득 이곳에서 깨어났을 때 가장 먼저 들었던 생각이 옳았음을 깨닫는다. 저들이 생각하는 사람이 되자. 이 계획을 제대로 실행할 수 있는 유일한 방법은 기억과 정체성에 이상이 생긴 척하는 것이다. 빈칸은 저들이 채워 넣게 내버려두는 거다. 내가 저들이 생각하는 사람이 아니라면 저들에게는 내가 불필요할 테니까.

그렇게 되면 나는 절대 살아서 이 연구소를 나갈 수 없을 것이다.

나는 레이턴에게 말한다. "무서웠습니다. 그래서 도망쳤어요."

"충분히 이해해."

"이렇게 애를 먹여서 미안하지만 이해해 주세요—난 길을 잃었습니다. 지난 10년이 있어야 할 자리가 구멍처럼 뻥 뚫려 있어요."

"우리는 있는 힘을 다해 자네가 그 기억들을 되찾을 수 있도록 도울걸세. 자네가 호전될 수 있게 말이야. MRI 촬영을 할 거야. 외상후스트레스장애 검사도 실시하고. 우리 연구소 소속 정신과 전문의 어맨다 루커스가 자네와 짧게 면담을 할 예정이야. 내 약속하지, 무슨 수를 써서든 이 상황을 바로잡겠네. 자네가 완전히 회복될 때까지 말이야."

"고맙습니다."

"자네가 나라도 그렇게 했을 거야. 저기, 지난 열네 달 동안 자네가 무슨 일을 겪었는지는 모르지만, 내가 11년간 알고 지낸 사람, 나와 함께 이 연구소를 세운 동료이자 친구? 그는 자네의 그 머릿속 어딘가에 갇혀 있고, 난 무슨 짓을 해서라도 그를 찾을 거야."

섬뜩한 생각—이자의 말이 사실이면 어쩌지?

나는 내가 누구인지 안다고 생각한다.

그러나 마음 한구석에는 의구심도 있다……. 내가 기억하는 나의 진짜 인생—남편, 아버지, 교수—이 진짜가 아니면 어쩌지?

그 기억이 이 연구소에서 일하던 중에 입은 뇌 손상의 부작용이라면?

사실은 내가 이 세계 사람들이 다들 생각하는 그 사람이라면?

아니.

나는 내가 누구인지 안다.

레이턴은 줄곧 매트리스 가장자리에 앉아 있었다.

그는 이제 막 다리를 들어 올리더니 침대 발판에 등을 기댄다.

"물어볼 게 있어." 그가 말한다. "그 여자 집에서 뭘 하고 있었나?"

거짓말을 하자.

"잘은 모르겠어요."

"그 여자는 어떻게 알았고?"

나는 눈물과 분노를 감추려 안간힘을 쓴다.

"오래전에 사귄 적이 있어요."

"처음으로 다시 돌아가보자고. 사흘 전 화장실 창문으로 탈출한 후, 로건스퀘어에 있는 자네 집까지는 어떻게 갔나?".

"택시로요."

"어디서 나온 길인지 택시 기사에게 뭐라도 말했어?"

"당연히 안 했죠."

"좋아, 그러면 자네 집에서 우리를 따돌린 다음에는 어디로 갔나?"

거짓말을 하자.

"밤새도록 여기저기 헤맸습니다. 혼란스럽고 두려웠죠. 그다음 날 우연히 다니엘라의 전시회 포스터를 봤어요. 그렇게 만나게 된 겁니다."

"다니엘라 외에 또 얘기를 나눈 사람이 있나?"

라이언.

"아니요."

"확실해?"

"네. 내가 다니엘라의 아파트에 다시 갔고, 거기서 우리 둘만 있다가……."

"자네가 이해해줘야 해―우리는 여기에, 자네 연구에 모든 것을 바쳤네. 우리 전부 한배를 탔어. 우리 중 누구라도 이걸 지키기 위해서는 목숨도 내놓을 거야. 자네도 마찬가지고."

총성.

그녀의 눈 사이에 뚫린 검은 구멍.

"자네의 이런 모습을 보고 있으려니 가슴이 아프네, 제이슨."

그는 진심으로 씁쓸하고 애석해하며 말한다.

그의 눈빛에서도 그 마음이 읽힌다.

"우리가 친구였어요?" 내가 묻는다.

마치 엄습해 오는 감정을 억누르기라도 하듯이 그는 입을 꾹 다문 채 고개를 끄덕인다.

내가 말한다. "나는 그저, 이 연구소를 지키기 위해 누군가를 죽이는 일이 당신이나 이곳의 다른 사람들에게 어떻게 용인될 수 있는지 이해하기가 힘듭니다."

"내가 알던 제이슨 데슨이라면 다니엘라 바르가스에게 일어난 일에 대해 다시 생각하지도 않았을걸세. 그가 그런 상황을 좋아했을 거라는 말은 아니야. 우리 중 누구도 그렇지 않아. 나도 속이 울렁거리네. 하지만 그라면 기꺼이 그렇게 했을 거야."

나는 고개를 젓는다.

그가 말한다. "우리가 함께 만든 걸 잊어버렸군."

"보여주세요."

그들은 나를 씻기고, 새 옷을 주고, 음식을 먹인다.

점심을 먹은 뒤 레이턴과 나는 직원용 엘리베이터를 타고 지하 4층으로 내려간다.

지난번에 이 복도를 걸었을 때는 벽에 비닐이 덮여 있어서 나는 내가 어디 있는지 알 수 없었다.

지금까지 협박을 받은 적은 없다.

여기서 나가면 안 된다고 콕 집어 말한 적도 없다.

그렇지만 나는 레이턴과 나 단둘만 있는 순간이 좀처

럼 없다는 사실을 진작부터 눈치챘다. 경찰처럼 행동하는 두 남자가 항상 주변에 있다. 이 경비들은 이곳에 온 첫날 봤던 얼굴이다.

"기본적으로 네 층으로 이루어져 있어." 레이턴이 말한다. "지하 1층에는 체육관, 오락실, 식당, 기숙사 방 몇 개, 지하 2층에는 실험실, 청정실, 회의실이 있어. 지하 3층은 전층이 구조물에 할애되어 있네. 지하 4층은 진료소와 관제실이고."

우리는 금고처럼 생긴 한 쌍의 문 쪽으로 가고 있다. 문은 국가 기밀도 안전하게 보관할 수 있을 것같이 무시무시해 보인다.

레이턴은 그들의 옆쪽 벽에 부착된 터치스크린 앞에서 멈춰 선다.

주머니에서 키카드를 꺼내서 스캐너 아래 갖다 댄다.

컴퓨터화된 여자 목소리가 말한다. 이름을 말씀하세요.

그는 가까이 몸을 기울여 말한다. "레이턴 밴스."

암호를 말씀하세요.

"일-일-팔-칠."

음성 인식이 확인되었습니다. 어서 오세요, 밴스 박사님.

버저 소리에 나는 깜짝 놀라고, 그 소리는 우리 뒤 복도를 따라 메아리치다 점점 사라진다.

문이 천천히 열린다.

나는 격납고에 들어선다.

높은 서까래에서 빛이 강렬하게 내리쬐며 암회색의 12인치 입방체를 비춘다.

맥박이 빠르게 뛰기 시작한다.

눈앞에 보이는 것을 믿을 수 없다.

내가 감탄하는 것을 느꼈는지 레이턴이 이렇게 말한다. "아름답지?"

절묘하게 아름답다.

처음에 나는 격납고 안의 웅웅거리는 소리가 조명에서 나오는 거라고 생각하지만 그럴 리가 없다. 그 소리는 어찌나 깊은지, 마치 거대한 엔진에서 발생되는 초저주파 진동처럼 척추 맨 아래에서부터 느껴진다.

나는 넋을 놓은 채 그 상자를 향해 천천히 다가간다.

이 상자를 이런 크기의 실물로 직접 보리라고는 짐작조차 하지 못했다.

가까이서 보니 상자 표면은 매끄럽지 않고 불규칙해서 그 위로 빛이 반사될 때 상자는 다면적이고 불투명에 가깝게 보인다.

레이턴은 조명 아래 어슴푸레 빛나는 청결한 콘크리트 바닥을 가리켜 보인다. "바로 저기에서 의식을 잃고 쓰러져 있는 자네를 발견했어."

우리는 상자를 따라 천천히 걷는다.

나는 손을 뻗어 표면에 손가락을 대본다.

차가운 감촉이 느껴진다.

레이턴이 말한다. "11년 전, 자네가 파비아상을 받은 후에 우리는 자네를 찾아가서 50억 달러가 있다고 말했네. 그 돈으로 우주선을 지을 수도 있었겠지만 자네한테 다 줬어. 무한정한 재원으로 자네가 무엇을 달성할 수 있을지 보고 싶었지."

내가 묻는다. "내 연구가 여기 있어요? 연구 기록이?"

"물론이지."

우리는 상자의 반대쪽에 다다른다.

레이턴이 다음 모퉁이로 나를 이끈다.

이쪽 편에는 입방체에 문이 하나 나 있다.

"안에는 무엇이 있습니까?" 내가 묻는다.

"직접 보게."

문틀 바닥 부분은 격납고 표면에서 1피트쯤 떨어져 있다.

나는 손잡이를 내리고 문을 밀어서 연 뒤 안으로 발을 들이려 한다.

레이턴이 내 어깨에 손을 올린다.

"더는 안 되네." 그가 말한다. "자네의 안전을 위해서야."

"위험해요?"

"자네는 세 번째로 저 안에 들어간 사람이었네. 자네 이후에도 두 명이 더 들어갔고. 지금까지 돌아온 사람은 자네가 유일해."

"그 사람들은 어떻게 됐습니까?"

"우리도 몰라. 내부에선 녹음장치를 쓸 수가 없거든. 현시점에서는 자네처럼 귀환한 사람에게서 나오는 이야기가 아닌 이상 달리 기대할 수 있는 기록이 없어."

상자의 내부는 아무런 장식 없이 텅 비어 있고 어두컴컴하다.

벽면과 바닥과 천장이 모두 겉면과 같은 재료로 만들

어져 있다.

레이턴이 말한다. "여기는 방음, 방사선 차단이 된 밀폐 공간이고, 아마 짐작했겠지만 강력한 자기장을 형성한다네."

내가 문을 닫자 반대편에서 잠금쇠가 둔탁한 소리를 내며 제자리에 들어간다.

상자를 빤히 보고 있자니 마치 실패한 꿈의 부활을 보고 있는 것 같다.

내가 이십대 후반에 수행한 연구에서도 이것과 흡사한 상자가 등장했다. 다만 그때는 거시적인 물체를 중첩 상태로 만들기 위해 고안된 1인치 크기의 입방체였다.

중첩 상태란 우리 같은 물리학자들이 가끔 쓰는 표현이자 과학자들 사이에서 우스개로 통하는 소위 '고양이 상태'를 말한다.

유명한 사고 실험으로 알려진 슈뢰딩거의 고양이에 나오는 바로 그 고양이처럼.

밀폐된 상자 안에 고양이 한 마리와 독이 든 병, 방사성 물질이 있다고 가정해 보자. 내부 센서가 가령 원자의 붕괴 같은 방사능을 감지하면 독병이 깨지면서 상자 안에 독이 퍼져 고양이가 죽게 된다. 원자가 붕괴할 확률과 붕괴하지 않을 확률은 같다.

이는 우리가 사는 전통적인 세계의 결과와 양자 수준의 사건을 연결하는 기발한 방법이다.

양자역학을 설명하는 이론인 코펜하겐 해석은 다음과 같은 미친 주장을 한다. 상자가 열리기 전, 관측을 하기 전에는 원자가 중첩 상태—붕괴 여부가 확인되지 않은 상태—로 존재한다는 것이다. 그건 곧 고양이는 살아 있기도 하고 죽어 있기도 하다는 뜻이다.

그러다 상자가 열리고 관측이 이루어지면 파동함수가 붕괴하면서 둘 중 하나의 상태로 결정된다.

다시 말해, 우리는 가능한 결과 중 단 하나만 볼 수 있다.

예컨대 죽은 고양이 같은.

그리고 그것이 우리의 현실이 된다.

하지만 이렇게 되면 정말이지 상황이 묘해진다.

상자를 열어보니 고양이가 목을 가르랑거리며 멀쩡히 살아 있는, 우리가 아는 세계처럼 실재하는 다른 세계가 또 있을까?

양자역학의 다세계 해석은 이 질문에 그렇다고 말한다.

우리가 상자를 여는 순간 세계는 두 갈래로 나뉜다.

하나는 고양이가 죽은 세계.

다른 하나는 고양이가 살아 있는 세계.

고양이가 죽거나 죽지 않거나를 결정하는 것은 우리가 고양이를 관측하는 행위이다.

여기서부터 머리가 돌 것같이 이상해진다.

저런 식의 관측은 언제나 일어나기 때문이다.

따라서 정말로 무엇이 관측될 때마다 세계가 갈라진다면 그건 곧 일어날 수 있는 모든 일이 일어나는, 상상할 수 없으리만큼 무수히 많은 세계—다중 우주—가 있다는 뜻이 된다.

당시 작은 입방체에 대한 나의 구상은 내가 준비한 거

시적인 물체—약 1조 개의 원자로 이루어진 길이 40마이크로미터 크기의 질화알루미늄 원반—가 결정되지 않은 고양이 상태로 자유롭게 존재하며 환경과의 상호작용으로 인해 결어긋남이 일어나지 않도록 관측과 외부 자극으로부터 보호되는 환경을 만들자는 것이었다.

나는 지원금이 증발되기 전에 이 문제를 풀지 못했지만, 보아하니 다른 버전의 내가 그 일을 해낸 게 분명하다. 그에 더해 애초의 개념 전반을 상상도 못 할 수준까지 확장시켰다. 레이턴이 하는 말이 사실이라면 이 상자는 내가 가진 물리학 지식으로는 불가능하다고 여겨지는 일을 하기 때문이다.

나는 마치 우월한 상대와의 경쟁에서 패한 것처럼 창피한 기분이다. 이 상자는 대단한 비전을 가진 사람의 작품이다.

더 똑똑하고 더 잘난 나.

나는 레이턴을 쳐다본다.

"작동은 합니까?"

그가 대답한다. "자네가 이렇게 내 옆에 서 있다는 사실자체가 그렇다고 증명하는 것 같은데."

"이해가 안 가요. 실험실에서 입자를 양자 상태에 두고싶다면 차단실을 만들겠죠. 빛을 완전히 차단하고, 공기를빼내고, 온도도 절대온도 0도에서 0점 몇 도까지 낮춰서요. 이 조건에서 인간은 죽습니다. 게다가 크기가 더 클수록 모두 더 손상되기 쉬워질 테고요. 여기가 지하이긴 해도, 양자상태를 방해할 수 있는 온갖 입자들—중성미자, 우주 방사선—이 저 입방체에 침투하고 있어요. 이건 도저히 극복할 수 없는 난제로 보입니다."

"뭐라 말해야 할지 모르겠네만…… 자네는 극복했네."

"어떻게요?"

레이턴이 빙긋 웃는다. "이봐, 자네가 설명해 줄 때는 이해가 됐지만 내가 그대로 다시 설명하진 못해. 자네가 쓴 연구 기록을 읽어보게. 내가 말해줄 수 있는 건 저 상자는 일상의 물체들이 양자 중첩 상태로 존재할 수 있는 환경을 형성하고 유지한다는 거야."

"우리도 포함해서요?"

"우리도 포함해서."

그래, 좋다.

내가 아는 모든 지식은 그것이 불가능하다고 말하지만, 필시 나는 거시적 규모로 풍부한 양자 환경을 만드는 방법을 알아냈고 아마도 자기장을 통해 안쪽의 물체를 원자 규모의 양자계와 연결한 것 같다.

그렇지만 상자 속의 거주자는 어찌 되는가?

거주자는 관측자이기도 하다.

우리는 결어긋남의 상태, 즉 하나의 현실에 살고 있다. 끊임없이 주변 환경을 관측함으로써 우리의 파동함수를 붕괴시키고 있기 때문이다.

틀림없이 다른 요소가 개입되어 있다.

"이리 와보게," 레이턴이 말한다. "보여주고 싶은 게 있어."

그는 격납고에서 상자의 문과 마주 보게 줄지어 있는

창문 쪽으로 나를 이끈다.

보안장치가 된 또 다른 문에 키카드를 가져다 대더니 지휘본부나 관제소처럼 생긴 공간으로 안내한다.

여러 워크스테이션 중 하나에만 사람이 앉아 있다. 책상에 두 발을 뻗고 있는 여자는 헤드폰으로 음악을 즐기느라 우리가 들어가는 것도 의식하지 못한다.

"저 스테이션에는 주 7일 하루 24시간 직원이 상주한다네. 우리 모두 교대로 지키면서 누군가 돌아오기를 기다리지."

레이턴은 미끄러지듯 컴퓨터 단말기 뒤로 들어가 암호 일련번호를 입력한 뒤 폴더 몇 개를 뒤져서 찾고 있던 자료를 찾아낸다.

그가 한 동영상 파일을 연다.

상자의 문을 마주 보는 카메라로 촬영된 HD급 동영상이다. 카메라는 아마도 관제실의 이 창문들 바로 위에 배치되었을 것이다.

화면 맨 아래에 열네 달 전의 타임스탬프가 보이고 시간은 100분의 1초까지 표시된다.

한 남자가 프레임 안으로 들어와 상자 쪽으로 다가간다.

그는 최신식 우주복을 입고 그 위에 배낭을 멨으며 왼쪽 겨드랑이에 헬멧을 끼고 있다.

문 앞에서 그는 레버를 돌리고 문을 연다. 안으로 들어가기 전에 어깨 너머로 카메라를 똑바로 응시한다.

그는 나다.

나는 손을 흔들고 상자로 들어간 뒤 안에서 문을 닫는다.

레이턴이 재생 속도를 높인다.

나는 50분이 쏜살같이 지나도록 아무런 미동도 없는 상자를 지켜본다.

레이턴은 새로운 사람이 프레임에 등장할 때에 맞춰 재생 속도를 도로 낮춘다.

긴 갈색 머리의 여자가 상자 쪽으로 걸어와서 문을 연다.

카메라 피드가 머리 부착형 고프로로 바뀐다.

카메라가 상자 내부를 죽 훑는다. 아무것도 덧대지 않은 맨 벽과 바닥에 빛이 비추면서 울퉁불퉁한 금속 표면에 반사되어 반짝인다.

"그렇게 휙, 자네가 사라진 거야. 그러다……." 레이턴이 또 다른 파일을 열면서 말한다. "이게 사흘 반 전이야."

내가 비틀거리며 상자에서 나와 바닥에 쓰러지는 모습이 보인다. 거의 누가 안에서 밀어내기라도 한 것 같다.

시간이 더 흐르고, 이어서 위험물질 대응팀이 나타나 나를 들것에 싣는다.

이제는 내 삶이 된 악몽이 시작되던 바로 그 순간이 영상으로 재생되는 것을 보고 있자니 어찌나 초현실적으로 느껴지는지 놀라움을 금할 수가 없다.

이 끝내주게 엉망진창인 신세계에서의 내 첫 순간.

지하 1층의 숙소 한 곳이 나를 위해 준비되었는데, 감금되어 있던 작은 방에서 반가운 업그레이드다.

호화로운 침실.

욕조가 완비된 욕실.

공간 전체를 향기로 채운 신선한 꽃병이 놓인 책상.

레이턴이 말한다. "여기서는 더 편히 지내길 바라네. 단도직입적으로 말하지. 제발 자살 시도는 하지 말게. 우리 모두 세심히 살피고 있으니까. 바로 문밖에 사람들이 대기하고 있다가 자넬 저지할 테고, 그렇게 되면 자네는 아래층의 그 끔찍한 방에서 구속복을 입고 살아야 해. 극단적인 기분이 들려고 하면 그냥 전화기를 들고 아무나 받는 사람에게 나를 찾아달라고 얘기하게. 혼자 말없이 힘들어하지 말고."

그는 책상 위에 놓인 노트북을 만진다.

"자네가 지난 15년간 작업한 결과물이 이 안에 담겨 있네. 벌라서티연구소에 오기 전에 했던 연구까지 있어. 비밀번호는 없네. 마음껏 살펴봐. 보다 보면 뭔가 기억이 날 수도 있겠지." 문을 열고 나가는 길에 그가 힐끗 뒤를 돌아보며 말한다. "그나저나 이 문은 잠겨 있을 거야." 그는 미소를 지어 보인다. "하지만 오로지 자네의 안전을 위해서네."

나는 노트북을 들고 침대에 앉아, 수많은 폴더에 담긴 방대한 정보를 파악해 보려고 시도한다.

자료는 연도별로 정리되어 있고, 멀게는 파비아상을 수상하기 전, 내 평생의 염원이 처음으로 표출되기 시작했던 대학원 시절까지 거슬러 올라간다.

초창기 폴더에 든 연구 내용은 내게도 익숙하다―최종적으로 내 첫 번째 발표 논문이 될 초안, 관련 문서의 초록등 모든 것이 시카고대학 연구실에서 보낸 기간과 그 최초의 작은 입방체 제작으로 귀결된다.

무균실 데이터는 꼼꼼히 분류되어 있다.

나는 글자가 둘로 보일 때까지 노트북에 있는 파일들을 읽어나간다. 심지어 그 후에도 읽기를 계속하여, 내가 수행했던 연구가 내 버전의 삶에서 멈췄던 지점을 넘어 계속 진전되는 과정을 지켜본다.

이건 마치 자신에 관해 깡그리 잊어버리고 나서 자신의 전기를 읽는 것 같다.

나는 날마다 연구했다.

연구 기록은 점점 더 나아졌으며 더 상세하고 명확해졌다.

그럼에도 여전히 나는 거시적 원반의 중첩을 생성하는 방법을 찾아내는 데 어려움을 겪었고, 그 좌절과 절망감은 연구 기록에도 스며 있다.

더는 눈을 뜨고 있기가 힘들다.

나는 침대 옆 탁자에 놓인 전등을 끄고 이불을 끌어 올린다.

이 안은 새까맣게 어둡다.

방 안에서 빛이 나오는 곳이라고는 침대 맞은편 벽 저 위에 박힌 녹색 점이 유일하다.

저것은 야간 영상을 촬영하는 카메라다.

누군가가 내 일거수일투족을 지켜보고 있다.

나는 눈을 감고 카메라의 존재를 무시하려 애쓴다.

하지만 눈을 감을 때마다 나를 집요하게 따라다니는

똑같은 장면이 보인다. 그녀의 발목을 따라 흘러내려 그녀의 맨발로 번지는 피.

그녀의 두 눈 사이에 뚫린 검은 구멍.

부서져 버리기란 너무나 쉬울 것이다.

흩어져 버리기도.

어둠 속에서 나는 약지에 감긴 실을 만지며 나의 다른 삶이 진짜라고, 그 삶이 여전히 어디엔가 있다고 나 자신에게 상기시킨다.

마치 해변에서 파도가 밀려와 내 발아래 모래를 바다로 도로 쓸어 가버리듯이, 내가 살던 세계와 그것을 지탱하는 현실이 점점 멀어져가는 것을 느낄 수 있다.

문득 궁금해진다. 만약 내가 이 상황에 애써 맞서지 않는다면 이 현실이 서서히 익숙해지면서 나를 납득시킬까?

나는 화들짝 잠에서 깬다.

누군가 문을 두드리고 있다.

불을 켜고 휘청이며 침대에서 나온다. 머릿속이 혼란스럽고 얼마 동안 잤는지 모르겠다.

문 두드리는 소리가 점점 더 커진다.

내가 말한다. "가요!"

나는 문을 열어보려 하지만 문은 밖에서 잠겨 있다.

잠금쇠 돌아가는 소리가 들린다.

문이 열린다.

커피 두 잔을 들고 겨드랑이에 노트를 끼고 복도에 서

있는 검정색 랩 원피스 차림의 이 여자를 언제 어디서 봤는지 깨닫는 데 잠시 시간이 걸린다. 그러다 번뜩 떠오르는 생각—여기였다. 이 여자는 내가 상자 밖에서 깨어나던 날 밤에 그 요상한 사후 보고를 진행했다, 아니 진행하려고 시도했다.

"제이슨, 안녕하세요. 어맨다 루커스예요."

"아, 네."

"죄송해요, 불쑥 들어오고 싶지 않아서요."

"아뇨, 괜찮습니다."

"저랑 잠시 얘기 나눌 시간이 되세요?"

"어, 물론이죠."

나는 어맨다를 안으로 들이고 문을 닫는다.

책상 앞의 의자를 빼준다.

어맨다는 종이컵을 내민다. "커피를 가져왔는데 좋아하실지 모르겠네요."

"좋아요," 나는 커피를 받으며 말한다. "고맙습니다."

나는 침대 끝에 앉는다.

커피가 손을 따뜻이 덥혀준다.

어맨다가 말한다. "초콜릿 헤이즐넛이니 뭐니 별 희한한 종류도 있었지만, 박사님은 아무것도 안 섞은 일반 커피 취향이시죠?"

나는 커피를 한 모금 홀짝인다. "네, 완벽하네요."

어맨다도 커피를 한 모금 마시며 말한다. "그나저나 이 상황이 낯설게 느껴지시겠어요."

"그렇다고 할 수 있죠."

"레이턴 말로는 제가 박사님과 얘기하러 올 수도 있다고 말해놨다던데?"

"네, 들었어요."

"잘됐네요. 저는 연구소 소속 정신과 전문의예요. 근 9년째 여기서 일하고 있고요. 의사 면허 등등 관련 자격은 모두 갖췄어요. 개업의로 있다가 벌라서티연구소에 합류하게 됐고요. 몇 가지 질문을 드려도 될까요?"

"네."

"레이턴에게 말씀하시길……" 그녀는 가지고 온 노트를 펼친다. "그대로 인용하면 '지난 10년이 있어야 할 자리가 구멍처럼 뻥 뚫려 있어요'라고 하셨는데요. 정확한가요?"

"맞습니다."

어맨다는 펼쳐진 페이지에 연필로 무언가를 끄적인다.

"제이슨, 최근에 극심한 두려움이나 무력감 혹은 공포를 유발할 만큼 생명을 위협하는 사건을 겪거나 목격한 적이 있나요?"

"다니엘라 바르가스가 머리에 총을 맞는 것을 눈앞에서 봤습니다."

"그게 무슨 말씀이세요?"

"당신들이 나의…… 나와 같이 있던 여자를 살해했잖아요. 나를 이곳으로 데려오기 직전에." 어맨다는 진심으로 깜짝 놀란 표정이다. "잠깐만요. 이 일에 관해 몰랐습니까?"

마른침을 삼키던 그녀는 곧 평정을 되찾는다.

"정말 끔찍했겠어요, 제이슨." 내 말을 못 믿는 듯한 말투다.

"내가 지어낸 얘기라고 생각해요?"

"저는 박사님이 상자에서의 일이나 지난 열네 달 동안의 여정에 관해 뭐라도 기억하시는지 궁금해요."

"전에도 말했듯이 그에 관해서는 기억나는 게 없습니다."

어맨다는 또 뭔가를 메모한 뒤 말한다. "흥미롭게도, 아, 기억 못 하실 수도 있지만…… 실은 지난번 아주 짧게 끝난 사후 보고에서 로건스퀘어의 한 술집에 있던 기억이 마지막이라고 박사님이 말씀하셨어요."

"저는 그런 말을 한 기억이 없습니다. 그때는 정신이 없는 상태였던지라."

"그렇죠. 그러면 상자에서의 기억은 없으신 거고요. 좋아요, 지금부터 드릴 질문 몇 가지는 네, 아니요로 답해주세요. 잠은 잘 주무시나요?"

"네."

"평소보다 더 과민해지거나 쉽게 화가 나나요?"

"아뇨, 별로."

"어떤 일에 집중하기가 어렵나요?"

"그렇진 않은 것 같아요."

"조심하며 경계하고 있다고 느끼나요?"

"네."

"좋아요. 자신이 지나치게 깜짝깜짝 놀란다는 느낌을 받은 적이 있나요?"

"글쎄요…… 잘 모르겠어요."

"때로 극도의 스트레스 상황이 정신성 기억상실이라

는 증상을 촉발할 수 있어요. 구조적 뇌 손상이 없는 상태에서 나타나는 기억 기능 이상이죠. 오늘 나올 MRI 결과로 구조적 손상은 배제하게 될 거라는 느낌이 드네요. 이 말은 곧 지난 열네 달에 대한 박사님의 기억은 여전히 어딘가 남아있을 거라는 뜻이에요. 단지 머릿속 깊이 묻혀 있을 뿐이죠. 그 기억을 되찾을 수 있게 돕는 것이 제 일이 될 테고요."

나는 커피를 한 모금 마신다. "정확히 어떤 방법으로요?"

"시도해 볼 수 있는 치료법은 많아요. 우선 정신요법, 인지 치료, 창작 치료가 있고요. 심지어 임상 최면도 가능하죠. 저에게는 다른 무엇보다도 박사님이 이 상황을 잘 이겨내도록 돕는 것이 가장 중요하다는 점만 알아주셨으면 해요."

어맨다는 돌연 무서우리만치 강렬한 눈빛으로 나를 쳐다보더니, 마치 우리 존재의 신비가 내 각막에 쓰여 있기라도 한 것처럼 내 눈을 유심히 살핀다.

"정말로 나를 몰라요?" 그녀가 묻는다.

"네."

그녀는 의자에서 일어나 자기 물건을 챙긴다.

"레이턴이 곧 와서 아래층 MRI 촬영실로 데려갈 거예요. 전 그저 어떻게 해서든 돕고 싶어요, 제이슨. 저를 기억 못 해도 상관없어요. 제가 박사님의 친구라는 것만 알아두세요. 이 연구소 사람들 모두가 박사님의 친구예요. 우리는 박사님 때문에 여기 있는 거니까요. 우리 모두 박사님이 당연히 이 사실을 안다고 믿고 있으니까 이 말을 꼭 들어주세요. 우린 박사님과 박사님의 정신, 그리고 박사님이 만든 이 결과물에 경외심을 갖고 있어요."

문 앞에서 그녀는 걸음을 멈추고 나를 돌아본다.

"그 여자 이름이 뭐라고 하셨죠? 박사님이 살해 장면을 봤다고 생각하는 그분요."

"봤다고 생각하는 게 아닙니다. 분명히 봤어요. 그녀의 이름은 다니엘라 바르가스고요."

남은 오전 시간은 책상 앞에서 보낸다. 아침 식사를 하고, 나는 전혀 기억나지 않는 과학적 성취를 연대순으로 보여주는 각종 파일을 훑어본다.

현재 처한 상황에도 불구하고, 내가 쓴 기록을 읽고 그 내용이 소형 입방체에 대한 돌파구를 향해 나아가는 과정을 보는 건 무척 짜릿한 일이다.

내 원반의 중첩 생성에 대한 해결책은?

동시에 존재하는 상태를 진동으로 표시할 수 있는 여러 공진기와 결합시킨 초전도 큐비트. 무슨 소린가 싶고 지루하게 들리지만 이것은 획기적이다.

이 연구가 파비아상을 따냈다.

보아하니 이 연구 덕에 이곳에도 오게 된 것 같다.

10년 전 벌라서티연구소에서 일하게 된 첫날에, 나는 팀원 전체에게 보내는 아주 흥미로운 사명서를 썼다. 기본적으로 양자역학과 다중 우주의 개념을 그들이 이해할 수 있게 설명하는 내용이었다.

전체 글 중에서도 차원에 관해 논한 부분이 특히 눈길

을 끈다.

내가 쓴 내용은 이렇다.

우리는 주변 환경을 3차원으로 인지하지만 실제로 3차원 세계에 살고 있지는 않습니다. 3차원은 정적입니다. 스냅사진 같은 거죠. 여기에 4차원을 추가하지 않으면 우리 존재의 본질을 설명할 수가 없습니다.

4차원 입방체는 공간 차원을 더하지 않습니다. 시간 차원을 추가하죠.

연속으로 이어진 3차원 입방체가 공간을 표상하면서 시간의 화살을 따라 이동하며 시간이 더해집니다.

이 개념을 가장 잘 실증하는 예는 밤하늘의 별을 쳐다보면 찾을 수 있습니다. 별빛이 우리 눈에 닿기까지는 50광년이 걸렸습니다. 500광년일 수도, 50억 광년일 수도 있겠죠. 우리는 그저 공간을 보고 있는 것이 아니라 지난 시간을 되돌아보고 있는 것입니다.

이 4차원 시공간을 관통하는 우리의 궤도는 우리가 태어나면서 시작되고 죽으면서 끝나는 우리의 세계선(현실)입니다. 네 개의 좌표(x, y, z, t[시간])가 4차원 입방체 안에서 하나의 위치를 표시하죠.

우리는 보통 여기까지가 다라고 생각합니다. 하지만 이 생각은 모든 결과가 필연적일 경우에만, 자유의지는 환상이고 우리의 세계선은 단 하나인 경우에만 참입니다.

만약에 우리의 세계선이 무수히 많은 세계선 중 하나에 불과하다면 어떨까요? 우리가 아는 삶에서 조금만 바뀐

세계도 있고 완전히 다른 세계도 있다면요?

양자역학의 다세계 해석은 가능한 모든 현실이 존재한다고 상정합니다. 발생 확률이 0이 아닌 이상 어떤 일이든 일어난다는 겁니다. 우리의 과거에 일어났을 수도 있었던 일은 모두 실제로 일어났고, 다만 다른 세계에서 일어났다는 것이죠.

만약 이 가설이 사실이라면 어떨까요?

만약 우리가 5차원적 가능성의 공간에 살고 있다면?

만약 우리가 실제로는 다중 우주에 살고 있지만, 그중 하나의 세계만을 인식하도록 제한하는 방화벽을 갖출 수 있게 우리 뇌가 진화해 온 거라면? 하나의 세계선. 순간순간 우리가 선택하는 그 하나. 이렇게 생각해 보면 말이 됩니다. 가능한 모든 현실을 한 번에 동시에 관측할 수는 없는 노릇이니까요.

그렇다면 이 5차원적 가능성의 공간에는 어떻게 접근하는 걸까요?

만약 접근이 가능하다면 그 공간은 우리를 어디로 데려갈까요?

⸬

레이턴은 저녁나절이 되어서야 나를 데리러 왔다.

우리는 이번엔 엘리베이터가 아니라 계단을 이용하는데, 이상하게 진료소로 곧장 내려가지 않고 지하 2층에서 내린다.

"계획이 조금 변경됐네." 레이턴이 말한다.

"MRI 촬영은요?"

"일단은 보류야."

그는 전에 가봤던 장소로 나를 안내한다—내가 상자 밖에서 깨어나던 날 밤에 어맨다 루커스가 내게서 사후 보고를 들으려 했던 회의실이다.

회의실 안은 조명을 낮춰 어둑하다.

내가 묻는다. "무슨 일입니까?"

"앉게, 제이슨."

"이해가 안—"

"앉으라고."

나는 의자를 뺀다.

레이턴은 나와 마주 앉는다.

"자네가 예전 파일들을 살펴보고 있다고 들었네만."

나는 고개를 끄덕인다.

"보니까 기억이 좀 나던가?"

"아뇨, 별로."

"유감이군. 과거를 더듬어가다 보면 뭔가 떠오르기를 바랐는데."

그는 자세를 바로 한다.

그가 앉은 의자가 삐걱거린다.

사방이 너무 조용해서 머리 위 전구에서 나는 웅웅거리는 소리까지 들릴 정도다.

테이블 맞은편에서는 레이턴이 나를 주시하고 있다.

뭔가 느낌이 좋지 않다.

뭔가 잘못됐다.

레이턴이 말한다. "45년 전 내 부친께서 벌라서티를 설립하셨네. 아버지가 계시던 시절에는 지금과는 달랐어. 우리는 제트엔진과 터보팬을 만들었고, 최첨단 과학 탐구보다는 정부나 기업과의 대규모 계약을 유지하는 데 주력했지. 지금은 우리 스물세 명이 전부지만 이거 하나만은 변하지 않았네. 이 회사는 예나 지금이나 늘 한 가족이고, 우리를 지탱하는 생명선은 완전하고 전적인 신뢰라는 사실 말이야."

레이턴은 내게서 시선을 돌리더니 고개를 끄덕인다.

조명이 켜진다.

검은 스모크 유리 차단벽 너머로 작은 객석이 보이고, 첫날 밤과 똑같이 열다섯 내지 스무 명쯤 되는 사람들이 앉아 있다.

다만 오늘은 누구도 일어나서 박수를 치지 않는다.

웃고 있는 사람도 없다.

모두가 나를 빤히 내려다보고 있다.

엄숙한 표정.

긴장된 분위기.

첫 번째 찌릿한 공포감이 스멀스멀 올라오는 느낌이 든다.

"다들 왜 여기에 와 있습니까?" 내가 묻는다.

"말했잖은가. 우리는 한 가족이야. 문제가 생기면 함께 정리하지."

"무슨 말인지 통—"

"자넨 거짓말을 하고 있어, 제이슨. 자네는 자네가 말하는 그 사람이 아니야. 우리의 일원이 아니야."

"제가 설명했잖—"

"그래, 상자에 관해 아무것도 기억나지 않는다고 했지. 지난 10년이 블랙홀이라고."

"맞아요."

"정말로 그 주장을 계속 밀고 나가고 싶은가?"

레이턴은 테이블에 놓인 노트북을 열어 무언가를 입력한다.

노트북을 세워놓고 터치스크린에 무언가를 타이핑한다.

"이게 뭡니까?" 내가 묻는다. "도대체 무슨 일이에요?"

"자네가 돌아온 날에 시작했던 일을 마무리할 생각이네. 내가 질문을 할 것이고, 이번에는 자네도 거기에 대답을 해야 하네."

나는 의자에서 일어나 문 쪽으로 가서 문을 열려고 시도한다.

잠겨 있다.

"앉아!"

레이턴의 목소리가 총성처럼 크게 울린다.

"나가고 싶습니다."

"나는 자네가 진실을 털어놓길 원하네."

"나는 진실을 말했습니다."

"아니, 자넨 다니엘라 바르가스에게 진실을 말했어."

유리벽 반대편에서 문이 열리더니 한 남자가 경비에게

뒷덜미를 잡힌 채 비틀거리며 객석으로 끌려 들어온다.

남자의 얼굴이 유리벽에 부딪히며 짓눌린다.

빌어먹을.

라이언은 코가 뒤틀리고 한쪽 눈이 아예 감긴 몰골이다.

멍들고 부어오른 그의 얼굴에서 흐른 피가 유리벽에 자국을 내며 번진다.

"라이언 홀더에게 진실을 말했지." 레이턴이 말한다.

나는 라이언 쪽으로 달려가며 그의 이름을 부른다.

그가 뭐라고 대답하지만 벽에 가로막혀 목소리는 들리지 않는다.

나는 레이턴을 노려본다.

레이턴이 말한다. "앉게. 안 그러면 사람을 불러 저 의자에 묶어놓을 테니까."

이전의 분노가 또다시 밀려든다. 다니엘라가 죽은 건이 남자 때문이다. 그리고 지금은 이런 짓이라니. 저들이 나를 그에게서 떼놓기 전에 얼마나 큰 타격을 줄 수 있을까 생각해 본다.

그러나 나는 자리에 앉는다.

"라이언을 추적했습니까?"

"아니, 다니엘라의 집에서 자네에게 들은 이야기에 동요해서 라이언이 날 찾아왔어. 바로 그때 했던 얘기를 지금당장 들었으면 하네."

경비들이 라이언을 앞줄의 한 좌석에 강제로 앉히는모습을 보다가 문득 어떤 생각이 떠오른다―내 상자를 작동하게 해주는 마지막 퍼즐 한 조각을 라이언이 만들었고,

그가 다니엘라의 전시회장에서 말하던 '화합물'이 바로 그 것이었다. 만약 우리가 양자 상태를 인식하지 못하게 막는 쪽으로 우리 뇌가 설정되어 있다면, 어쩌면 이 기제—내가 사명서에서 언급했던 '방화벽'—를 무력화할 수 있는 약물도 있지 않을까.

내가 살던 세계의 라이언은 전전두엽 피질과 의식 생성에 있어서의 그 역할을 연구했다. 그러니 이 세계의 라이언이 우리 뇌가 현실을 인식하는 방식을 바꾸는 약물을 만들었을 수도 있다고 생각하는 것이 그리 지나친 비약은 아니다. 우리 주변 환경의 결어긋남과 파동함수의 붕괴를 막아주는 약물을.

나는 생각을 멈추고 급히 현실로 되돌아온다.

"라이언을 왜 폭행했습니까?" 내가 묻는다.

"자네는 라이언에게 자신이 레이크몬트대학 교수이며 아들이 있고 다니엘라 바르가스는 사실 자네 부인이라고 말했네. 어느 날 밤 집으로 가던 길에 납치되었고, 그 뒤정신을 차려보니 이곳이었다고 말했어. 여기가 자네가 살던 세계가 아니라고 했고. 이런 얘기를 했던 사실을 시인하나?"

나는 또다시 생각한다. 누가 나를 끌어내기 전에 얼마만큼의 타격을 가할 수 있을까? 코를 부러뜨리는 정도? 이가 나가게 하는 정도? 그를 죽이는 것까지?

내 목소리가 으르렁거리는 짐승 소리처럼 흘러나온다. "당신은 나와 얘기를 나눴다는 이유만으로 내가 사랑하는 여자를 죽였어요. 내 친구까지 폭행했고, 내 의사에 반해 나를 여기 이렇게 붙잡아두고 있어요. 그러면서 나더러 당신 질문에 대답하라고? 시발, 엿이나 먹어." 나는 유리벽을 빤히 쳐다보며 덧붙인다. "당신들 다 엿이나 먹으라고."

레이턴이 말한다. "어쩌면 자네는 내가 알고 사랑하는 제이슨이 아닐지도 모르지. 그의 야심과 지력의 일부만을 가진 그의 그림자에 불과할 수도 있겠지만, 이 질문은 분명 알아들을 수 있을 거야. 혹시 상자가 제대로 작동한다면 어떻게 되지? 만약 그렇다면 우리는 지금 그 적용 범위를 가늠할 수조차 없을 만큼의 역사상 가장 위대한 과학적 발견을 방치하고 있는 셈인데, 자네는 우리가 그걸 보호하고자 극단적으로 행동한다고 트집이나 잡는 건가?"

"나가고 싶습니다."

"나가고 싶다라. 하! 내가 방금 한 말을 모두 명심한 상태에서, 저 물건을 무사히 타고 온 사람은 자네가 유일하다는 사실을 생각해 봐. 자네는 우리가 수십 억 달러를 쓰고 인생의 10년을 바치면서 얻으려 애썼던 중대한 지식을 가지고 있어. 이 말을 하는 건 자네를 겁주려는 게 아니라 오로지 자네의 논리적 판단력에 호소하기 위해서야—자네에게서 그 정보를 빼내기 위해 우리가 못 할 일이 있을 것 같나?"

그는 이 질문을 툭 던져놓는다.

무지막지한 적막 속에 나는 객석을 훑어본다.

라이언을 쳐다본다.

어맨다를 쳐다본다. 그녀는 눈을 피하고 있다. 눈에는 눈물이 어른거리지만 턱은 딱딱하게 경직되어 있다. 마치 평정을 유지하려고 온 힘을 다해 몸부림치고 있는 듯이.

"똑똑히 새겨듣게." 레이턴이 말한다. "바로 여기 이 방에서의 지금 이 순간—이후로는 자네 상황이 훨씬 어려워질 거야. 그러니 이 순간을 최대한 활용하려고 노력해 봐. 자, 이제 나를 보게."

나는 그를 쳐다본다.

"자네가 상자를 만들었나?"

나는 아무 말도 하지 않는다.

"자네가 상자를 만들었냐고?"

여전히 묵묵부답이다.

"자네는 어디서 왔나?"

생각이 중구난방으로 떠오르면서 가능한 온갖 시나리오가 펼쳐진다. 아는 사실을 모두 말하자, 아무 말도 하지 말자, 일부만 말하자. 하지만 일부라면, 콕 집어 뭘 말해야 할까?

"이곳이 자네가 속한 세계인가, 제이슨?"

내가 처한 상황의 역학은 크게 달라지지 않았다. 내가 안전할지 여부는 여전히 나의 이용가치에 달려 있다. 저들이 내게 원하는 것이 있는 한은 나에게 결정권이 있다. 아는 사실을 저들에게 전부 털어놓는 순간 내 영향력도 모두 사라진다.

나는 테이블에서 눈을 들어 레이턴과 시선을 마주친다.

"지금은 당신과 얘기하지 않겠습니다."

레이턴은 한숨을 내쉰다.

뚜둑 소리가 나게 목을 뒤튼다.

그러더니 딱히 누구에게랄 것 없이 말을 던진다. "얘긴 이쯤에서 끝내지."

내 뒤에서 문이 열린다.

나는 뒤돌아보려 하지만, 뒤에 누가 있는지 미처 보기도 전에 의자에서 들어 올려져 바닥에 패대기쳐진다.

누군가 내 위에 올라타 무릎으로 등뼈를 찍어 누른다.

저들은 움직이지 못하게 내 머리를 잡고 목에 주삿바늘을 꽂아 넣는다.

정신을 차려보니 우울하게도 친숙하게 느껴지는 딱딱하고 얇은 매트리스 위다.

뭔지는 몰라도 저들이 내게 주사한 약물이 지독한 부작용을 일으키고 있다—마치 두개골 한가운데가 쪼개진 느낌이랄까.

어떤 목소리가 내 귀에 대고 속삭이고 있다.

나는 몸을 일으켜 보지만, 약간만 움직여도 지끈거리는 머리에 차원이 다른 통증이 몰려온다.

"제이슨?"

아는 목소리다.

"라이언."

"어이."

"어떻게 된 거야?" 내가 묻는다.

"좀 전에 저들이 너를 이리로 데려왔어."

억지로 눈을 뜬다.

나는 그때 그 작은 방의 철제 프레임이 달린 간이침대 위에 돌아와 있고, 라이언은 내 옆에 무릎을 꿇고 있다.

가까이에서 보니 그의 꼴이 더 말이 아니다.

"제이슨, 정말 미안해."

"넌 아무 잘못도 없어."

"아니, 레이턴이 한 말은 사실이야. 그날 밤 너와 다니엘라를 두고 나간 뒤에 그에게 전화를 했어. 그에게 너를 봤다고 말했고 어딘지도 알려줬어." 라이언은 그나마 멀쩡한 한쪽 눈을 감더니 얼굴을 일그러뜨리며 말을 잇는다. "다니엘라를 해칠 거라곤 생각도 못 했어."

"너는 어쩌다 연구소로 오게 된 거야?"

"아마 저들이 원하는 정보를 너한테서 못 얻어냈는지 한밤중에 날 찾아왔더라고. 다니엘라가 죽을 때 둘이 같이 있었어?"

"바로 내 눈앞에서 일이 벌어졌어. 한 남자가 무턱대고 쳐들어와서 그녀의 미간을 쐈어."

"아, 맙소사."

라이언이 침대로 올라와 내 옆에 앉고, 우리는 나란히 콘크리트 벽에 등을 기댄다.

"네가 나와 다니엘라에게 한 말을 전해주면 저들이 이제는 나를 연구에 끼워줄지도 모른다고 생각했어. 어떤 식으로든 보상이 있을 거라고. 그런데 보상은커녕 나를 두드려 패기만 하더군. 다 말하지 않는다고 몰아세우면서."

"미안해."

"넌 나한테 말을 안 해줬어. 나는 여기가 어떤 곳인지조차 몰랐어. 너와 레이턴을 위해 그렇게 애를 썼는데도 너는—"

"나는 그 무엇도 네게 비밀로 하지 않았어, 라이언. 그렇게 한 건 내가 아니야."

그는 이 주장의 엄청난 무게를 처리하려고 애쓰는 듯 나를 유심히 쳐다본다.

"그러면 다니엘라 집에서 네가 했던 말—그게 다 사실이었어?"

가까이 몸을 숙이며 내가 속삭인다. "한 마디도 빠짐없이 사실이야. 목소리 낮춰. 저들이 듣고 있을지도 몰라."

"넌 어쩌다 여기로 온 건데?" 라이언이 속삭인다. "이 세계로 말이야."

"이 방 바로 밖에 격납고가 있는데, 그 격납고에 다른 버전의 내가 만든 금속 상자가 있어."

"그 상자가 정확히 뭘 한다는 거야?"

"내 생각으론 다중 우주로 통하는 관문인 것 같아."

라이언은 미친 사람 보듯 나를 쳐다본다. "그런 일이 어떻게 가능해?"

"일단 내 말을 잘 들어줘. 이곳에서 탈출했던 날 밤에 병원에 갔었어. 약물 검사를 받았는데, 검사 결과 정체불명의 향정신성 화합물 성분이 검출됐어. 다니엘라의 전시회 리셉션에서 만났을 때 네가 '화합물'이 성공한 거냐고 물었잖아. 네가 나를 위해 만들고 있던 게 정확히 뭐였어?"

"전전두엽 피질의 브로드만 영역 세 곳에서 뇌의 화학 작용을 일시적으로 바꿔주는 약물을 만들어달라고 네가 부탁했어. 완성하기까지 꼬박 4년이 걸렸지. 그나마 네가 돈은 후하게 쳐줬어."

"어떻게 바꾸는 거야?"

"그 영역들을 잠깐 동안 잠재우는 거야. 어디에 적용되는지는 나도 전혀 몰랐어."

"슈뢰딩거 고양이의 개념은 알아?"

"물론이지."

"관측이 현실을 결정한다는 개념도?"

"응."

"다른 버전의 나는 인간을 중첩 상태로 만들려고 시도했어. 우리의 의식과 관측의 힘이 절대 그 상태를 허용하지 않을 거라는 점을 감안하면 이론상으로는 불가능하지. 하지만 우리 뇌에 관찰자 효과를 일으키는 구조물이 있다면……"

"그 부분을 끄고 싶었겠지."

"바로 그거야."

"그러면 내가 만든 약물이 결어긋남을 방지해 주는 건가?"

"그런 것 같아."

"하지만 다른 이들이 우리의 결어긋남을 일으키는 걸 막지는 못하잖아. 그들의 관찰자 효과가 우리의 현실을 결정할 수도 있는데."

"바로 그 부분에서 상자가 활약하는 거야."

"이런 미친. 그러니까 인간을 살아 있기도 하고 죽어 있기도 한 고양이로 바꿔놓는 방법을 알아낸 거야? 왠지…… 무시무시하네."

감금실의 자물쇠가 풀리고 문이 열린다.

우리 두 사람이 고개를 드니 레이턴이 양쪽에 경비들을 대동하고 문턱에 서 있다. 중년의 두 남자는 지나치게 꽉 끼는 폴로셔츠를 청바지에 넣어 입었고 체격은 한창때가 조금 지나 보인다.

그들은 폭력을 일삼아 저지르는 부류처럼 보인다.

레이턴이 말한다. "라이언, 우리와 함께 가시죠?"

라이언은 주저한다.

"저자를 끌어내."

"가겠습니다."

라이언이 일어나서 절뚝거리며 문 쪽으로 간다.

경비들이 양쪽에서 팔을 잡고 그를 끌고 가는데도 레이턴은 그 자리에 남아 있다.

그는 나를 보며 말한다.

"나는 원래 이런 사람이 아니야, 제이슨. 나도 이러기 싫네. 자네가 나를 이런 괴물이 되게끔 자꾸 몰아가는 게 너무 싫어. 지금부터 일어날 일? 그건 내가 선택한 게 아니네. 자네의 선택이지."

나는 침대에서 튀어나와 레이턴을 향해 돌진하지만 그는 내 면전에서 문을 쾅 닫아버린다.

저들은 내가 있는 방의 불을 완전히 꺼버렸다.

보이는 거라곤 문 위에서 나를 주시하는 감시 카메라에서 깜빡이는 녹색 불빛 한 점이 전부다.

나는 어둠 속에서 한쪽 구석에 앉아 생각에 잠긴다. 이 믿기지 않는 닷새를 맞이하기 전 내 뒤에서 빠르게 다가오던 발소리를 내 세계의 내가 사는 동네에서 처음 들었을 때부터 지금 이 순간과의 충돌은 피할 수 없었다.

게이샤 가면과 총을 본 후로 공포와 혼란은 내 하늘에 유일하게 뜬 별이 되었다.

이 순간에 논리는 없다.

문제 해결도 없다.

과학적 방법도 없다.

나는 그저 엄청난 충격을 받고, 낙담하고, 두려움에 잠겼으며 이 모든 것이 끝나기만을 바라기 직전에 와 있다.

내 평생의 하나뿐인 사랑이 눈앞에서 살해당하는 광경을 목격했다.

내가 여기 이러고 있는 동안 내 오랜 친구는 아마도 고문을 당하고 있을 터다.

그리고 이자들은 내 끝이 오기 전에 틀림없이 내게 고통을 가할 것이다.

너무나 두렵다.

찰리가 보고 싶다.

다니엘라가 보고 싶다.

돈이 없어서 제대로 개조해 보지도 못한 나의 낡은 브라운스톤 집이 그립다.

우리 가족의 구식 서버번이 그립다.

학교에 있는 내 연구실이 그립다.

내가 가르치던 학생들도.

나의 것인 그 삶이 그립다.

그렇게 이 어둠 속에서, 깜빡거리며 켜지는 백열전구의 필라멘트처럼 진실은 나를 찾아온다.

나를 납치한 자의 목소리가 귓가에 울린다. 어쩐지 귀에 익은 그 목소리는 내 인생에 관해 묻는다.

내 직장에 관해.

내 아내에 관해.

아내를 '다니'라고 부르기도 했는지.

그자는 라이언 홀더가 누군지 알았다.

제기랄.

그자는 나를 버려진 발전소로 데려갔다.

나에게 약물을 주사했다.

내 인생에 관해 이런저런 질문을 했다.

내 휴대폰과 내 옷을 가져갔다.

이런 망할.

이제 그 진실은 나를 빤히 마주 보고 있다.

격한 분노로 가슴이 부들부들 떨린다.

그가 이런 짓을 한 건 내 자리를 대신 차지하기 위해서였다.

내 삶을 가지기 위해서였다.

내가 사랑하는 여자를.

내 아들을.

내 직장을.

내 집을.

왜냐하면 그 남자는 나였으니까.

그 또 다른 제이슨, 상자를 만든 주인공—그가 나에게 이런 짓을 한 것이다.

감시 카메라의 녹색 불빛이 꺼지는 순간, 나는 상자를 처음 본 후로 어느 정도는 알고 있었다는 사실을 깨닫는다.

다만 그 진실을 똑바로 쳐다보려 하지 않았을 뿐.

하긴 왜 보려 하겠는가?

나의 세계가 아닌 엉뚱한 세계에서 길을 잃는 것과 내 세계에서 다른 누군가가 내 자리를 대신 차지했다는 사실을 아는 건 완전히 다른 문제다.

더 나은 버전의 내가 내 삶으로 들어갔다는 사실을.

그가 나보다 똑똑하다는 데는 의심의 여지가 없다.

그는 찰리에게도 더 좋은 아버지일까?

다니엘라에게 더 좋은 남편일까?

더 나은 연인일까?

그가 나에게 이런 짓을 했다.

아니다.

이건 그보다 훨씬 더 엉망진창이다.

내가 나에게 이런 짓을 한 것이다.

자물쇠 돌아가는 소리가 들리는 순간 나는 본능적으로 후다닥 벽 쪽으로 되돌아가서 기대어 선다.

이제 끝이구나.

저들이 나를 잡으러 왔다.

문이 천천히 열리면서 문턱에 선 한 사람의 모습이 그 너머 불빛을 등지고 윤곽을 드러낸다.

그들은 방 안으로 들어온 뒤 문을 닫는다.

아무것도 보이지 않는다.

그러나 희미하게 풍기는 여자의 냄새—향수와 목욕 비누—가 느껴진다.

"어맨다?"

그녀는 작게 속삭인다. "목소리 낮춰요."

"라이언은 어딨습니까?"

"떠났어요."

"'떠났다'니, 그게 무슨 뜻입니까?"

어맨다는 금방이라도 눈물을 터뜨리며 허물어질 것 같은 목소리로 말한다. "저들이 그를 죽였어요. 정말 유감이에요, 제이슨. 그냥 겁만 주는 건 줄 알았는데……."

"라이언이 죽었어요?"

"저들이 곧 당신을 데리러 올 거예요."

"당신은 왜—?"

"난 이따위 짓을 하려고 여기 온 게 아니니까요. 저들이 다니엘라에게 한 짓. 홀더에게 한 짓. 이제 곧 당신에게도 할 짓 말이에요. 저들은 넘지 말아야 할 선을 넘었어요. 과학을 위해서건, 그 무엇을 위해서건 해서는 안 될 짓이에요."

"나를 이 연구소에서 내보내 줄 수 있어요?"

"아니요. 게다가 박사님 얼굴이 뉴스에 도배된 상황에서 그래 봤자 아무 도움도 안 될 거예요."

"그게 무슨 소립니까? 내가 왜 뉴스에 나와요?"

"경찰이 박사님을 찾고 있어요. 박사님이 다니엘라의 살인범이라고 생각해요."

"당신네들이 나한테 뒤집어씌운 겁니까?"

"정말 죄송해요. 저기, 이 연구소에서 나가게 해드릴 순 없지만 격납고 안에 들여보내 드릴 순 있어요."

"상자가 어떻게 작동하는지 알아요?" 내가 묻는다.

아무것도 보이지 않는 와중에도 어맨다의 빤히 쳐다보는 시선이 느껴진다.

"전혀 몰라요. 하지만 그 길 외엔 빠져나갈 방법이 없어요."

"여태껏 내가 들은 내용을 종합해 보면, 그 상자 안에 발을 들이는 건 낙하산이 퍼질지 안 퍼질지도 모르는 채로 비행기에서 뛰어내리는 거나 마찬가지예요."

"어차피 그 비행기가 추락하고 있다면, 그게 그리 중요한가요?"

"카메라는 어쩌고요?"

"여기 있는 거요? 제가 껐어요."

어맨다가 문 쪽으로 움직이는 소리가 들린다.

세로선 모양의 빛이 나타나더니 곧바로 넓어진다.

독방 문이 완전히 열렸을 때 어맨다가 배낭을 메고 있는 모습이 눈에 들어온다. 복도로 나간 그녀는 빨간색 펜슬 스커트의 매무새를 가다듬고서 내 쪽을 돌아본다.

"안 가요?"

나는 침대 프레임에 의지해 간신히 일어선다.

복도 불빛이 견디기가 힘든 걸 보니 어둠 속에서 수 시간을 보낸 게 분명하다. 갑작스레 들어온 밝은 빛에 눈이 타는 듯하다.

지금 당장은 우리의 독무대다.

어맨다는 벌써 나와 떨어져서 저 반대편에 있는 금고형 문 쪽으로 가고 있다.

그녀는 힐끗 뒤를 보며 작은 소리로 말한다. "어서 가요!"

나는 조용히 뒤따라가고, 머리 위로 형광 조명판들이 줄지어 스쳐 간다.

우리가 내는 발소리의 반향을 제외하면 복도에는 아무 소리도 나지 않는다.

내가 터치스크린 앞에 도착할 때쯤 어맨다는 스캐너 아래에 키카드를 대고 있다.

"관제실에 사람이 있지 않을까요?" 내가 묻는다. "항시 모니터링하는 사람이 대기한다고 들었—"

"오늘 밤 당번이 저예요. 제가 처리할 테니 걱정 마세요."

"당신이 날 도운 걸 저들이 알게 될 텐데요."

"저들이 알아챘을 땐 전 여기에 없을 거예요."

컴퓨터화된 여자 목소리가 말한다. **이름을 말씀하세요.**

"어맨다 루커스."

암호를 말씀하세요.

"이-이-삼-칠."

접근 권한이 없습니다.

"아, 젠장."

"무슨 일이에요?" 내가 묻는다.

"누가 복도 카메라로 우리를 보고 제 보안허가증을 정지시켰나 봐요. 이제 레이턴이 아는 건 시간문제예요."

"다시 한 번 해봐요."

그녀는 카드를 다시 스캔한다.

이름을 말씀하세요.

"어맨다 루커스."

암호를 말씀하세요.

이번에는 천천히, 한 자 한 자 또박또박 발음한다. "이-이-삼-칠."

접근 권한이 없습니다.

"빌어먹을."

복도 반대편 끝에서 문이 하나 열린다.

레이턴의 경비들이 그 문밖으로 나오는 순간 어맨다의 얼굴은 두려움으로 창백해지고 내 입천장에는 찌르는 듯 강한 쇳내가 번진다.

내가 묻는다. "암호는 직원들이 직접 만드는 겁니까, 아니면 할당되는 겁니까?"

"우리가 만들어요."

"저한테 카드를 줘보세요."

"왜요?"

"내 허가증을 정지시킬 생각은 아무도 못 했을 수도 있잖아요."

어맨다가 카드를 건네는 동시에 레이턴이 같은 문에서 모습을 드러낸다.

그는 내 이름을 큰 소리로 외친다.

복도 저편을 돌아보니 레이턴과 경비들이 우리를 향해 오기 시작한다.

나는 카드를 스캔한다.

이름을 말씀하세요.

"제이슨 데슨."

암호를 말씀하세요.

물론이지. 이 친구는 나니까.

내가 태어난 연도와 달을 거꾸로 한 숫자다.

"삼-칠-이-일."

음성 인식이 확인되었습니다. 어서 오세요, 데슨 박사님.

버저 소리에 신경이 곤두선다.

문이 조금씩 열리기 시작하는 동안 나는 사내들이 벌건 얼굴로 팔을 흔들어대며 우리를 향해 돌진하는 모습을 속수무책으로 쳐다본다.

이제 4, 5초면 끝이다.

금고형 문 사이에 충분한 공간이 생기자마자 어맨다가 거기로 비집고 들어간다.

나도 그녀를 뒤따라 격납고로 들어간 뒤 상자를 향해 매끈한 콘크리트 위를 질주한다.

관제실은 비어 있고 높은 천장에서 조명이 강하게 내리쬐고 있다. 나는 우리가 여기서 빠져나갈 수 있는 가능한 시나리오는 없다는 것을 점점 깨닫는다.

우리가 상자에 가까워졌을 때 어맨다가 소리친다. "안으로 들어가야 해요!"

흘낏 뒤를 돌아보는데 맨 앞에 오던 남자가 활짝 열린 금고형 문 사이로 돌진한다. 오른손에 총이나 테이저 건 같은 무기를 들었고 얼굴에는 라이언의 피로 짐작되는 얼룩이 묻어 있다.

남자가 나를 주시하며 무기를 들어 올리지만, 나는 그가 발포하기 전에 상자 모퉁이를 돈다.

어맨다가 문을 밀어서 열고 있고, 격납고에 경보음이 울려 퍼지는 사이에 그녀는 안으로 사라진다.

나는 그 바로 뒤에 붙어서 문턱을 넘고 상자로 들어간다.

그녀는 나를 밀쳐서 비키게 한 뒤 어깨로 문을 다시 밀어 넣는다.

여러 사람의 목소리와 다가오는 발소리가 들린다.

어맨다가 허덕이고 있어서 나도 그 옆에서 문에 체중을 싣는다.

무게가 1톤은 되는 것 같다.

마침내 문이 꿈쩍하며 제자리로 돌아가기 시작한다.

문틈 여기저기서 손가락들이 나타나지만 관성이 우리에게 유리하게 작용하고 있다.

문이 요란한 소리를 내며 닫히고 거대한 걸쇠가 하우징 안으로 발사된다.

이곳은 조용하다.

그리고 칠흑같이 캄캄하다. 너무나 순식간에 순수하고 완전한 어둠에 휩싸이자 어지럼증이 일어난다.

나는 비틀거리며 가장 가까운 벽 쪽으로 가서 금속 벽에 두 손을 갖다 댄다. 그저 내가 정말로 이 물건 안에 들어와 있다는 생각을 소화하는 동안 뭐든 나를 붙들어 매어둘 단단한 대상이 필요해서다.

"저들이 문을 통과할 수 있어요?" 내가 묻는다.

"잘 모르겠어요. 원래 10분 동안 잠겨 있도록 설계되어 있긴 해요. 일종의 내장형 보호장치 같이요."

"무엇으로부터 보호하는 거죠?"

"글쎄요. 뒤쫓는 사람들로부터? 위험한 상황에서 벗어나도록? 설계한 사람은 박사님이니까요. 어쨌든 효과가 있는 것 같네요."

어둠 속에서 부스럭거리는 소리가 들린다.

배터리로 구동되는 콜맨 랜턴이 켜지면서 푸르스름한 빛으로 상자 내부를 밝힌다.

마침내 이 안에 들어와 웬만해선 부서질 것 같지 않은 두꺼운 벽으로 에워싸여 있자니 이상하고 무서우면서도 어쩐지 짜릿한 기분이 드는 걸 부인할 수 없다.

새로 생긴 조명 속에서 문 아래의 손가락 네 개가 맨 먼저 눈에 들어온다. 손가락들은 두 번째 관절에서 잘려 있다.

어맨다는 열린 배낭 위로 무릎을 꿇고 앉아 팔을 어깨까지 쑤셔 넣고 있다. 방금 전까지 모든 일이 폭발하듯 터지는 것을 코앞에서 본 사람치고 그녀는 놀랍도록 담담해 보이는 태도로 차분히 상황을 정리하고 있다.

어맨다가 작은 가죽 가방을 꺼낸다.

가방은 주사기와 바늘, 작은 앰풀로 채워져 있는데, 아마도 앰풀 속에 든 투명한 액체가 라이언의 화합물일 것 같다.

내가 말한다. "그래서 당신도 나와 같이 이걸 하는 겁니까?"

"안 그러면 뭘 하라고요? 다시 저 밖으로 나가서 레이턴에게 내가 어떻게 우리가 지금껏 추구해 온 모든 것과 그를 배신했는지 설명이라도 해요?"

"나는 상자의 작동 방식을 전혀 몰라요."

"음, 그렇다면 둘이 똑같은 상태니까, 앞으로 상당히 흥미진진한 시간을 기대해 볼 수 있겠군요." 그녀는 시계를 확인한 뒤 말을 잇는다. "문이 잠길 때 타이머를 설정해 뒀어요. 8분 56초 후면 저들이 들어와요. 시간 제약이 없었으면 그냥 이 앰풀을 마시거나 근육 주사를 놔도 됐겠지만 지금 상황에선 혈관을 찾아야 해요. 스스로 주사를 놔본 적 있어요?"

"아니요."

"소매를 걷어 올리세요."

어맨다는 내 팔꿈치 위에 고무줄을 묶은 뒤 내 팔을 잡고 랜턴 불빛에 갖다 댄다.

"팔꿈치 앞에 있는 이 혈관 보이죠? 이게 전주 정맥이에요. 이 정맥을 찔러야 돼요."

"당신이 해야 하지 않을까요?"

"별문제 없을 거예요."

그녀는 알코올 솜이 든 봉지를 내게 건넨다.

나는 포장을 뜯어 피부의 넓은 부위를 솜으로 닦는다.

이어서 그녀가 3밀리리터짜리 주사기와 바늘 두 개, 앰풀 하나를 준다.

"이건 필터 바늘이에요." 바늘 중 하나를 만지며 말한다. "주사액을 빨아들일 땐 이 바늘을 쓰세요. 그래야 유리 파편이 섞여 들어가지 않으니까. 주사액을 채운 다음엔 다른 바늘로 바꿔서 주사를 놔요. 이해했어요?"

"그럭저럭요." 나는 필터 바늘을 주사기에 꽂고 캡을 뺀 다음 유리병의 목 부분을 부러뜨린다. "전부 다 돼요?"

그사이 어맨다는 자기 팔에 고무줄을 묶고 주사 놓을 부분을 소독하고 있다.

"네."

나는 조심스럽게 앰풀 속 내용물을 주사기에 흡입시키고 주삿바늘을 교체한다.

어맨다가 말한다. "항상 주사기를 톡톡 치고 주사약을 조금 빼내는 걸 잊지 말아요. 혈관계에 기포를 주사하면 안 되니까요."

그녀는 시계를 다시 보여준다. 7분 39초가 표시되어 있다…….

7분 38초.

7분 37초.

나는 주사기를 탁탁 친 뒤 밀대를 살짝 눌러 라이언의 화합물 한 방울을 빼낸다.

"그러면 이제……."

"바늘 끝 구멍이 위를 향하게 한 상태로 바늘을 45도 각도로 혈관에 찔러 넣어요. 신경 쓸 게 많다는 거 알아요. 아주 잘하고 계세요."

몸속에서 아드레날린이 미친 듯이 쏟아져 나와 바늘이 뚫고 들어가는 느낌조차 거의 나지 않는다.

"이제 어떻게 하죠?"

"혈관에 잘 들어갔는지 확인해요."

"그걸 어떻게—?"

"밀대를 살짝 당겨보세요."

나는 밀대를 당긴다.

"피가 보여요?"

"네."

"잘했어요. 정확히 넣으셨어요. 이제 압박띠를 풀고 천천히 주사하세요."

나는 밀대를 누르며 묻는다. "약효가 나타나려면 얼마나 걸릴까요?"

"거의 바로일 거예……."

나는 그녀가 하는 말의 끝마디조차 알아듣지 못한다.

약물이 와락 나를 덮친다.

벽에 털썩 기대어 시간을 흘려보내고 있자니 어느 순간 어맨다가 다시 눈앞에 나타나 무슨 말인가를 한다. 나는 그 말을 알아들으려 애써보지만 뜻대로 되지 않는다.

눈길을 내리니 어맨다가 내 팔에서 주삿바늘을 빼낸 뒤 바늘에 찔린 작은 상처 구멍에 알코올 솜을 대고 있다.

그제야 나는 그녀가 무슨 말을 하고 있는지 알아차린다. "계속 누르고 있어요."

이제 어맨다는 랜턴 불빛 아래에 자기 팔을 뻗고 있다. 그녀가 혈관에 바늘을 찔러 넣고 압박띠를 푸는 동안 내 시선은 그녀의 시계 숫자판과 0을 향해 내려가고 있는 숫자에 쏠린다.

얼마 지나지 않아 어맨다도 막 마약 주사를 맞은 약쟁이처럼 바닥에 죽 뻗는다. 여전히 시간은 다 되어가지만 이제 더는 상관이 없다.

내가 보고 있는 광경이 믿기지 않는다.

나는 일어나 앉는다.

정신은 맑고 기민하다.

어맨다는 이제 바닥에 누워 있지 않다. 몇 피트 떨어진 곳에서 등을 보이고 서 있다.

그녀를 부르며 괜찮으냐고 물어도 아무런 대꾸가 없다.

나는 힘겹게 일어선다.

어맨다는 랜턴을 들고 있다. 그런데 가까이 다가가 보니 랜턴 불빛이 비추고 있는 건 우리 바로 앞에 있어야 할 상자의 벽이 아니다.

나는 그녀를 지나쳐 걸어간다.

그녀는 랜턴을 들고 따라온다.

불빛에 또 다른 문이 모습을 드러내는데, 우리가 격납

고에서 통과했던 문과 똑같이 생겼다.

나는 계속 걷는다.

12피트 더 가서 문이 또 나온다.

그다음에도, 또 그다음에도.

랜턴은 60와트 전구 하나만큼의 빛만 발산하다가 그마저도 70피트, 80피트를 넘어가니 끈질기게 남은 미약한 불빛으로 줄어들어 한쪽으로는 금속 벽의 차가운 표면에, 다른 쪽으로는 완벽한 간격을 두고 배치된 문에 반사된다.

우리가 비추는 빛의 영역 너머는 그야말로 순전한 암흑이다.

나는 경이로움에 말문이 막힌 채 우뚝 멈춰 선다.

살면서 읽었던 수천 가지 글과 책을 떠올려본다. 여태껏 치렀던 시험, 배웠던 수업, 암기했던 이론, 칠판에 갈겨 썼던 방정식까지. 그때 그 무균실에서 지금의 이 공간을 어설프게 흉내 낸 것에 불과했던 물건을 만들려고 애쓰며 보낸 수개월의 시간을 떠올린다.

물리학과 우주론을 공부하는 사람들이 연구의 실질적인 결과에 그나마 가장 가까이 다가갈 수 있는 것은 망원경을 통해 보는 오래된 은하계이다. 발생 사실은 분명하지만 결코 우리 눈으로 확인할 수는 없는 입자 충돌에 뒤이어 데이터를 판독할 뿐이다.

방정식과 그 방정식으로 기술되는 현실 사이에는 언제나 일종의 경계, 장벽이 존재한다.

그러나 이제 더는 그렇지 않다. 적어도 나에게는.

생각이 머릿속에서 떠나지 않는다, 내가 여기에 있다

니. 정말로 내가 이곳에 있다. 이게 실제로 존재한다.

적어도 지금 이 순간만큼은 내 안에 두려움은 없다.

놀라움만이 가득하다.

이윽고 나는 말한다. "우리가 겪을 수 있는 가장 아름다운 체험은 신비다."

어맨다가 나를 쳐다본다.

"내가 아니라 아인슈타인이 한 말이에요."

"이곳이 진짜이긴 해요?" 그녀가 묻는다.

"'진짜'라는 게 무슨 뜻입니까?"

"지금 우리가 물리적인 장소에 서 있는 건가요?"

"제 생각으론 아직 우리 뇌가 이해하지 못하는 어떤 대상을 시각적으로 설명하려는 과정에서 나타난 정신의 발현 같습니다."

"그 말은 곧?"

"중첩이죠."

"그러니까 우리가 지금 양자 상태를 경험하고 있다는 건가요?"

나는 복도 저편을 흘깃 돌아본다. 그런 뒤엔 앞에 놓인 어둠을 본다. 어두침침한 와중에도 이 공간에는 마치 서로 마주 보는 두 개의 거울처럼 반복되는 특징이 있다는 걸 느낄 수 있다.

"네. 이곳은 복도 같아 보이지만 실제로는 시공간상 동일한 지점을 공유하는, 가능한 모든 현실을 상자가 계속 되풀이하고 있는 것 같아요."

"가령 단면도처럼요?"

"맞아요. 양자역학에 대한 일부 설명에서, 시스템의 상태에 관한 모든 정보를 담고 있는—그것이 관측으로 인해 붕괴되기 전까지는—것을 파동함수라고 해요. 발생 가능한 모든 결과 중에서도 지금 우리가 처해 있는 중첩된 양자 상태에 대한 파동함수의 내용을 우리 머리가 이 복도의 형태로 시각화한 것이 아닐까 생각되네요."

"그러면 이 복도는 어디로 연결되죠? 만약 이대로 계속 걸어간다면 끝에 가선 어디에 다다를까요?"

이 질문에 대한 답을 내뱉는 순간 경이로움은 빠져나가고 공포가 스멀스멀 밀려든다. "끝은 없어요."

우리는 계속 걸으면서 다음에 무슨 일이 일어날지 지켜본다. 무슨 일이라도 일어날 것인지, 우리가 다르게 변할 것인지.

그러나 계속 가도 나오는 건 그저 문, 문, 문뿐이다.

한참을 그렇게 가다가 내가 말한다. "처음 복도를 걷기 시작했을 때부터 쭉 숫자를 세고 있었는데, 이번이 440번째 문입니다. 상자가 12피트마다 반복되니까, 벌써 1마일을 꼬박 걸어온 셈이군요."

어맨다가 걸음을 멈추고 배낭을 어깨에서 내려놓는다.

이어서 그녀는 벽에 기대어 앉고, 나도 랜턴을 사이에 두고 그 옆에 앉는다.

내가 말한다. "혹시 레이턴이 약물을 맞고 우리를 뒤쫓아 여기로 들어오겠다고 마음먹으면 어쩌죠?"

"그럴 일은 없을 거예요."

"어째서요?"

"상자를 무서워하니까요. 우리 모두 그래요. 박사님을 제외하면 상자 안에 들어갔던 사람 누구도 다시 나오지 못했어요. 레이턴이 수단 방법 가리지 않고 박사님에게서 작동법을 알아내려 한 것도 그 때문이었죠."

"시험차 들어간 사람들은 어떻게 됐습니까?"

"상자에 들어간 첫 주자는 매슈 스넬이라는 사람이었어요. 우리가 상대하고 있는 게 뭔지 우리도 몰랐기 때문에 스넬에게는 간단명료한 지시가 주어졌죠. 상자에 들어간다. 문을 닫는다. 앉는다. 약물을 주사한다. 무슨 일이 일어나건 무엇을 보건, 한자리에 앉아서 약효가 떨어질 때까지 기다렸다가 곧장 격납고로 걸어 나오도록 얘기가 되어 있었어요. 설령 스넬이 이런 광경을 다 봤더라도 그는 원래 있던 상자를 벗어나지 않았을 거예요. 꼼짝도 하지 않았겠죠."

"그래서 어떻게 됐습니까?"

"한 시간이 지났어요. 나오기로 한 시간이 넘었죠. 우리는 문을 열고 싶었지만 안에서 그가 겪고 있을 체험을 방해할까 봐 겁이 났어요. 24시간이 지난 후에야 마침내 문을 열었어요."

"그런데 상자는 비어 있었겠죠."

"네." 푸른 조명에 비친 어맨다는 무척 지쳐 보인다. "상자에 들어와서 약물을 맞는다는 건 일방향 문으로 걸어 들어가는 것과 같아요. 돌아올 길이 없으니 아무도 우리를 따라오는 위험을 감수하지 않을 거예요. 여기엔 우리뿐인 거죠. 이제 박사님은 어떻게 하고 싶어요?"

"좋은 과학자라면 누구나 그렇듯이, 실험이죠. 문을 하나 열고 나가서 어떻게 되는지 보고 싶습니다."

"혹시나 해서 묻는데, 이 문들 뒤에 뭐가 있는지는 전혀 모르시나요?"

"전혀요."

나는 어맨다의 손을 잡고 일으켜준다. 배낭을 내 어깨에 둘러메려는데, 처음으로 약간의 갈증이 느껴지면서 어맨다가 물을 좀 가져왔는지 궁금해진다.

우리는 복도를 향해 가지만 사실 나는 선택을 하기가 망설여진다. 만약 문이 나올 가능성이 무한하다면, 통계적 관점에서 볼 때 선택은 그 자체로 모든 것이자 아무것도 아닌 것이다. 모든 선택이 옳은 선택이고, 모든 선택이 그른 선택이다.

이윽고 나는 걸음을 멈추며 말한다. "이 문으로 할까요?"

어맨다는 어깨를 으쓱한다. "그래요."

차가운 금속 손잡이를 꽉 잡은 채로 나는 묻는다. "우리, 앰풀은 있는 거 맞죠? 혹시 아니면—"

"방금 전 멈춰 섰을 때 확인했어요."

나는 레버형 손잡이를 내리고, 래치 볼트가 미끄러져 들어가는 소리를 확인한 뒤 손잡이를 당긴다.

문이 문틀에서 떨어지며 안쪽으로 열린다.

어맨다가 속삭이듯 묻는다. "밖에 뭐가 보여요?"

"아직요. 너무 어두워요. 그거 좀 쥐보세요." 어맨다로

부터 랜턴을 건네받는 동안 나는 우리가 다시 하나의 상자 안에 서 있다는 사실을 깨닫는다. "이것 봐요." 내가 말한다. "복도가 붕괴했어요."

"그게 놀라운 거예요?"

"사실은, 더없이 자연스러워요. 문 바깥의 환경은 상자 내부와 상호작용하고 있죠. 그로 인해 양자 상태가 불안정해진 겁니다."

나는 열린 문 쪽으로 되돌아가서 랜턴을 앞으로 내민다. 보이는 거라고는 눈앞에 놓인 땅바닥뿐이다.

갈라진 포장도로.

기름때.

땅에 발을 내디디니 풀이 바스락 밟힌다.

밖으로 나오는 어맨다를 거들어준 뒤 둘이서 처음 몇 발짝 나아가는 사이에 빛이 넓게 퍼지며 콘크리트 기둥을 비춘다.

소형 트럭.

컨버터블.

세단.

주차장이다.

우리는 양쪽의 차들 사이에서, 좌우 차선이 나눠지도록 표시한 흰색 페인트 선의 남은 흔적을 따라 완만한 주차 경사로를 오른다.

상자는 어느덧 한참 뒤로 멀어졌고 칠흑 같은 어둠에 숨겨져 보이지 않는다.

우리는 왼쪽을 가리키는 화살표 옆에 이런 글이 적힌

표지판을 지나친다.

도로로 나가는 출구

우리는 모퉁이를 돌아 다음 경사로를 오르기 시작한다.

오른쪽 측면을 따라 천장에서 콘크리트 덩어리가 떨어져 자동차들의 앞유리, 보닛, 지붕을 부숴놓았다. 더 가면 갈수록 더한 광경이 펼쳐지고, 급기야 우리는 커다란 콘크리트 덩어리를 타고 넘고 칼처럼 튀어나와 있는 녹슨 철근 사이로 이리저리 빠져나가고 있다.

다음 단계의 중간쯤 갔을 때 우리는 도저히 통과할 수 없을 만큼 파편들이 가득 쌓인 벽에 가로막혀 멈춰 선다.

"그냥 되돌아가는 편이 나을 수도 있겠어요." 내가 말한다.

"저길 봐요……." 어맨다가 랜턴을 잡아채고, 나는 그녀를 따라 계단 입구까지 간다.

조금 벌어져 있는 문을 어맨다가 마저 다 열어젖힌다.

안은 완전히 깜깜하다.

우리는 계단 맨 위에 있는 문까지 올라간다.

둘이 힘을 합쳐서야 문이 겨우 열린다.

바로 앞에 놓인 로비에 바람이 쌩하고 분다.

원래는 2단 높이의 거대한 창문이 있던 자리에 휑하니 뚫린 철제 창틀 사이로 무드 조명 비슷한 빛이 비쳐든다.

처음에는 바닥에 쌓인 게 눈인가 생각하지만, 이건 차갑지가 않다.

무릎을 꿇고 앉아 한 움큼 쥐어본다. 습기라곤 전혀 없이 건조하고, 대리석 바닥 위로 1피트 높이만큼 쌓여 있다.

우리는 정면에 멋스러운 블록체로 쓰인 호텔 이름이 여전히 붙어 있는 기다란 접수처를 느릿느릿 지나친다.

출입구를 지나는 길에는 양쪽으로 한 쌍의 거대한 화분이 놓여 있는데 그 안에 심긴 나무들은 전부 시들어서 가지가 비틀어지고 바싹 마른 나뭇잎 조각들은 미풍에 속절없이 흔들리고 있다.

어맨다가 랜턴을 끈다.

우리는 유리 없는 회전문으로 들어간다.

전혀 춥지 않은 날씨에도 불구하고 밖은 거센 눈보라가 치는 것처럼 보인다.

나는 바깥 거리로 나가서 검은 건물들 사이로 희미하게 붉은빛이 도는 하늘을 올려다본다. 하늘은 도시의 구름이 낮게 깔리고 건물에서 나오는 모든 빛이 하늘의 습기에 반사되는 순간과 같은 모습으로 빛난다.

그러나 이곳에는 빛이 없다.

적어도 내 눈에는 단 한 점도 보이지 않는다.

마치 쏟아지는 눈의 장막처럼 내리고 있지만 지금 내 얼굴을 때리는 입자에는 얼얼한 느낌이 없다.

"재예요." 어맨다가 말한다.

재의 눈보라.

이곳 거리에는 무릎 깊이까지 재가 쌓였고, 대기 중에는 불을 피운 이튿날 아침, 아직 재를 내다버리기 전인 식은 벽난로 같은 냄새가 난다.

죽고 불에 탄 악취.

재는 고층 건물의 위층들을 가릴 만큼 거세게 떨어지고 있다. 들리는 소리라고는 건물 사이로나 건물 안을 관통하며 부는 바람 소리와 오랫동안 방치된 승용차와 버스 위의 잿빛 더미에 또다시 재가 쏴 하고 날리며 쌓이는 소리뿐이다.

내가 보고 있는 광경을 믿을 수가 없다.

내가 정말로 내 것이 아닌 세계에 서 있다는 사실을 믿을 수 없다.

우리는 바람을 등진 채 거리 한가운데로 걸어간다.

고층 건물들이 온통 깜깜한 것이 뭔가 크게 잘못되었다는 느낌을 떨칠 수가 없다. 뼈대만 남은 저 건물들은 퍼붓는 재를 배경으로 음산하게 서 있는 윤곽에 불과하다. 사람이 만든 그 어떤 것보다 있음직하지 않은 산맥에 더 가까운. 몇몇은 기울었고 몇몇은 땅에 쓰러져 있으며, 더없이 세찬 돌풍이 부는 가운데 저 멀리 높은 곳에서 자체 인장강도를 넘어서는 힘으로 비틀리고 있는 철제 골조의 신음 소리가 들려온다.

불현듯 눈 뒤의 공간에서 확 조이는 느낌이 난다.

이 감각은 마치 무언가가 꺼지는 것처럼 순식간에 왔다가 사라진다.

어맨다가 묻는다. "방금 박사님도 느끼셨어요?"

"눈 뒤쪽의 압박감요?"

"네, 바로 그거요."

"나도 느꼈어요. 약효가 사라지고 있는 신호인 게 분명

해요."

서너 블록을 지나니 건물들의 행렬이 끝난다. 우리는 방파제 위에 죽 설치된 난간 앞에 도착한다. 방사능 재로 뒤덮인 하늘 아래 수 마일에 걸쳐 호수가 자리 잡고 있지만, 이 호수는 이제 미시간호의 풍경과는 거리가 멀고 오히려 거대한 회색 사막과 닮은꼴이다. 재가 수면에 쌓이며 물침대처럼 출렁대는 한편 파도는 방파제에 부딪쳐 검은 포말로 부서진다.

되돌아가는 길은 맞바람을 맞으며 간다.

눈과 입으로 재가 마구 들어온다.

우리가 왔던 발자국은 이미 재로 뒤덮였다.

호텔까지 한 블록을 남겨두었을 때 연속적인 천둥 같은 소리가 가까이에서 나기 시작한다.

우리 발아래 땅이 흔들린다.

건물이 또 한 채 무너져 내린다.

▦

상자는 우리가 두고 온 위치 그대로 주차장 최하층의 외진 구석에서 기다리고 있다.

우리 둘 다 재를 뒤집어쓴 상태라 잠깐 문 앞에 서서 옷과 머리카락에 묻은 재를 털어낸다.

다시 안으로 들어가고, 우리 뒤로 자물쇠가 잠긴다.

우리는 다시 단순하고 한정된 상자에 들어와 있다.

사방의 벽.

하나의 문.

랜턴 하나.

배낭 하나.

그리고 당혹한 두 사람.

어맨다는 무릎을 가슴께까지 끌어안고 앉아 있다.

"저기서 무슨 일이 있었던 걸까요?" 그녀가 묻는다.

"초화산 폭발. 소행성 충돌. 핵전쟁. 어떤 건진 아무도 모르죠."

"우리가 미래에 온 건가요?"

"아니요, 상자는 시공간상으로 동일한 지점의 다른 현실들과만 연결해 줘요. 하지만 우리 세계에서는 결코 알아내지 못한 기술적 진보를 이뤄낸 세계가 있다면 그런 곳은 미래처럼 보일 수도 있겠죠."

"다른 세계들도 이번에 본 곳처럼 전부 파괴되었으면 어떡해요?"

"다시 약물을 맞아야 해요. 이렇게 무너지고 있는 고층 건물 밑에 있어서는 결코 안전할 것 같지가 않네요."

어맨다는 신고 있던 단화를 벗어 재를 털어낸다.

내가 말한다. "아까 연구소에서 당신이 날 위해 해준 일은…… 당신이 날 살렸어요."

그녀는 나를 쳐다본다. 아랫입술이 금방이라도 떨릴 것 같다. "상자에 들어간 선발 주자들이 꿈에 나오곤 했어요. 악몽이었죠. 이런 일이 일어나다니 믿기지 않아요."

나는 배낭을 열고 안에 든 물건들을 분류할 생각으로 꺼내기 시작한다.

앰풀과 주사 키트가 담긴 가죽 가방을 찾아낸다.

비닐에 포장된 노트 세 권.

펜 한 통.

나일론 칼집에 든 칼.

구급상자.

응급 담요.

비옷.

세면도구 가방.

지폐 두 다발.

방사능 측정기.

나침반.

가득 담긴 1리터짜리 물병 두 개.

전투식량 여섯 개.

"이걸 다 당신이 챙겼어요?" 내가 묻는다.

"아뇨, 물품보관실에서 급히 가져왔어요. 누구나 상자에 가지고 들어가는 표준 지급품이에요. 원래 우주복을 입어야 하지만 그건 챙길 시간이 없었어요."

"정말 그래요. 저런 세계요? 방사능 수치가 기준치를 훨씬 초과하거나 대기 구성이 극단적으로 달라질 수 있어요. 가령 기압이 지나치게 낮거나 하는 식으로 이상이 있는 경우에는 우리의 혈액과 체내의 모든 수분이 끓게 됩니다."

물병이 나를 부르고 있다. 점심 때 이후로 몇 시간째 아무것도 마시지 못했다. 갈증이 극에 달했다.

나는 가죽 가방을 연다. 유리병이 따로따로 작은 슬리브에 끼워져 있는 걸 보니 앰풀 맞춤으로 제작된 듯하다.

나는 유리병 수를 세기 시작한다.

"쉰 개예요." 어맨다가 말한다. "아, 이젠 마흔여덟 개네요. 이럴 줄 알았으면 배낭을 두 개 집어 왔을 텐데……"

"저와 같이 오는 건 계획에 없었으니까요."

"우리 상황이 얼마나 나쁜가요?" 그녀가 묻는다. "솔직하게 말해주세요."

"모르겠어요. 하지만 이 상자가 우리의 우주선입니다. 조종하는 법을 익히는 게 좋겠어요."

내가 물건을 전부 배낭에 도로 쑤셔 넣기 시작하자 어맨다는 주사 키트로 손을 뻗는다.

우리는 이번엔 앰풀의 목을 꺾은 뒤 약물을 마신다. 액체는 달짝지근하면서 어딘가 기분 나쁘게 찌르르한 느낌으로 혀를 가로질러 미끄러지듯 넘어간다.

남은 앰풀은 마흔여섯 개.

나는 어맨다의 시계에 타이머를 누르고 묻는다. "이 약물을 복용하고도 우리 뇌가 고장 없이 버틸 수 있는 횟수가 얼마나 되죠?"

"얼마 전에 테스트를 실시했어요."

"길거리에서 노숙자라도 데려왔나요?"

어맨다는 거의 웃을 뻔한다. "아무도 죽진 않았어요. 반복 사용하면 분명 신경계 기능에 무리가 가고 내성이 강화된다는 사실은 확인했어요. 그래도 다행스러운 점은 반감기가 매우 짧아서 앰풀을 연거푸 마셔대지만 않으면 별문제

없을 거라는 거예요." 그녀는 단화에 다시 발을 넣으며 나를 쳐다본다. "스스로에게 감탄했어요?"

"무슨 소리예요?"

"이걸 만드셨잖아요."

"네, 하지만 여전히 어떻게 한 건지 모르겠어요. 이론은 알지만 인간에게 안정적인 양자 상태를 만든다는 건……."

"불가능한 대약진이라고요?"

물론이다. 그런 일은 일어날 성싶지 않다는 것이 말이 된다는 생각에 목덜미의 털이 쭈뼛 선다.

나는 말한다. "10억 분의 1의 희박한 확률이지만, 우리가 상대하고 있는 건 다중 우주입니다. 무한인 거죠. 당신이 살던 세계와 비슷하면서도 내가 이 상자를 결코 생각해 내지 못한 세계가 100만 개쯤 있을 수도 있어요. 하지만 내가 이걸 만들어낸 세계 하나만 있으면 되는 겁니다."

30분이 지난 시점에 나는 약효가 도는 느낌—밝게 빛나는 도취감이 스쳐 가는 기분—을 처음으로 감지한다.

아름다운 이탈감.

다만 벌라서티연구소 상자에서만큼 그 느낌이 강렬하지는 않다.

나는 어맨다를 바라본다.

"느낌이 오는 것 같아요."

그녀가 대꾸한다. "저도요."

그렇게 우리는 또다시 복도에 와 있다.

내가 묻는다. "시계가 아직 가고 있어요?"

어맨다는 스웨터 소매를 잡아당겨 트리튬 야광이 빛나

는 시계 숫자판을 보여준다.

31분 15초.

31분 16초.

31분 17초.

내가 말한다. "우리가 약을 복용하고 31분이 조금 더 지났네요. 이 약물이 우리 뇌의 화학구조를 바꿔놓는 시간이 얼마나 되는지 아세요?"

"한 시간 정도라고 들었어요."

"혹시 모르니 시간을 재보죠."

나는 주차장으로 난 문 쪽으로 돌아가서 문을 잡아당긴다.

이번에는 눈앞에 숲이 펼쳐진다.

그런데 초록색의 흔적이 전혀 보이지 않는다.

생명체의 흔적도.

보이는 거라곤 불에 탄 나무둥치들뿐.

나무들은 귀신이 나올 것 같은 모습이고 비쩍 마른 가지들은 암회색 하늘에 걸린 검은 거미줄 같다.

나는 문을 닫는다.

문은 자동으로 잠긴다.

상자가 다시 내게서 떨어져 튀어 나가며 무한 속으로 스며드는 과정을 지켜보노라니 현기증이 인다.

나는 자물쇠를 풀고 다시 문을 연다.

복도는 또다시 붕괴한다.

죽은 숲이 그대로 있다.

내가 말한다. "좋아요, 이제 문과 이 세계들 간의 연결은 약을 복용하고 정해진 시간 동안만 지속된다는 사실이 확인 됐군요. 이래서 시험 조종사 중 누구도 연구소로 돌아오지 못했던 거예요."

"그러니까 약효가 나타날 때 복도도 재설정되는 건가 요?"

"그런 것 같아요."

"그럼 집으로 돌아갈 방법은 어떻게 찾죠?"

어맨다는 걷기 시작한다.

걸음이 점점 더 빨라진다.

그러다 천천히 뛴다.

이윽고 달린다.

결코 바뀌지 않는, 절대 끝나지 않는 어둠 속으로.

다중 우주의 무대 뒤.

격렬한 움직임으로 인해 땀이 흐르고 갈증이 견딜 수 없을 지경에 이르지만 나는 아무 말도 하지 않는다. 어쩌면 어맨다에겐 이게 필요할지도 모르겠다는 생각이 들어서다. 얼마간 에너지를 소모할 필요가. 아무리 멀리 가더라도 이 복도는 결코 끝나지 않는다는 걸 깨달을 필요가.

우리 두 사람 다 무한이라는 것이 실제로 얼마나 무시 무시한지를 받아들이려 애쓰고 있는 것이리라.

결국 그녀는 기운을 모두 소진했다.

속도가 느려진다.

이곳에는 우리 앞에 놓인 어둠 속으로 메아리치는 우리 둘의 발소리뿐이다.

나는 배고픔과 갈증으로 머리가 어질하고, 배낭에 든 물 2리터가 자꾸만 생각나면서 마시고 싶지만 다른 한편으론 그 물을 아껴야 한다는 것도 알고 있다.

이제 우리는 체계적으로 복도를 따라 움직인다.

모든 상자의 모든 벽을 찬찬히 살펴볼 수 있도록 내가 랜턴을 들고 간다.

정확히 무엇을 찾고 있는지는 나도 모른다.

아마도 이 획일적인 반복을 깨는 균열.

무엇이 됐건 우리의 종착지를 우리가 어느 정도 통제할 수 있게 해주는 요소.

그사이 어둠 속에서 온갖 생각들이 질주한다.

물이 떨어지면 어떻게 될까?

음식이 바닥나면?

이 랜턴—우리가 가진 유일한 광원—을 작동시키는 배터리가 다 닳으면?

집으로 돌아갈 길을 어떻게 찾아야 할까?

문득 궁금해진다. 벌라서티연구소 격납고에서 처음 상자에 들어온 후로 시간이 얼마나 흘렀을까.

나는 시간 감각을 완전히 잃어버렸다.

몸이 휘청거린다.

피로가 온몸을 압도해 버린 탓에 물보다 잠이 더 끌릴

지경이다.

나는 어맨다 쪽을 흘깃 본다. 푸른빛을 받은 그녀의 이목구비는 차갑지만 아름답다.

그녀는 겁에 질린 얼굴이다.

"아직 배는 안 고파요?" 그녀가 묻는다.

"슬슬 고파와요."

"저는 목이 정말 마르지만, 물을 아껴야 하는 게 맞겠죠?"

"그편이 현명할 것 같군요."

그녀가 말한다. "정신이 하나도 없고 혼란스러운데 시시각각 더 심해지고 있어요. 어릴 적에 살던 노스다코타에서 이따금 심한 눈보라가 치고는 했어요. 화이트아웃이 왔죠. 넓은 평지를 운전해서 가다가 눈보라가 너무 심하게 휘날리기 시작하면 방향감각을 완전히 잃게 돼요. 눈보라가 어찌나 세차게 부는지 차 앞유리로 그 광경을 보기만 해도 어지러울 지경이죠. 그럴 때는 도로변에 차를 대고 눈보라가 멈출 때까지 기다려야 해요. 그렇게 추운 차 안에 앉아 있다 보면 마치 세상이 끝난 것 같은 느낌이었어요. 그런데 지금 제 기분이 딱 그래요."

"나도 무서워요. 그렇지만 이 문제를 해결해 낼 겁니다."

"어떻게요?"

"음, 우선은 이 약물을 복용했을 때 복도에서 보내는 시간이 얼마나 주어질지 정확히 알아내야 해요. 분 단위까지도요."

"타이머를 최대 몇 분으로 맞춰야 할까요?"

"우리에게 약 한 시간이 있다고 한다면 데드라인은 90분으로 맞춰야겠죠. 약효가 시작되기까지 30분에 약물의 영향하에 있는 시간 60분을 더해서요."

"저는 박사님보다 체중이 적게 나가잖아요. 만약 약물의 영향이 저한테는 더 오래간다면요?"

"상관없어요. 약물이 우리 둘 중 한 명에게 작용을 멈추는 순간 그 사람이 양자 상태의 결어긋남을 야기해서 복도가 붕괴될 겁니다. 만약에 대비해 85분 시점부터 문을 열기로 하죠."

"그래서 정확히 어떤 걸 바라야 해요?"

"우리를 산 채로 잡아먹지 않는 세계요."

그녀는 걸음을 멈추고 나를 쳐다본다. "이 상자를 만든 사람이 실은 박사님이 아닌 건 알지만, 이 모든 것이 작동하는 원리를 어느 정도 파악하고 계시겠죠."

"저기, 이건 내 능력 범위와 차원이 다른—"

"그 말씀은 '아니, 나는 전혀 모르겠다'라는 뜻인가요?"

"뭘 묻고 싶은 겁니까, 어맨다?"

"우리가 길을 잃었나요?"

"정보를 모으는 중이에요. 문제를 해결하는 중이고요."

"하지만 문제는 우리가 길을 잃었다는 거예요. 그렇죠?"

"탐험하고 있는 거예요."

"빌어먹을."

"왜요?"

"남은 평생을 이 끝도 없는 터널을 헤매면서 보내고 싶지 않아요."

"그런 일은 없게 할 겁니다."

"어떻게요?"

"아직은 몰라요."

"그치만 답을 찾는 중이고요?"

"네. 답을 찾는 중이에요."

"그리고 우리는 길을 잃은 게 아니고요."

우리는 지독하게 길을 잃었다. 말 그대로 여러 우주 사이의 무의 공간에서 표류하고 있다.

"우리는 길을 잃지 않았어요."

"좋아요." 어맨다는 미소를 짓는다. "그럼 질접하는 건 뒤로 미루도록 하죠."

우리는 한동안 말없이 나란히 걷는다.

금속 벽은 매끈하고 특색이 없어서 이번 벽과 다음 벽, 그다음 벽, 그다음다음 벽을 구분할 거리가 아무것도 없다.

어맨다가 묻는다. "우리가 실제로 접근할 수 있는 세계는 어디라고 생각하세요?"

"저도 그걸 알아내려고 애쓰는 중입니다. 하나의 사건—빅뱅—으로 다중 우주가 시작되었다고 가정해 보죠. 이것이 출발점, 즉 가늠하기도 힘들 만큼 엄청나게 거대하고 복잡한 나무의 밑동이에요. 시간이 흐르고 물질이 가능한 온갖 순열로 뭉쳐져 별과 행성이 형성되기 시작하면서, 이 나무에도 가지가 돋고 그 가지에서 또 가지가 돋는 식의 과정이 계속되었습니다. 그렇게 140억 년을 이어오던 어느 시점에 내가 태어나면서 새 가지 하나를 틔웠어요. 그리고 그 순간부터, 내가 취하거나 취하지 않은 모든 선택과 나에게 영향을 끼친 타인들의 행동 같은 요소가 다 같이 더 많은 가지를, 여러 평행 세계에 사는 수많은 제이슨 데슨을 만들어낸 겁니다. 그런 평행 세계 중 일부는 내가 고향이라 부르는 곳과 상당히 유사하고 또 어떤 일부는 상상도 못 할 만큼 다를 테고요.

"일어날 수 있는 모든 일이 일어날 겁니다. 모든 일이요. 그러니까 내 말은, 이 복도 어딘가에는 당신이 나를 도와 탈출을 시도했을 때 무사히 상자에 들어가지 못한 다른 버전의 우리도 있다는 얘기예요. 지금쯤 그 우리는 고문을 당하고 있거나 벌써 죽었겠죠."

"사기를 북돋워줘서 참 고맙군요."

"그래도 최악의 상황은 아니에요. 우리가 다중 우주의 전 영역에 접근할 수는 없다고 생각해요. 가령 원핵생물—최초의 생명체—이 지구에 처음 출현할 무렵 태양이 꺼져버린 세계가 있다면 이 문들 중에 그 세계로 열릴 문은 없을 겁니다."

"그러니까 우리가 들어갈 수 있는 세계는……."

"굳이 추측하자면 우리 세계와 어떤 식으로든 인접한 세계들이겠죠. 가까운 과거의 어느 시점에 갈라져 나간 세계들. 우리 세계와 이웃해 있고, 우리가 존재하거나 어느 시점에 존재했던 그런 세계요. 언제부터 갈라졌느냐는 알 수 없지만, 일종의 조건부 선택이 작동하지 않을까 하는 것이 내 생각입니다. 이건 그저 작업가설일 뿐이지만요."

"그렇다 해도 여전히 세계의 수는 무한하다는 얘기인 거죠?"

"음, 그렇죠."

나는 어맨다의 손목을 들어 올려 그녀가 찬 시계의 조명 버튼을 누른다.

녹색 야광으로 빛나는 작은 네모에 나타나는 숫자는⋯⋯.

84분 50초.

84분 51초.

내가 말한다. "앞으로 5분 후면 약효가 사라져요. 이제 시간이 된 것 같네요."

나는 다음 문으로 가서 어맨다에게 랜턴을 건네고 문 손잡이를 움켜쥔다.

레버를 돌려 문을 1인치만큼 연다.

콘크리트 바닥이 보인다.

2인치만큼 연다.

바로 앞에 익숙한 창유리가 있다.

세 개.

어맨다가 말한다. "격납고예요."

"어떻게 하고 싶어요?"

그녀는 나를 밀치고 지나가 상자 밖으로 나간다.

나는 그 뒤를 따르고, 불빛이 우리를 내리비춘다.

관제실은 비어 있다.

격납고는 고요하다.

우리는 상자 모퉁이에 멈춰 서서 금고형 문 쪽의 가장 자리를 유심히 살핀다.

"이건 안전하지 않아요." 내 목소리가 성당 안의 속삭임처럼 넓은 격납고를 구석구석 울린다.

"상자는 안전하고요?"

우레와도 같은 철컹 소리와 함께 금고형 문의 잠금이 풀리고 문이 갈라지기 시작한다.

열린 문틈으로 흘러들어 오는 공포에 질린 목소리.

내가 말한다. "가요. 지금 당장."

한 여자가 양쪽 문 사이 공간으로 힘겹게 비집고 들어온다.

어맨다가 말한다. "맙소사."

금고형 문은 고작 50피트 거리에 있고, 나는 우리가 상자 안으로 돌아가야 한다는 걸 알지만 도저히 눈을 뗄 수가 없다.

여자는 문을 통과해 격납고 안으로 들어온 다음 다시 뒤로 가서 뒤따라오는 남자를 도와준다.

여자는 어맨다.

남자는 얼굴이 너무 심하게 붓고 터져 있어서 나와 똑같은 옷을 입고 있지 않았다면 그가 나라는 걸 바로 알아보지 못했을 것이다.

두 사람이 우리를 향해 달려오기 시작하자 나는 나도 모르게 상자의 문으로 물러선다.

그러나 그들이 겨우 10피트쯤 왔을까 하는 찰나, 뒤에서 레이턴의 무리가 문 사이로 돌진한다.

총성이 울리며 제이슨과 어맨다의 가던 길을 멈춰 세운다.

나와 있는 어맨다가 그들 쪽으로 가려 하지만 나는 그녀를 저지한다.

"우리가 도와줘야 해요." 그녀가 작게 속삭인다.

"그럴 수 없어요."

우리가 상자 모퉁이에서 훔쳐보는 동안 우리의 도플갱어들은 천천히 몸을 돌려 레이턴의 무리와 마주한다.

여길 떠나야 한다.

잘 알고 있는 사실이다.

마음 한편에서는 가라고 소리치고 있다.

하지만 나는 뿌리치고 떠날 수가 없다.

처음에는 우리가 시간을 거슬러 왔나 하는 생각이 들었지만, 당연히 그런 일은 있을 수 없다. 상자에서 시간 여행은 일어나지 않는다. 이곳은 그저 어맨다와 내가 몇 시간 늦게 탈출한 세계일 뿐이다.

아니면 탈출에 실패한 세계.

레이턴의 무리는 총을 겨눈 상태로 제이슨과 어맨다를 향해 격납고 안으로 천천히 들어오고 있다.

그들에 뒤이어 레이턴이 들어오자 다른 버전의 내가 말하는 소리가 들린다. "어맨다 잘못이 아닙니다. 내가 위협했어요. 이렇게 하도록 시켰습니다."

레이턴이 어맨다를 바라본다.

"이 말이 사실인가? 그가 시켰다는 게? 자네와 알고 지낸 지 10년도 넘었지만 자네가 누가 시킨다고 뭘 하는 건본 적이 없는데 말이야."

어맨다는 겁먹은 듯하면서도 동시에 반항적인 표정을

짓고 있다.

　말을 하는 그녀의 목소리가 떨린다. "박사님이 사람들을 계속 해치는 걸 보고만 있진 않겠어요. 더는 못 견디겠어요."

　"저런. 정 그렇다면……."

　레이턴이 그의 오른쪽에 선 사내의 두툼한 어깨에 손을 올린다.

　총성은 귀가 터질 듯이 요란하다.

　총구의 섬광은 눈이 멀 듯이 번쩍인다.

　마치 누가 전원 스위치를 내린 것처럼 어맨다가 바닥에 쓰러지고, 내 옆에 있던 어맨다는 억눌린 비명을 내지른다.

　다른 제이슨이 레이턴을 덮치려는 순간 두 번째 경비가 번개처럼 빠르게 테이저 건을 뽑아 들어 그를 쏘고, 제이슨은 격납고 바닥에 쓰러져 비명을 지르고 경련을 일으킨다.

　우리 쪽 어맨다의 비명에 저들이 우리의 존재를 눈치챘다.

　레이턴은 더없이 혼란스러운 표정으로 우리를 똑바로 쳐다본다.

　그가 소리친다. "이봐!"

　무리가 우리 뒤를 따라오기 시작한다.

　나는 어맨다의 팔을 붙잡고 그녀를 상자 안으로 끌어당긴 뒤 문을 세게 닫는다.

　문이 잠기고 복도가 재구성되지만, 이제 곧 약물의 효과가 사라질 것이다.

　어맨다는 몸을 마구 떨고 있고, 나는 아무 문제없다고

말해주고 싶지만 사실은 그렇지 않다. 그녀는 방금 자신이 살해당하는 장면을 목격했다.

"저기 있는 사람은 당신이 아니에요." 내가 말한다. "당신은 바로 여기 내 옆에 있잖아요. 건강히 살아서. 저건 당신이 아니에요."

어두워서 잘 보이지 않는 와중에도 나는 어맨다가 울고 있다는 걸 알 수 있다.

눈물이 그녀의 얼굴에 묻은 때와 섞여 마치 아이라이너가 번진 것처럼 기다란 자국을 남긴다.

"나의 일부예요." 그녀가 말한다. "일부였거나."

나는 조심스럽게 손을 내려 그녀의 팔을 들어 올린 다음 시계가 보이도록 방향을 튼다. 90분 데드라인까지 45초 남았다.

"이제 가야 돼요."

이렇게 말하고서 나는 복도를 따라 걷기 시작한다.

"어맨다, 빨리 와요!"

그녀가 다 따라올 즈음 나는 문을 연다.

완전한 암흑.

어떤 소리도 냄새도 없다. 그저 텅 빈 공간뿐.

나는 문을 세게 닫는다.

당황하지 않으려고 애를 쓴다. 하지만 계속 문을 더 열어서 어딘가 우리가 쉬며 재정비할 곳을 찾을 기회를 만들어야 한다.

나는 다음 문을 연다.

10피트 거리에, 흔들리는 철조망 앞으로 우거진 잡초

밭에 늑대 한 마리가 떡하니 서서 커다란 호박색 눈으로 나를 쏘아본다. 놈은 머리를 낮추며 으르렁거린다.

늑대가 나를 향해 다가오는 순간 나는 문을 힘껏 밀어서 닫는다.

어맨다가 내 손을 붙잡는다.

우리는 계속 걷는다.

문을 더 열어야겠지만, 사실 나는 두렵다. 안전한 세계를 찾으리라는 믿음을 잃었다.

눈을 깜박이고 나니 우리는 또다시 단일한 상자에 갇혀 있다.

우리 둘 중 한 명의 약효가 떨어진 것이다.

이번엔 어맨다가 문을 연다.

상자 안으로 눈발이 날려 들어온다.

혹한의 바람이 얼굴을 때린다.

쏟아져 내리는 눈의 장막 사이로 가까이 있는 나무들과 저 멀리 선 집들의 윤곽이 어렴풋이 보인다.

"어떻게 생각해요?" 내가 묻는다.

"이 상자에는 빌어먹을 1초도 더 있고 싶지 않다고 생각해요."

어맨다는 눈 속으로 내려가 부드러운 눈의 분말에 무릎까지 빠져든다.

그녀는 금세 몸을 떨기 시작한다.

내 쪽의 약효가 다 되어가는 느낌이 전해오는데, 이번에는 얼음송곳이 왼쪽 눈을 찌르는 것 같은 느낌이다.

격렬하지만 순식간에 지나가는 감각.

나도 어맨다를 따라 상자에서 나가고, 우리는 대충 근처 동네 쪽으로 향한다.

분말처럼 부드러운 첫 눈층을 넘어 몸이 아래로 계속 더 빠지는 느낌이 든다. 한 발 한 발 내딛는 무게가 더 오래되고 더 깊숙한 곳의 단단히 다져진 눈층을 서서히 뚫고 들어간다.

나는 어맨다를 따라잡는다.

우리는 인근의 동네를 향해 빈터를 터덜터덜 걸어가는데, 동네는 눈앞에서 서서히 사라져가는 것처럼 보인다.

내가 청바지와 후드 점퍼로 미미하게나마 추위로부터 보호받고 있다면, 빨간 치마와 검정 스웨터, 단화 차림의 어맨다는 고스란히 추위에 시달리고 있다.

나는 거의 평생을 중서부 지방에 살아서 이런 추위는 겪어본 적이 없다. 양쪽 귀와 뺨은 동상의 단계로 돌진하고 있고, 두 손은 이미 소근육을 제대로 조절할 수 없는 지경에 이르고 있다.

세차게 휘몰아치는 바람이 곧장 우리를 덮치는 와중에 눈발까지 거세지자 눈앞에 놓인 세상은 사정없이 흔들어놓은 스노볼 같은 모습이다.

우리는 최대한 빠르게 움직이며 눈보라를 뚫고 앞으로 나아가지만, 눈밭은 점점 더 깊어지고 시늉으로라도 효율적으로 길을 찾아가기란 불가능에 가깝다.

어맨다는 뺨이 퍼렇게 변했다.

온몸을 심하게 떨고 있다.

머리카락은 눈으로 범벅이 되어 있다.

"돌아가야 해요." 덜덜 떨리는 잇새로 내가 말한다.

바람 소리가 귀가 터질 듯이 커졌다.

어맨다는 혼란스러운 표정으로 나를 보다가 고개를 끄덕인다.

그런데 뒤를 돌아보니 상자가 보이지 않는다.

두려움이 솟구친다.

눈보라는 옆으로 몰아치고, 멀리 있던 집들은 사라졌다.

사방 어디를 보아도 모두 똑같은 풍경이다.

어맨다의 고개가 위아래로 흔들리고 있다. 나는 따뜻한 피가 손가락 끝까지 흐르게 하려고 계속 양손의 주먹을 꽉 쥐어보지만 헛된 노력일 뿐이다. 실로 묶은 반지가 얼음으로 뒤덮였다.

사고 과정에 슬슬 혼란이 오기 시작한다.

나는 추위로 벌벌 떨고 있다.

우리는 엉망진창이다.

이건 그냥 추운 정도가 아니다. 영하권을 한참 밑도는 추위다.

목숨을 위협하는 추위다.

우리가 상자에서 얼마나 멀리까지 왔는지 감이 오지 않는다.

하긴 눈앞도 제대로 볼 수 없는데 지금 그게 중요하기나 할까?

이대로라면 우리는 수분 안에 얼어 죽겠지.

그냥 계속 움직이자.

어맨다의 눈빛이 초점 없이 멍하다. 충격이 본격화되고

있다는 신호인 걸까.

그녀의 맨다리는 눈에 고스란히 노출되어 있다.

"아파요." 그녀가 말한다.

나는 몸을 굽혀서 그녀를 품에 안아 올린 뒤 눈보라 속을 비틀거리며 걷는다. 내 품에 꼭 안긴 어맨다는 온몸을 덜덜 떤다.

우리는 바람과 눈과 견딜 수 없는 추위의 소용돌이 속에 서 있고, 모든 것이 정확히 똑같아 보인다. 내 다리를 내려다보지 않더라도 그렇게 하려는 동작만으로 현기증이 인다.

문득 이런 생각이 든다. 우리는 죽겠구나.

그래도 나는 멈추지 않고 계속 간다.

한 발짝 앞으로 내딛자니 얼굴이 추위에 덴 듯이 화끈거린다. 양팔은 어맨다를 안고 있느라 쑤시고, 눈이 신발 속으로 들어와 발의 통증도 극심하다.

몇 분이 지나는 사이 눈은 더 세차게 내리고 살을 에는 추위는 계속된다.

어맨다는 의식이 혼미해져 헛소리를 중얼거린다.

이 상태로 계속 갈 수는 없다.

계속 걸을 수가 없다.

계속 어맨다를 안고 있을 수가 없다.

곧—정말로 곧—나는 멈춰야 할 것이다. 눈 속에 앉아 잘 알지도 못하는 이 여자를 안을 테고, 그렇게 우리는 우리 것도 아닌 이 끔찍한 세계에서 함께 얼어 죽을 것이다.

내 가족을 생각한다.

다시는 그들을 못 만난다는 생각을 하고, 그것이 어떤

의미인지 받아들이려 애쓰다가 결국 그 두려움에 대한 통제력이 사라져가는데—

우리 앞에 집 한 채가 있다.

더 정확히 말하면 집의 2층 부분이 있다. 1층은 지붕창 세 개 높이까지 바람에 날려 와 쌓인 눈에 완전히 파묻혔기 때문이다.

"어맨다."

그녀의 눈이 감겨 있다.

"어맨다!"

그녀가 눈을 뜬다. 가까스로.

"정신 차려요."

나는 어맨다를 눈 위에 내리고 지붕에 기대어 앉힌 뒤 비틀거리며 가운데 지붕창으로 가서 한쪽 발을 창 너머로 넣는다.

뾰족한 유리 조각들을 발로 차서 모두 치운 다음 어맨다의 양쪽 팔을 붙잡고 그녀를 아이 침실—겉보기에 여자아이의 방 같다—에 들여놓는다.

봉제 동물 인형들.

나무로 만든 인형의 집.

공주 용품.

침대 협탁에 놓인 바비 손전등.

나는 창문으로 마구 쏟아져 들어오는 눈이 닿지 않도록 어맨다를 방 안쪽으로 끌고 간다. 그러고선 바비 손전등을 집어 들고 문간을 넘어 위층 현관으로 간다.

나는 큰 소리로 외친다. "계십니까?"

집은 내 목소리를 집어삼키고 아무것도 돌려주지 않는다.

2층의 침실들은 모두 비어 있다. 그중 대부분의 방에는 가구가 치워지고 없다.

손전등을 켜고 계단을 내려간다.

배터리가 다 되어간다. 전구가 내뿜는 빛줄기에 힘이 없다.

계단을 다 내려간 나는 현관을 지나 원래 식당이었던 곳으로 들어간다. 창틀에는 그 위를 온통 뒤덮은 눈의 압력으로부터 유리를 지지하기 위해 판자를 대어 못으로 박아놓았다. 불쏘시개용 장작으로 쪼개다 만 식탁에 도끼 한 자루가 비스듬히 세워져 있다.

좀 더 작은 방으로 통하는 문간에 들어선다.

힘없는 전등 불빛이 소파에 부딪친다.

가죽이 거의 다 벗겨진 의자 한 쌍.

재가 넘쳐나는 벽난로 위에 놓인 텔레비전.

양초 한 상자.

책 더미.

벽난로 근처 마룻바닥에 침낭과 담요, 베개가 여럿 펼쳐져 있고 그 안에 사람들이 있다.

남자 한 명.

여자 한 명.

사춘기 남자아이 둘.

어린 여자아이 하나.

다들 눈이 감겨 있다.

미동도 없다.

얼굴은 푸르죽죽하고 앙상하다.

링컨파크식물원에서 찍은 지금보다 나은 모습의 가족 사진 액자가 여자의 가슴에 놓여 있다. 검게 변한 여자의 손가락은 여전히 액자 둘레를 꽉 움켜잡고 있다.

난로 곁에는 성냥갑, 신문, 날붙이에서 거둬 모은 나무 부스러기가 잔뜩 쌓여 있다.

거실에서 두 번째 출입구로 나가니 주방이 나온다. 활짝 열린 냉장고는 비어 있고 수납장 역시 마찬가지다. 조리대에는 빈 깡통이 잔뜩 널려 있다.

크림옥수수.

강낭콩.

검은콩.

껍질을 벗긴 통토마토.

수프.

복숭아.

싱크대 수납장 구석에 항상 비치되어 있으며 주로 방치되다가 유통기한을 넘긴 물건들.

심지어 머스터드, 마요네즈, 젤리 같은 소스 병들도 바닥까지 싹 다 비워져 있다.

넘칠 듯이 가득 찬 쓰레기통 뒤로 얼어붙은 피 웅덩이와 살을 다 발라낸 뼈—작은 고양잇과 동물—가 보인다.

이 사람들은 얼어 죽지 않았다.

굶어 죽었다.

벽난로 불빛이 거실 벽을 비춘다. 나는 침낭 두 개를 겹친 뒤 위에 담요까지 덮은 침낭 속에 알몸으로 들어가 있다.

어맨다도 내 옆에서 두 개 겹쳐놓은 침낭에 들어가 몸을 녹이고 있다.

젖은 옷가지는 벽돌 난로 위에 널어 말리는 중이고, 우리는 불 가까이에 누워 있어 얼굴에 닿는 따뜻한 불의 온기를 느낄 수 있다.

바깥에선 여전히 눈보라가 맹위를 떨치고, 더없이 강력한 돌풍 속에 집의 골조 전체가 삐걱거린다.

어맨다는 눈을 뜨고 있다.

그녀가 깬 지는 좀 되었고, 우리는 그새 물 두 병을 다 비우고서 빈 통에 눈을 가득 담아 난롯불 근처에 세워놓았다.

"여기 살던 사람들은 어떻게 됐을까요?" 어맨다가 묻는다.

진실: 그들의 시신을 어맨다가 못 보도록 내가 다용도실로 옮겨놓았다.

하지만 나는 이렇게 말한다. "모르겠어요. 어디 따뜻한 데로 간 게 아닐까요?"

그녀가 씩 웃는다. "거짓말. 우리의 우주선 조종 실적이 그렇게 좋진 않잖아요."

"이게 바로 가파른 학습곡선이라는 건가 봐요."

그녀는 깊고 길게 숨을 들이마신 후 내쉰다.

"난 마흔한 살이에요. 최고로 멋진 삶까지는 아니었지

만 내 삶이 있었고요. 직업도, 집도, 강아지도, 친구들도 있었어요. 즐겨 보던 TV 프로그램도 있었고, 세 번 만난 존이라는 남자도 있었죠. 와인도요." 그녀는 나를 쳐다본다. "난 이 모든 걸 다시는 보지 못하겠죠?"

나는 어떻게 대꾸해야 할지 확신이 서지 않는다.

그녀가 말을 잇는다. "박사님은 그나마 목적지라도 있죠. 돌아가고 싶은 세계요. 나는 내 세계로 돌아갈 수도 없는데, 도대체 어떻게 해야 할까요?"

그녀는 나를 뚫어지게 쳐다본다.

절박하게.

눈도 깜박이지 않고서.

나는 대답할 말이 없다.

다음으로 정신이 들었을 땐 난로 속 불길이 타오르던 자리에 잿불 더미가 쌓여 있고, 창문 위쪽에 붙은 눈은 슬그머니 파고드는 햇살을 받아 반짝이고 있다.

집 내부마저도 상상할 수 없을 정도로 춥다.

나는 침낭 밖으로 한쪽 손을 내밀어 벽난로에 널어둔 옷을 만져보고 다 말라 있는 것에 안도한다. 손을 다시 침낭 안으로 넣고는 어맨다 쪽으로 고개를 돌린다. 그녀는 침낭을 얼굴까지 끌어올리고 있는데, 안에서 쉰 숨이 오리털을 뚫고 입김으로 새어 나와 침낭 표면에 얼음 결정들을 만들어놓았다.

나는 옷을 챙겨 입고 새로 불을 지핀 뒤 손가락에 감각이 사라지기 직전에야 난롯불에 손을 쬔다.

어맨다는 자게 내버려두고 나는 식당으로 걸어 들어간다. 창문 위에 쌓인 눈을 뚫고 들어오는 햇빛이 길을 찾기에 딱 필요한 만큼 안을 밝혀준다.

어두운 계단으로 올라간다.

거실로 내려간다.

다시 여자아이 방으로 가니 그새 눈이 들이쳐서 바닥을 거의 다 뒤덮었다.

나는 창틀 사이로 기어 올라가다가 따가운 햇살에 눈을 찌푸린다. 얼음에 반사된 빛이 어찌나 눈부시게 쏘아대는지 5초 동안 아무것도 볼 수가 없다.

눈은 허리까지 쌓였다.

하늘은 완벽하게 푸르다.

새소리는 없다.

생명체의 소리가 없다.

살랑거리는 바람 소리조차 없고, 우리가 남긴 발자국은 흔적도 남지 않았다. 모든 것이 매끈하게 가려지고 덮였다.

햇빛을 직통으로 받고 있는데도 온기 비슷한 느낌조차 없는 걸로 봐서 기온은 틀림없이 0도보다 훨씬 낮을 터다.

이 동네 너머 시카고의 스카이라인이 어렴풋이 보인다. 눈보라를 맞고 얼음으로 뒤덮인 고층 건물들이 햇빛을 받아 반짝이고 있다.

새하얀 도시.

얼음의 세상.

나는 길 건너편으로 눈을 돌려 어제 우리가 얼어 죽을

뻔했던 벌판을 살펴본다.

상자는 그림자도 보이지 않는다.

다시 안으로 들어오니 어맨다가 그새 깨서 침낭과 담요를 꽁꽁 두른 채 벽난로 가장자리에 앉아 있다.

나는 곧장 주방으로 들어가 식기류를 찾아온다.

그러고는 배낭을 열어 전투식량 두 개를 꺼낸다.

음식은 차갑지만 양은 넉넉하다.

우리는 게걸스레 먹어치운다.

어맨다가 묻는다. "상자를 봤어요?"

"아뇨, 눈 속에 파묻힌 것 같아요."

"멋지네요." 그녀는 나를 가만히 보다가 다시 난롯불로 눈길을 돌리며 말한다. "박사님한테 화를 내야 할지 고마워해야 할지 모르겠어요."

"그게 무슨 소리예요?"

"박사님이 위층에 가 있는 동안 화장실을 쓸 일이 생겼어요. 그러다 우연히 다용도실에 들어갔죠."

"그 사람들을 봤군요."

"굶어서 그렇게 된 거죠? 땔감보다 음식이 먼저 떨어져서?"

"그래 보여요."

타오르는 불꽃을 응시하고 있자니 무언가가 뒷골을 콕콕 찌르는 듯한 느낌이 든다.

어렴풋한 기미.

이 느낌은 조금 전 밖에서 벌판을 쳐다보며 저 백색 천지에서 다 죽어가던 우리를 생각하고 있을 때 처음 시작되었다.

내가 말한다. "복도에 관해서 했던 말 기억나요? 화이트아웃에 갇혔을 때가 떠오른다고 했던 거?"

어맨다는 식사를 하다 말고 나를 쳐다본다.

"복도의 문은 무수히 많은 평행 세계로 통하는 연결점이잖아요. 그런데 혹시 그런 연결점을 우리가 정하고 있는 거라면 어떨까요?"

"어떻게요?"

"마치 꿈을 설계하는 것처럼 우리가 어떤 식으로든 특정 세계를 고르는 거라면요?"

"그러니까 박사님 말씀은, 무수히 많은 현실 중에서 내가 일부러 이 거지 같은 곳을 골랐다는 건가요?"

"일부러는 아니고요. 어쩌면 그 문을 여는 순간에 느끼고 있던 감정이 반영된 것일 수도 있다는 거죠."

어맨다는 전투식량의 마지막 남은 한 입을 입에 넣은 뒤 빈 포장지를 불 속에 던져 넣는다.

"우리가 맨 처음 봤던 세계를 생각해 봐요. 주변 건물들이 전부 무너져 내리고 있던 폐허가 된 시카고요. 그 주차장 건물로 들어설 당시 우리의 심리 상태가 어땠죠?"

"두려움. 공포. 절망. 맙소사, 제이슨."

"왜요?"

"우리가 격납고 문을 열고 다른 버전의 우리가 붙잡히는 걸 보기 전에 박사님이 바로 그런 일이 일어날 수 있다는 언급을 했었어요."

"내가요?"

"다중 우주가 어떤 건지 설명하고 있었어요. 일어날 수 있는 모든 일이 일어날 거라고요. 그리고 어딘가에는 상자까지 무사히 들어가지 못한 다른 버전의 우리가 있다는 얘기를 했어요. 그러고 잠시 뒤 박사님이 문을 열었고, 그 시나리오가 우리 눈앞에 그대로 펼쳐졌죠."

순간 등골이 오싹해지며 새로운 깨달음이 엄습해 온다.

내가 말한다. "여태껏 내내 조종장치가 어디 있는지 궁금해했었는데—"

"우리가 조종장치인 거죠."

"맞아요. 만약 그게 사실이라면 우리에겐 어디든 원하는 곳으로 갈 수 있는 능력이 있다는 게 되고요. 집까지도."

다음 날 아침 일찍, 우리는 이 고요한 동네의 한가운데에 선다. 옷장을 뒤져 찾아낸 저 불쌍한 가족의 겨울옷을 겹겹이 껴입고 있는데도 허리까지 눈 속에 파묻혀 오들오들 떨고 있다.

우리 앞에 놓인 벌판에는 우리가 왔던 흔적이 전혀 보이지 않는다. 상자의 흔적도 전혀 없다. 매끈하게 끝없이 펼쳐진 눈뿐이다.

벌판은 거대하고 상자는 조그맣다.

우리가 우연히 상자를 발견할 가능성은 지극히 낮다.

해가 막 나무 위로 느릿느릿 떠오르고 있지만 날씨는

믿기지 않을 만큼 춥다.

"이제 어떻게 해야 할까요, 제이슨? 어림짐작이라도 해요? 무작정 땅을 파요?"

나는 눈에 반쯤 파묻힌 집을 힐끗 돌아보며, 우리가 저곳에서 얼마 동안이나 살아남을 수 있을까 하는 생각에 한순간 두려움에 잠긴다. 땔감은 얼마나 갈까? 식량은? 다른 이들이 모두 그랬듯이 우리도 포기하고 죽음을 맞기까지 시간이 얼마나 걸릴까?

어두운 기운이 가슴을 짓누르는 것이 느껴진다. 마음속으로 비집고 들어오는 두려움이다.

폐까지 깊이 숨을 들이마시자 공기가 너무 차가워서 기침이 난다.

극심한 공포가 사방에서 나를 쫓아다니며 괴롭힌다.

상자를 찾기란 불가능하다.

여기 바깥은 너무 춥다.

시간이 충분치 않을 것이다. 게다가 다음 눈보라가 오고 또 그다음 눈보라가 몰아치면 상자는 너무 깊이 파묻혀서 우리가 찾아낼 가망이 전혀 없을 것이다.

그렇다면 지금 해야 할 일은…….

나는 어깨에 메고 있던 배낭을 눈밭에 떨어뜨린 뒤 떨리는 손가락으로 지퍼를 연다.

"뭘 하는 거예요?" 어맨다가 묻는다.

"마지막 승부수를 던지려고요."

잠시 뒤 나는 찾고 있던 물건을 찾아낸다.

그러고는 나침반을 꼭 쥐고서 어맨다와 배낭을 남겨두

고 눈밭을 헤치며 들어간다.

어맨다는 기다려달라고 소리치면서 따라온다.

나는 50피트 앞에서 멈춰 서서 그녀가 따라오도록 기다린다.

"이걸 봐요." 나는 나침반 화면을 건드리며 말한다. "우리는 시카고 남부에 있죠?" 이어서 나는 멀리 스카이라인을 가리킨다. "그러니까 자북 방향은 저쪽이에요. 그런데 이 나침반에는 다르게 나타나요. 바늘이 동쪽 호수 방향을 가리키고 있는 거 보이죠?"

어맨다의 얼굴이 환해진다. "그럼요. 상자의 자기장이 나침반 바늘을 밀어내고 있는 거군요."

우리는 깊은 눈밭을 뚫으며 이동한다.

들판 한가운데에서 나침반 바늘의 방향이 동쪽에서 서쪽으로 바뀐다.

"상자 바로 위에 왔어요."

나는 눈을 파내기 시작한다. 눈에 닿은 맨손이 아리지만 멈추지 않는다.

4피트 남짓 파내려 갔을 때 상자 귀퉁이가 만져진다. 나는 속도를 높여 계속 판다. 추위로 아리는 걸 넘어 감각이 없어질 지경에 이른 손을 보호하려고 소매를 앞으로 끌어내렸다.

반쯤 언 내 손가락이 마침내 열린 문 꼭대기에 닿았을 때 나는 소리를 내지르고, 그 소리는 얼어붙은 세상에 메아리친다.

10분 뒤, 우리는 또다시 상자 안에서 46번, 45번 앰풀을 마시고 있다.

  어맨다는 시계의 타이머를 작동시키고, 배터리를 아끼려고 랜턴은 끈다. 둘이서 싸늘하고 어두운 공간에 나란히 앉아 약효가 나타나기를 기다리고 있을 때 어맨다가 말한다. "우리의 이 거지 같은 구명정을 다시 보는 게 이렇게 기쁠 줄 몰랐어요."

  "그렇죠?"

  그녀는 내 어깨에 머리를 기댄다.

  "고마워요, 제이슨."

  "뭐가요?"

  "내가 저기서 얼어 죽게 내버려두지 않아줘서요."

  "그럼 이제 우리 비긴 건가요?"

  그녀가 웃음을 터뜨린다. "어림없죠. 그러니까 내 말은, 이건 여전히 다 당신 탓이라는 걸 잊지 말자고요."

  상자의 완전한 암흑과 고요 속에 앉아 있는 건 감각이 상실되는 기이한 경험을 가져다준다. 몸에 느껴지는 감각은 옷 속으로 스며드는 금속의 한기와 어깨에 기댄 어맨다의 머리가 주는 압력뿐이다.

  "당신은 그와 달라요." 어맨다가 말한다.

  "누구요?"

  "내가 알던 제이슨요."

  "어떻게 달라요?"

  "더 부드러워요. 그는 깊이 들여다보면 정말 날카로운

구석이 있었거든요. 내가 만나본 가장 목표 지향적인 사람이죠."

"그의 심리치료도 했어요?"

"가끔요."

"그는 행복했어요?"

어둠 속에서 어맨다가 내 질문을 두고 심사숙고하는 것이 느껴진다.

"왜요? 환자에 대한 비밀 유지 의무 때문에 곤란한 거예요?"

"엄밀히 말해 두 사람은 동일인이에요. 분명 새로운 영역이긴 하지만, 문제는 없어요. 그가 행복했다고 말하긴 어려워요. 지적으로는 활발하나 본질적으로는 일차원적인 삶을 살았죠. 그는 오로지 일만 했어요. 지난 5년간 연구소 바깥의 삶은 없었어요. 연구소에서 살다시피 했으니까요."

"당신 세계의 제이슨이 내게 이런 짓을 한 장본인입니다. 내가 지금 여기 있는 건 며칠 전 집으로 걸어가고 있던 나를 누군가 총을 들이대며 납치했기 때문이에요. 그자는 나를 폐발전소로 끌고 가서 약을 주사하더니, 내 삶과 내가 했던 선택들에 관해 질문을 잔뜩 던졌어요. 나더러 행복하냐고, 과거로 돌아간다면 다르게 살았겠냐고 물었죠. 이제 다 기억났어요. 그런 뒤 당신네 연구소에서 깨어났어요. 당신 세계에서. 난 그쪽 제이슨이 내게 이 짓을 했다고 생각해요."

"그가 상자에 들어간 뒤 어찌어찌 당신이 사는 세계, 당신의 삶을 찾아내고 당신과 자리를 바꿨다고 말하는 건

가요?"

"그가 이런 짓을 할 수 있다고 생각해요?"

"모르겠어요. 이건 말도 안 돼요."

"달리 누가 나한테 이런 짓을 하겠어요?"

어맨다는 잠시 침묵을 지킨다.

이윽고 그녀가 입을 연다. "제이슨은 가지 않은 길에 집착했어요. 그 얘기를 늘 입에 달고 살았죠."

또다시 분노가 솟구치는 기분이다.

내가 말한다. "여전히 마음 한구석에서는 믿고 싶지 않아요. 아니, 내 인생이 갖고 싶었으면 그냥 날 죽일 수도 있었잖아요. 그런데 그는 굳이 앰풀뿐만 아니라 케타민까지 주사해서 내가 의식을 잃게 하고 상자나 그가 한 짓에 관한 기억을 흐릿하게 만들었어요. 그러고선 직접 나를 자기 세계로 데려왔고요. 대체 왜죠?"

"사실 그 점은 상당히 설득력이 있어요."

"그렇게 생각해요?"

"그는 괴물 같은 사람이 아니었어요. 만약 그가 당신에게 이런 짓을 했다면 어떤 식으로든 자기 행동을 합리화했을 거예요. 좋은 사람들이 나쁜 행동을 정당화할 때 그러거든요. 원래 살던 세계에서 당신은 유명한 물리학자였나요?"

"아뇨, 이류 대학 교수예요."

"재산은 많아요?"

"직업으로 보나 재정으로 보나 나는 당신 세계의 제이슨과 비교가 안 돼요."

"바로 그거예요. 그는 당신에게 일생일대의 기회를 준

다고 스스로에게 되뇌는 거죠. 그는 가지 않았던 길을 가보고 싶어 하는데, 당신이라고 그러지 말라는 법은 없잖아요? 이게 옳다는 말은 아니에요. 선한 사람이 끔찍한 일을 하게되는 원리가 그렇다는 얘기죠. 인간 행동의 기본 원리예요."

필시 내 끓어오르는 분노를 감지했는지 그녀는 이 말을 덧붙인다. "제이슨, 지금 흥분하고 있을 여유가 없어요. 우린 이제 곧 복도로 되돌아가게 돼요. 우리가 조종장치라고 당신 입으로 말했잖아요. 그렇죠?"

"네."

"만약 그 말이 사실이라면, 어떤 세계로 갈지 고르는게 우리의 감정 상태라면, 당신의 분노와 질투가 어떤 세계로 우리를 데려가겠어요? 새로운 문을 열 때까지 지금의 이기운을 고수해서는 안 돼요. 이 감정을 흘려보낼 방법을 찾아야 해요."

약효가 슬슬 나타나는 것이 느껴진다.

근육이 이완된다.

한순간 분노는 강물처럼 흐르는 평화와 평온 속으로사라진다. 이 강물을 지속시킬 수만 있다면, 이 강물에 실려갈 수만 있다면 무엇이든 할 수 있을 것 같다.

어맨다가 랜턴을 켰을 때 문과 직각을 이루는 벽들은사라지고 없다.

나는 남은 앰풀이 담긴 가죽 가방을 내려다보며 생각한다. 나를 이렇게 만든 개자식이 상자를 조종하는 법을 알아냈다면 나 역시 알아낼 거라고.

푸른 조명 아래 어맨다가 나를 지켜보고 있다.

나는 말한다. "남은 앰풀이 마흔네 개예요. 이 상황을 바로잡을 기회가 스물두 번 있는 거죠. 다른 제이슨은 앰풀을 몇 개나 가지고 상자에 들어갔어요?"

"100개요."

제기랄.

한 줄기 당혹감이 내 속을 관통하지만 그럼에도 나는 미소를 지어 보인다.

"그자보다 내가 훨씬 똑똑하니까 우리에겐 참 다행이죠, 안 그래요?"

어맨다는 소리 내어 웃더니 일어서서 내게 손을 내민다.

"우리에겐 한 시간이 있어요." 그녀가 말한다. "준비됐어요?"

"물론이에요."

99

그는 더 일찍 일어난다.

술을 덜 마신다.

차를 더 빨리 몬다.

책을 더 많이 읽는다.

운동을 시작했다.

포크를 다르게 쥔다.

더 잘 웃는다.

문자를 덜 보낸다.

샤워 시간이 길어졌고, 온몸에 비누를 곧장 문지르는 대신 이제 샤워 타월로 비누 거품을 낸다.

면도는 나흘이 아니라 이틀에 한 번, 샤워 도중이 아니라 욕실 세면대에서 한다.

집을 나서기 전 현관에서가 아니라 옷을 입은 직후에 바로 신발을 신는다.

규칙적으로 치실을 사용하며, 사흘 전에는 눈썹을 다듬고 있는 모습이 그녀에게 목격되기도 했다.

그가 가장 좋아하는 잠옷—그들 가족이 10년 전 유나이티드센터에서 콘서트를 관람했을 때 구입한 색 바랜 U2 티셔츠—을 근 2주째 입지 않았다.

설거지하는 방식도 달라졌다. 건조대에 마구잡이로 그릇 탑을 쌓는 대신 조리대에 타월을 넓게 깔고 그 위에 젖은 접시와 유리그릇을 놓는다.

아침 식사 때 커피를 두 잔이 아니라 한 잔 마시고, 커피를 평소보다 연하게 내린다. 사실 연해도 너무 연해서 그녀는 아침마다 남편보다 먼저 주방에 내려가 직접 커피를 만들려고 애쓰고 있다.

최근 들어 그들 가족이 저녁 식사 중에 나누는 대화는 그날 있었던 일에 관한 시시콜콜한 이야기가 아니라 각종 사상과 책, 제이슨이 읽고 있는 논문, 찰리의 학업 위주로 돌아갔다.

찰리 이야기가 나와서 말인데, 제이슨이 아들을 대하는 태도도 달라졌다.

더 관대해지고 덜 아버지답다.

마치 십대 아이의 아버지 노릇 하는 법을 잊어버리기라도 한 것처럼.

매일 새벽 두 시까지 자지 않고 아이패드로 넷플릭스를 보던 습관이 없어졌다.

더는 그녀를 다니라고 부르지 않는다.

그녀를 끝없이 원하고, 잠자리를 할 때마다 매번 처음 같다.

강렬하게 이글거리는 눈빛으로 그녀를 바라본다. 그런 표정을 볼 때면 그녀는 막 시작한 연인들이 여전히 서로 모르는 비밀과 발견해야 할 미지의 영역이 많을 때 서로의 눈을 응시하는 모습이 떠오른다.

이런 생각들, 이 모든 소소한 자각은 다니엘라가 제이슨 옆에서 거울 앞에 서 있는 동안 그녀의 마음 한구석에 차곡차곡 쌓인다.

지금은 아침이고, 그들은 각자 하루를 시작할 준비에 한창이다.

그녀는 이를 닦고 있고 그도 이를 닦고 있다. 그러나 그녀가 그를 빤히 보고 있는 걸 눈치챈 그는 치약 거품을 잔뜩 묻힌 채 씩 웃으며 윙크를 한다.

그녀에게 문득 드는 의문—

그이가 암에 걸렸으면서 나한테 말을 안 한 걸까?

우울증 치료제를 새로 바꿨는데 나한테 말을 안 한 걸까?

직장에서 잘리고 나한테 말을 안 한 걸까?

기분 나쁜, 뜨거운 불덩이가 가슴 깊은 곳에서 왈칵 솟구친다. 그가 제자와 바람을 피우고 있고 요즘 이렇게 딴사람이 된 것도 그 여자 때문인가?

아니다. 어느 것도 이거다 하는 느낌이 없다.

실은 드러나게 잘못된 건 전혀 없다.

겉으로 봐선 사실 더 좋다. 그는 그 어느 때보다 그녀에게 많은 관심을 쏟고 있다. 처음 사귈 무렵 이후로 이렇게 많은 대화를 나누고 많이 웃은 적이 없을 정도다.

단지 그가…… 달라졌다.

아무것도 아닐 수도 있고 대단히 중요할 수도 있는 수천 가지 소소한 면에서 달라졌다.

제이슨은 몸을 수그려 세면대에 치약 거품을 뱉는다.

수도꼭지를 잠그고 나서 어맨다 뒤로 가더니 두 손을 그녀의 엉덩이에 대고 부드럽게 압박한다.

그녀는 거울 속에 비친 그를 본다.

그러면서 생각한다. 뭘 감추고 있는 거야?

이 말을 내뱉고 싶다.

이 말 그대로.

그러나 그녀는 칫솔질을 계속할 뿐이다. 혹여 그 대답을 듣는 대가로 지금의 이 멋진 현실을 내줘야 한다면 어쩐단 말인가?

그가 말한다. "당신의 이 모습만 하루 종일 봐도 안 질리겠어."

"양치질 하는 거?" 그녀는 여전히 칫솔을 입에 문 채 말을 바꿔 되묻는다.

"응." 그가 목덜미에 입을 맞추자 짜릿한 전율이 그녀의 등줄기를 타고 흘러 무릎까지 전해진다. 두려움, 질문, 의혹은 한순간 모두 사라져 버린다.

그가 말한다. "라이언 홀더가 오늘 저녁 여섯 시에 강연을 한대. 같이 갈래?"

다니엘라는 몸을 굽혀 거품을 뱉고 입안을 헹군다.

"그러고 싶은데 다섯 시 반에 수업이 있어."

"그럼 이따 다녀와서 외식하러 나갈래?"

"좋아."

그녀는 몸을 돌려 그에게 키스한다.

요즘 그는 키스마저 다르게 한다.

마치 키스가 특별한 이벤트인 것처럼, 할 때마다 매번.

그가 떨어지려 할 때쯤 그녀가 말한다. "저기."

"응?"

물어봐야 한다.

그녀가 알아차린 그 모든 문제에 관해 말을 꺼내야 한다.

모조리 꺼내놓고 의혹을 없애야 한다.

마음 한편에선 너무나 알고 싶다.

다른 한편에선 절대 알고 싶지 않다.

그래서 그녀는 마음속으로 지금은 때가 아니라고 혼잣말을 하면서 남편의 옷깃을 여며주고 머리를 매만져준 뒤 마지막 키스와 함께 출근하는 남편을 배웅한다.

어맨다가 노트에서 눈을 떼고 휙 올려다보며 묻는다. "글로 쓰는 게 최선의 방법인 거 확실해요?"

"뭔가를 쓸 때는 거기에 온 정신을 집중하게 되잖아요. 글을 쓰면서 다른 생각을 하는 건 거의 불가능해요. 종이에 적는 행위가 생각과 의도를 정리해 주는 역할을 하죠."

"얼마나 써야 해요?" 어맨다가 묻는다.

"처음엔 간단히 써보면 어떨까요? 짧게 한 단락?"

그녀는 쓰고 있던 문장을 마무리 짓고 노트를 덮은 뒤 자리에서 일어난다.

"쓴 내용 전부 머릿속 최전방으로 끌어왔어요?" 내가

묻는다.

"그런 것 같아요."

나는 배낭을 어깨에 멘다. 어맨다는 문까지 가로질러 가서 손잡이를 돌리고 문을 당겨 연다. 아침 햇살이 복도로 들어오는데 너무 눈이 부셔서 한동안 바깥이 전혀 보이지 않는다.

밝은 빛에 눈이 적응할 때쯤 주변 풍경이 점점 또렷해진다.

우리는 공원이 내려다보이는 언덕 꼭대기에서 상자 입구에 서 있다.

동쪽으로 에메랄드빛 풀밭이 몇백 야드 경사를 이루며 저 아래 미시간호 기슭까지 펼쳐져 있다. 멀리 솟은 스카이라인은 한 번도 본 적 없는 새로운 모양이다. 건물들은 날씬하고, 유리와 강철로 된 구조물은 투명에 가까워 보일 만큼 빛 반사가 커서 거의 신기루 같은 효과를 낸다.

하늘에는 움직이는 물체가 가득하다. 대부분은 시카고로 추측되는 이곳의 상공을 가로지르고 있고, 몇몇은 수직으로 가속하며 멈출 기미도 없이 짙푸른 하늘로 곧장 날아오른다.

어맨다가 내 쪽을 보더니 노트를 툭 치며 피식 웃는다.

나는 노트의 첫 페이지를 열어본다.

그녀는 이렇게 적었다…….

살아 있기에 좋은 장소, 좋은 시간으로 가고 싶다. 내가 살고 싶을 만한 세계. 미래는 아니지만 미래 세계처럼 느

켜지는 곳…….

내가 말한다. "나쁘지 않은데요."

"여기가 정말 실재하는 곳인가요?" 그녀가 묻는다.

"네. 당신이 우리를 이리로 데려왔고요."

"좀 둘러봐요. 어차피 약물에서 벗어나 좀 쉬기도 해야 하니까."

그녀는 상자를 벗어나 경사진 풀밭을 내려가기 시작한다. 우리는 놀이터를 지난 뒤 공원 가운데로 난 산책로에 들어선다.

아침 공기는 춥고도 완벽하다. 숨을 내쉬니 입김이 나온다.

아직 해가 닿지 않은 쪽 풀에는 하얗게 서리가 내려 있고, 공원 가장자리에 늘어선 활엽수들은 색이 바래가고 있다.

호수는 유리처럼 고요하다.

4분의 1마일 앞쪽에는 일련의 멋들어진 Y자 구조물이 50미터 간격으로 공원을 가로질러 세워져 있다.

가까이 다가가서야 나는 그것이 무엇인지 알아차린다.

우리는 엘리베이터를 타고 북행 승강장까지 올라가 뜨거워진 돌출부 아래에서 기다린다. 어느덧 산책로에서 40피트 높이에 와 있다. 시카고 교통청 로고가 새겨진 인터랙티브 디지털 지도에는 이 노선이 시카고 남부와 다운타운을 연결하는 레드 라인 급행열차로 표시되어 있다.

다급한 여자 목소리가 머리 위 스피커를 타고 요란하

게 울려 퍼진다.

물러서 주십시오. 열차가 들어오고 있습니다. 물러서 주십시오. 열차가 5초 뒤 도착합니다. 4…… 3……

선로를 이리저리 훑어봐도 승강장으로 들어오는 건 아무것도 없다.

2……

무언가 들어오는 희미한 움직임이 수목한계선을 넘어 돌진한다.

1.

날렵한 외관의 3량짜리 열차가 속도를 줄이며 역으로 들어오고, 열차 문이 열리는 동시에 아까의 여성 기계음의 안내가 흘러나온다. 탑승하실 승객들은 녹색불이 들어올 때까지 기다려주십시오.

열차에서 내려 우리를 지나쳐가는 몇 안 되는 승객들은 운동복을 입고 있다. 각 출입문 위에 달린 표지판의 빨간불이 녹색으로 바뀐다.

다운타운 역으로 가실 승객들은 이제 탑승해 주십시오.

어맨다와 나는 눈길을 주고받으며 어깨를 으쓱한 뒤 첫 번째 차량으로 들어선다. 차량 안은 승객들로 거의 차 있다.

이건 내가 알던 고가철도가 아니다. 요금도 없고, 서 있는 사람도 없다. 승객들은 모두 로켓 썰매에나 부착해야 할 것처럼 생긴 의자에 앉아 안전벨트로 고정되어 있다.

빈 좌석 위에는 친절하게도 '비어 있음'이라는 글자가 떠 있다.

어맨다와 내가 통로를 따라 걷고 있자니 자동 안내 음

성이 흘러나온다. 자리에 앉아주세요. 모든 승객이 안전하게 착석하기 전에는 열차가 출발할 수 없습니다.

우리는 차량 앞쪽의 두 자리로 슬며시 들어가 앉는다. 등을 뒤로 기대자 의자에서 푹신한 안전벨트가 튀어나와 내 어깨와 허리에 부드럽게 채워진다.

머리를 의자에 기대세요. 열차가 3초 뒤 출발합니다. 2 …… 1.

가속은 매끄럽지만 맹렬하다. 열차의 가속에 나는 2초 동안 푹신한 좌석 깊숙이 파묻히고, 곧이어 우리는 믿기지 않는 속도로 단일 선로를 따라 미끄러지듯 흘러가고 있다. 유리창 너머로 도시 풍경이 흐릿하게 스쳐 가는 동안 우리 아래에서 마찰저항이 작용한다는 느낌이 전혀 들지 않는다. 내가 보고 있는 것을 머리로 처리하기도 벅찰 만큼 빠른 속도다.

저 멀리서 환상적인 스카이라인이 조금씩 가까이 다가온다. 건물들은 아예 말이 되지 않는다. 선명한 아침 햇살을 받으니 마치 누군가가 거울을 산산조각 낸 다음 깨진 유리 파편 전부를 열 맞춰서 똑바로 세워놓은 것처럼 보인다. 건물들은 사람이 만들었다고 하기엔 너무나 멋지게 무작위적이고 불규칙하다. 산맥이 그러하듯 불완전하고 비대칭적이라서 완벽하다. 혹은 강의 형상 같기도 하다.

선로가 갑자기 내리막 구간으로 들어선다.

내장이 들썩거린다.

우리는 터널을 지나는 내내 비명을 지른다. 어둠 속에 간간이 터져 나오는 빛은 혼란함과 속도감을 증폭시킬 뿐이다.

마침내 어두운 터널을 벗어날 즈음 나는 의자 양옆을 꽉 붙잡는다. 열차가 급히 멈춰 서는 통에 몸이 앞으로 쏠려 안전벨트에 밀착된다.

안내 음성이 말한다. 다운타운역입니다.

이 역에서 내리세요?라는 글귀가 내 얼굴에서 6인치 앞에 홀로그램으로 나타나고 그 밑에 네? 아니요?가 함께 뜬다.

어맨다가 말한다. "여기서 내리죠."

나는 네를 건드린다. 어맨다도 똑같이 한다.

안전벨트가 풀리더니 좌석 안으로 사라진다. 자리에서 일어난 우리는 다른 승객들과 함께 열차 칸의 출입문으로 나가서 뉴욕의 그랜드센트럴역이 무색할 만큼 웅장한 역의 승강장에 올라선다. 높게 치솟은 역의 꼭대기를 장식한 천장은 빗각 유리와 닮았다. 햇빛이 통과하며 흩어진 빛이 대합실 안에 넓게 퍼지고 갈매기 모양으로 떨리는 빛을 대리석 벽에 비추는 방식이 그렇다.

역 안은 사람들로 가득하다.

길게 흐느끼는 색소폰 선율이 공기 중에 떠돈다.

대합실 맞은편에서 우리는 힘에 부치게 이어진 계단을 오른다.

주변 사람들은 하나같이 혼잣말을 하고 있다. 전화 통화 중인 게 분명한데 모바일 장치는 보이지 않는다.

계단 꼭대기에서 우리는 열 개 넘는 회전문 중 하나를 통과한다.

거리는 보행자들로 북적인다. 자동차도 신호등도 없다. 우리는 내가 본 가장 높은 건물의 맨 아래에 서 있다. 가까이에서 봐도 진짜 같지가 않다. 이 층과 저 층의 구분이 없으니 단단한 얼음이나 수정 덩어리와 비슷해 보인다.

우리는 순전히 호기심에 이끌려 길을 건너고, 그 고층 건물의 로비로 들어가서 전망대 줄 서는 곳 표지판을 따라 간다.

엘리베이터 속도가 놀랍도록 빠르다.

나는 끝없이 바뀌는 기압 때문에 먹먹해진 귀를 뚫으려 계속 침을 삼킨다.

2분 후 엘리베이터가 멈춰 선다.

안내원은 옥상에서 즐길 수 있는 시간이 10분이라고 알려준다.

양쪽으로 문이 열리자 차가운 바람 한 줄기가 우리를 맞이한다. 엘리베이터에서 나가는 길에 우리 옆으로 홀로그램 안내문이 떠 있다. 여러분은 현재 지상 7082피트 높이에 와 있습니다.

승강기 통로가 아주 작은 전망대의 중심부를 차지하고 있고, 우리 위치에서 바로 50피트 위에 건물의 첨탑이 솟아 있다. 유리 건축물의 그 정점은 나선형으로 꼬여 불꽃 모양의 끝점을 이룬다.

가장자리 쪽으로 걸어가니 또 다른 홀로그램이 나타난다. 이 유리 타워는 미국 중서부에서 가장 높은 건물이며 미국에서 세 번째로 높은 건물입니다.

이 위쪽은 호수에서 끊임없이 바람이 불어와 무척이나

춥다. 어쩐지 폐로 들어가는 공기가 적어진 느낌에 머리에는 어지럼증이 오는데, 이게 산소 부족 때문인지 현기증 때문인지는 확실치 않다.

우리는 자살 방지용 난간에 다다른다.

머리가 어질어질하다. 속이 뒤틀린다.

이건 소화하기 버거울 정도로 엄청나다—넓게 뻗어 있는 반짝이는 도시와 주변의 여러 고층 건물들에다 건너편 미시간주 남부 쪽까지 보이는 광활한 호수까지.

교외 지역 너머 서쪽과 남쪽으로는 100마일 떨어진 곳에 펼쳐진 대초원이 아침 햇살 아래 빛난다.

타워가 흔들린다.

맑은 날에는 일리노이, 인디애나, 미시간, 위스콘신 등 4개 주가 보입니다.

이 예술과 상상력의 산물 위에 서 있으려니 가장 멋진 방식으로 나 자신이 초라하게 느껴진다.

이토록 아름다운 무언가를 만들어낼 수 있는 세계의 공기를 마시는 건 참으로 매혹적인 일이다.

어맨다는 내 옆에 있고, 우리는 건물의 아름답고 여성스러운 곡선을 내려다보고 있다. 이 위는 평온하고 적막에 가깝게 조용하다.

들리는 소리라고는 바람의 외로운 속삭임뿐이다.

저 아래 거리의 소음은 우리에게까지 이르지 못한다.

"이런 것들이 전부 당신 머릿속에 있었어요?" 내가 묻는다.

"의식하진 못했는데 어쩐지 모두가 딱 맞아떨어지는

느낌이에요. 마치 반쯤 기억나는 꿈처럼요."

나는 로건스퀘어가 위치한 북쪽 거주 지역 방향을 가만히 응시한다.

그곳은 우리 집과 비슷한 구석이 전혀 없다.

바로 근처에서 자신의 늙은 아내 뒤에 서서 쭈글쭈글한 손으로 아내의 어깨를 잡고 있는 한 늙은 남자가 눈에 들어온다. 그의 아내는 망원경을 들여다보고 있는데, 아래로 향한 그 망원경이 가리키는 곳에는 지금껏 내가 본 가장 멋진 대관람차가 있다. 1천 피트 높이의 대관람차는 호반 위로 불쑥 솟아 있다. 바로 네이비피어가 있을 위치다.

나는 다니엘라를 생각한다.

다른 제이슨—제이슨2—이 지금 이 순간에 무엇을 하고 있을지 생각한다.

그가 내 아내에게 무슨 짓을 하고 있을지.

분노와 공포, 집에 대한 그리움이 질병처럼 나를 에워싼다.

이 세계는, 그 화려한 장관에도 불구하고 나의 집이 아니다.

그 근처도 가지 못한다.

├ 남은 앰풀 수: 42 ┤

이 중간 장소를 관통하는 어두운 복도로 되돌아온 우리의 발소리가 무한 속으로 울려 퍼진다.

내가 랜턴을 들고서 노트에 무엇을 적어야 할지 생각하고 있을 때 어맨다가 갑자기 걸음을 멈춘다.

"무슨 일 있어요?" 내가 묻는다.

"저 소리요."

주위가 너무 조용해져서 빨라진 내 심장박동 소리까지 들린다.

다음 순간—불가능한 일이 일어난다.

소리다.

복도 저쪽, 한참 먼 곳에서 나는 소리.

어맨다가 나를 쳐다본다.

그녀가 속삭이듯 말한다. "미친, 저게 뭐죠?"

나는 어둠 속을 노려본다.

반복되는 벽에 부딪혀 굴절되는 약한 랜턴 불빛 외에 보이는 것이라곤 없다.

소리는 시시각각 더 커진다.

질질 끄는 발소리다.

내가 말한다. "누가 오고 있어요."

"어떻게 그게 가능해요?"

움직임이 불빛의 가장자리로 조금씩 다가온다.

우리를 향해 다가오는 사람의 형체.

나는 한 발짝 뒤로 물러서고, 그들이 더 가까이 다가올 즈음엔 도망치고 싶어진다. 하지만 어디로 간단 말인가?

직시하는 편이 나으리라.

다가오는 사람은 남자다.

그는 알몸이다.

온몸을 뒤덮은 게 진흙인지 먼지인지…….

피다.

피가 분명하다.

그는 피투성이다.

마치 피 웅덩이에서 구른 것처럼.

머리카락은 엉클어지고 얼굴은 워낙 심하게 피범벅이 되어 눈 흰자위가 도드라져 보인다.

두 손이 덜덜 떨리고 있고, 손가락은 무언가를 필사적으로 할퀴다 오기라도 한 것처럼 바짝 오므라져 있다.

그가 10피트 앞까지 와서야 나는 이 사람이 나임을 깨닫는다.

나는 길을 비키고 가장 가까운 벽 쪽으로 바짝 붙어서 그에게서 최대한 멀리 떨어진다.

비틀거리며 스쳐 지나가는 동안 그의 시선은 내 눈에 붙박여 있다.

과연 그가 나를 보는지조차 확신이 서지 않는다.

그는 심한 충격을 받은 것처럼 보인다.

속이 텅 비어버린 것처럼.

마치 방금 전 지옥에서 빠져나오기라도 한 것 같다.

그의 등과 어깨에는 군데군데 살점이 뜯겨 나가 있다.

내가 말을 건다. "무슨 일이 있었던 거예요?"

그는 걸음을 멈추고 나를 빤히 보더니 곧이어 입을 벌려서 내가 들어본 것 중 가장 무서운 소리—목을 잡아 뜯는 듯한 비명—를 낸다.

그의 목소리가 메아리치자 어맨다는 내 팔을 잡고 나

를 잡아끈다.

그는 따라오지 않는다.

그저 우리가 가는 것을 보고 있다가 계속 발을 끌며 복도를 걸어간다.

저 끝없는 어둠 속으로.

30분 뒤, 나는 나머지 문들과 똑같이 생긴 어느 문 앞에 앉아 방금 복도에서 본 광경을 머리와 마음에서 지우려 애를 쓰고 있다.

배낭에서 노트를 꺼내어 펼친다. 펜은 이미 손에 쥐고 있다.

생각할 필요도 없다.

나는 곧장 이 말을 적는다.

집에 가고 싶다.

이것이 바로 신이 느끼는 기분일까? 그야말로 말 한마디로 세상을 창조한 데서 오는 짜릿한 흥분? 그래, 이 세계는 이미 존재했지만 내가 이곳과 우리를 연결했다. 가능한 모든 세계 중에서 내가 이 세계를 찾았고, 이곳은 적어도 상자 출입구에서 봤을 때 내가 원하던 곳과 정확히 일치한다.

나는 상자 밖으로 내려간다. 신발 밑으로 콘크리트 바닥의 풀이 자박자박 밟히고, 높이 뚫린 창문으로 오후 햇살이 쏟아져 들어와 다른 시대에 만들어진 철제 발전기 행렬을 비춘다.

비록 대낮에 본 적은 없지만 이 방은 내가 아는 곳이다.

지난번에 내가 여기 있었을 때는 추분 무렵의 보름달이 미시간호 위로 떠오르고 있었고, 나는 여기 이 오래된 기계들 중 하나에 기대 쓰러져 약물에 취한 채, 내게 총을 겨눠 이 폐발전소까지 끌고 왔던 게이샤 가면을 쓴 사내를 쳐다보고 있었다.

나 자신을 쳐다보고 있었던 것이다. 그때는 짐작도 못했지만.

이후의 여정은 상상조차 하지 못했다.

나를 기다리고 있던 지옥을.

상자는 발전실 한쪽 구석, 계단 뒤로 숨겨진 위치에 놓여 있다.

"어때요?" 어맨다가 묻는다.

"해낸 것 같아요. 여기가 당신 세계에서 깨어나기 전 내가 마지막으로 본 장소예요."

우리는 버려진 발전소를 통과해 길을 되짚어 간다.

밖에는 햇빛이 비치고 있다.

지평선에 가까워지는 중이다.

늦은 오후 시간이고, 들리는 소리는 호수 위로 날아가는 갈매기의 외로운 울음소리뿐이다.

우리는 한 쌍의 떠돌이들처럼 어깨를 나란히 하고 시

카고 남부 지역이 있는 서쪽을 향해 걷는다.

멀리 보이는 스카이라인이 친숙하다.

내가 잘 알고 사랑하는 바로 그 모양이다.

해는 계속 떨어지고, 우리가 걸은 지 20분이 지나서야 불현듯 나는 도로에 차가 단 한 대도 보이지 않았다는 사실에 생각이 미친다.

"좀 너무 조용한 것 같지 않아요?" 내가 묻는다.

어맨다가 나를 쳐다본다.

호수 근처의 황폐한 산업단지에서는 적막이 그리 두드러지지 않았다.

하지만 여기서는 아주 놀랍다.

밖에 나와 있는 차가 전혀 없다.

사람도 없다.

어찌나 조용한지 우리 머리 위 송전선에 흐르는 전류 소리까지 들릴 정도다.

87번가의 시카고 교통청 역은 닫혀 있다. 운행하는 버스나 기차가 한 대도 없다.

우리 외에 다른 생명체의 흔적이라고는 쥐 한 마리를 입에 물고 살금살금 도로를 건너고 있는 나선형 꼬리가 달린 검은 길고양이뿐이다.

어맨다가 말한다. "상자로 돌아가야 할지도 모르겠어요."

"우리 집을 보고 싶어요."

"여기 낌새가 이상해요, 제이슨. 안 느껴져요?"

"상자가 데려다주는 곳을 조사하지 않으면 상자 조종

법에 관해 아무것도 배울 수 없어요."

"집이 어디예요?"

"로건스퀘어요."

"걸어서 갈 거리는 아니네요."

"그래서 차를 빌리려고요."

우리는 87번가를 건넌 뒤 허름한 연립주택들이 모여 있는 주거지를 걸어간다. 환경미화원이 오지 않은 지 수주는 된 듯 사방에 쓰레기가 널려 있다. 인도 여기저기 산더미처럼 쌓인 참을 수 없이 역겨운 쓰레기 봉지들.

상당수의 창문은 판자로 막아놓았다.

몇몇은 비닐 시트가 덮여 있다.

대부분 옷가지가 널려 있다.

일부는 붉은색이고, 일부는 검은색이다.

라디오와 텔레비전의 웅웅거리는 소리가 두어 집에서 새어 나온다.

아이의 울음소리도.

하지만 그 외에는 동네 전체가 기분 나쁠 만치 조용하다.

여섯 번째 블록의 중간쯤에서 어맨다가 소리친다. "하나 찾았어요!"

나는 90년대 중반 모델로 보이는 올즈모빌 커틀라스 시에라가 있는 쪽으로 길을 건넌다.

흰색. 모서리에 녹이 슬고 있음. 타이어에 휠 캡이 없음.

지저분한 유리창 너머로 점화 스위치에 매달려 있는 열쇠 한 쌍이 힐끗 보인다.

나는 운전석 문을 열고 핸들 뒤로 들어가 앉는다.

"기어이 가는 건가요?" 어맨다가 묻는다.

내가 엔진의 시동을 거는 동안 그녀는 조수석에 올라 탄다.

차의 연료탱크는 4분의 1쯤 차 있다.

이 정도면 충분할 터다.

앞유리는 너무 지저분해서 워셔액을 10초간 연거푸 분사하고서야 와이퍼가 때와 먼지와 달라붙은 낙엽을 간신히 닦아낸다.

주간 고속도로는 황량하다.

내 생전 이런 광경은 처음 본다.

내 눈에 보이는 한 도로의 양방향 모두 텅 비어 있다.

이제 이른 저녁이 되었고, 햇살이 윌리스타워에 부딪혀 반짝인다.

나는 북쪽으로 빠르게 달리지만, 지나온 거리가 늘어날수록 배 속이 더욱 죄어든다.

어맨다가 말한다. "돌아가요. 정말로요. 뭔가 잘못돼도 한참 잘못됐어요."

"내 가족이 여기 있다면 내가 있을 곳은 그들 곁이에요."

"여기가 당신이 살던 시카고인지도 확실히 모르는 거 잖아요?"

어맨다가 라디오를 켜고 FM 다이얼을 이리저리 돌리는 도중에 비상경보시스템의 익숙한 경고음이 스피커를 타고 날카롭게 흘러나온다.

지금부터 방송되는 내용은 일리노이주 경찰청의 요청에 따른 것입니다. 24시간 통행금지령은 쿡카운티에서 여전히 유효합니다. 모든 주민들은 추후 통지가 있을 때까지 자택에 머물러야 합니다. 주방위군이 계속해서 인근 지역 모두의 안전을 감시하고 배급 식량을 전달하며 질병통제센터 검역 구역으로의 수송 수단을 제공하고 있습니다.

남행 차선에서 위장한 군용 차량 네 대로 이루어진 수송대가 빠른 속도로 지나간다.

전염병의 위험이 여전히 높습니다. 초기 증상으로는 고열, 심한 두통, 근육통 등이 있습니다. 본인이나 동거 가족의 감염이 의심될 경우, 도로 쪽 창문에 붉은색 옷을 걸어 주십시오. 집 안에 사망자가 있을 시에는 도로 쪽 창문에 검은색 옷을 걸어주십시오.
질병통제센터 담당 인력이 가능한 한 신속히 지원할 것입니다.
자세한 내용은 채널을 고정해 주십시오.

어맨다가 나를 쳐다본다.
"왜 차를 안 돌려요?"

우리 집이 있는 블록에는 주차할 데가 없어서 나는 엔

진을 켜둔 채 도로 한가운데에 차를 세운다.

"지금 제정신이 아니군요." 어맨다가 말한다.

나는 안방 창문에 붉은색 치마와 검정색 스웨터가 걸려 있는 브라운스톤 집을 가리킨다.

"저기가 우리 집이에요, 어맨다."

"일단 서둘러요. 그리고 제발 조심하고요."

나는 차에서 내린다.

주위는 너무나 조용하고 거리는 저녁 어스름 속에 푸르스름하다.

한 블록 위에서 희미한 사람의 형체들이 도로 한가운데로 발을 질질 끌며 가는 모습이 언뜻 보인다.

나는 도로 연석 앞에 도착한다.

송전선이 조용하고, 집집의 실내에서 새어 나오는 빛도 평소보다 약하다.

촛불이다.

우리 동네에 전기가 들어오지 않는 것이다.

나는 현관으로 가는 계단을 오르면서 식당 쪽으로 난 커다란 창문 안을 들여다본다.

안은 어둡고 침울하다.

나는 문을 두드린다.

한참이 지난 후 그림자 하나가 주방에서 나타나더니 느릿한 걸음으로 식탁을 지나쳐 현관 쪽으로 다가온다.

입안이 바짝 마른다.

여기 오는 게 아니었다.

이곳도 우리 집은 아니다.

샹들리에가 다르다.

벽난로 위의 반 고흐 복제화도 다르다.

잠금쇠 세 개가 딸각, 하며 들어가는 소리가 난다.

문이 빼꼼히 열리더니 우리 집과는 완전히 거리가 먼 한 줄기 냄새가 안에서 스멀스멀 새어 나온다.

질병과 죽음의 냄새.

다니엘라가 든 양초가 그녀의 손 안에서 파르르 떨린다.

어두침침한 와중에도 그녀의 드러난 피부가 온통 발진으로 뒤덮여 있는 게 보인다.

그녀의 눈은 검게 보인다.

눈에서 출혈이 일어나고 있다.

흰자위는 일부만 남았다.

그녀가 입을 연다. "제이슨?" 목소리는 부드럽고 물기가 어려 있다. 그녀의 눈에서 눈물이 흘러내린다. "아, 맙소사. 당신 맞아?"

그녀는 문을 활짝 열고 불안한 걸음으로 비칠거리며 다가온다.

사랑하는 사람에게 섬뜩함을 느낀다는 건 가슴 찢어지는 일이다.

나는 한 발짝 뒤로 물러선다.

그녀도 내가 무서워하는 걸 느끼고 더는 다가오지 않는다.

"어떻게 이런 일이 가능해?" 그녀가 목이 쉰 소리로 말한다. "당신은 죽었는데."

"그게 무슨 소리야?"

"일주일 전에 저들이 당신을 피가 흥건한 시체 포대에 담아서 데리고 나갔어."

"찰리는 어디 있어?" 내가 묻는다.

그녀는 고개를 젓더니, 눈물이 흘러내리자 팔꿈치 안쪽에 대고 피가 섞인 흐느낌을 토해낸다.

"죽었어?" 내가 묻는다.

"아무도 그애를 데리러 오지 않았어. 찰리는 아직 자기 방에 있어. 거기서 썩어가고 있어, 제이슨."

잠시 그녀는 균형을 잃고 휘청하다가 문틀을 잡고 몸을 가눈다.

"진짜 당신이야?" 그녀가 묻는다.

내가 진짜인가?

이런 질문이라니.

나는 말을 할 수가 없다.

크나큰 슬픔으로 목이 아려온다.

눈에는 눈물이 가득 차오른다.

그녀가 안쓰럽기도 하지만, 끔찍한 진실은 내가 그녀를 무서워하고 있으며 두려움에 자기 보호 본능이 발동해 뒷걸음치고 있다는 것이다.

어맨다가 차에서 외친다. "누가 오고 있어요!"

도로 위쪽을 힐끗 보니 한 쌍의 전조등이 어둠을 뚫고 다가오고 있다.

"제이슨, 그냥 두고 가버릴 거예요!" 어맨다가 소리친다.

"누구야?" 다니엘라가 묻는다.

가까워지는 엔진의 웅웅거리는 소리로 보아 디젤차인

것 같다.

어맨다가 옳았다. 이곳이 얼마나 위험할 수 있을지 깨달은 그 순간 차를 돌렸어야 했다.

여기는 나의 세계가 아니다.

그럼에도 불구하고 내 가슴은 내 아들의 어느 버전이 죽어서 누워 있는 이 집 2층의 침실에 붙들어 매인 것만 같다.

당장 거기로 달려 올라가 아이를 데려 나오고 싶지만 그랬다가는 내가 죽을 것이다.

내가 현관 계단을 내려가 다시 길가로 물러날 때 군용 험비 한 대가 도로에 멈춰 선다. 우리가 사우스사이드에서 훔쳐 타고 온 차의 범퍼에서 10피트 거리다.

차량은 다양한 휘장—적십자, 주방위군, 질병통제센터—으로 뒤덮여 있다.

어맨다가 차창 밖으로 몸을 내밀고 말한다.

"뭐 하자는 거예요, 제이슨?"

나는 눈물을 훔친다.

"아들이 저기에 죽어 있어요. 다니엘라는 죽어가고 있고."

험비의 조수석 문이 열리고 검정색 생물재해 보호복 차림에 방독면을 쓴 사람이 차에서 내려 돌격 소총으로 나를 겨냥한다.

방독면을 뚫고 나온 목소리는 여자의 것이다.

"거기 서."

나는 반사적으로 양손을 높이 든다.

그러자 여자는 커틀라스 시에라 앞유리 쪽으로 소총을

휙 돌리고 차를 향해 다가간다.

여자가 어맨다에게 말한다. "엔진을 꺼."

어맨다가 중앙 콘솔 너머로 팔을 뻗어 점화장치를 끄는 동안 험비의 운전자가 차 밖으로 나온다.

나는 현관에 서서 비틀거리고 있는 다니엘라에게 손짓한다.

"아내가 많이 아픕니다. 아들은 2층에 죽어 있고요."

운전자가 방독면을 쓴 채로 브라운스톤 정면을 올려다본다.

"색깔 표시를 제대로 했네요. 곧 사람이 와서―"

"아내는 당장 치료를 받아야 합니다."

"이건 본인 차예요?"

"네."

"어딜 갈 생각이었습니까?"

"그저 도움을 줄 수 있을 사람들에게 아내를 데려가고 싶었습니다. 병원이나 어디 다른―"

"여기서 기다리세요."

"제발 부탁합니다."

"기다려요." 남자가 쏘아붙인다.

운전자는 보도로 올라가 현관으로 난 계단을 오른다. 그새 다니엘라는 맨 위 계단 난간에 기대어 앉아 있다.

운전자가 다니엘라 앞에 무릎을 꿇고 앉고, 나는 그의 목소리는 들리지만 무슨 말을 하는지는 알아듣지 못한다.

돌격 소총을 든 여자는 나와 어맨다를 감시한다.

길 건너편의 어느 창문 사이로 깜박거리는 불빛이 보

인다. 우리 이웃 중 하나가 우리 집 앞에서 무슨 일이 일어
나고 있는지 내려다보고 있어서다.

운전자가 돌아온다.

그가 말한다. "보세요, 질병통제센터 지부는 풀가동 중
입니다. 벌써 2주째 그래요. 게다가 부인을 데려간다 해도
어차피 달라질 게 없어요. 안구 출혈이 시작되는 순간 끝이
임박한 겁니다. 댁은 어떨지 모르겠지만, 나라면 시신과 죽
어가는 사람들로 가득한 연방재난관리청 텐트의 간이침대
보다는 내 침대에서 죽는 편을 택하겠어요." 그는 어깨 너머
로 돌아보며 말한다. "나디아, 이 신사분에게 자동 주사기
좀 챙겨주겠어? 아, 챙기는 김에 마스크도."

여자가 말한다. "마이크."

"그냥 하라는 대로 해."

나디아는 험비 뒤쪽으로 가서 화물칸 문을 연다.

"그럼 아내는 죽는 겁니까?"

"유감이에요."

"얼마나 남았나요?"

"아침까지 견디기도 어려울 겁니다."

다니엘라가 내 뒤의 어둠 속에서 신음 소리를 낸다.

나디아가 돌아와서 마스크와 함께 자동 주사기 다섯
개를 내 손에 탁 쥐여준다.

운전자가 말한다. "항상 마스크를 쓰고 계세요. 그리고
힘들겠지만 되도록 부인을 만지지 말고요."

"이건 뭡니까?" 내가 묻는다.

"모르핀이에요. 한 번에 다섯 대를 다 놓으면 숨을 거둘

겁니다. 시간 끌지 말아요. 마지막 여덟 시간은 끔찍하니까."

"전혀 가망이 없습니까?"

"없어요."

"치료약은 어디 있죠?"

"이 도시를 구할 수 있는 시간 안에는 안 올 겁니다."

"사람들이 집에서 죽어가도록 그냥 내버려 두는 겁니까?"

남자는 방독면 너머로 나를 찬찬히 살핀다.

안면 가리개에 착색이 되어 있다.

나는 그의 눈조차 볼 수 없다.

"여길 떠나려 하다가 도로 봉쇄에 잘못 걸리면 그냥 죽는 겁니다. 해 진 뒤엔 특히요."

그는 돌아서서 떠난다.

나는 두 사람이 다시 험비에 올라타서 엔진을 켠 뒤 차를 몰고 가는 것을 지켜본다.

그사이 해는 지평선 아래로 저물었다.

거리가 어두워지고 있다.

어맨다가 말한다. "지금 당장 가야 해요."

"잠시만요."

"저 사람은 전염병에 걸렸어요."

"나도 알아요."

"제이슨—"

"저 위에 있는 사람은 내 아내예요."

"아뇨, 당신 부인의 한 버전이죠. 그리고 무슨 병인지 몰라도 저 여자한테서 감염되기라도 하면 진짜 부인을 다시는 못 보는 거예요."

나는 마스크를 쓰고 현관까지 계단을 오른다.

내가 다가가니 다니엘라가 고개를 들어 쳐다본다.

그녀의 망가진 얼굴에 가슴이 무너진다.

그녀는 피와 검은 담즙을 온몸에 토해놓았다.

"날 안 데려간대?" 그녀가 묻는다.

나는 고개를 끄덕인다.

그녀를 안고 위로해 주고 싶다.

그녀에게서 도망치고 싶다.

"괜찮아." 그녀가 말한다. "다 잘될 것처럼 애써 연기하지 않아도 돼. 난 준비됐어."

"그 사람들이 이걸 줬어." 나는 자동 주사기들을 내려놓으며 말한다.

"그게 뭔데?"

"끝내는 방법."

"난 우리 침대에서 당신이 죽는 걸 지켜봤어." 그녀가 말한다. "우리 아들이 자기 침대에서 죽는 것도 봤고. 난 저집에 다시 들어가고 싶지가 않아. 내 삶이 어떻게 흘러갈지 여러 가지로 생각했었지만 이런 일은 상상조차 못 했어."

"이건 당신 삶의 본질이 아니야. 그저 끝이 이렇게 됐을 뿐이지. 당신은 멋진 삶을 살았어."

양초가 그녀의 손에서 떨어져 콘크리트 바닥에서 꺼지고 심지에서 연기가 피어오른다.

"내가 이 주사를 한꺼번에 전부 놔주면 이 상황이 끝날 수 있어. 그게 당신이 원하는 거야?"

그녀는 고개를 끄덕이고, 눈물과 핏물이 뺨을 타고 흘러내린다.

나는 자동 주사기 하나의 자주색 캡을 잡아당겨 뺀 뒤 주사기 끝을 그녀의 허벅지에 대고 반대쪽 끝의 버튼을 누른다.

스프링 달린 주사기가 모르핀 1회분을 체내에 쏘아 넣는 동안 다니엘라는 거의 움찔하지도 않는다.

나는 나머지 네 개도 준비해서 전부 다 연달아 놓는다.

주사의 효과는 순식간에 나타난다.

다니엘라는 연철 난간으로 쓰러지고, 약물이 온몸을 장악하면서 그녀의 검은 눈이 흐려진다.

"좀 나아?" 내가 묻는다.

그녀는 미소에 가까운 표정을 짓더니 불분명한 말을 뱉어낸다. "내가 환영을 보고 있을 뿐이라는 건 알지만 당신은 나의 천사야. 당신은 내게 돌아와줬어. 저 집에서 혼자 죽는 게 너무 무서웠는데."

땅거미가 깊어간다.

오싹하리만치 새까만 시카고의 하늘에 첫 별들이 모습을 드러낸다.

"나 너무…… 몽롱해." 그녀가 말한다.

우리가 이 현관 앞에 함께 앉아 있던 모든 밤을 생각한다. 술 마시고, 웃고, 골목 여기저기서 가로등이 켜질 때 지나가는 이웃들과 실없는 이야기를 나누던 시간.

지금 이 순간, 나의 세계는 너무나 안전하고 완벽해 보인다. 이제 나는 안다. 그 모든 안락함을 당연하게 여겼다는 걸. 그 세계는 너무나 좋았지만, 그곳이 산산조각 나버릴 수 있는 길은 너무나 많았다.

다니엘라가 말한다. "당신이 나를 만질 수 있다면 좋을 텐데, 제이슨."

그녀의 목소리는 잠겨서 갈라지고, 속삭이는 것처럼 작아졌다.

그녀의 눈이 감긴다.

호흡 주기가 점점 1, 2초씩 길어진다.

그러다 어느 순간 완전히 숨을 멈춘다.

그녀를 여기 바깥에 내버려 두고 싶지 않지만 만져서는 안 된다는 걸 잘 안다.

나는 일어나 문 쪽으로 가서 안으로 발을 들인다. 집은 조용하고 어두우며, 죽음의 기운이 내 살갗에 달라붙는다.

나는 촛불이 켜진 식당의 벽을 지나고 주방을 가로질러 서재로 들어간다. 내 발밑에서 마룻바닥이 삐걱거리는데, 이 집에서 나는 유일한 소리다.

층계 밑에서 걸음을 멈추고 어두운 2층 쪽을 올려다본다. 내 아들이 저 위 자기 방에 누워 썩어가고 있다.

블랙홀의 저항할 수 없는 중력처럼 나는 위층으로 올라가고픈 유혹을 느낀다.

하지만 저항한다.

나는 소파에 걸쳐져 있는 담요를 와락 잡아채 밖으로 가지고 나가서 다니엘라의 시신을 덮는다.

그러고는 우리 집의 문을 닫고 계단을 내려가서 끔찍한 그곳을 벗어난다.

나는 차에 올라타서 엔진의 시동을 건다.

어맨다 쪽을 바라본다.

"날 두고 가지 않아줘서 고마워요."

"그럴 걸 그랬어요."

나는 차를 몰고 간다.

도시의 일부 지역에는 전기가 들어와 있다.

일부는 어둠 속에 잠겨 있다.

자꾸만 눈물이 차오른다.

시야가 흐려져 운전하기도 힘겹다.

어맨다가 말한다. "제이슨, 여긴 당신 세계가 아니에요. 그 사람은 당신 부인이 아니었고요. 아직 집으로 돌아가서 가족을 찾을 수 있어요."

머리로는 그 말이 맞다는 걸 알지만, 감정적으로는 심장이 뜯겨 나간 것만 같다.

내가 그 여자를 사랑하고 보호하려는 건 어쩔 수가 없다.

우리는 벅타운을 지나가고 있다.

저 멀리서 도시의 한 블록 전체가 100피트 높이의 불길을 하늘로 토해내고 있다.

주간 고속도로는 어둡고 텅 비어 있다.

어맨다가 팔을 뻗어 내 얼굴에서 마스크를 벗긴다.

우리 집 안에서 묻은 죽음의 냄새가 아직도 콧속에 맴돈다.

그 냄새를 떨칠 수가 없다.

우리 집 현관에서 담요 아래 죽어 있는 다니엘라가 자꾸만 생각난다.

다운타운 서쪽으로 지나는 길에 차창 밖을 흘깃 본다.

별빛에 고층 건물들의 윤곽만 간신히 보인다.

건물들은 검고 활기라곤 없다.

어맨다가 말한다. "제이슨?"

"왜요?"

"어떤 차가 우리를 쫓아와요."

나는 백미러를 들여다본다.

불빛이 없으니 마치 유령이 우리 차 범퍼에 타고 있는 것처럼 보인다.

눈부신 상향등과 빨갛고 파란 경광등이 켜지면서 불빛의 파편들을 차 내부로 쏘아 보낸다.

우리 뒤에서 우렁찬 확성기 소리가 들려온다. 갓길에 차를 대십시오.

공포가 솟구친다.

우리에겐 스스로를 보호할 수단이 전혀 없다.

이 고철 덩어리로는 그 무엇도 앞질러 달릴 수 없다.

나는 가속페달에서 발을 떼고 반시계 방향으로 돌아가는 속도계 바늘을 바라본다.

어맨다가 말한다. "세우는 거예요?"

"네."

"어쩌려고요?"

나는 브레이크를 밟아 속도를 늦추고, 속도가 떨어진 상태에서 갓길로 방향을 튼 뒤 차를 세운다.

3   2   1

"제이슨." 어맨다가 내 팔을 붙잡는다. "뭐 하는 거예요?"

나는 사이드미러를 통해 우리 뒤에서 검정색 SUV가 멈춰 서는 모습을 지켜본다.

차의 시동을 끄고 열쇠를 창밖으로 떨어뜨리십시오.

"제이슨!"

"그냥 날 믿어봐요."

이번이 마지막 경고입니다. 차의 시동을 끄고 열쇠를 창밖으로 떨어뜨리십시오. 도주를 시도할 경우 살상 무기를 사용할 것입니다.

1마일쯤 뒤에서 더 많은 전조등이 나타난다.

나는 기어를 주차에 놓고 조명등을 끈다. 이어서 창문을 조금 내리고 그 사이로 팔을 내민 뒤 열쇠 꾸러미를 바깥에 떨어뜨리는 시늉을 한다.

SUV의 운전석 문이 열리고, 방독면을 쓴 남자가 미리부터 총을 겨눈 상태로 차에서 내린다.

나는 차에 다시 기어를 넣고 조명등을 켠 뒤 액셀을 힘껏 밟는다.

엔진의 굉음 위로 총소리가 들린다.

총탄 구멍 하나가 앞유리를 장식한다.

그리고 또 하나.

총탄 하나는 카세트덱에 박힌다.

뒤를 돌아보니 이제 SUV가 갓길 아래 몇백 야드 거리에 있다.

속도계가 시속 60마일에서 올라가고 있다.

"우리가 나온 출구까지 얼마나 남았죠?" 어맨다가 묻는다.

"1, 2마일쯤요."

"저들이 우르르 몰려오고 있어요."

"나도 보고 있어요."

"제이슨, 만약 붙잡히면—"

"알아요."

이제 나는 시속 90마일을 조금 넘는 속도로 달리고 있다. 속도를 유지하기 위해 엔진에 과부하가 걸리고 분당 회전수 게이지는 조금씩 레드 존으로 들어선다.

우측 전방으로 4분의 1마일쯤에 우리의 출구가 있다고 안내하는 표지판을 순식간에 지나친다.

이 속도라면 몇 초 안에 출구에 도착한다.

나는 시속 75마일에서 출구를 찍고 브레이크를 힘껏 밟는다.

우리 둘 다 안전벨트를 매고 있지 않다.

관성으로 인해 어맨다는 글러브 박스에 세게 부딪히고 나는 핸들로 거칠게 떠밀린다.

출구 경사로 끝에서 나는 정지신호를 무시하고 무지막지하게 좌회전을 한다. 타이어가 찢어지는 듯한 마찰음과 고무 타는 냄새. 어맨다는 조수석 문에 부딪히고 나는 어맨다의 좌석으로 튕길 뻔한다.

고가도로를 달리는 동안 주간 고속도로에서 번쩍이는 전조등을 다섯 쌍 센다. 이제 가장 가까운 SUV는 뒤에 험비 두 대를 이끌고 출구 경사로로 빠르게 진입한다.

우리는 시카고 남부의 비워진 도로를 질주한다.

어맨다가 몸을 앞으로 기울여 앞유리 밖을 빤히 본다.

"무슨 일이에요?" 내가 묻는다.

어맨다는 하늘을 보고 있다.

"저 위에 불빛이 보여요."

"헬리콥터같이요?"

"맞아요."

나는 텅 빈 교차로를 쌩하니 통과하고 폐쇄된 고가철도역을 지난다. 그런 뒤 우리는 슬럼가에서 벗어나 폐창고와 폐역 구내를 따라 빠르게 달린다.

도시의 오지에서.

"저들이 따라붙고 있어요." 어맨다가 말한다.

한 발의 총알이 차 트렁크에 푹 박힌다.

곧이어 마치 누군가 망치로 금속을 때리는 것처럼 세 발이 더 연달아 날아온다.

어맨다가 말한다. "저건 기관총이에요."

"바닥으로 숙여요."

점점 가까워지는 사이렌 소리가 들린다.

이 구식 세단은 다가오는 저놈들과 상대가 되지 않는다.

총알 두 발이 더 날아와 뒷유리와 앞유리를 뚫는다.

한 발은 어맨다 쪽 좌석 한가운데를 관통한다.

총알구멍으로 벌집이 된 유리를 통해 바로 앞에 있는 호수가 보인다.

내가 말한다. "조금만 버텨요, 거의 다 왔어요."

나는 풀라스키드라이브에서 힘껏 우회전을 하고, 세 발

의 총알이 뒷좌석 문을 연타하는 동시에 조명등을 끈다.

전조등 없이 운전하는 처음 몇 초간은 마치 완전한 암흑 속을 비행하는 느낌이다.

그러다 서서히 눈이 어둠에 적응하기 시작한다.

앞에 놓인 포장도로가 보이더니 우리 주변 구조물들의 검은 실루엣이 눈에 들어온다.

여기는 시골처럼 캄캄하다.

나는 액셀에서 발을 떼지만 브레이크를 건드리진 않는다.

흘깃 뒤를 보니 SUV 두 대가 풀라스키드라이브에서 공격적으로 방향을 틀고 있다.

앞쪽으로는 별이 총총한 하늘을 찌를 듯이 솟아 있는 한 쌍의 익숙한 굴뚝만 간신히 알아볼 수 있다.

우리 차의 속도는 시속 20마일 이하이고, SUV들이 바짝 추격하고 있기는 하지만 아직은 그들의 상향등이 우리에게 닿지 않은 것 같다.

울타리가 보인다.

우리 차의 속도는 계속 떨어진다.

나는 도로를 가로질러 차를 몰고, 박살 난 쇠창살이 출입구에 부딪히면서 문을 쪼개놓는다.

우리는 천천히 주차장으로 들어간다. 나는 넘어져 있는 조명 기둥들을 이리저리 피해 가면서 뒤돌아 도로 쪽을 확인한다.

사이렌 소리가 점점 더 커지고 있다.

SUV 세 대가 쏜살같이 정문을 지나고 그 뒤로 기관총

포탑을 지붕에 장착한 험비 두 대가 따라온다.

나는 엔진을 끈다.

새로운 정적 속에서 희미해져가는 사이렌 소리에 귀를 기울인다.

어맨다가 바닥에서 몸을 일으키는 동안 나는 뒷좌석에 있던 배낭을 잡아챈다.

양쪽 차문이 닫히는 탁 소리가 바로 앞에 있는 벽돌 건물에 튕겨 나온다.

우리는 허물어져가는 건물과 글자가 일부만 남은 간판—CAGO POWER—쪽으로 다가간다.

하늘 높이 헬리콥터 한 대가 윙윙 날면서 눈부시게 환한 조명으로 주차장을 훑는다.

이번에는 빠르게 회전하는 엔진 소리가 들린다.

검은 SUV가 풀라스키드라이브를 가로지르며 옆으로 미끄러진다.

전조등 불빛이 잠시 우리 둘의 눈앞을 가린다.

우리가 건물을 향해 달리자 확성기를 통한 남자 목소리가 우리에게 멈추라고 명령한다.

나는 벽돌 건물 정면에 난 구멍을 통과한 뒤 안에서 어맨다의 손을 잡고 도와준다.

안은 칠흑같이 어둡다.

배낭을 잡아 찢듯이 열어 재빨리 랜턴을 꺼낸다.

엉망으로 부서진 프런트 오피스가 불빛에 드러나고, 어둠 속에서 이곳을 보니 나는 다시금 제이슨2와 같이 있던 그날 밤이 떠오른다. 그가 나를 알몸으로 걷게 하고 총으로 위협해 다른 버전의 이 낡은 건물로 보낸 그 밤이.

우리는 랜턴으로 어둠을 가르며 첫 번째 방에서 나간다.

이어서 복도를 지난다.

점점 더 속도를 높이면서.

부식된 바닥을 쿵쿵 울리는 우리의 발소리.

땀이 얼굴을 타고 흐르며 눈을 찌른다.

심장은 가슴이 울릴 만큼 세차게 뛴다.

나는 거친 숨을 몰아쉰다.

여러 개의 목소리가 우리를 부르며 뒤쫓는다.

뒤를 돌아보니 어둠을 가르는 레이저 빔과 아마도 야간 투시경에서 나온 듯한 녹색 반점이 보인다.

무전기의 소음과 속삭이는 목소리, 벽을 뚫고 들어오는 헬리콥터의 회전날개 소리가 들린다.

빗발치는 총성이 복도를 가득 채우고, 우리는 총격이 멈출 때까지 바닥에 납작 엎드린다.

힘겹게 다시 일어선 우리는 아까보다도 더 다급하게 움직인다.

분기점에서 나는 다른 복도로 우리를 이끈다. 이쪽이 맞는 길이라고 거의 확신해서이지만, 물론 어둠 속에서 확실히 알기란 불가능하다.

마침내 우리는 아래층 발전실로 연결된 개방형 층계 꼭대기의 금속 받침대에 올라선다.

계단을 내려간다.

추격자들이 어찌나 가까이에 있는지 방금 지나온 복도에 울리는 서로 다른 세 가지 목소리를 분간할 수 있을 정도다.

남자 둘에 여자 하나.

어맨다가 뒤에 바짝 따라붙은 상태로 내가 마지막 계단을 내려가자마자 우리 위의 계단에서 둔탁한 발소리가 울린다.

빨간 점 두 개가 내가 가는 방향으로 교차한다.

나는 옆으로 비켜나서 전방의 어둠 속으로 곧장 달린다. 상자는 틀림없이 저 앞에 있다.

우리 머리 위로 총성이 크게 울리는 것과 동시에 생물 재해 보호구를 전부 갖춰 입은 두 사람이 층계 아래로 튀어나와 우리를 향해 돌진한다.

상자는 50피트 앞에 놓여 있다. 문은 열려 있고, 금속 표면이 우리가 들고 가는 랜턴 불빛을 부드럽게 흩뜨린다.

총소리가 난다.

내 오른쪽 귀에 말벌이 지나간 것처럼 무언가 핑 하고 스친 느낌이 난다.

총알이 불꽃을 일으키며 문에 박힌다.

귀가 불에 덴 것처럼 화끈거린다.

우리 뒤에서 한 남자가 소리친다. "도망갈 곳은 없어!"

어맨다가 먼저 상자 안으로 들어간다.

곧이어 나도 문턱을 넘고 몸을 돌려 문 안으로 어깨를 찔러 넣는다.

군인들은 바로 20피트 앞에 있다. 방독면 너머로 그들의 헐떡이는 숨소리가 다 들릴 만큼 코앞이다.

그들이 사격을 개시하고, 뒤이어 번쩍이는 총구 섬광과

상자의 금속 표면에 꽂힌 총알의 파열음이 내가 그 악몽 같은 세계에서 마지막으로 보고 들은 것들이다.

우리는 지체 없이 약물을 주사한 뒤 복도를 따라 걷기 시작한다.

잠시 후 어맨다는 그만 걷고 싶어 하지만 나는 그럴 수 없다.

나는 계속 움직여야만 한다.

한 시간을 꼬박 걷는다.

약효 주기 내내.

귀에서 흐른 피가 온 옷을 물들인다.

그러다 복도가 붕괴되며 하나의 상자로 되돌아간다.

나는 배낭을 벗어 던진다.

한기가 돈다.

온몸이 말라붙은 땀범벅이다.

어맨다는 상자 한가운데에 서 있다. 폐발전소를 뛰어다니느라 치마는 때가 묻고 찢어졌으며 스웨터는 아예 벗겨지고 없다.

그녀가 랜턴을 바닥에 내려놓는 순간 내 안에서 무엇인가가 풀어진다.

힘, 긴장, 분노, 두려움.

모든 것이 흐르는 눈물과 걷잡을 수 없는 흐느낌으로 한꺼번에 터져 나온다.

어맨다가 랜턴을 끈다.

나는 차가운 벽에 기대어 허물어지듯 주저앉고, 어맨다
는 자신의 무릎 위로 나를 끌어당긴다.

　　손가락으로 내 머리칼을 쓰다듬는다.

├ 남은 앰풀 수: 40 ┤

　　나는 상자 바닥에 모로 누워 등을 벽에 붙인 채 캄캄한
어둠 속에서 정신이 든다. 어맨다와 꼭 밀착되어 우리 둘의
몸이 하나의 윤곽으로 뭉쳐져 있고, 어맨다의 머리는 내 팔
을 베고 있다.

　　배가 고프고 목이 마르다.

　　얼마 동안 잤을까.

　　적어도 귀에서 흐르던 피는 멈췄다.

　　우리가 속수무책이라는 현실을 부정하기란 불가능하다.

　　서로를 제외하면 이 상자가 우리의 유일한 상수다.

　　드넓은 대양 한가운데를 떠다니는 작디작은 배.

　　이 상자가 우리의 피신처다.

　　우리의 감옥.

　　우리의 집.

　　나는 조심스럽게 우리 둘의 몸을 떼어놓는다.

　　입고 있던 후드 점퍼를 벗어서 베개처럼 둘둘 말아 어

맨다의 머리 밑에 괴어준다.

어맨다는 잠시 뒤척이지만 깨지는 않는다.

손으로 더듬으며 문 있는 데를 찾아간다. 봉인을 뜯는 도박을 해서는 안 된다는 걸 잘 알고 있다. 하지만 나는 저 밖에 무엇이 있는지 알아야겠고, 상자에 갇혀 있는 듯한 기분에 초조해지고 있다.

손잡이를 돌리고 천천히 문을 연다.

처음 느껴지는 감각: 상록수의 냄새.

빽빽이 들어선 소나무 숲 사이로 햇살이 비스듬히 내리쬔다.

가까운 거리에서 사슴 한 마리가 미동도 없이 서서 그 까맣고 촉촉한 눈으로 상자를 빤히 쳐다보고 있다.

내가 밖으로 나가자 사슴은 소리 없이 껑충 뛰어 소나무 사이로 사라진다.

숲은 놀랍도록 조용하다.

솔잎이 깔린 바닥 위로 엷은 안개가 맴돈다.

나는 상자 밖으로 조금 걸어 나가서 아침 햇빛이 바로 드는 땅바닥에 앉는다. 얼굴에 닿는 햇살이 따스하고 눈부시다.

미풍이 나무들 꼭대기를 훑고 지나간다.

바람결에 장작 타는 냄새가 코끝을 스친다.

난롯불에서 나는 걸까?

아니면 굴뚝?

여기에 누가 살고 있을까?

이곳은 어떤 세계일까?

발소리가 들려온다.

뒤를 돌아보니 어맨다가 나무 사이를 지나 내 쪽으로 오고 있다. 그녀를 보자 죄책감이 엄습해 온다. 직전 세계에서 나로 인해 그녀는 목숨을 잃을 뻔했다. 어맨다는 단순히 나 때문에 여기 와 있는 것이 아니다. 그녀가 여기 있는 건 나를 구해줬기 때문이다. 용감하고 위험한 일을 했기 때문이다.

어맨다는 내 옆에 앉아 햇빛 쪽으로 얼굴을 돌린다.

"잘 잤어요?" 그녀가 묻는다.

"푹 잤어요. 목이 엄청 결리네요. 당신은 괜찮아요?"

"온몸이 쑤셔요."

그녀는 가까이 몸을 기울여 내 귀를 살핀다.

"많이 안 좋아요?" 내가 묻는다.

"아뇨, 총알이 귓불만 살짝 스쳤어요. 이따 소독해 줄게요."

그녀는 미래도시 같던 시카고에서 다시 채워둔 1리터짜리 물병을 내게 건네고, 나는 결코 끝나지 않았으면 싶은 한 모금을 길게 들이켠다.

"기분은 괜찮아요?" 그녀가 묻는다.

"아내 생각을 멈출 수가 없어요. 우리 집 현관에서 죽어 있던 모습. 그리고 위층 자기 방에 있던 찰리까지. 정말 엉망이에요."

어맨다가 말한다. "많이 힘들겠지만 지금 당신이 생각해 봐야 할—아니, 우리 둘 다 생각해 봐야 할—질문은 당신이 왜 그 세계로 우리를 데려갔냐는 거예요."

"내가 적은 건 '집에 가고 싶다'가 다예요."

"그러니까요. 적기는 그렇게 적었지만 마음의 앙금을 문 너머까지 가지고 간 거죠."

"그게 무슨 말이에요?"

"당연히 알 텐데요?"

"전혀 모르겠어요."

"당신이 걱정한 최악의 상황 말이에요."

"그런 식의 시나리오는 누구나 생각하는 것 아닌가요?"

"그럴지도요. 하지만 이 경우는 완전히 당신 얘기라, 이걸 못 알아채는 게 놀라워요."

"어째서 완전히 내 얘깁니까?"

"가족을 잃기만 한 게 아니라 병으로 잃은 거요. 당신이 여덟 살 때 어머니를 잃었던 것과 같은 방식이죠."

나는 어맨다를 유심히 본다.

"그걸 어떻게 알았어요?"

"어떻게 알았겠어요?"

아, 당연하다. 그녀는 제이슨2의 심리 상담사였다.

그녀가 말한다. "어머니의 죽음을 지켜본 건 그 사람 인생의 결정적인 사건이었어요. 결혼을 하지 않고 아이를 갖지 않은 이유에 큰 몫을 했죠. 연구에만 몰두했던 이유에도요."

수긍이 간다. 초반만 해도 다니엘라에게서 도망칠 생각을 한 순간들이 있었다. 다니엘라를 사랑하지 않아서가 아니라 어떤 면에서 그녀를 잃는 것이 두려워서였다. 그리고 그녀가 찰리를 임신했다는 사실을 알게 되었을 때도 또다시 같은 두려움을 느꼈다.

"내가 왜 그런 세계를 찾으려고 하겠어요?"

"사람들은 왜 통제적인 엄마나 부재했던 아빠를 꼭 닮은 상대와 결혼할까요? 예전의 잘못을 바로잡아 보려는 거예요. 어린 시절 자신을 괴롭혔던 일들을 성인이 되어서 수정하는 거죠. 표면적으로는 말이 안 되는 것 같아도 잠재의식은 고유의 작동 기제가 있어요. 어쩌다 보니 요전 세계가 상자의 작동 원리에 관해 많은 정보를 줬다는 생각이 드네요."

어맨다에게 물을 도로 건네며 나는 말한다. "40이에요."

"뭐가 40이에요?"

"남은 앰풀이 마흔 개라고요. 절반은 당신 거고. 그러니까 이 상황을 바로잡을 기회가 우리에게 스무 번씩 주어진다는 거죠. 당신은 뭘 하고 싶어요?"

"잘 모르겠어요. 이 시점에선 내가 왔던 세계로 돌아가지 않으리라는 것밖에 알 수가 없죠."

"그럼 붙어 다니는 게 좋아요, 아니면 여기서 서로 헤어져요?"

"당신은 어떤지 모르겠지만 난 아직 우리에게 서로가 필요하다고 생각해요. 어쩌면 내가 당신이 집으로 돌아가는 걸 도울 수도 있을 것 같고요."

나는 소나무 몸통에 등을 기댄다. 무릎에는 노트가 놓여 있고 머릿속은 생각으로 가득하다.

오직 말과 의도와 열망만으로 어떤 세계를 상상해 내려 하다니, 이 얼마나 이상한 일인가.

정말이지 골치 아픈 역설이다—통제권은 온전히 내게 있지만, 내가 스스로를 통제할 수 있는 범위까지만 적용되는 말이다.

나의 감정.

내 내면의 폭풍.

조용히 나를 움직이는 숨은 동력.

세계의 수가 무한하다면 유일무이하고도 명확하게 내 것인 세계를 어떻게 찾을 것인가?

나는 노트 지면을 뚫어져라 보다가 나의 시카고에 관해 생각나는 내용을 낱낱이 적기 시작한다. 글로써 내 삶을 그려나간다.

우르르 함께 학교로 걸어가는 동네 아이들 소리. 높게 재잘대는 아이들의 목소리는 바윗돌 위로 흐르는 시냇물 같다.

워낙 솜씨 좋게 그려놓아서 페인트 덧칠 없이 그대로 보존된, 우리 집에서 세 블록 떨어진 어느 건물의 색 바랜 흰 벽돌 담장의 그라피티.

나는 우리 집의 사소하고도 복잡한 사항들을 골똘히 생각한다.

항상 삐걱삐걱 소리가 나는 계단 네 번째 단.

수도꼭지에서 물이 새는 아래층 욕실.

아침이면 제일 먼저 커피부터 내리는 우리 집 주방의 냄새.

내 세계를 결정짓는, 작디작고 하찮아 보이는 그 모든 세세한 요소들.

11 11111 11

미학 분야에는 불쾌한 골짜기라는 이론이 있다. 그 이론에 따르면 어떤 사물이—마네킹이나 유사 인간 로봇처럼—사람과 거의 흡사하면 보는 이에게 혐오감을 유발한다. 겉모습이 사람에 대단히 가깝지만 약간의 어긋난 차이가 익숙하면서도 생경한 대상을 보는 듯한 기괴한 감정을 자아내기 때문이다.

내가 나의 시카고와 거의 똑같은 이 시카고의 거리를 걸으면서 느끼는 심리적 효과가 딱 그와 비슷하다. 나더러 당장이라도 고르라면 차라리 종말이 오는 악몽을 택할 것이다. 무너진 건물들과 잿빛 황무지도, 내가 수도 없이 지나다닌 길모퉁이에 서서 도로명이 잘못되었다는 걸 깨닫는 순간에는 비할 바가 아니다. 매일같이 트리플 숏 아메리카노에 두유를 넣은 모닝커피를 사러 들르던 커피숍이 부티크 와인 숍이 되어 있다거나, 엘리너가 44번지의 우리 집이 모르는 사람들이 사는 브라운스톤일 때 역시 마찬가지다.

이곳은 우리가 질병과 죽음의 세계에서 탈출한 후 네 번째로 접속한 시카고다. 앞서 세 곳도 매번 이번과 같았다. 집과 거의 흡사한 시카고.

곧 밤이 될 시간이기도 하고, 회복 기간 없이 꽤 짧은 시간 동안 연속 네 차례 약물을 복용한 터라 우리는 처음으로 상자에 돌아가지 않기로 했다.

이곳은 어맨다의 세계에서 내가 묵었던 로건스퀘어의 같은 호텔이다.

네온사인은 초록색이 아닌 빨간색이지만 '호텔 로열'이라는 이름은 같고, 꼭 그때 그 호텔만큼이나 별나고 시간이 멈춘 것 같은 모습이지만 소소하게 다른 점이 수두룩하다.

우리가 얻은 방은 더블베드가 두 개 있고, 내가 지난번에 묵었던 방과 똑같이 도로에 면해 있다.

나는 텔레비전 옆 서랍장에 세면도구와 중고품 할인점 옷이 담긴 비닐봉투들을 올려놓는다.

다른 때 같았으면 세제 냄새와 그것으로도 가려지지 않는 곰팡내 등이 진동하는 이 케케묵은 방에 들어오기를 주저했을지도 모른다.

하지만 오늘 밤 이곳은 호화 객실이 따로 없다.

나는 후드 점퍼와 속셔츠를 벗으며 말한다. "내가 워낙 더러워서 이 방에 관해 불평할 입장이 못 되네요."

벗은 옷을 쓰레기통에 던져 넣는다.

어맨다가 소리 내어 웃는다. "누가 더 지저분한지 대결에서 나랑 안 붙는 게 좋을걸요."

"값을 떠나 우리한테 방을 빌려준 것 자체가 놀라워요."

"우리가 상대하고 있는 시설의 수준이 그렇다는 얘기도 되죠."

나는 창가로 가서 커튼을 연다.

바깥은 초저녁이다.

비가 내리고 있다.

바깥에 걸린 호텔 간판의 붉은 네온 불빛이 방 안으로 새어 들어온다.

오늘이 며칠인지 전혀 감이 오지 않는다.

내가 말한다. "화장실 먼저 써요."

어맨다는 비닐봉투에서 자기 물건을 챙겨 간다.

잠시 후 타일 벽에 튕겨 울리는 기운찬 물소리가 들려온다.

어맨다가 외친다. "세상에, 목욕을 해야 돼요, 제이슨! 상상 이상이에요!"

침대에 누워 있자니 몸이 너무 지저분하다. 그래서 나는 라디에이터 옆 카펫에 앉아 따뜻한 바람을 온몸에 맞으며 창밖의 하늘이 어두워지는 광경을 바라본다.

나는 어맨다의 충고에 따라 욕조에 물을 받는다.

물방울이 벽을 타고 흘러내린다.

상자에서 자느라 며칠째 뻐근하던 허리에 뜨거운 물이 닿으니 엄청난 효과를 발휘한다.

면도를 하는 내내 정체성에 대한 의문이 뇌리에서 떠나지 않는다.

레이크몬트대학이나 이 지역 학교 어디에도 물리학 교수로 근무하는 제이슨 데슨은 없지만, 어딘가에 내가 있지 않을까 생각하지 않을 수 없다.

어쩌면 다른 도시에.

아니면 다른 나라에.

아마 다른 이름으로 다른 여자와 함께 다른 직업을 가지고 살아가고 있을지도.

만약 그렇다면, 만약 내가 대학생들에게 물리학을 가르치는 대신 정비소에서 고장 난 차 밑에 들어가거나 충치에 구멍을 뚫으면서 하루하루를 보낸다면 나는 가장 근본적인 수준에서 여전히 같은 사람일까?

그리고 그 수준은 무엇일까?

개성과 생활방식 같은 겉치장을 모두 벗겨낸다면, 과연 나를 나이게 하는 핵심 요소는 무엇일까?

한 시간 뒤, 나는 수일 만에 처음으로 깨끗해진 몸으로 청바지와 체크무늬 버튼다운 셔츠를 입고 낡은 팀버랜드 워커를 신고 나타난다. 신발은 반 사이즈 크지만 양모 양말을 두 개 겹쳐 신어서 빈 공간을 메웠다.

어맨다가 감정사처럼 나를 찬찬히 살피더니 말한다. "괜찮네요."

"당신도 나쁘지 않은데요."

어맨다가 중고 매장에서 건진 품목은 검정색 청바지, 부츠, 흰색 티셔츠, 그리고 여전히 배어 있는 냄새로 전 주인의 흡연 습관을 알려주는 검정색 가죽재킷이다.

어맨다는 침대에 누워서 처음 보는 텔레비전 프로그램을 보고 있다.

그녀가 나를 올려다보며 말한다. "내가 무슨 생각하고 있게요?"

"뭔데요?"

"와인 한 병. 엄청나게 많은 음식. 메뉴판에 있는 디저트도 몽땅 다요. 대학 시절 이후로 이렇게 비쩍 마르긴 처음이에요."

"다중 우주 다이어트네요."

그녀는 크게 웃는다. 듣기 좋은 소리다.

우리는 20분간 빗속을 걷는다. 내가 좋아하는 식당 중 하나가 이 세계에 존재하는지 확인하고 싶어서다.

그 식당이 있다. 마치 외국 도시에서 우연히 친구를 만난 것 같다.

이 아늑한 힙스터 식당은 옛 시카고의 동네 선술집 같은 느낌을 자아내는 곳이다.

테이블의 대기 줄이 길어서 우리는 카운터 쪽을 어슬

렁거리다가 스툴 두 개가 비자마자 빗물이 흘러내리는 창가 맨 끝에 자리를 잡는다.

우리는 칵테일을 주문한다.

이어서 와인도 주문한다.

작은 접시들이 줄줄이 놓인다.

우리는 술기운에 기분 좋게 잔뜩 상기되고, 지금 이 순간에 충실한 대화를 이어간다.

음식이 어떤지.

따뜻한 실내에 있는 느낌이 얼마나 좋은지.

우리 둘 다 상자 얘기는 단 한 마디도 꺼내지 않는다.

어맨다는 내가 벌목꾼처럼 보인다고 말한다.

나는 어맨다에게 여자 바이크족 같아 보인다고 응수한다.

우리는 너무 심하게, 너무 시끄럽게 웃지만 우리에겐 이런 게 필요하다.

화장실에 가려고 자리에서 일어나면서 어맨다가 말한다. "여기 그대로 있을 거죠?"

"이 자리에서 꼼짝도 안 할게요."

하지만 그녀는 계속 뒤를 돌아본다.

나는 카운터를 지나 모퉁이에서 사라지는 그녀를 쭉 지켜본다.

혼자 있으려니 이 평범한 일상의 순간이 견디기에 버겁다. 나는 식당을 두리번거리며 종업원들과 손님들의 얼굴을 눈여겨본다. 한데 뒤섞여 의미 없는 함성으로 뭉쳐지는 수십 가지 떠들썩한 대화를 귀 기울여 듣는다.

문득 이런 생각이 든다. 내가 아는 걸 당신들도 알았다면 어땠을까?

돌아가는 길은 올 때보다 더 춥고 궂다.

호텔이 가까워질 즈음 우리 동네 술집인 빌리지탭의 간판이 길 건너편에서 깜박이는 것이 눈에 들어온다.

내가 말한다. "밤술 한잔할래요?"

꽤 많이 늦은 시간이라 저녁 손님 무리는 대부분 빠져나간 후다.

우리는 카운터에 자리를 잡는다. 바텐더는 터치스크린으로 누군가의 계산서를 마저 업데이트하고 있다.

드디어 바텐더가 몸을 돌려 다가오더니 먼저 어맨다를 쳐다보고 이어서 나를 본다.

맷이다. 내 평생 그가 날라다 준 술이 천 잔은 될 것이다. 나의 세계에서 보낸 마지막 날 밤에도 그는 나와 라이언 홀더에게 술을 서빙했다.

그러나 그는 나를 전혀 못 알아보는 눈치다.

그저 무표정하게, 별생각 없이 예의상 취하는 태도뿐.

"어떤 걸로 드릴까요?"

어맨다는 와인을 주문한다.

나는 맥주를 달라고 한다.

맷이 탭을 당기는 사이 나는 어맨다 쪽으로 몸을 기울여 귀에다 속삭인다. "내가 아는 바텐더예요. 그런데 나를 못 알아봐요."

"안다는 게 무슨 뜻이에요?"

"여긴 우리 동네 단골 술집이에요."

"그건 아니죠. 그리고 저 사람은 당신을 못 알아보는 게 당연하고요. 뭘 기대한 거예요?"

"그냥 기분이 이상해요. 이곳은 내가 알던 모습과 정확히 일치하거든요."

맷이 우리가 주문한 술을 가져온다.

"나중에 한꺼번에 계산하시겠어요?"

나는 신용카드도 신분증도 없고, 가진 건 지금 입고 있는 멤버스온리 재킷 안주머니에 남은 앰풀과 나란히 들어 있는 현금 뭉치뿐이다.

"그냥 지금 낼게요." 돈을 꺼내려고 주머니에 손을 넣으며 내가 말한다. "그나저나, 제이슨이라고 합니다."

"맷입니다."

"여기가 마음에 들어요. 주인이세요?"

"네."

맷은 내가 그의 술집을 어떻게 생각하든 말든 전혀 관심 없어 보이고, 그런 그를 보니 나는 가슴에 구멍이 뚫린 듯 울적한 기분이 든다. 어맨다가 이런 내 기분을 감지한다. 맷이 자리를 뜨자 그녀는 마시던 와인 잔을 들어 내 맥주잔에 부딪치며 말한다.

"맛있는 식사와 따뜻한 잠자리, 그리고 아직 죽지 않은 우리를 위하여."

다시 호텔로 돌아온 우리는 불을 끄고 어둠 속에서 옷을 벗는다. 내가 우리 숙소에 관해 객관성을 아예 상실했음이 분명한 게, 침대의 느낌이 끝내주게 좋다.

방의 자기 쪽 자리에서 어맨다가 묻는다. "문은 잠갔어요?"

"네, 잠갔어요."

나는 눈을 감는다. 창문에 빗물 듣는 소리가 들려온다. 저 아래 젖은 도로 위로 이따금씩 차가 지나가는 소리도.

"멋진 밤이었어요." 어맨다가 말한다.

"맞아요. 상자가 그립지는 않은데, 벗어나 있으니 기분이 이상해요."

"당신은 어떤지 모르지만 나는 예전의 내 세계가 점점 더 희미한 환영처럼 느껴져요. 꿈에서 멀어질수록 그 꿈이 어떻게 느껴지는지 알죠? 색채도 선명함도 논리도 사라지잖아요. 꿈과 나의 정서적 연결이 희미해지는 거죠."

"완전히 잊을 날이 올 것 같아요? 당신 세계 말이에요."

"그건 모르죠. 그 세계가 더는 현실로 느껴지지 않는 시점에 이르는 것까진 그려져요. 실제로 그러니까요. 지금 이 순간 유일하게 실재하는 건 이 도시예요. 이 방. 이 침대. 당신과 나요."

⣿

한밤중에 나는 어맨다가 곁에 있는 걸 깨닫는다.

전혀 새로운 일은 아니다. 우리는 상자에서 여러 번 이런 식으로 갔다. 완전히 길을 잃은 두 사람이 되어 어둠 속에서 서로를 안고서.

그런데 지금 단 한 가지 차이점은 우리가 속옷만 입고 있으며 내 살에 닿은 어맨다의 피부가 심란하리만치 부드럽다는 것이다.

네온 불빛의 파편이 커튼 사이로 슬며시 들어온다.

어맨다가 어둠 속에 팔을 뻗어 내 손을 잡더니 자신의 몸에 두른다.

곧이어 그녀는 몸을 돌려 나를 마주 본다.

"당신은 그 사람보다 훨씬 좋은 사람이에요."

"누구요?"

"내가 알던 제이슨요."

"그러길 바라요. 제길." 나는 우스개라는 걸 보이려고 미소를 짓는다. 어맨다는 짙은 눈빛으로 나를 가만히 보기만 한다. 최근 들어 우리는 자주 서로를 바라봤지만 그녀가 지금 나를 바라보는 방식은 어딘가 다르다.

우리 사이에는 서로를 잇는 끈이 있고, 그 끈은 날마다 더 강해지고 있다.

그녀 쪽으로 단 1인치만 더 다가가도 우리는 그걸 하게 될 것이다.

의심의 여지가 없다.

만약 실제로 그녀에게 키스한다면, 우리가 같이 잔다면, 어쩌면 나는 죄책감을 느끼며 후회할 수도 있고 어쩌면 어맨다가 나를 행복하게 해줄 수 있다는 걸 깨달을지도 모른다.

어떤 버전의 나는 이 순간 필시 그녀에게 키스했다.

어떤 버전의 나는 답을 알고 있다.

하지만 그게 나는 아닐 것이다.

그녀가 말한다. "내가 저리로 돌아가길 원하면 그냥 그렇다고 말해요."

나는 말한다. "원하진 않지만 그렇게 해줘요."

├ 남은 앰풀 수: 24 ┤

어제, 나는 다니엘라가—시립도서관에서 온라인으로 찾은 부고에 의하면—서른세 살에 뇌종양으로 죽고 없는 세계에서 레이크몬트대학 캠퍼스에 있는 나를 보았다.

오늘은 제이슨 데슨이 2년 전 교통사고로 죽은 시카고에서 아름다운 오후 풍경을 마주한다.

나는 벅타운에 있는 화랑으로 들어가, 카운터 뒤에서 책에 코를 박고 있는 여자를 쳐다보지 않으려 애쓰고 있다. 여자를 보는 대신 유화가 잔뜩 걸려 있는 벽에 시선을 집중한다. 그림의 소재는 오로지 미시간호인 것으로 보인다.

호수의 매 계절이 담겨 있다.

색채도 시간대도 모두 다르다.

여자가 고개를 들지도 않고 말한다. "도움이 필요하면 말씀하세요."

"본인 작품이에요?"

그녀는 책을 한쪽으로 치워놓고 계산대 뒤에서 나온다.

이쪽으로 다가온다.

다니엘라가 죽는 걸 도와주었던 밤 이후로 그녀와 가장 가까이 있는 순간이다. 몸에 꼭 맞는 청바지와 아크릴물감이 흩뿌려진 검정색 티셔츠 차림의 그녀는 눈부시게 아름답다.

"네, 맞아요. 다니엘라 바르가스입니다."

그녀는 분명 나를 모르고, 알아보지 못하는 눈치다. 이 세계에서 우리는 만난 적이 없는 것 같다.

"제이슨 데슨입니다."

그녀가 손을 내밀고 나는 그 손을 잡는다. 딱 그녀의 손 같은 느낌이다. 거칠고 강인하고 능숙한, 화가의 손. 손톱 밑에는 물감이 끼어 있다. 내 등을 쓸어내리는 그 손톱들의 감촉이 여전히 생생하다.

"작품들이 정말 멋져요." 내가 말한다.

"감사합니다."

"한 가지 소재에 집중한 점이 무척 마음에 들어요."

"3년 전부터 호수를 그리기 시작했어요. 계절마다 너무 다르거든요." 그녀는 우리가 서 있는 곳 바로 앞에 걸린 그림을 가리킨다. "이 그림이 가장 초기작 중 하나예요. 8월의 준웨이비치를 그렸죠. 늦여름의 맑은 날에는 호수 물이 이렇게 빛이 나면서 녹청색으로 변해요. 흡사 열대 바다같이요." 그녀는 벽을 따라 이동한다. "그러다 10월에는 이렇게 온통 구름으로 뒤덮여서 호수 물이 잿빛으로 물드는 날을 만나게 돼요. 이 그림들이 좋은 건 호수와 하늘의 경계가 거의 없기 때문이에요."

"좋아하는 계절이 있어요?" 내가 묻는다.

"겨울이에요."

"정말요?"

"가장 다채로운 계절인 데다 일출이 장관이거든요. 지난해 호수가 완전히 빙판이 되었을 때 그린 몇 점이 제 그림 중에서 제일 괜찮았어요."

"작업은 어떻게 하세요? 야외에서, 아니면—"

"주로 사진으로요. 여름에는 가끔 해변에 이젤을 세우기도 하지만, 저는 제 스튜디오가 너무 좋아서 다른 곳에서 그리는 경우는 드물어요."

대화가 갑자기 멈춘다.

다니엘라는 계산대 쪽을 돌아본다.

아마 읽던 책으로 다시 돌아가고 싶은 거겠지.

필시 내가 입은 물 빠진 중고 청바지와 싸구려 버튼다운 셔츠에 대한 평가를 끝내고 내가 그림을 살 것 같지 않다고 판단했을 터다.

"이 화랑은 본인 소유예요?" 나는 답을 알면서도 묻는다.

그저 그녀가 말하는 걸 듣고 싶어서.

이 순간을 최대한 오래 끌기 위해서.

"사실은 협동조합이지만, 이번 달에 제 작품이 걸리기 때문에 제가 앞에 나와서 자리를 지키고 있는 거예요."

그녀는 미소를 짓는다.

그저 예의상의 미소.

점점 흩어지며 사라져간다.

"다른 필요한 게 없으시면—"

"전 단지 작가님 재능이 정말 뛰어나다고 생각합니다."

"아, 정말 과찬이세요. 고맙습니다."

"내 아내도 화가예요."

"지역에서 활동하시나요?"

"네."

"이름이 어떻게 되세요?"

"그건, 음, 아마 들어도 모르실 겁니다. 그리고 이제는 우리가 함께라고 할 수도 없어서⋯⋯."

"안됐네요."

나는 아래로 손을 뻗어, 그 난리를 겪고도 여전히 내 약지에 감겨 있는 너덜너덜한 실 가닥을 만진다.

"헤어진 건 아니에요. 그저⋯⋯."

나는 생각한 말을 마무리 짓지 않는다. 그녀가 마무리 지어달라고 청하기를 바라기 때문이다. 털끝만큼이라도 관심을 보이기를, 모르는 사람 보듯 나를 보지 말아주기를 바라기 때문이다. 우리는 모르는 사람들이 아니니까.

우리는 함께 인생을 꾸렸으니까.

우리에게는 아들이 있으니까.

나는 당신 몸 구석구석에 입을 맞췄으니까.

나는 당신과 함께 울고 함께 웃었으니까.

어떻게 한 세계에서 그토록 강력했던 무언가가 이 세계로는 스며들지 않을 수 있단 말인가?

나는 다니엘라의 눈을 응시하지만 되돌아오는 눈빛에는 사랑도 인정도 친숙함도 없다.

그녀는 다소 불편해 보이기만 한다.

꼭 내가 가버리기를 바라는 것처럼.

"커피 한잔하실래요?" 내가 묻는다.

그녀는 미소를 짓는다.

이제는 심히 불편해 보인다.

"제 말은, 언제가 됐든 일이 끝나신 후에요."

그녀가 그러자고 말한다면 어맨다가 나를 가만두지 않을 것이다. 이미 나는 어맨다와 호텔에서 다시 만나기로 한 약속에 늦었다. 오늘 오후에 우리는 상자로 복귀하기로 되어 있다.

그러나 다니엘라는 그러자고 말하지 않을 것이다.

그녀는 초조할 때 으레 그러듯이 입술을 깨물고 있다. 자존심을 뭉개버리는 칼 같은 거절이 아닌 그럴싸한 이유를 생각해 내려 애쓰고 있는 게 분명하지만, 결국 머리가 하얘져서 비틀거리고 있는 내게 망치를 내리칠 용기를 내고 있는 것이 느껴진다.

"저기, 있잖아요." 내가 말한다. "신경 쓰지 마세요. 미안합니다. 제가 난처하게 만들었군요."

제기랄.

미칠 것 같다.

생면부지의 남에게 거절당하는 건 그렇다 치자.

하지만 내 아이의 엄마에게 무참하게 차이는 건 완전히 다른 문제다.

"저는 이만 가볼게요."

나는 문으로 향한다.

그녀는 나를 붙잡으려 하지도 않는다.

지난 한 주 동안 우리가 발을 들인 시카고마다 나무들은 점점 더 앙상해지고, 떨어진 잎은 비에 젖어 노면에 붙어 있다. 나는 우리 집 브라운스톤 건너편의 벤치에 앉는다. 매서운 아침 추위에 대비해 어제 다른 세계의 지폐로 12달러를 주고 산 중고 코트로 무장했다. 코트에서는 할아버지 옷장처럼 좀약과 소염진통제 연고 냄새가 난다.

아까 호텔에서는 어맨다 혼자 노트에 글을 적고 있으라고 하고 나왔다.

머리도 식히고 커피도 살 겸 잠깐 걷고 오겠다고 거짓말을 했다.

내가 현관을 나와서 급히 계단을 내려가 인도에서 고가철도역으로 향하는 것을 본다. 그 역에서 퍼플 라인을 타고 에반스톤의 레이크몬트 캠퍼스까지 갈 것이다. 나는 노이즈 캔슬링 헤드폰을 꼈으며 아마도 팟캐스트—어느 과학 강의나 '미국인의 생활'의 한 에피소드—를 듣고 있을 것이다.

《시카고트리뷴》1면에 의하면 오늘은 10월 30일이다. 내가 총으로 위협받으며 납치되어 내 세계에서 뜯겨 나간 날로부터 한 달도 채 지나지 않았다.

기분으로는 상자에서 헤매고 다닌 게 몇 년은 된 듯하다.

지금까지 우리가 접속한 시카고가 얼마나 많았는지도

모르겠다.

이제 전부 다 뒤죽박죽 섞이고 있다.

이번 시카고는 지금까지 중 가장 비슷하지만 그래도 내가 살던 시카고는 아니다. 찰리는 자율형 공립학교에 다니고, 다니엘라는 그래픽디자이너로 집에서 일한다.

여기에 앉아 있는 동안 나는 지금껏 항상 찰리의 탄생과 다니엘라와 함께하기로 한 내 선택을, 우리의 인생 궤도를 사회적 출세에서 멀어지게 만든 결정적인 사건으로 바라보았음을 깨닫는다.

하지만 그건 지나치게 단순한 생각이었다.

그래, 제이슨2가 다니엘라와 찰리 곁을 떠나고 나서 돌파구를 찾은 것은 사실이다. 그렇지만 그들을 떠나고서도 상자를 만들어내지 못한 제이슨 역시 무수히 많다.

내가 다니엘라를 떠났어도 우리 둘이 사회적으로 아무것도 이루지 못한 세계.

아니면 내가 그녀를 떠난 뒤 우리 둘 다 어느 정도는 성공했지만 세상을 뒤집어 놓지는 못한 세계.

역으로, 내가 그녀 곁에 남고 우리가 찰리를 낳았는데 그리 좋지 않은 타임라인으로 빠진 세계들도 있다.

우리 둘의 사이가 나빠진 세계.

나나 다니엘라가 우리의 결혼 생활을 끝내기로 결심한 세계.

혹은 우리가 사랑 없이 파탄 난 상태에서 아들을 위한다는 이유로 억지로 참고 견디며 괴롭게 몸부림친 세계.

내가 모든 제이슨 데슨 중에서 성공적인 가정의 최고

봉이라면, 제이슨2는 전문성과 창의력의 정점에 해당한다. 우리 둘은 같은 사람의 상반되는 양극이므로, 제이슨2가 얻을 수 있는 무한한 가능성 중에서 하필 내 인생을 가지려 한 것이 우연은 아닐 것이다.

제이슨2가 직업에서는 완벽한 성공을 경험했을지라도 가정이 있는 남자로서의 충족감은, 그의 삶이 내게 그렇듯이 그와 너무나 동떨어진 것이었다.

이 모두가 내 정체성은 두 부분으로 이루어지지 않았다는 사실을 가리킨다.

그것은 다면적이다.

그렇다면 나는 가지 않은 길로 인한 상처와 원망을 벗어 던질 수도 있을 것이다. 가지 않은 길은 단순히 나라는 사람의 역이 아니기 때문이다. 그것은 나와 제이슨2라는 양극단 사이에 놓인 내 삶의 모든 순열을 나타내는 무한한 분기 체계이다.

나는 주머니에 손을 넣어 50달러를 주고 산 선불 휴대폰을 꺼낸다. 그 정도면 어맨다와 내가 하루 동안 먹을 음식을 사거나 싸구려 호텔에서 하룻밤 더 묵을 수도 있었을 돈이다.

손가락 없는 장갑을 낀 채로 시카고 광역권 전화번호부의 D 페이지에서 뜯어낸 노란 종이를 펼쳐서 동그라미가 쳐진 번호를 누른다.

집과 너무 흡사한 장소에는 어딘가 지독히 쓸쓸한 느낌이 있다.

내가 앉은 위치에서, 다니엘라의 재택 작업실로 쓰이는

듯한 2층 방이 보인다. 블라인드가 열려 있고 다니엘라는 나를 등지고 앉아 커다란 모니터를 보고 있다.

그녀가 무선전화기를 들더니 화면 정보를 빤히 본다.

모르는 번호인 것이다.

제발 받아.

그녀는 전화를 내려놓는다.

흘러나오는 내 목소리: "데슨네 집입니다. 지금은 전화를 받을 수 없지만─"

나는 삐 소리가 나기 전에 전화를 끊는다.

다시 전화를 건다.

그녀는 이번에는 두 번째 신호음이 울리기 전에 전화를 받는다. "여보세요?"

한동안 나는 아무 말도 하지 않는다.

말문이 막혀서.

"여보세요?"

"안녕."

"제이슨?"

"응."

"무슨 번호로 전화하는 거야?"

나는 그녀가 바로 이것부터 물을 거라 생각했다.

"내 전화기 배터리가 나가서 기차에서 어떤 여자분께 빌렸어."

"별일 없지?"

"아침은 어떻게 보내고 있어?" 내가 묻는다.

"좋아. 방금 봤잖아, 싱겁긴."

"그렇지."

그녀는 책상 앞 회전의자에 앉은 채로 빙글 돌면서 말한다. "그래, 나랑 간절히 통화하고 싶어서 모르는 사람 전화를 빌렸다는 거야?"

"맞아, 그랬어."

"자상하네."

나는 그저 가만히 앉아 그녀의 목소리를 한껏 빨아들인다.

"다니엘라?"

"왜?"

"당신이 정말 보고 싶어."

"무슨 일 있어, 제이슨?"

"아니, 없어."

"당신 말투가 이상해. 나한테 말해봐."

"고가철도로 걸어가다가 그냥 갑자기 그런 생각이 들었어."

"무슨 생각?"

"내가 당신과 함께하는 많은 순간을 너무 당연하게 여긴다는 생각. 일하러 집을 나서면 그때부터 난 벌써 오늘 일정이며 해야 할 강의 같은 걸 생각하기 시작하는데, 방금…… 열차에 올라타다가 한순간 내가 당신을 얼마나 사랑하는지 명확하게 느껴졌어. 나에게 당신이 얼마나 큰 의미인지 말이야. 당신은 절대 모를 거야."

"뭘 절대 몰라?"

"그 모든 걸 뺏겨버릴 수 있는 순간을. 아무튼, 그래서 당신한테 전화하려고 했는데 휴대폰이 안 됐어."

한참 동안 수화기 저편에서는 침묵만이 흐른다.

"다니엘라?"

"여기 있어. 나도 당신에 대해 똑같이 느껴. 당신도 알지?"

나는 북받치는 감정을 누르려 눈을 감는다.

그리고 생각한다. 지금 당장 저 길을 건너 집으로 들어가서 당신에게 모든 걸 말해버릴까.

난 완전히 길을 잃었어, 내 사랑.

다니엘라가 의자에서 내려와 창가로 걸어간다. 그녀는 요가 바지 위에 긴 크림색 스웨터를 입고 있다. 머리는 올려 묶었고, 손에는 아마도 동네 가게에서 구입한 차가 담긴 머그컵을 들고 있다.

그녀는 아이를 배어 불룩해진 배를 부드럽게 어루만진다.

찰리에게 동생이 생길 것이다.

나는 찰리가 그 일에 대해 어떻게 생각할지 궁금해하며 눈물을 머금고 미소 짓는다.

이건 나의 찰리는 누리지 못한 일이다.

"제이슨, 정말 별일 없는 것 맞아?"

"확실해."

"음, 저기, 마감 시간이 걸린 의뢰 건이 있어서……."

"이만 일하러 가야 되겠네."

"응."

그녀를 보내고 싶지 않다. 그녀의 목소리를 계속 듣고

싶다.

"제이슨?"

"응?"

"많이 사랑해."

"나도 사랑해. 당신은 짐작도 못 할 만큼."

"이따 밤에 봐."

아니, 당신은 자신이 얼마나 운이 좋은지 전혀 모르는 대단히 복 받은 버전의 나를 보겠지.

그녀는 전화를 끊는다.

다시 책상 앞으로 간다.

나는 휴대폰을 주머니에 도로 집어넣는다. 몸이 떨리고, 생각은 미친 듯이 내달려 어두운 공상으로 향한다.

내가 출근길에 타고 있는 열차가 탈선하는 모습을 본다.

내 시신은 알아볼 수 없을 만큼 심하게 훼손된다.

아니면 아예 발견되지 않는다.

이곳의 삶으로 들어가는 나 자신이 보인다.

정확히 내 세계는 아니지만, 이만하면 충분히 비슷하지 않을까.

저녁이 되어서도 여전히 나는 내 집이 아닌 브라운스톤 맞은편 엘리너가의 벤치에 앉아, 일터와 학교에서 집으로 돌아오는 이웃들을 쳐다보고 있다.

이 얼마나 기적 같은 일인가. 매일 집으로 돌아오는 사람들이 있다는 것은.

사랑받는 것은.

누군가 나를 기다린다는 것은.

나는 매 순간을 감사한다고 생각했지만, 추운 이곳에 앉아 있다 보니 실은 모든 걸 당연하게 여겼음을 알게 된다. 하지만 그랬던 것도 당연하지 않은가? 모든 것이 무너지기 전까지는 우리 자신이 실제로 무엇을 가지고 있는지, 그 모든 게 얼마나 위태롭고도 완벽하게 결합되어 있는지 전혀 알 도리가 없으니.

하늘이 어두워진다.

동네 이쪽저쪽에서 여러 집의 불이 켜진다.

제이슨이 집에 온다.

나는 상태가 좋지 않다.

하루 종일 아무것도 먹지 않았다.

아침 이후 물 한 모금도 입에 대지 않았다.

어맨다는 내가 어디 있는지 걱정하느라 제정신이 아닐 게 뻔하다. 그런데도 나는 꼼짝할 수가 없다. 나의 삶, 혹은 적어도 그것과 굉장히 비슷한 삶이 바로 길 건너편에서 펼쳐지고 있다.

자정이 한참 지나서야 나는 우리가 묵는 호텔방의 문을 연다.

불이 켜져 있고, 텔레비전 소리가 요란하다.

어맨다는 티셔츠와 잠옷 바지 차림으로 침대에서 나온다.

나는 안으로 들어와 조용히 문을 닫는다.

"미안해요."

"나쁜 자식."

"오늘 일진이 나빴어요."

"당신이 일진이 나빴다고요."

"어맨다—"

어맨다가 날 향해 달려들더니 두 손으로 있는 힘껏 밀치는 바람에 나는 문에 등을 세게 부딪힌다.

그녀가 말한다. "당신이 날 버리고 간 줄 알았어요. 그러다 당신한테 무슨 일이 생겼구나 하는 생각이 들었죠. 당신이랑 연락할 방법은 없고. 결국 병원에 전화를 돌리면서 당신 생김새를 설명하고 있었다고요."

"말없이 당신을 떠나는 짓은 절대 안 해요."

"내가 그걸 어떻게 알겠어요? 당신 때문에 놀랐잖아요!"

"미안해요, 어맨다."

"어디 있었어요?"

그녀는 나를 문에서 꼼짝 못 하게 붙잡아 놓는다.

"우리 집 맞은편에 있는 벤치에 하루 종일 앉아 있었어요."

"하루 종일요? 왜요?"

"모르겠어요."

"거긴 당신 집이 아니에요, 제이슨. 그들은 당신 가족이 아니고요."

"나도 알아요."

"정말 알아요?"

"다니엘라와 제이슨이 데이트하는 곳에도 따라갔어요."

"그들을 따라갔다니, 그게 무슨 뜻이에요?"

"그 둘이 식사하는 식당 밖에 서 있었어요."

이 말을 하는데 수치심이 밀려든다.

나는 어맨다를 밀어내며 방 안쪽으로 들어가서 내 침대 끄트머리에 앉는다.

어맨다도 이쪽으로 건너와 내 앞에 선다.

"식사 후에 둘이 극장에 갔어요. 난 극장 안까지 따라 들어갔어요. 그들 뒷자리에 앉았고요."

"아아, 제이슨."

"그것 말고도 멍청한 짓을 했어요."

"뭔데요?"

"우리 돈으로 휴대폰을 샀어요."

"휴대폰은 뭐 하려고요?"

"다니엘라에게 전화해서 그녀의 제이슨인 척하려고."

나는 어맨다가 또다시 폭발할 거라고 마음의 준비를 했지만 그녀는 내게로 다가와 내 목을 부드럽게 안고서 정수리에 입을 맞춘다.

"일어나요." 그녀가 말한다.

"왜요?"

"시키는 대로 해요."

나는 일어선다.

어맨다는 내 재킷의 지퍼를 열고 소매에서 팔을 빼내는 걸 거든다. 이어서 나를 침대 위로 밀친 다음 무릎을 꿇고 앉는다.

내 부츠 끈을 푼다.

내 발에서 신발을 벗겨낸 뒤 한쪽 구석으로 던진다.

내가 말한다. "당신이 알던 그 제이슨이 어쩌다 내게 그런 짓을 하게 됐을지 처음으로 알 것 같아요. 머릿속에 말도 안 되는 생각이 불쑥불쑥 떠올라요."

"이건 우리 정신이 감당할 수 있는 영역이 아니에요. 온갖 다른 버전의 자기 아내를 본다니—나로선 상상조차 안 가요."

"그는 몇 주간 날 따라다녔을 거예요. 직장에도. 다니엘라와 저녁 데이트를 할 때도. 아마 같은 벤치에 앉아서 우리 가족이 밤에 집 안을 돌아다니는 모습을 지켜보며 그 풍경에서 내가 빠지는 걸 상상했겠죠. 오늘 밤에 내가 무슨 짓까지 할 뻔한 줄 알아요?"

"뭔데요?" 어맨다는 듣기가 겁나는 표정이다.

"아마 그들도 우리랑 같은 곳에 여벌 열쇠를 둘 거라는 생각이 들더군요. 난 극장에서 일찍 나왔어요. 열쇠를 찾아서 집 안으로 들어가려고요. 벽장에 숨어서 그들이 사는 모습을 보고 싶었어요. 자는 모습도. 소름 끼치죠, 나도 알아요. 아마 당신 세계의 제이슨도 마침내 내 인생을 훔칠 용기를 낸 그날 밤 이전에 여러 번 우리 집에 왔을 거예요."

"하지만 당신은 그러지 않았잖아요."

"그렇죠."

"당신은 괜찮은 사람이니까."

"지금은 괜찮게 느껴지지가 않네요."

나는 매트리스에 등을 대고 누워, 어쩌다 보니 상자 밖에서 우리의 집이 된 이 호텔방의 천장을 쳐다본다.

어맨다도 침대 위 내 옆으로 기어올라 온다.

"이런 식으론 안 돼요, 제이슨."

"무슨 뜻이에요?"

"우린 헛수고만 하고 있어요."

"내 생각은 달라요. 처음에 어땠는지 생각해 봐요. 우리가 처음으로 발을 들였던, 사방에서 건물이 무너져 내리던 그 세계가 기억 안 나요?"

"우리가 얼마나 많은 시카고에 갔는지 이제 셀 수도 없어요."

"우리 집에 점점 가까워지고 있ㅡ"

"가까워지고 있지 않아요, 제이슨. 당신이 찾는 세계는 무한한 해변의 모래 한 알이에요."

"그렇지 않아요."

"당신은 아내가 살해당하는 걸 봤어요. 끔찍한 병으로 죽는 것도요. 아내가 당신을 알아보지 못하는 것도 봤고, 다른 남자와 결혼한 것도, 당신의 여러 버전과 결혼한 것도 봤어요. 이런 상황을 더 견디다가는 조만간 정신착란이 오고말 거예요. 현재 당신의 정신 상태로는 얼마 남지 않았어요."

"내가 견딜 수 있고 없고가 중요한 게 아니에요. 중요한 건 나의 다니엘라를 찾는 거지."

"정말 그래요? 하루 종일 벤치에 앉아서 하던 일이 그거였어요? 당신 아내를 찾는 것? 날 봐요. 우리에게 남은 앰풀은 열여섯 개예요. 남은 기회가 얼마 없다고요."

머리가 욱신거린다.

어지럽다.

"제이슨." 어맨다의 두 손이 내 얼굴에 닿는다. "정신이상의 정의가 뭔지 알아요?"

"뭔데요?"

"똑같은 행동을 반복하면서 다른 결과를 기대하는 거예요."

"다음번엔—"

"뭐요? 다음번엔 당신 집을 찾을 거라고요? 어떻게요? 오늘 밤에 다른 노트를 가득 채우게요? 그런다고 뭐가 달라져요?" 그녀는 한 손을 내 가슴에 놓는다. "당신 심장은 미쳐가고 있어요. 제발 진정해요."

그녀는 몸을 굴려 침대 사이 테이블 위에 놓인 램프를 끈다.

내 옆에 눕지만 그녀의 접촉에 성적인 느낌은 전혀 없다.

불이 꺼지니 두통이 조금 덜해진다.

방 안의 유일한 조명은 창문 밖에 걸린 간판의 푸른 네온 불빛이고, 꽤나 늦은 시간이라 아래 도로를 지나는 차량도 드문드문하다.

잠이 다가온다. 다행스럽게도.

나는 눈을 감고 침대 옆 탁자에 쌓여 있는 다섯 권의 노트를 생각한다. 갈수록 더 미친 듯이 휘갈겨 쓴 내 글이 거의 모든 페이지를 가득 채우고 있다. 나는 계속해서 생각한다. 충분히 많이 쓰면, 충분히 구체적으로 쓰면, 내 세계의 충분히 제대로 된 모습을 포착해서 마침내 집으로 갈 수 있을 거라고.

그러나 그런 일은 일어나지 않고 있다.

어맨다는 틀리지 않았다.

나는 무한한 해변에서 모래알을 찾고 있다.

아침이 밝았을 때 어맨다는 내 곁에 없다. 나는 옆으로 누워서 블라인드 틈새로 뚫고 들어오는 햇빛을 바라보며 벽을 타고 웅웅거리는 차량 소음을 듣고 있다. 시계는 내 뒤쪽 탁자에 놓여 있다. 몇 시인지 볼 수는 없지만 시간이 꽤 된 느낌이다. 우리는 늦잠을 잤다.

나는 일어나서 이불을 젖히고 어맨다의 침대 쪽을 본다.

비어 있다.

"어맨다?"

나는 어맨다가 안에 있는지 확인하려고 급히 화장실로 향하지만 서랍장 위에 놓인 것을 보고 우뚝 멈춰 선다.

약간의 지폐.

동전 몇 개.

앰풀 여덟 개.

그리고 노트에서 찢어낸 종이에 어맨다의 글씨가 가득 적혀 있다.

제이슨. 어젯밤 이후로 당신이 내가 따라갈 수 없는 길을 가기로 마음먹었다는 사실을 분명히 알았어요. 이 문제를 두고 밤새 고민했어요. 당신의 친구이자 치료사로서, 당신을 돕고 싶어요. 당신을 고쳐주고 싶어요. 하지만 나로선 역부족이에요. 그렇다고 당신이 무너져가는 걸 계속 보고 있을 수도 없어요. 당신이 계속 무너져가는 이유에 나도 들어가 있다면 더더욱. 우리 둘의 집단 잠재의식이 어느 정도까지 이들 세계와의 연결에 영향을 미치는 걸까요? 당신이 아내에게 돌아가는 걸 원하지 않는 건 아니에요. 그 무엇보다 그렇게 되길 바라요. 하지만 우리가 함께 지낸 지도 수 주가 되었어요. 당신이 내가 가진 전부인데, 특히나 이런 상황에서 정이 들지 않을 수가 없죠.

어제, 당신이 날 버리고 간 걸까 생각하고 있을 때 당신 노트를 읽었어요. 그런데 제이슨, 당신은 핵심을 놓치고 있어요. 당신의 시카고에 관해 온갖 얘기를 적었지만 당신이 느끼는 감정은 빠져 있잖아요.

배낭과 남은 앰풀 절반, 남은 돈 절반—161달러와 잔돈—을 두고 가요. 내가 어디로 가게 될진 나도 몰라요. 궁금하고 두렵지만 한편으론 설레기도 해요. 정말 이대로 남고 싶은 마음도 있는 게 사실이지만, 당신이 다음으로 열 문은 오롯이 당신 혼자 골라야 해요. 나도 마찬가지고요.

제이슨, 항상 행복하길 바라요. 몸조심하고요.

어맨다

├ 남은 앰풀 수: 7 ┤

혼자가 되자 복도의 공포가 고스란히 와닿는다.
이토록 외로운 기분은 난생처음이다.

이 세계에는 다니엘라가 없다.
그녀가 없는 시카고는 영 잘못된 느낌이다.
이곳의 모든 것이 싫다.
하늘 색깔도 이상해 보인다.
익숙한 건물들은 나를 조롱한다.
심지어 공기마저도 거짓 같은 느낌이다.
시카고는 나의 도시가 아니기 때문이다.
우리의 도시이기 때문이다.

├ 남은 앰풀 수: 6 ┤

연거푸 아웃을 기록 중이다.
밤새도록 나는 혼자 길거리를 걷는다.
멍한 상태로.

두려워하면서.

몸에서 약 기운이 다 빠져나가도록 내버려둔다.

새벽 무렵 밤새 여는 식당에서 식사를 하고 사우스사이드로 돌아가는 기차를 탄다.

폐발전소로 가는 길에 십대 아이들 세 명이 나를 발견한다.

그들은 도로 맞은편에 있지만, 이 시각에 거리는 텅 비어 있다.

아이들이 나를 소리쳐 부른다.

조롱하고 욕을 한다.

나는 못 들은 척 무시한다.

걸음을 더 빨리한다.

하지만 그들이 막 길을 건너기 시작해 일부러 내가 있는 방향으로 움직이는 순간 나는 곤경에 빠졌음을 직감한다.

잠시 도망갈까 생각해 보지만, 저들은 어리니 분명 나보다 빠를 것이다. 게다가 입안이 바짝 마르고 투쟁-도주 반응으로 아드레날린이 분비되자 문득 힘을 아껴야 할지도 모른다는 생각이 스친다.

연립주택지가 끝나고 기차역 구내가 시작되는 인근 변두리에서 그들은 나를 따라잡는다.

이 시간에 달리 밖에 나와 있는 사람은 아무도 없다.

도움을 구할 데라곤 보이지 않는다.

그들은 내가 처음 생각했던 것보다도 더 어리고, 그들에게선 마치 고약한 향수처럼 맥주 냄새가 풍긴다. 눈빛에 어린 거친 기운으로 보아 그들은 밤새 밖에 나와 있었으며,

어쩌면 바로 지금 같은 기회를 찾고 있었던 것 같다.

구타가 본격적으로 시작된다.

그들은 굳이 욕조차 하지 않는다.

나는 너무 지치고 망가져서 맞서 싸울 기력도 없다.

무슨 일이 벌어지고 있는지 미처 알기도 전에 나는 도로 위에 쓰러진 채 배와 등, 얼굴을 걷어차이고 있다.

잠시 의식을 잃었다가 정신을 차려보니 그들의 손이 내 몸을 더듬고 있는 느낌이 난다. 있지도 않은 지갑을 찾고 있나 보다.

그들은 마지막으로 내 배낭을 벗겨내더니, 도로 위에서 피 흘리는 나를 두고 낄낄거리며 거리를 달려간다.

나는 오랫동안 그 자리에 누워 꾸준히 늘어나는 차량 소리를 듣는다.

날이 점점 밝아진다.

인도 위의 사람들은 멈춰 서는 법 없이 나를 지나쳐 간다.

숨을 쉴 때마다 멍든 갈비뼈 사이에 쐐기처럼 통증이 박히고, 왼쪽 눈은 퉁퉁 부어 떠지지도 않는다.

한참 후에 나는 간신히 일어나 앉는다.

제기랄.

앰풀.

나는 철조망 울타리에 의지해 무거운 다리로 힘겹게 일어선다.

제발.

한 손을 셔츠 안으로 넣고 더듬거리다가 옆구리에 붙여둔 덕트 테이프 조각이 손가락에 닿는다.

테이프를 천천히 떼어내려니 어마어마한 통증이 몰려온다. 사실 뭘 해도 통증이 엄청나다.

앰풀은 거기 그대로 있다.

세 개는 으스러졌다.

세 개는 무사하다.

나는 비틀거리며 상자로 돌아가서 그 안에 틀어박힌다.

돈이 없어졌다.

노트도 없어졌다.

주사기와 바늘도.

남은 건 내 망가진 몸뚱이와 이 상황을 바로잡을 세 번의 기회뿐이다.

├ 남은 앰풀 수: 2 ┤

나는 사우스사이드의 어느 길모퉁이에서 시내로 갈 기찻값을 구걸하며 그날의 첫 반나절을 보낸다.

나머지 반나절은 우리 집 브라운스톤에서 네 블록 거리의 도로 위에 앉아 등 뒤에 이렇게 적힌 판지 표지판을 세워놓았다.

노숙자. 절박함. 얼마라도 좋으니 도와주세요.

필시 심하게 구타당한 내 얼굴 상태가 동정심을 자아내는 데 큰 도움이 됐는지, 해 질 무렵에는 28달러 15센트가 모였다.

나는 배고프고 목마르며 몸이 아프다.

나를 들여보내줄 정도로 허접해 보이는 식당을 골라 들어가 음식값을 치르자마자 피로가 덮쳐온다.

갈 데가 없다.

모텔방을 잡을 돈도 없다.

바깥은 밤이 되자 추워지고 비가 내린다.

나는 아무에게도 방해받거나 들키지 않고 잠을 잘 수 있겠다 싶은 장소를 하나 떠올리며 우리 집까지 걸어간 뒤 블록을 돌아 골목 쪽으로 간다.

우리 집 차고와 이웃집 차고 사이에는 쓰레기통과 재활용품통 뒤에 숨겨진 공간이 있다. 나는 쓰레기통 사이로 기어들어 간다. 같이 가져온 납작한 박스를 우리 집 차고 벽에 대고 기댄다.

그 안에서 판지에 후두두 떨어지는 빗소리를 들으며 내 임시 피신처가 이 밤을 잘 버텨주길 기도한다.

지금 내 위치에서는 우리 집 뒤뜰을 둘러싼 높은 담 위로 창문을 통해 우리 집 2층이 보인다.

저기는 부부용 침실이다.

제이슨이 지나간다.

제이슨2는 아니다. 이곳이 내 세계가 아닌 건 확실히 알고 있다. 우리 집 근처 상점과 식당 들도 다르다. 이곳의 데슨 가족은 우리 가족과 소유한 자동차도 다르다. 그리고 이 세계의 제이슨은 나보다 체중도 많이 나간다.

다니엘라가 잠시 창가에 나타나더니 팔을 뻗어 블라인드를 닫는다.

잘 자, 내 사랑.

빗줄기가 거세진다.

박스가 축 처진다.

나는 몸을 떨기 시작한다.

로건스퀘어 거리에서 지낸 지 8일째 되는 날, 제이슨 데슨이 직접 내 모금함에 5달러 지폐를 넣는다.

위험 소지는 없다.

내 얼굴은 몰라볼 정도니까.

햇볕에 까맣게 타고 수염이 덥수룩한 데다 비참한 가난의 냄새를 풍긴다.

우리 동네 사람들은 인심이 후하다. 매일 저녁마다 싸구려 끼니를 챙겨 먹고도 몇 달러를 남길 만큼의 벌이가 된다.

매일 밤마다 나는 엘리너가 44번지 뒷골목에서 잠을 잔다.

이건 일종의 게임이 된다. 부부 침실의 불이 꺼지면 나는 눈을 감고 내가 저 남자라고 상상한다.

그녀와 함께 있는.

어떤 날엔 분별력을 상실하는 느낌이 든다.

언젠가 어맨다가 자신의 예전 세계가 환영처럼 느껴지기 시작했다고 말했었는데, 이제야 그 말뜻을 알 것 같다. 우리는 현실을 유형의 대상―우리가 오감으로 체험할 수 있는 모든 것―과 연관 짓는다. 그렇기에, 내가 원하고 필요로 하는 모든 것을 가진 세계로 날 데려다줄 수 있는 상자가 시카고 사우스사이드에 있다고 계속 나 자신을 타일러도, 나는 이제 그런 곳이 존재한다고 믿지 않는다. 나의 현실은―날이 갈수록 점점 더―이 세계이다. 내가 아무것도 가지지 못한 곳. 존재 자체가 동정과 연민, 역겨움만 불러일으키는 꾀죄죄한 노숙인인 곳.

바로 근처에서, 또 다른 노숙자 사내가 인도 한가운데서 있지도 않은 누군가와 큰 소리로 대화를 하고 있다.

나는 생각한다. 나라고 별반 다를까? 우리 두 사람 다 자신이 어찌할 수 없는 이유로 더는 자신의 정체성과 맞지 않게 된 세계에서 길을 잃고 헤매는 것 아닌가?

가장 무서운 순간이 갈수록 빈번하게 찾아오는 것 같다. 마법의 상자라는 개념이 내 귀에조차 미치광이의 헛소리로 들리는 그런 순간들.

어느 날 밤, 나는 주류 판매점 옆을 지나다가 수중에 술한 병쯤 살 돈은 있다는 데 생각이 미친다.

나는 1파인트들이 J&B 위스키 한 병을 다 마신다.

정신을 차려보니 엘리너가 44번지의 부부 침실에 서

서, 침대 위 헝클어진 이불 아래에 잠들어 있는 제이슨과 다니엘라를 내려다보고 있다.

침대 머리맡에 놓인 시계는 새벽 3시 38분을 가리킨다. 집 안은 쥐 죽은 듯 조용하지만, 나는 어찌나 취했는지 고막을 두드리는 내 맥박 소리가 느껴질 정도다.

나를 여기로 이끈 사고 과정이 짜 맞춰지지가 않는다.

생각할 수 있는 거라곤 나에게 이런 삶이 있었다는 것뿐이다.

옛날 옛적에.

이렇게 아름다운 꿈같은 삶이.

그리고 지금, 방이 빙글빙글 돌고 눈물이 얼굴을 타고 흐르는 이 순간, 나는 그때의 내 삶이 진짜 있었는지 상상으로 만들어낸 것인지 정말로 모르겠다.

제이슨이 누운 쪽 침대로 한 발짝 다가가 보는데, 눈이 어둠에 적응하기 시작한다.

그는 평온하게 잠들어 있다.

그가 가진 것이 너무 간절히 갖고 싶어서 거의 손에 잡힐 듯 느껴진다.

그의 삶을 가질 수 있다면, 그의 자리에 들어갈 수 있다면 무엇이든 할 것이다.

그를 죽이는 상상을 한다. 목을 졸라 그의 숨을 끊거나 그의 머리통에 총알을 박는 상상.

그가 되려고 애쓰는 내 모습을 본다.

이 버전의 다니엘라를 내 아내로, 이곳의 찰리를 내 아들로 받아들이려 애쓰는 모습.

이 집이 언젠가는 내 집처럼 느껴지기는 할까?

내가 밤에 제대로 잠들 수는 있을까?

다니엘라의 눈을 똑바로 쳐다보면서 내가 목숨을 빼앗기 2초 전 그녀의 진짜 남편의 얼굴에 어린 공포를 떠올리지 않을 수 있을까?

아니.

그럴 수 없다.

갑자기 정신이 번쩍 든다—괴롭고 수치스럽지만, 멀쩡한 정신이 너무나 절실히 필요한 순간에 딱 맞춰서.

죄책감과 온갖 사소한 차이들은 이곳에서의 내 삶을 지옥으로 바꿔놓을 것이다. 내가 한 짓뿐만 아니라 내가 여전히 갖지 못한 것을 끊임없이 상기시키면서.

이곳은 결코 나의 세계로 느껴지지 않을 것이다.

나는 이런 것을 감당할 수 없다.

이런 걸 원하지 않는다.

나는 이런 사람이 아니다.

여기에 있어서는 안 된다.

비틀거리며 침실을 나와 현관으로 내려가는 동안 나는 잠시나마 이런 생각을 한 것부터가 나의 다니엘라를 찾기를 포기하는 것임을 깨닫는다.

그녀를 떠나보내겠다고 말하는 것임을.

그녀는 닿을 수 없는 대상이라 말하는 것임을.

어쩌면 그것이 사실일지도 모른다. 그녀와 찰리와 나의 완벽한 세계로, 무한한 해변의 그 단 하나의 모래알로 돌아가는 길을 찾을 가망이 전혀 없을지도 모른다.

그렇지만 아직 내게는 두 개의 앰풀이 남아 있고, 나는 그 앰풀들이 다 사라지기 전까지는 싸움을 멈추지 않을 것이다.

　　　　　　　　　　■

　　나는 중고품 할인점에 가서 새 옷—청바지, 플란넬 셔츠, 검정색 피코트—을 산다.

　　그런 다음에는 드러그스토어에서 세면도구와 함께 노트, 펜 한 묶음, 손전등을 장만한다.

　　이어서 모텔에 체크인한 뒤 입고 있던 옷을 버리고 내 평생 가장 긴 샤워를 한다.

　　몸을 타고 흐르는 물이 거무튀튀하다.

　　거울 앞에 서자 다시 내 본래 모습에 가까워 보인다. 비록 영양실조로 광대뼈가 더 도드라져 보이기는 하지만.

　　오후까지 늦잠을 자고 일어나 기차를 타고 사우스사이드로 간다.

　　발전소는 조용하고, 발전실 창문으로 햇빛이 비스듬히 들어온다.

　　상자 입구에 앉아서 노트를 편다.

　　잠에서 깬 후로 줄곧 어맨다가 마지막 작별 편지에 썼던 말을 곱씹고 있다. 이제껏 내가 느끼는 감정에 관해서는 적지 않았다는 그 말.

자, 그럼 적어보자…….

나는 스물일곱 살이다. 오전 내내 연구실에서 일했는데, 일이 너무 잘되고 있어서 파티는 거의 무시하다시피 한다. 요 근래 나는 부쩍 그러고 있다—단 몇 시간이라도 무균실에 더 있으려고 친구들이나 모임 약속을 소홀히 한다.

작은 뒷마당의 한쪽 구석에 있는 당신이 처음 눈에 들어오는 때에도, 나는 여전히 마음은 연구실에 가 있는 채로 테라스에 서서 라임을 넣은 코로나 맥주를 홀짝이고 있다. 시선이 끌리는 이유는 당신이 서 있는 방식 때문인 것 같다. 꽉 끼는 검은 청바지를 입은 키가 머쓱하니 큰 남자에게 꼼짝없이 잡혀 있는 모습인데, 남자는 내가 친구들을 통해 건너 건너 아는 얼굴이다. 화가라나, 뭐 그랬던 것 같다. 나는 그의 이름조차 모르고, 내 친구 카일이 최근에 해준 얘기만 기억난다. 아, 저 친구는 이 여자 저 여자와 닥치는 대로 자고 다녀.

지금 이날까지도 뭐라 설명은 못 하겠는데, 그 남자가 검은 머리카락과 검은 눈동자에 코발트색 드레스를 입은 여자—당신—에게 수작을 걸고 있는 걸 보는 순간 나는 화르륵 질투심에 휩싸인다. 이해도 안 되고 미친 것 같지만, 그를 한 대 치고 싶다. 당신의 몸짓이 어딘가 불편해 보인다. 웃지도 않고 팔짱을 끼고 있는 걸로 보아 당신이 형편없는 대화에 꼼짝없이 걸려들었다는 생각이 들고, 무슨 이유에선지 나는 신경이 쓰인다. 당신은 레드와인 얼룩이 길게 남은 빈 잔을 들고 있다. 내 마음 한편에서는 어서 가서 저 여자에게 말을 걸라고, 그녀를 구해주라고 부추긴다. 다른 한편에서는 이렇게 외친다. 네가 저 여자에 관해 뭘 안다고 그래, 이름도 모르면서. 넌 그런 사람이 아니잖아.

다음 순간, 나는 새 와인 잔을 들고 잔디밭을 가로질러 당신을 향해 가고, 당신이 내 쪽으로 시선을 돌리는 순간 내 가슴속 어느 기계장치가 작동을 멈춘 듯한 느낌이 든다. 두 세계가 충돌하는 것 같은 느낌. 내가 가까이 다가가자, 당신은 마치 와인을 가져다 달라고 미리 부탁하기라도 한 듯이 내 손에서 잔을 받아 들더니 우리가 오래 알고 지낸 사이인 것처럼 친근하게 웃는다. 당신이 딜런에게 나를 소개시켜 주려 하지만, 스키니진을 입은 그 화가는 작업 중에 제대로 물을 먹게 되자 핑계를 대며 급히 자리를 뜬다. 이제 산울타리 그늘에 우리 둘만 서 있고, 내 심장은 미친 듯이 두근거린다. 내가 "방해해서 미안해요. 근데 왠지 구조가 필요한 것처럼 보이더라고요"라고 말하자 당신은 "감이 좋군요. 저 남자, 생긴 건 멀끔하지만 못 견디게 끔찍해요"라고 대꾸한다. 나는 내 소개를 한다. 당신도 이름을 말해준다. 다니엘라. 다니엘라.

우리가 처음 함께한 순간에 오고 간 말은 드문드문하게만 기억난다. 가장 또렷이 기억나는 건 내가 원자물리학자라고 말할 때 당신이 크게 웃는 장면이다. 그렇다고 비웃듯이 웃은 건 아니고, 그 사실이 진심으로 즐거운 듯했다. 당신 입술에 와인 얼룩이 남아 있던 모습이 기억난다. 순전히 지적인 차원에서 나는 우리가 개별적이고 분리된 존재라는 생각이 착각이라는 걸 늘 알고 있었다. 우리는 모두 같은 재료―죽은 별이 폭발하면서 생겨난 물질의 입자―로 이루어져 있다. 그런데 늘 알던 그 사실이 당신과 함께 있던 거기, 그 순간에야 처음으로 온전히 피부에 와닿았다. 그렇게 된 건 당신 때문이다.

그래, 어쩌면 난 그냥 여자랑 자고 싶은 걸지도 모른다. 하지만 이 얽힘의 느낌이 더 깊은 무언가가 존재한다는 증거는 아닐까 궁금하기도 하다. 이런 생각의 흐름은 현명하게 나 혼자만 간직한다. 맥주로 기분 좋게 오른 취기와 햇볕의 따스한 감촉이 기억난다. 그러다 해가 지기 시작하면서 내가 얼마나 당신과 같이 이 파티장을 떠나고 싶은지 깨닫지만 물어볼 배짱이 없다. 그런데 당신이 이렇게 말한다. "친구 하나가 오늘 밤에 화랑을 오픈해요. 같이 갈래요?"

나는 속으로 생각한다: 당신과 함께라면 어디든 갈 겁니다.

├ 남은 앰풀 수: 1 ┤

나는 무한한 복도를 걷는다. 손전등 불빛이 벽에 반사되어 번쩍인다.

잠시 후 나는 나머지와 똑같은 어느 문 앞에 멈춰 선다.

1조, 100조, 1천조분의 1의 확률.

심장이 마구 뛰고 손바닥에서는 식은땀이 흐른다.

다른 그 무엇도 원하지 않는다.

원하는 건 나의 다니엘라뿐.

그녀를 원하는 내 마음을 어떻게 설명할 도리가 없다.

설명할 수 있게 되기를 원하지도 않는다. 그런 불가사의함 자체로 완벽하니까.

나는 오래전 그날의 뒷마당 파티에서 보았던 그 여자를 원한다.

내가 삶을 함께하기로 선택한 여자. 설사 그 선택이 내가 사랑하는 다른 것들을 일부 포기해야 한다는 의미일지라도.

나는 그녀를 원한다.

오직 그뿐이다.

나는 숨을 들이마신다.

다시 내뱉는다.

그러고는 문을 연다.

1 3

최근에 몰아친 눈보라가 콘크리트 지면에 쌓이고 유리 없는 위쪽 창문들 아래 발전기를 뒤덮었다.

지금도 호수에서 부는 강풍에 눈발이 실려 와 차가운 색종이처럼 흩날리며 떨어진다.

나는 기대를 억누르려 애쓰며 상자를 빠져나온다.

이곳이 무한히 많은 세계 중 어느 시카고 남부의 폐발전소일지 알 수 없는 노릇이다.

줄지어 선 발전기들을 따라 천천히 이동하고 있는데 바닥에서 뭔가 반짝이는 것이 눈길을 끈다.

그쪽으로 다가간다.

발전기 밑동에서 6인치 떨어진 콘크리트 지면 틈새에 놓여 있는 것은 목이 부러진 빈 앰풀 병이다. 지난 한 달 동안 내가 거쳐 간 폐발전소 어디에서도 이런 건 보지 못했다.

어쩌면 제이슨2가 내 인생을 훔친 그날 밤 내가 의식을 잃기 몇 초 전에 그 자신의 몸에 주사했던 앰풀일지도 모른다.

나는 산업단지 유령마을을 빠져나온다.

배고프고 목마르며 기진맥진한 상태로.

북쪽으로 스카이라인이 어렴풋이 보이는데, 비록 낮게 깔린 겨울 구름에 윗부분이 잘렸지만 저건 내가 아는 그 스카이라인이 틀림없다.

땅거미가 내릴 무렵 나는 87번가에서 북쪽으로 가는 레드 라인 열차에 탑승한다.

이 고가 열차에는 좌석 벨트도 없고 홀로그램도 없다.

느린 속도로 흔들거리며 시카고 남부를 지나갈 뿐이다.

곧이어 도심 외곽 지역이 나온다.

나는 열차를 갈아탄다.

블루 라인은 북부의 고급주택 지역으로 나를 데려간다.

지난 한 달 내내 비슷비슷해 보이는 여러 시카고에 가봤지만 이번 시카고는 어딘가 다르다. 예의 빈 앰풀만이 아니다. 뭔가 더 깊은 차원의 차이라서, 여기가 내가 속한 곳처럼 느껴진다고 말하는 것 외에 달리 설명할 길이 없다. 이곳은 나의 세계 같은 느낌이다.

열차가 고속도로 러시아워의 정체된 차량 행렬을 지나치며 달리는 동안 눈발은 더 거세진다.

문득 떠오르는 생각.

다니엘라는, 나의 다니엘라는 눈을 잔뜩 머금은 구름 아래에서 건강히 살아 있을까?

나의 찰리는 이 세계의 공기를 마시고 있을까?

나는 로건스퀘어에서 고가 열차 플랫폼에 내린 뒤 두 손을 코트 주머니 깊숙이 찔러 넣는다. 눈은 익숙한 우리 동네 거리에도 따라다니고 있다. 인도에도, 연석을 따라 주차되어 있는 차들에도. 러시아워 차량이 내뿜는 전조등 불빛이 펑펑 쏟아지는 눈송이 사이를 가른다.

우리 블록 위아래 집들이 눈보라 속에서 멋지게 빛나고 있다.

우리 집 현관으로 가는 계단에는 벌써 눈이 반 인치 남짓 얇게 쌓였고, 그 위에 한 사람의 발자국이 문까지 이어져 있다.

브라운스톤 집의 앞 창문을 통해 집 안을 밝힌 불빛이 새어 나오고, 인도 위 내가 선 자리에서 보기에 이곳은 영락없는 우리 집 같다.

나는 계속 사소하게 어긋난 세부 요소—잘못된 현관문, 잘못된 번지수, 처음 보는 가구—를 발견하게 될 거라고 예상한다.

하지만 문은 정확히 일치한다.

번지수도 정확히 일치한다.

심지어 거실 식탁 위에 입방체 샹들리에도 매달려 있고, 내가 있는 거리가 가까워서 벽난로 선반 위에 놓인 커다란 사진—옐로스톤국립공원의 인스퍼레이션 포인트 앞에 서 있는 다니엘라와 찰리와 나—까지 보인다.

식당에서 주방으로 이어지는 열린 출입구를 통해 와인 병을 들고 아일랜드 식탁 앞에 서 있는 제이슨이 언뜻 보인다. 그는 식탁 너머로 팔을 뻗으며 누군가의 잔에 와인을 따른다.

순식간에 기분이 들뜨지만 오래가지는 않는다.

내가 있는 위치에서 보이는 거라곤 와인 잔 자루를 쥔 아름다운 손뿐이고, 그 광경은 또다시 이 남자가 내게 한 짓을 벼락같이 상기시킨다.

그가 앗아 간 모든 것.

그가 훔쳐 간 모든 것.

눈 내리는 여기 바깥에서는 말소리는 전혀 들을 수 없지만 그가 웃으며 와인을 한 모금 마시는 것이 보인다.

그들은 무슨 얘기를 하고 있을까?

가장 최근 잠자리는 언제 했을까?

다니엘라는 한 달 전, 나와 함께였을 때보다 지금이 더 행복할까?

나는 이 질문의 답을 알아내는 걸 견딜 수 있을까?

내 머릿속의 분별 있고 차분한 목소리는 지금 당장 이 집에서 멀리 떨어지는 편이 현명하다고 말한다.

나는 지금 아무런 준비가 되어 있지 않다. 아무 계획도 없다.

오로지 격한 분노와 질투뿐.

게다가 너무 앞서나가서도 안 된다. 아직은 이곳이 나의 세계라는 확증이 더 필요하다.

블록을 따라 조금 내려가다가 우리 집 서버번의 익숙한 뒷모습이 눈에 들어온다. 나는 그쪽으로 걸어가 일리노이주 번호판에 들러붙어 있는 눈을 털어낸다.

차량 번호가 내 것이다.

차 색깔도 맞아떨어진다.

나는 뒷유리의 눈을 치운다.

자주색 레이크몬트 라이온스클럽 스티커는 반쯤 뜯겨나간 모양까지 완벽하다. 나는 유리창에 그 스티커를 붙이자마자 바로 후회했다. 그래서 스티커를 떼어내려고 했으나, 사자 얼굴 중 위쪽 절반밖에 제거하지 못하는 바람에 으르렁거리는 입만 남게 되었다.

하지만 그건 3년 전의 일이다.

좀 더 최근의, 좀 더 결정적인 무엇이 필요하다.

납치되기 몇 주 전, 나는 어쩌다 캠퍼스 근처에서 서버번을 후진하던 중에 주차 미터기에 부딪혔다. 다행히 큰 손상은 없이 오른쪽 미등에 금이 가고 범퍼가 찌그러진 것이 다였다.

나는 미등의 빨간 플라스틱 커버, 그리고 이어서 범퍼에서 눈을 치운다.

금 간 데를 만져본다.

찌그러진 곳도 만져본다.

내가 갔던 수많은 시카고의 다른 어느 서버번에도 이 자국들은 없었다.

확인을 끝내고 일어나면서, 나는 언젠가 다른 버전의 내 삶이 펼쳐지는 것을 지켜보며 하루 종일 앉아 있었던 길 건너 벤치 쪽을 힐끗 쳐다본다. 지금은 아무도 없고 좌석 위에 소리 없이 눈이 쌓이고 있다.

제길.

벤치에서 몇 피트 뒤에 있는 누군가가 눈에 덮인 어둠 사이로 나를 쳐다보고 있다.

나는 재빨리 인도를 따라 걷기 시작하면서, 내가 서버 번에서 번호판을 떼 가는 것처럼 보였을 수도 있겠다는 생 각을 한다.

이제 더 조심해야 한다.

빌리지탭 앞 창문에 달린 푸른색 네온사인이 나에게 집과 가까워졌다고 알려주는 등대 신호처럼 눈보라 속에서 깜빡거린다.

이 세계에는 호텔 로열이 없으므로 나는 단골 술집 맞은편의 허름한 데이즈 인에 체크인한다.

2박이 내가 감당할 수 있는 최대치이고, 숙박비를 치르고 나니 수중에 남은 현금은 120달러 남짓으로 떨어진다.

비즈니스센터는 1층 복도에 있는 작은 방으로, 고물이 되기 직전인 데스크톱과 팩스기, 프린터가 갖춰져 있다.

나는 온라인에서 세 가지 정보를 확인한다.

제이슨 데슨은 레이크몬트대학 물리학부 교수이다.

라이언 홀더는 최근 신경과학 분야의 연구 기여로 파비아상을 수상했다.

다니엘라 바르가스 데슨은 시카고의 유명 화가가 아니고, 그래픽디자인 사업체를 운영하지 않는다. 그녀의 아기자기하고 아마추어다운 웹사이트에는 그녀의 최고작 몇 점과 함께 미술 강사로 일한다는 광고가 실려 있다.

3층의 내 방까지 계단을 터덜터덜 올라가는 동안 나는 마침내 믿기 시작한다.

이곳은 나의 세계다.

호텔방 창가에 앉아 빌리지탭의 깜빡이는 네온사인을 내려다본다.

나는 폭력적인 사람이 아니다.

누굴 때려본 적도 없다.

그럴 시도조차 한 적이 없다.

그러나 내 가족을 되찾고 싶다면 그 외에 다른 방법이 없다.

나는 끔찍한 짓을 해야만 한다.

제이슨2가 나에게 한 짓과 똑같이 하되, 그를 도로 상자에 넣기만 함으로써 일말의 양심을 지키는 선택은 없어야 한다. 앰풀 하나가 남아 있기는 하지만 나는 그의 실수를 반복하지 않을 것이다.

그는 기회가 있었을 때 나를 죽였어야 했다.

내 뇌의 물리학자다운 측면이 슬슬 영향력을 발휘하며 통제권을 잡으려 하는 것이 느껴진다.

어쨌거나 나는 과학자다. 과정을 중심으로 사고하는 사람이다.

그러므로 나는 이 문제를 연구실 실험처럼 생각한다.

내가 얻고 싶은 결과가 있다.

그 결과에 도달하기 위해 필요한 단계는 무엇인가?

첫째, 바라는 결과를 명확히 규정하라.

내 집에서 살고 있는 제이슨 데슨을 죽이고 아무도 다시는 그를 찾지 못할 곳에 둔다.

이를 달성하기 위해 필요한 수단은 무엇인가?

자동차.

총.

그를 저지할 방법.

삽.

그의 시신을 처리할 안전한 장소.

이런 생각이 끔찍이 싫다.

그가 내 아내, 내 아들, 내 인생을 앗아 간 건 사실이지만, 이런 준비를 하고 폭력을 행할 생각은 추악하기 짝이 없다.

시카고에서 남쪽으로 한 시간 거리에 삼림 보호구역이 있다. 캥커키리버주립공원. 찰리, 다니엘라와 같이 몇 번 간 적이 있는 곳인데, 주로 낙엽이 물들어가고 우리 모두 황야의 고적함과 도시를 벗어난 하루가 간절해지는 가을이었을 때였다.

밤중에 내가 제이슨2를 태우고 운전해 가거나, 아니면 그가 내게 그랬듯이 그에게 운전을 시킬 수도 있을 것이다.

내가 아는 강 북쪽 코스 중 하나로 그를 데리고 가는 것이다.

나는 그에 앞서 그곳에 가서 하루 이틀 정도 머물며 조용하고 한적한 장소에 그의 무덤을 미리 파놓을 것이다. 들짐승들이 시신 썩는 냄새를 맡지 못하게 하려면 무덤을 얼마나 깊이 파야 하는지도 미리 조사해 놓을 것이다. 그로 하여금 직접 자기 무덤을 파게 될 거로 생각하게 만들어서 탈출 방법을 모색하거나 이 짓을 그만두도록 나를 설득할 시간이 남은 것처럼 믿게 만든다. 그런 다음, 무덤 구멍에서 20피트 안쪽에 들어서면 나는 삽을 던져주며 땅을 파라고 말할 것이다.

그가 삽을 주우려고 몸을 굽히는 순간, 나는 상상도 못할 짓을 할 것이다.

그의 뒤통수를 저격할 것이다.

그런 뒤 구멍까지 그를 끌고 가서 안으로 굴려 넣고 흙을 덮을 것이다.

다행스러운 사실은 아무도 그를 찾지 않으리라는 것이다.

나는 그가 내 삶으로 슬며시 들어간 것과 똑같은 방식으로 다시 그의 삶으로 슬며시 들어갈 것이다.

여러 해가 지난 언젠가, 어쩌면 다니엘라에게 진실을 말할 수도 있으리라.

어쩌면 영원히 그녀에게 말하지 않을지도.

스포츠용품 판매점은 세 블록 떨어진 곳에 있고, 폐점 시간까지는 아직 한 시간이 남았다. 찰리가 중학생 시절 축구에 빠져 있을 때 스파이크 운동화와 공을 사러 해마다 한 번씩 왔던 매장이다.

그때도 총기 판매대는 늘 나에게 매혹의 대상이었다.

신비의 대상.

도대체 무엇이 누군가로 하여금 총을 소유하고 싶게 만드는지 나로선 상상조차 할 수 없다.

살면서 총은 아이오와에서 고등학교에 다닐 때 두세 번 쏴본 것이 전부다. 그때도 나는 가장 친한 친구네 농장의 녹슨 석유 드럼통에 총을 쏘면서 다른 아이들만큼 짜릿한 쾌감을 느끼지 못했다. 총 쏘는 게 너무 무서웠다. 표적을 마주 보고 서서 묵직한 권총을 겨누는 동안 죽음을 손아귀에 쥐고 있다는 생각에서 벗어날 수가 없었다.

가게 이름은 필드앤드글러브이고 늦은 시간이라 손님은 나를 포함해 세 명이다.

나는 바람막이 재킷 진열대와 운동화가 진열된 벽을 지나쳐 가게 뒤쪽의 판매대 쪽으로 향한다.

탄약 상자들 위쪽 벽면에 엽총과 소총 들이 걸려 있다.

권총은 판매대 유리 진열장 아래에서 반짝인다.

검정색 모델.

크롬 모델.

탄창이 달린 모델.

탄창이 없는 모델.

1970년대 액션영화에 등장하는 자경단원들이나 들고 다닐 것같이 생긴 모델.

검정색 티셔츠와 물 빠진 청바지를 입은 여자가 이쪽으로 다가온다. 곱슬곱슬한 머리카락과 주근깨 가득한 오른팔을 휘감고 있는 타투 문구—'…… 국민이 무기를 보유·소지할 권리가 침해되어서는 안 된다'—덕에 애니 오클리(미국 서부 시대에 명사수로 이름을 떨친 여성—옮긴이) 같은 분위기를 한껏 풍긴다.

"도와드릴까요?" 여자가 묻는다.

"네, 권총을 사려고 하는데, 솔직히 총에 관해선 아는 게 전혀 없어서요."

"무슨 용도로 쓰실 건데요?"

"가정 호신용요."

그녀는 주머니에서 열쇠 꾸러미를 꺼내더니 내 앞에 놓인 진열장 문을 연다. 내가 지켜보는 가운데 그녀는 유리 아래로 팔을 뻗어 검정색 권총을 꺼낸다.

"이건 글록 23이에요. 40구경에 오스트리아산이고 타격력 높고요. 은닉휴대 면허용으로 더 작은 모델을 원하시면 소형 버전으로 맞춰드릴 수도 있어요."

"이걸로 침입자가 저지되나요?"

"그럼요. 이거면 쓰러져서 다시 못 일어날 거예요."

그녀는 슬라이드를 뒤로 당겨 약실이 비었는지 확인한 다음 다시 제자리로 돌려놓고 탄창을 빼낸다.

"총알은 몇 개나 들어가나요?"

"열세 발요."

그녀는 내게 총을 건넨다.

받은 총을 어떻게 해야 할지 잘 모르겠다. 조준해 보나? 무게를 느껴보나?

나는 어설프게 총을 손에 쥐어본다. 총알이 장전되어 있지 않은데도 죽음을 손아귀에 쥐고 있다는 불안감을 똑같이 느낀다.

방아쇠울에 매달린 가격표에는 599달러 99센트라고 적혀 있다.

일단 내 금전 상황을 해결할 필요가 있다. 당장 은행에 가서 찰리의 예금 계좌를 활용할 수도 있을 것이다. 내가 마지막으로 확인했을 때의 잔액은 4천 달러쯤이었다. 찰리가 그 계좌에 손대는 일은 없다. 다른 사람들도 마찬가지다. 내가 2천 달러쯤 인출한다고 해도 누가 알아챌 일은 없을 것 같다. 적어도 당장은 그렇다. 물론 그 전에 운전면허증부터 어떻게든 구해야 할 터다.

"어떠세요?" 여자가 묻는다.

"네. 그러니까, 총 같은 느낌이네요."

"몇 가지 다른 모델도 보여드릴 수 있어요. 연발 권총 쪽을 생각하셨다면 정말 괜찮은 스미스앤드웨슨.357도 있고요."

"아뇨, 이거면 될 것 같아요. 다만 돈을 좀 만들어야겠네요. 신원조회 절차는 어떻게 됩니까?"

"FOID 카드는 있으세요?"

"그게 뭡니까?"

"일리노이주 경찰이 발급하는 총기소지면허증요. 발급 신청을 해야 돼요."

"발급되려면 얼마나 걸리나요?"

그녀는 대답하지 않는다.

이상하게 나를 빤히 쳐다보기만 하더니 갑자기 팔을 뻗어 내 손에서 글록을 가져가 유리 밑 보관장에 도로 넣는다.

내가 묻는다. "내가 뭘 잘못 말했나요?"

"제이슨 맞죠?"

"내 이름을 어떻게 알아요?"

"지금까지 이게 무슨 일인가, 내가 미친 건가 생각하면서 상황을 짜 맞춰보려 애썼어요. 내 이름 몰라요?"

"네."

"저기요, 지금 나랑 장난하는 것 같은데, 그리 현명한—"

"난 이전에 당신과 얘기해본 적도 없어요. 사실 이 가게에도 한 4년 만에 처음 왔고요."

여자는 보관장을 잠그고 열쇠 꾸러미를 도로 주머니에 넣는다.

"당장 나가주세요, 제이슨."

"도대체 이해가 안—"

"지금 이게 이상한 장난 같은 게 아니라면 당신은 머리를 다쳤거나 알츠하이머병이거나 그냥 완전히 미친 거예요."

"그게 무슨 소리예요?"

"정말로 몰라요?"

"네."

그녀는 판매대에 양 팔꿈치를 짚으며 말한다. "이틀 전 당신이 여기에 와서 권총을 사고 싶다고 말했어요. 나는 똑같은 글록을 보여줬고, 당신은 가정 호신용이라고 했고요."

이건 무슨 의미일까? 제이슨2가 혹시나 내가 돌아올 경우를 막연히 대비하고 있는 건가, 아니면 실제로 나를 기다리고 있는 걸까?

"나한테 총을 팔았어요?" 내가 묻는다.

"아뇨, 당신한테 FOID 카드가 없었어요. 당신은 현금을 구해야 한다고 말했고요. 운전면허증조차 없는 것 같았어요."

싸한 느낌이 등골을 타고 흐른다.

무릎에 힘이 풀린다.

여자가 말한다. "게다가 이틀 전이 다가 아니었어요. 당신을 보고 느낌이 좀 이상해서, 어제 총기 판매대에서 일하는 다른 직원인 게리한테도 전에 여기서 당신을 본 적 있냐고 물어봤어요. 본 적이 있더군요. 지난주에만 세 번. 그러더니 오늘 이렇게 또 왔네요."

나는 판매대를 짚고 간신히 버틴다.

"그러니까, 제이슨, 이 가게에서 다시는 당신을 보고 싶지 않아요. 보호대 같은 걸 사러 오는 것도요. 당신이 보이면 경찰을 부를 거예요. 내 말뜻 이해해요?"

그녀는 두려우면서도 단호한 표정이고, 나는 그녀가 나를 위협으로 여기는 어두운 골목에서 그녀의 뜻을 거스르고 싶지 않다.

이윽고 나는 말한다. "이해해요."

"우리 가게에서 당장 나가요."

나는 눈이 쏟아지는 바깥으로 나온다. 눈송이가 얼굴을 때리고 머리는 어질어질하다.

길 아래를 흘낏 보니 택시 한 대가 다가온다. 팔을 들어 올리자 택시가 내 쪽으로 방향을 틀어 천천히 다가와서 연석과 나란히 선다. 나는 뒷좌석 문을 열고 차에 올라탄다.

"어디로 모실까요?" 택시 기사가 묻는다.

어디로, 라.

멋진 질문이다.

"호텔로 가주세요."

"어느 호텔요?"

"글쎄요. 열 블록 내에 있으면서 저렴한 데로요. 기사님이 골라주세요."

택시 기사는 앞좌석과 뒷좌석 사이에 쳐진 플렉시글라스 칸막이 사이로 뒤돌아본다.

"내가 고르라고요?"

"네."

잠깐은 그가 해주지 않을 것 같은 생각이 든다. 어쩌면 너무 이상한 부탁이었을 수도 있다. 어쩌면 나더러 내리라고 할지도 모른다. 하지만 의외로 그는 미터기를 켜고 다시 차량들 속으로 진입한다.

나는 차창 너머 전조등과 미등, 가로등, 번쩍이는 불빛
사이로 내리는 눈을 바라본다.

가슴 속에서 심장이 쿵쾅거리고, 생각이 질주한다.

진정해야 한다.

논리적이고 이성적으로 이 문제에 접근해야 한다.

엔드오브데이즈라는 이름의 초라한 호텔 앞에서 택시
가 멈춰 선다.

기사가 휙 뒤돌아보며 묻는다. "이 정도면 되겠어요?"

나는 요금을 치르고 호텔 프런트로 향한다.

라디오에서 시카고 불스 경기가 중계되고 있고, 데스크
뒤로 덩치 큰 호텔 종업원 한 명이 하얀 종이 상자 여러 개
에 담긴 중국요리를 먹고 있다.

나는 어깨에서 눈을 털어내며 외할아버지 이름─제스
매크래─으로 체크인한다.

하루치 숙박비를 지불한다.

그러고 나니 수중에 14달러 76센트가 남는다.

나는 4층으로 올라가 방에 들어간 뒤 잠금쇠와 사슬고
리로 문을 잠근다.

방 안에 생기라고는 없다.

보기만 해도 울적해지는 꽃무늬 이불이 덮인 침대.

포마이카 탁자.

파티클보드로 만든 서랍장.

그나마 따뜻하기는 하다.

나는 커튼 앞으로 가서 밖을 내다본다.

눈이 상당히 많이 내리는 터라 거리는 점점 한산해져 가고, 도로 위에는 빙판이 생겨서 지나가는 차들의 타이어 자국이 찍힌다.

나는 옷을 벗은 뒤 침대 옆 탁자 맨 아래 서랍에 들어 있던 기드온 성경책에 마지막 남은 앰풀을 집어넣는다.

그러고선 바로 샤워를 하러 간다.

생각을 해봐야 한다.

엘리베이터를 타고 1층까지 내려가서 키카드로 비즈니스센터에 들어간다.

생각난 게 있어서다.

내가 이 세계에서 사용하는 무료 이메일 서비스를 띄워놓고 머릿속에 제일 처음 떠오르는 사용자 아이디를 입력한다.

내 이름을 피그 라틴어(Pig Latin, 영어권에서 주로 어린이들이 사용하는 일종의 은어로 어두의 자음을 어미로 보내고 그 뒤에 -ay를 붙인다. 라틴어처럼 낯설게 느껴지는 언어라는 의미에서 이런 이름이 붙었을 뿐 실제 라틴어와는 무관하다—옮긴이)로 바꿔 쓴 asonjayessenday이다.

놀랄 것도 없이, 이미 사용 중인 아이디다.

비밀번호는 보나마나다.

내가 지난 20년간 거의 모든 곳에 쓴 비밀번호—내 첫 자동차의 제조사, 모델, 연식을 붙여놓은 jeepwrangler89 이다.

로그인을 시도한다.

접속이 된다.

나는 어느새 신규 개설된 이메일 계정에 들어와 있고, 받은편지함에는 서비스 제공업체가 보낸 소개 메일 몇 통과 발신자가 '제이슨'이고 이미 읽은 흔적이 있는 최근 이메일 한 통이 있다.

이메일 제목은 '집에 돌아온 걸 환영해 진짜 제이슨 데슨'이다.

나는 메일을 연다.

메일에는 아무 내용이 없다.

달랑 하이퍼링크 하나뿐.

새 페이지가 로딩되면서 화면에 알림창이 뜬다.

우버챗에 오신 걸 환영합니다!

현재 참여 인원은 세 명입니다.

신규 사용자입니까?

나는 '네'를 클릭한다.

사용자명 제이슨9입니다.

로그인하기 전에 비밀번호를 생성해야 한다.

커다란 창이 대화의 전체 히스토리를 보여준다.

이모티콘 선택.

메시지를 입력하는 작은 창. 이 창에서 전체에게 공개

메시지를 보내거나 개별 참가자에게 비밀 메시지를 보낼 수 있다.

맨 위로 스크롤해서 대화 상단으로 가보니 채팅이 시작된 건 대략 열여덟 시간 전이다. 가장 최근 메시지는 40분 전에 작성되었다.

제이슨관리자: 너희 중 몇 명은 집 근처에서 봤어. 어딘가 더 있다는 거 알아.

제이슨3: 이게 정말 일어날 수 있는 일이야?

제이슨4: 이게 정말 일어날 수 있는 일이야?

제이슨6: 비현실적이야.

제이슨3: 그럼 필드앤드글러브에 간 사람은 몇 명이나 돼?

제이슨관리자: 사흘 전에 갔어.

제이슨4: 이틀 전에.

제이슨6: 난 시카고 남부에서 샀어.

제이슨5: 총이 있어?

제이슨6: 응.

제이슨관리자: 캥커키를 생각한 건 누구누구야?

제이슨3: 여기 자수.

제이슨4: 여기 자수.

제이슨6: 사실 난 어젯밤에 거기까지 차를 몰고 가서 구멍을 팠어. 준비를 다 끝내놨지. 차도 마련해 놨고. 삽. 밧줄. 모든 계획이 완벽하게 세워져 있었어. 오늘 저녁, 집에 가서 우리 모두에게 이 짓을 한 그 제이슨이 집을 나서

길 기다리고 있었어. 그런데 그때 서버번 뒤에 있는 날 본 거야.

제이슨8: 왜 계획을 중단했어, 제이슨6?

제이슨6: 계속 진행해 봤자 무슨 소용이 있어? 그를 없앤 다 해도 너희들 중 하나가 바로 나타나서 나한테 똑같이 할 텐데.

제이슨3: 다들 게임 이론 시나리오를 돌려봤어?

제이슨4: 그래.

제이슨6: 그래.

제이슨8: 그래.

제이슨관리자: 그래.

제이슨3: 그럼 우리 모두 이 일이 좋게 끝날 리 없다는 걸 알고 있다는 거네.

제이슨4: 너희들 다 그냥 자살하고 내가 그녀를 갖게 해 주면 되겠네.

제이슨관리자: 내가 이 채팅방을 개설했고 관리자 제어권 한이 있어. 참고로, 지금 말없이 들어와 있는 제이슨이 다섯 명 더 있어.

제이슨3: 우리 모두 힘을 합쳐서 세계를 정복하는 게 어때? 이렇게 많은 버전의 우리가 실제로 협력했을 때 어떤 일이 벌어질지 상상이 가?(농담 반 진담 반이야)

제이슨6: 어떤 일이 벌어질지 상상이 가냐고? 가고말고. 정부 산하 실험실로 잡혀가서 죽을 때까지 실험 대상이 되겠지.

제이슨4: 우리 다들 생각하고 있는 걸 말해볼까? 이건 정말 미치게 기괴망측해.

제이슨5: 나도 총이 있어. 난 너희 중 누구보다 집에 오기 위해 치열하게 싸웠어. 내가 본 걸 본 사람은 아무도 없을걸.

제이슨7: 넌 나머지 우리가 무슨 일을 겪었는지 전혀 모르잖아.

제이슨5: 난 지옥을 봤어. 말 그대로, 지옥을. 너 지금 어디에 있어, 제이슨7? 난 이미 우리 중 둘을 죽였어.

또 다른 알림창이 화면에 나타난다.

제이슨7이 개인 메시지를 보냈습니다.

나는 메시지를 연다. 머리가 마구 울리고 폭발할 것 같다.

이 상황이 정말 말도 안 된다는 건 알지만, 나와 한편이 되지 않을래? 머리 둘이 하나보다 낫잖아. 우리 둘이 합심해서 나머지들을 없애고, 그렇게 상황이 말끔히 정리되었을 땐 우리끼리 무슨 수를 찾아낼 수 있을 거야. 시간이 가장 중요해. 어떻게 생각해?

어떻게 생각하느냐고?
숨쉬기도 힘들다.
나는 비즈니스센터를 벗어난다.
옆구리에서 땀이 흐르는데도 너무나 춥다.

1층 복도는 아무도 없이 조용하다.

나는 서둘러 엘리베이터를 타고 4층으로 올라간다.

베이지색 카펫 위에 내리자마자 재빨리 복도를 지나 방으로 들어와서 문을 잠근다.

머릿속이 소용돌이친다.

이런 일이 일어나리란 걸 어째서 예상하지 못했을까?

돌이켜보면 이건 불가피한 일이었다.

비록 나는 복도에서 대체 현실로 분기되지 않았을지라도 내가 발을 들인 모든 세계에 있었던 것은 분명하다. 이는 곧 재와 얼음과 전염병의 세계 등에서 나의 다른 버전들이 갈라져 나왔다는 뜻이다.

복도의 무한한 속성으로 인해 내가 더 많은 버전의 나 자신과 마주치는 일은 차단되었지만 실제로 나는 한 명— 등의 살갗이 벗겨진 제이슨—을 본 적도 있다.

필시 그런 제이슨들의 대다수는 다른 세계에서 죽거나 영원히 행방불명이 되었겠지만, 나와 같은 일부는 올바른 선택을 했거나 운이 좋았을 것이다. 그들은 다른 문, 다른 세계를 거침으로써 나와 가는 길은 달라졌을지 몰라도 결국은 각자 나름의 방식으로 이 시카고로 돌아오는 길을 찾은 것이다.

우리는 모두 같은 것을 원한다. 우리의 삶을 되찾는 것.

빌어먹을.

우̇리̇의̇ 삶̇.

우̇리̇의̇ 가족.

대부분의 이 제이슨들이 정확히 나와 같다면 어떻게

될까? 빼앗긴 것을 돌려받길 원하는 썩 괜찮은 사람들이라면. 그리고 만약 그게 사실이라면 내가 그들보다 다니엘라와 찰리에 대해 무슨 권리가 더 있을까?

이건 그냥 체스 게임이 아니다. 나 자신을 상대로 한 체스 게임이다.

이렇게 생각하고 싶지 않지만 어쩔 수가 없다. 다른 제이슨들은 세상에서 내게 가장 소중한 것—내 가족—을 원한다. 그렇다면 그들은 나의 적이 된다. 내 삶을 되찾기 위해서라면 무엇까지 마다하지 않을지 스스로에게 물어본다. 만약 그렇게 해서 남은 평생을 다니엘라와 함께 보낼 수 있다면 나는 다른 버전의 나를 죽일까? 그들도 그럴까?

나의 다른 버전들이 외로운 호텔방에 앉아 있는 모습, 눈 덮인 거리를 걷는 모습, 내 브라운스톤 집을 바라보며 바로 이런 생각의 흐름과 씨름하는 모습을 그려본다.

그들이 바로 이 질문들을 스스로에게 던지는 모습.

그들의 도플갱어들의 다음 수를 예측해 보려는 모습.

나눠 갖기는 있을 수 없다. 이건 철저히 경쟁으로 이루어진 제로섬게임이고, 우리 중 한 사람만 이길 수 있다.

누구라도 무모한 짓을 벌인다면, 걷잡을 수 없는 상황으로 흘러가서 다니엘라나 찰리가 다치거나 죽는다면, 이기는 사람은 아무도 없다. 몇 시간 전에 내가 우리 집 앞창으로 안을 들여다봤을 때 별일 없어 보였던 것도 그 때문일 것이다.

어떤 수를 둬야 할지 아는 사람이 없으니 아직 아무도 제이슨2를 상대로 게임을 걸지 않은 것이다.

전형적인 구조의 완전한 게임이론 상황이다.

죄수의 딜레마의 무서운 변형이다. 너 자신을 생각으로 앞지르는 것이 가능할까, 라고 질문을 던지는.

나는 안전하지 않다.

내 가족은 안전하지 않다.

하지만 내가 뭘 할 수 있을까?

내가 생각해 낼 수 있는 모든 수를 다른 이들이 미리 예측하거나 내가 기회를 갖기도 전에 실행에 옮기게끔 정해져 있다면, 그렇다면 나는 어떻게 되는 것일까?

불안해서 견딜 수가 없다.

상자에서 보낸 최악의 날들—얼굴에 쏟아지던 화산재, 얼어 죽을 뻔했던 순간, 다니엘라를 만났지만 그녀가 한 번도 내 이름을 불러주지 않았던 세계—그중 어떤 것도 지금 내 안에서 소용돌이치고 있는 이 폭풍에는 비할 바가 아니다.

지금 나는 그 어느 때보다도 집에서 멀어진 기분이다.

갑자기 울리는 전화벨 소리에 불현듯 현실로 돌아온다.

나는 탁자 쪽으로 가서 세 번째 신호음에 맞춰 수화기를 든다.

"여보세요?"

수화기 저편에선 아무 대꾸 없이 작은 숨소리뿐이다.

나는 전화를 끊는다.

창가로 간다.

커튼을 연다.

4층 아래의 거리는 휑하고 여전히 눈이 쏟아지고 있다.

또다시 전화가 울리지만 이번에는 한 번 만에 끊긴다.

이상하다.

다시 침대에 누우려는데 방금 전 걸려온 전화에 자꾸만 신경이 쓰인다.

혹시 나의 다른 버전이 내가 방에 있는지 확인해 보려는 거면 어쩌지?

무엇보다 그는 도대체 어떻게 이 호텔에서 나를 찾는단 말인가?

이 의문에 대한 답은 순식간에 찾아오고, 나는 섬뜩한 기분에 사로잡힌다.

지금 이 순간에도 로건스퀘어에 있는 수많은 버전의 내가 그가 하고 있는 것과 같은 행동—인근의 모텔과 호텔에 모조리 전화해서 다른 제이슨들을 찾는—을 하고 있는 것이 분명하다. 그가 나를 찾은 건 운이 좋아서가 아니다. 통계적 확률이다. 제이슨 몇 명만 나서도 한 사람당 10여 통씩 전화를 걸면 우리 집에서 반경 몇 마일 이내에 있는 호텔을 모조리 확인할 수 있을 터다.

하지만 접수원이 내 방 번호를 함부로 알려줄까?

일부러 말하지는 않겠지만, 아래층에서 불스 경기를 들으며 볼이 터지도록 중국음식을 먹고 있던 남자라면 깜빡 속아 넘어갈 수도 있을 것이다.

그렇다면 나는 그를 어떻게 속여 넘길 것인가?

나를 찾고 있는 게 내가 아닌 다른 사람이었다면 내가 체크인할 때 사용한 이름 덕분에 들키지 않을 수도 있을 것이다. 하지만 나의 다른 버전들도 모두 외조부의 이름을 안다. 그 부분은 내 실수였다. 그 이름을 쓰는 것이 나에게 제일 먼저 든 충동이었다면 다른 제이슨에게도 똑같이 그랬을 것이다. 그러면 내가 체크인할 때 사용했을 것 같은 이름을 안다고 가정했을 때, 그다음에 나는 무엇을 할까?

프런트에서는 내 방 번호를 그냥 알려주진 않을 것이다.

나는 내가 이곳에 묵고 있다는 사실을 아는 척해야 할 것이다.

호텔에 전화해서 제스 매크래의 방으로 연결해 달라고 부탁할 것이다.

전화를 받는 상대방이 내 목소리이면 내가 여기에 있다는 걸 알고 곧바로 전화를 끊을 것이다.

그러고 나서 나는 30초 후에 다시 전화를 걸어 접수원에게 이렇게 말할 것이다. "또 귀찮게 해서 죄송하지만, 제가 방금 전에 전화했었는데 전화가 갑자기 끊겨서요. 다시 연결 좀…… 이런 젠장, 방 번호가 뭐였지?"

내가 운이 좋고 프런트 직원이 아무 생각 없는 멍청이라면 그가 내 방으로 다시 연결하기 전에 내 방 번호를 무심결에 말해버릴 가능성이 상당히 높다.

따라서 첫 번째 전화는 받는 사람이 나인 걸 확인하려는 목적이었다.

따라서 두 번째 전화에서 발신자는 내가 묵고 있는 방 번호를 알아낸 직후에 전화를 끊었다.

나는 침대에서 벌떡 일어난다.

이 생각은 분명 터무니없지만, 무시해 버릴 수가 없다.

지금 내가 나를 죽이러 이곳으로 올라오고 있을까?

나는 모직 코트 소매에 두 팔을 꿰고 문으로 향한다.

두려움에 현기증이 밀려온다. 하지만 동시에, 어쩌면 내가 미쳤을 수도 있다는 생각을 하며 나 자신을 의심한다. 어쩌면 내가 별것도 아닌 일—내 방에 전화가 두 번 온 것—을 괜히 이상하게 확대해석하는 것일지도 모른다.

아마 그런 게 맞겠지.

하지만 아까 그 채팅방 이후로는 무슨 일이 일어나도 놀랍지 않을 것이다.

혹시라도 내 생각이 맞는데 내 직감을 무시하는 거면 어쩌지?

가자.

지금 당장.

나는 천천히 문을 연다.

복도로 나간다.

아무도 없다.

머리 위에 매달린 형광등이 낮게 웅웅거리는 소리 외에는 아무 소리도 나지 않는다.

계단으로 갈까, 엘리베이터로 갈까?

복도 저쪽 끝에서 땡, 하는 엘리베이터 도착음이 울린다.

문이 열리는 소리가 들리더니 곧이어 젖은 재킷을 입은 남자가 승강기에서 나온다.

한순간 나는 몸이 얼어붙는다.

눈을 뗄 수가 없다.

내가 나를 향해 걸어오고 있다.

우리 둘의 시선이 마주친다.

그는 웃고 있지 않다.

얼굴에는 그 어떤 감정도 없이 냉랭한 격렬함만 보인다.

그가 총을 들어 올리고, 나는 순식간에 반대쪽으로 휙 돌아서 저 끝에 있는 문을 향해, 제발 저 문이 잠겨 있지 않기를 기도하면서 복도를 전력 질주한다.

나는 빛나는 비상구 표시 밑을 돌파한 뒤 계단으로 들어가면서 힐끗 뒤를 돌아본다.

나의 도플갱어가 나를 향해 달려온다.

균형을 잡기 위해 난간을 쓸 듯이 잡고 계단을 내려가면서 생각한다. 넘어지지 마, 넘어지지 마, 넘어지지 마.

3층 층계참에 다다를 즈음 내 위에서 쾅 하고 문 열리는 소리가 나더니 그의 발소리가 계단 가득 메아리친다.

나는 계속 내려간다.

2층을 통과한다.

곧이어 1층에 도착해 보니, 가운데에 창이 난 한쪽 문은 로비로 통하고 창이 없는 다른 쪽 문은 다른 곳으로 연결되어 있다.

다른 곳을 택해서 돌진하는데…….

얼어붙을 듯이 춥고 눈으로 가득한 공기의 벽에 부딪힌다.

나는 몇 계단을 비틀거리며 내려와 새로 쌓인 몇 인치 깊이의 가루눈을 밟고 나서인지, 얼어붙은 도로에 신발이 미끄러진다.

막 몸을 바로 하려는 찰나, 어두운 골목에서 대형 쓰레

기둥 둘 사이로 누군가가 모습을 드러낸다.

내 것과 같은 코트를 입고 있다.

머리카락에는 눈이 내려앉아 있다.

나다.

그의 손에 들린 칼날이 가까운 가로등 불빛에 번득이더니 그가 칼로—벌라서티연구소 배낭에 표준 지급품으로 들어가 있던 칼이다—내 복부를 겨냥하며 나를 향해 진격한다.

나는 그야말로 마지막 순간 옆으로 몸을 피하고, 그의 팔을 붙잡고는 온 힘을 다해 호텔과 연결된 계단으로 그를 내팽개친다.

우리 위의 문이 부서져 열리는 것과 동시에 그는 계단에 내동댕이쳐지고, 나는 필사적으로 도망치기 2초 전에 도저히 믿기지 않는 광경을 가슴에 새긴다. 총을 들고 계단에서 걸어 나오는 나의 한 버전, 그리고 계단에서 일어나 눈 속에 파묻힌 칼을 양손으로 미친 듯이 찾는 또 다른 버전.

저 둘이 한편인가?

둘이 협력해서 제이슨을 찾는 대로 모조리 죽이는 건가?

나는 눈 범벅이 된 얼굴로 폐가 타들어가도록 건물들 사이를 질주한다.

다음 거리의 인도에 들어서면서 골목 쪽으로 뒤돌아보니 나를 향해 다가오는 두 그림자가 보인다.

나는 휘몰아치는 눈발을 뚫고 전진한다.

밖에는 사람이라고는 없다.

텅 빈 거리들.

길 아래쪽으로 몇 집 건너에서 시끄러운 소리—사람들의 환호성—가 터져 나온다.

나는 급히 그쪽으로 가서 홈집이 난 나무문을 열고 입석만 있는 허름한 술집으로 들어선다. 사람들은 모두 바 위에 일렬로 설치된 평면 스크린 쪽을 보고 있는데, 화면 속에서는 시카고 불스가 원정팀과 4쿼터 데스 매치에 붙들려 있다.

나는 사람들 무리 속으로 밀고 들어가 그 안에 섞여 든다.

앉을 데는 고사하고 서 있을 자리도 마땅치 않지만, 다트판 아래쪽에서 발 뻗을 수 있는 비좁은 공간을 간신히 얻어낸다.

모두가 경기에 열중해 있지만 나는 문을 쳐다보고 있다.

불스의 포인트 가드가 3점 슛을 넣자 기쁨의 함성이 일제히 터져 나오더니 생판 모르는 사람들이 하이파이브를 하고 서로를 부둥켜안는다.

술집 문이 열린다.

온몸이 눈으로 뒤덮인 내가 입구에 서 있다.

그가 안으로 한 발짝 들어선다.

그는 잠시 내 시야에서 사라졌다가 사람들이 파도타기 응원을 할 때 다시 모습을 보인다.

이 제이슨 데슨은 무슨 일을 겪었을까? 어떤 세계를 봤을까? 어떤 지옥과 싸우고 이 시카고에 돌아왔을까?

그가 사람들 무리를 훑어본다.

그의 뒤로 눈 내리는 바깥 풍경이 보인다.

그의 눈빛은 매섭고 차가워 보이지만, 문득 그도 나를 보면 똑같이 말할지 궁금하다.

그의 시선이 내가 서 있는 뒤쪽 구석 방향으로 이동할 때 나는 다트판 밑에 쪼그려 앉아 숲처럼 빽빽한 사람들의 다리 속에 숨는다.

그대로 1분이 흐른다.

사람들이 또다시 함성을 지를 때 나는 천천히 일어선다.

술집의 문은 이제 닫혀 있다.

나의 도플갱어는 사라졌다.

불스가 이겼다.

사람들은 그대로 남아서 기분 좋게 취해 있다.

한 시간이 걸려서야 바에 자리가 하나 나고, 난 어차피 갈 데도 없으니 스툴에 올라앉아 도수 낮은 맥주를 주문한다. 술값을 내고 나니 수중에는 10달러도 채 남지 않는다.

배가 너무 고픈데 이곳에선 음식을 팔지 않으므로 나는 맥주를 마시면서 첵스믹스를 몇 그릇 먹어치운다.

어느 술 취한 남자가 불스의 포스트시즌 가능성에 관한 대화에 날 끌어들이려 한다. 하지만 내가 못 들은 척 맥주잔만 내려다보고 있으니까 결국 그는 나에게 무례한 말을 뱉더니 우리 뒤에 서 있던 여자 두 명을 귀찮게 하기 시작한다.

그는 시끄럽고 공격적이다.

문지기가 나타나 그를 밖으로 끌어낸다.

사람 수가 줄어든다.

시끄러운 소리를 애써 무시하며 바에 앉아 있는 동안 내 머릿속에는 한 가지 생각만 자꾸 떠오른다. 다니엘라와 찰리를 엘리너가 44번지에 있는 우리 집에서 탈출시켜야 한다는 것. 그 두 사람이 집에 있는 한 제이슨들이 미친 짓을 할 위험은 없어지지 않는다.

하지만 무슨 수로?

지금은 아마 제이슨2가 그들과 같이 있을 테지.

시간이 한밤중이니까.

우리 집 근처에 가는 건 너무 많은 위험이 따른다.

다니엘라가 집을 나와 나에게 와야 한다.

그러나 내가 무슨 방법을 생각해 낸들 어느 다른 제이슨이 같은 생각을 하거나 이미 했거나 조만간 할 것이다.

내가 이길 수 있는 길이 없다.

술집 문이 열려서 나는 그쪽을 쳐다본다.

나의 한 버전—배낭, 피코트, 부츠—이 안으로 들어오고, 어느 순간 우리 둘의 시선이 마주치자 그는 놀란 기색을 드러내며 존중을 표하는 뜻으로 두 팔을 들어 올린다.

다행이다. 나 때문에 온 게 아닐 수도 있겠다.

로건스퀘어에서 돌아다니고 있는 제이슨이 내 생각만큼 많다면, 그는 그저 추위를 피할 안전한 곳을 찾다가 우연히 들어왔을 가능성이 크다. 내가 그랬듯이.

그는 바 쪽으로 가로질러 와서 내 옆의 빈 스툴에 앉는다. 아무것도 끼고 있지 않은 그의 두 손은 추위로 떨고 있다.

혹은 두려움 때문일까.

바텐더가 천천히 다가와 호기심 어린 표정으로—마치 묻고 싶어 하는 듯이—우리 둘을 쳐다보지만, 그녀는 새로 온 손님에게 이렇게만 말한다. "뭘로 드릴까요?"

"이분이 마시는 걸로 주세요."

우리는 바텐더가 탭에서 1파인트 분량의 맥주를 뽑아 내 가장자리로 거품이 흘러내리는 잔을 들고 오는 모습을 지켜본다.

제이슨이 자기 맥주잔을 든다.

나는 내 잔을 든다.

우리는 서로를 응시한다.

그의 오른쪽 얼굴에 누군가 칼로 그은 것처럼 희미한 상처가 길게 나 있다.

그의 약지에 묶인 실 가닥은 내 것과 동일하다.

우리는 술을 마신다.

"언제 왔—?"

"언제 왔—?"

우리는 동시에 웃음이 터진다.

내가 말한다. "오늘 오후에. 너는?"

"어제."

"느낌상 왠지 어려울 것 같네—"

"—이심전심이 안 되기가?"

"지금 내가 무슨 생각하고 있는지 알아?"

"네 마음을 읽지는 못해."

기분이 이상하다. 나는 지금 나 자신과 얘기하고 있지만 그의 목소리는 내가 생각하는 내 목소리와 다르게 들린다.

내가 말한다. "어디쯤에서 너와 내가 갈라진 걸까 궁금해하고 있었어. 쟤가 내리는 세계는 봤어?"

"봤어. 그다음 얼음 세계도. 거기선 가까스로 탈출했지."

"어맨다는?" 내가 묻는다.

"눈보라 속에서 헤어졌어."

나는 마음속에서 일어난 작은 폭발처럼 상실감을 느낀다.

내가 말한다. "내 경우에는 우리 둘이 함께 지냈어. 어느 집으로 피신해서."

"지붕창까지 눈에 묻혀 있던 집?"

"응, 맞아."

"나도 그 집을 발견했어. 안에 일가족이 죽어 있던."

"그럼 그다음엔 어디—?"

"그럼 그다음엔 어디—?"

"먼저 말해." 그가 말한다.

그가 맥주를 홀짝이는 동안 내가 묻는다. "얼음 세계 다음에는 어디로 갔어?"

"상자에서 나와보니 어떤 남자의 지하실이었어. 그 사람은 기겁했지. 그는 총을 가지고 있었고 나를 결박했어. 아마 그대로 갔으면 날 죽였을 텐데, 때마침 그가 앰풀 하나를 가져가서는 직접 복도를 구경해 보겠다고 마음먹은 거야."

"그렇게 들어가서 다시는 나오지 않았고."

"맞아."

"그런 다음에는?"

그는 잠시 다른 생각에 잠기는 듯 눈빛이 멍해진다.

맥주를 다시 한 번 쭉 들이켠다.

"그다음엔 안 좋은 세계를 몇 개 봤지. 정말 안 좋았어. 암울한 세계들. 흉악한 공간들. 너는 어땠어?"

나도 내 이야기를 들려준다. 속 얘기를 털어놓으니 좋으면서도 그에게 털어놓는 건 어쩔 수 없이 기분이 이상하다.

이 남자와 나는 한 달 전까지만 해도 같은 사람이었다. 다시 말해 우리는 99.9퍼센트의 역사를 공유하고 있다.

우리는 같은 얘기를 해왔다. 똑같은 선택을 내렸다. 똑같은 두려움을 겪었다.

같은 사랑을 했다.

그가 우리가 마실 두 번째 맥주를 사는 동안 나는 그에게서 눈을 떼지 못한다.

내가 내 옆에 앉아 있다.

그에게는 뭔가 현실 같지 않은 느낌이 있다.

아마도 내가 불가능한 위치에서—나의 바깥에서 나를 보는—그를 보고 있기 때문일 것이다.

그는 강해 보이지만, 동시에 지치고 망가지고 두려워 보이기도 한다.

이건 마치 나를 속속들이 아는 친구와 얘기를 나누는 듯한 느낌이지만, 그 위에 극도의 친숙함이라는 한 겹이 더해져 있다. 지난 한 달을 제외하면 우리 사이에는 비밀이 없다. 그는 내가 저지른 나쁜 일을 모두 안다. 내가 품었던 모든 생각을 안다. 나의 약점도, 나의 은밀한 두려움도.

"우리는 그를 제이슨2라고 불러." 내가 말한다. "그건 곧 우리가 스스로를 제이슨1이라 생각한다는 의미지. 원본이라고 말이야. 하지만 우리 둘 다 제이슨1일 수는 없어. 게다가 자신이 원본이라고 생각하는 다른 이들도 많이 있고."

"우리 중 누구도 아니야."

"그래. 우리는 복합물의 파편이지."

"일면이지." 그가 말한다. "개중 일부는 같은 사람에 매우 가깝겠지. 추측건대 너와 나처럼 말이야. 그와 달리 아주 딴판인 이들도 있겠고."

내가 말한다. "상황이 이렇다 보니, 다른 시각으로 나 자신을 보게 되지 않아?"

"이런 의구심이 들어. 누가 이상적인 제이슨일까? 그런 제이슨이 과연 존재하기는 할까?"

"우리가 할 수 있는 건 가장 훌륭한 버전의 나로 사는 것이겠지, 안 그래?"

"내가 하려던 말이야."

바텐더가 주문을 곧 마감한다고 알린다.

내가 말한다. "이런 짓을 해봤다고 말할 수 있는 사람은 많지 않을 거야."

"뭘? 자기 자신과 맥주를 같이 마시는 거?"

"응."

그는 남은 맥주를 비운다.

나도 내 잔을 비운다.

스툴에서 내려가면서 그가 말한다. "내가 먼저 갈게."

"어느 쪽으로 가?"

그는 잠시 망설이다 대답한다. "북쪽."

"난 널 뒤쫓지 않을 거야. 너도 그럴 거라 생각해도 돼?"

"그래."

"우리 둘 다 그들을 가질 순 없어."

그가 말한다. "그들과 함께할 자격이 누구에게 있느냐가 문제인데, 이 문제에는 답이 없을지도 몰라. 하지만 만약 너와 나 둘 중 하나인 상황이 된다면, 내가 다니엘라, 찰리와 함께하는 걸 네가 저지하게 내버려두진 않을 거야. 내키지는 않겠지만, 그런 상황이 되면 널 죽일 거야."

"맥주 잘 마셨어, 제이슨."

나는 떠나는 그의 모습을 지켜본다.

5분간 기다린다.

내가 맨 마지막으로 술집을 나선다.

아직도 눈이 오고 있다.

도로에는 반 피트쯤 새로 내린 눈이 쌓였고, 제설차들이 나와 있다.

인도로 내려서면서 잠시 주변을 가만히 둘러본다.

휘청거리며 멀어져 가는 술집 손님 몇 명이 있기는 하지만, 그 외에는 거리에 아무도 없다.

나는 어디로 가야 할지 모른다.

아무 데도 갈 곳이 없다.

유효한 호텔 키카드 두 개가 주머니에 있지만 그중 무엇을 써도 안전하지 않을 것이다. 다른 제이슨들이 손쉽게 복사본을 손에 넣을 수 있었을 테니까. 지금 이 순간에도 그들은 내 방에서 내가 돌아오기를 기다리고 있을지도 모른다.

불현듯 떠오르는 생각—마지막 남은 앰풀을 두 번째 호텔에 두고 왔다.

이제 없어진 셈이다.

나는 인도를 따라 걷기 시작한다.

지금은 새벽 두 시이고 나는 체력이 바닥나고 있다.

바로 이 순간, 똑같은 두려움과 똑같은 질문에 직면한 채 이 거리를 헤매고 있는 다른 제이슨은 몇 명이나 될까?

살해당한 이는 몇 명일까?

사냥을 다니는 이는 몇 명일까?

한밤중이라 해도 로건스퀘어에서는 안전하지 않다는 생각을 지울 수 없다. 지나는 골목과 어둑어둑한 출입구마다 나는 어떤 움직임이 없는지, 누군가 나를 쫓아오지는 않는지 살핀다.

반 마일을 걸어 훔볼트공원에 도착한다.

나는 발자국을 남기며 눈 속을 걷는다.

고요한 설원으로 들어선다.

극도로 피곤하다.

다리가 욱신거린다.

텅 빈 배 속은 꾸르륵거린다.

이대로 계속 갈 수는 없다.

저 멀리 우뚝 솟은 커다란 상록수가 보이는데, 눈 때문에 가지들이 축 처져 있다.

가장 낮은 가지가 땅에서 4피트 높지만 그럭저럭 눈보라를 피할 피난처를 제공해 준다.

나무둥치 가까이에는 눈이 조금밖에 없어서, 나는 땅바닥의 눈을 털어내고 바람이 가려지는 쪽으로 나무에 기대 앉는다.

주위가 너무나 조용하다.

도심을 누비는 제설차 소리가 희미하게 들린다.

하늘은 낮게 깔린 구름에 반사된 온갖 불빛들로 인해 네온핑크빛으로 물들었다.

나는 중심 체온을 잃지 않으려고 코트를 바짝 여미고 두 손을 꽉 움켜쥔다.

내가 앉은 자리에서 바라보면 군데군데 나무가 서 있는 탁 트인 평지가 펼쳐져 있다.

저 멀리 산책로를 따라 늘어선 가로등 사이로 눈이 내리면서 불빛 근처에 반짝이는 눈송이들의 빛무리를 이룬다.

무언가가 움직이는 낌새는 없다.

날이 춥지만, 바람 없이 맑은 하늘이었을 경우에 비하면 그리 심하지는 않다.

여기서 얼어 죽을 것 같지는 않다.

하지만 잠들 수 있을 것 같지도 않다.

눈을 감으니 어떤 아이디어가 떠오른다.

무작위.

애초에 내가 둘 모든 수를 예측할 수 있게끔 타고난 상대를 이기려면 어떻게 해야 할까?

완전히 무작위로 움직여야 한다.

계획에 없는 행동.

전혀 고려해 보지 않은, 사전에 거의 혹은 아예 염두에 두지 않은 수를 둔다.

어쩌면 그 수는 처참하게 실패해서 게임에 패하게 만들 악수일지 모른다.

하지만 그 운용 방식은 아마도 상대가 예상하지 못한 것일 테고, 따라서 나에게 뜻밖의 전략적 우위를 부여할 것이다.

그렇다면 이 논리를 현재 내가 처한 상황에 어떻게 적용해 볼 수 있을까?

예상을 뒤엎을 완전히 무작위한 수를 두려면 어떻게 해야 할까?

어찌어찌 잠이 든다.

오들오들 떨면서 잠에서 깨니 회색과 흰색의 세상이다.

그사이 눈과 바람은 멈췄고, 잎이 다 지고 없는 나무들 사이로 멀리 스카이라인이 드문드문 보인다. 개중 가장 높은 건물들은 도시 위에 걸쳐진 구름 마루에 닿아 있다.

탁 트인 평지는 희고 고요하다.

동이 트고 있다.

가로등 불이 꺼진다.

일어나 앉으려니 몸이 말도 못 하게 뻐근하다.

코트 위에 희미하게 눈이 내려앉아 있다.

차가운 공기로 입김이 뿜어져 나온다.

내가 본 모든 시카고 중 어느 곳도 오늘 아침의 고요함에는 필적할 수 없다.

텅 빈 거리가 모든 것을 조용히 숨죽이게 하는 곳.

하늘이 하얗고 땅도 하얗고 건물과 나무 들은 그와 극명한 대비를 이루는 곳.

나는 아직 이불 속에서 자고 있거나 창가에 서서 커튼 사이로 눈보라가 지나간 풍경을 내다보고 있을 700만 명을 생각한다.

상상하는 것만으로 더없이 안심되고 위안이 되는 기분.

나는 힘겹게 일어선다.

아까 잠에서 깰 때 말도 안 되는 생각이 떠올랐다.

어젯밤 술집에서 다른 제이슨이 나타나기 직전에 일어난 어떤 일에서 착안한 것이다. 나 혼자서는 절대 하지 못했을 생각이고, 그렇기에 거의 믿음이 간다.

나는 다시 공원을 빠져나가서 로건스퀘어가 있는 북쪽으로 향한다.

집이 있는 쪽으로.

가는 길에 처음 보이는 편의점으로 들어가 스위셔스위트 낱개 시가와 작은 빅 라이터를 구입한다.

이제 남은 돈은 8달러 21센트다.

눈을 맞은 코트가 축축하다.

나는 입구에 있는 옷걸이에 코트를 걸어놓고 카운터 쪽으로 들어간다.

이 장소는 마치 늘 여기 있었던 것처럼 근사하게 진짜배기의 느낌이 난다. 1950년대 같은 분위기는 칸막이 좌석과 의자의 붉은 비닐 덮개나 벽에 붙어 있는 수십 년에 걸친 단골손님들의 액자 사진에서 나오는 것이 아니다. 내 생각에 그 분위기는 변하지 않는 데서 비롯되는 것 같다. 이곳에는 베이컨 기름과 갓 내린 커피의 냄새, 그리고 자욱한 담배 연기를 헤치며 자리를 찾아갔을 지난 시간의 지워지지 않는 흔적이 잔뜩 배어 있다.

카운터에 있는 손님 두어 명 외에도, 칸막이 자리에 앉은 경찰 두 명과 막 교대 근무를 끝내고 온 또 다른 칸막이 자리의 간호사 세 명, 검정색 양복 차림에 어딘가 지루해 하는 표정으로 앞에 놓인 커피 잔을 뚫어지게 보고 있는 노인이 눈에 띈다.

나는 순전히 그릴에서 뿜어져 나오는 열기에 가까이 있으려고 카운터에 앉는다.

나이 지긋한 웨이트리스가 다가온다.

내 꼴이 분명 집 없는 마약중독자처럼 보일 텐데도, 웨이트리스는 한마디도 하지 않고 이상하게 보는 기색도 없이 그저 닳고 닳은 중서부 특유의 의례적인 태도로 주문을 받는다.

실내에 들어와 있으니 기분이 좋다.

창문에는 김이 서리고 있다.

뼛속까지 스며들었던 한기가 점점 가신다.

밤샘 영업을 하는 이 작은 식당은 우리 집에서 겨우 여덟 블록 거리지만 이곳에서 식사를 하는 건 오늘이 처음이다.

커피가 도착하자 나는 지저분한 손가락으로 도자기 머그컵을 감싸 쥐고 온기를 한껏 느낀다.

주문하기 전에 미리 계산을 해야 했다.

내가 사 먹을 수 있는 건 이 커피 한 잔과 달걀 두 개, 토스트가 전부다.

나는 되도록 천천히 먹어서 시간을 오래 끌어보려 하지만 그러기에는 너무 많이 굶주렸다.

웨이트리스가 나를 딱하게 여겨 추가 요금 없이 토스트를 더 가져다준다.

그녀는 친절하다.

괜히 앞으로 일어날 일에 대해 기분이 더 안 좋아진다.

나는 마약상들이 즐겨 쓰는 플립 폰으로 시간을 확인한다. 다른 시카고에서 다니엘라에게 전화하려고 샀던 그 휴대폰이다. 이 세계에서 전화가 걸리지는 않을 것이다―남은 통화 시간이 다중 우주에서 이월되지는 않을 테니까.

오전 8시 15분.

제이슨2는 9시 30분 강의에 맞춰 기차를 타기 위해 20분 전에 집을 나섰을 것이다.

아니, 어쩌면 아예 나가지 않았을지도 모른다. 몸이 안 좋을 수도 있고, 혹은 내가 예상치 못한 어떤 이유로 오늘은 집에 머무를 수도 있다. 만약 그렇다면 큰일이지만, 그렇다고 그가 없는지 확인하려고 우리 집 근처에 가는 것은 위험 부담이 너무 크다.

나는 주머니에서 8달러 21센트를 꺼내 카운터에 놓는다.

내가 먹은 아침 식사 값에다 인색하기 짝이 없는 팁이 간신히 나오는 액수이다.

마지막 남은 커피를 한 모금 마신다.

그런 다음 플란넬 셔츠 앞주머니에 손을 넣어 시가와 라이터를 꺼낸다.

나는 주변을 훑어본다.

어느새 식당에 사람들이 꽉 차 있다.

내가 처음 들어올 때 봤던 경찰 두 명이 이미 가고 없지만 반대쪽 끝의 구석 자리에 다른 경찰 한 명이 앉아 있다.

시가 포장지를 뜯는 두 손이 미세하게 떨린다.

이름에 걸맞게 시가 끄트머리에서 어렴풋이 달콤한 맛이 난다.

세 번의 시도 끝에 라이터 불을 켠다.

시가 끝에 불을 붙이고 연기를 한 모금 들이마신 뒤 철판 위의 핫케이크를 뒤집고 있는 즉석요리사의 등을 향해 길게 내뿜는다.

10초 동안 아무도 알아채는 사람이 없다.

그러다 고양이 털이 잔뜩 묻은 재킷 차림의 내 옆에 앉은 나이 지긋한 여자가 고개를 돌리고 말한다. "여기서 이러시면 안 돼요."

그 말에 나는 평소라면 절대로 뱉을 생각조차 하지 않을 말로 응수한다. "식후에 피우는 시가만 한 게 없는 걸 어쩝니까."

여자는 두꺼운 안경알 너머로 실성한 사람 보듯 나를 쳐다본다.

웨이트리스가 김이 솔솔 나는 커피 주전자를 들고서 크게 실망한 표정으로 다가온다.

그녀는 고개를 절레절레 저으며 마치 아이를 야단치는 엄마 같은 목소리로 말한다. "여기서 피우면 안 돼요."

"하지만 꿀맛인걸요."

"매니저를 불러와야겠어요?"

나는 또다시 한 모금 빤다.

연기를 내뿜는다.

즉석요리사—양쪽 팔에 문신을 잔뜩 새긴, 덩치 큰 근육질 남자—가 뒤돌아서 나를 노려본다.

나는 웨이트리스에게 말한다. "그거 아주 좋은 생각입니다. 당장 가서 매니저를 불러요. 난 이걸 끌 생각이 없으니까."

웨이트리스가 자리를 뜨자마자 나 때문에 식사를 망친 옆자리 노부인이 작게 중얼거린다. "젊은 사람이 예의가 없어."

곧이어 노부인은 포크를 던지듯이 내려놓고 스툴에서 내려가 문 쪽으로 향한다.

내 근처에 있던 다른 손님들도 하나둘 주목하기 시작했다.

그러건 말건 나는 계속 담배를 피우고 있는데, 그때 식당 뒤편에서 막대기처럼 깡마른 남자가 웨이트리스를 뒤에 달고 나타난다. 남자는 검은 청바지와 양 옆구리에 땀 얼룩이 진 흰색 옥스퍼드 셔츠를 입고 매듭이 느슨해진 단색 넥타이를 매고 있다.

전반적으로 흐트러진 차림새로 보아 아마도 밤새 근무를 한 것 같다.

내 뒤에서 멈춰 서며 남자가 말한다. "당직 매니저인 닉입니다. 식당 안에서 담배를 피우시면 안 됩니다. 다른 손님들에게 피해를 주고 있어요."

나는 앉은 자리에서 살짝 몸을 틀어 그와 눈을 마주친다. 그는 지치고 짜증 난 기색이다. 그런 사람에게 이런 일을 겪게 하려니 아주 몹쓸 놈이 된 기분이지만 이제 와서 그만둘 수는 없다.

주위를 둘러보니 어느덧 모두의 눈이 나를 향해 있고, 핫케이크는 철판에서 타고 있다.

내가 묻는다. "다들 내 멋진 시가 때문에 피해를 받았어요?"

여기저기서 그렇다는 대답이 나온다.

누군가는 나를 개자식이라고 욕한다.

식당 저쪽 끝에서 사람의 움직임이 눈길을 끈다.

드디어.

경찰관이 구석 자리에서 스르륵 빠져나오고, 그가 내 쪽을 향해 통로를 걸어오는 동안 치직거리는 무전기 소리가 들려온다.

그는 어리다.

굳이 추측하자면 이십대 후반 같다.

키가 작고 다부진 체격.

눈빛에 해병대원 같은 강인함이 어려 있고 총명함도 보인다.

매니저는 안도하며 한 걸음 뒤로 물러선다.

이제 경찰관이 내 옆에 서서 말한다. "우리 시에는 실내

공기청정법이 있는데 지금 그 법을 위반하고 계십니다."

나는 또다시 시가를 빨아들인다.

경찰관이 말한다. "이봐요, 난 밤을 새다시피 했습니다. 여기 있는 다른 손님들도 상당수가 그렇고요. 왜 모두의 아침 식사를 망치려는 겁니까?"

"그쪽은 왜 나의 시가를 망치려는 겁니까?"

경찰관의 얼굴에 성난 기색이 스친다.

그의 동공이 커진다.

"지금 당장 그 시가를 끄세요. 마지막 경고입니다."

"싫다면요?"

그는 한숨을 내쉰다.

"내가 기대하던 대답이 아니군요. 일어나세요."

"왜요?"

"선생님은 감옥에 가실 거니까요. 5초 안에 그 시가가 꺼지지 않으면 체포에 불응하는 것으로 간주하겠습니다. 그렇게 되면 저는 훨씬 덜 친절해질 테고요."

내가 마시던 커피 컵에 시가를 떨어뜨리고 스툴에서 내려오자 경찰관은 허리춤에서 재빨리 수갑을 빼내 내 손목에 채운다.

"무기나 침류를 소지하고 있습니까? 저를 해칠 수 있거나 제가 알고 있어야 할 물건은요?"

"없습니다."

"현재 마약이나 약물을 복용한 상태입니까?"

"아닙니다."

그는 나를 몸수색한 뒤 내 팔을 잡는다.

우리가 출입구 쪽으로 걸어가는 동안 다른 손님들은 박수를 친다.

순찰차는 바로 앞에 주차되어 있다.

경찰관은 차 뒷문을 열면서 내게 머리 조심하라고 이른다.

등 뒤로 수갑이 채워진 상태에서 경찰차 뒷좌석에 우아하게 올라타기란 불가능에 가깝다. 경찰관은 운전석에 앉는다.

그는 안전벨트를 채운 뒤 엔진에 시동을 걸고 눈 내리는 거리로 나간다.

뒷좌석은 일부러 불편하도록 만들어놓은 것 같다. 다리를 뻗을 공간이라고는 없어서 두 무릎은 좁은 우리 안에 구겨지고, 좌석 자체도 마치 콘크리트에 앉아 있는 것 같은 느낌이 나는 단단한 플라스틱 복합재 재질로 되어 있다.

창문에 쳐진 창살 사이로 우리 동네의 낯익은 건물들이 스쳐 지나가는 풍경을 바라보며 나는 생각한다. 과연 이 방법이 먹힐 가능성이 있기는 할까.

우리는 14지구 경찰서의 주차장에 들어간다.

해먼드 경관은 나를 뒷자리에서 끌어낸 뒤 철문을 지나 신병 등록실로 호송한다.

책상이 줄지어 늘어서 있고 한쪽에는 수감자용 의자가 여러 개 놓여 있다. 그리고 플렉시글라스 칸막이가 반대편의 작업 공간과 이쪽을 분리해 놓았다.

실내에는 리졸 소독제로 뒤덮인 토사물과 절망의 냄새가 감돈다.

이른 아침 시간이라서인지 나를 제외하고 잡혀 와 있는 사람은 한 명—반대쪽 끝에서 책상에 묶여 있는 여자—뿐이다. 여자는 미친 듯이 앞뒤로 몸을 흔들며 자기 몸을 할퀴고 비틀고 있다.

해먼드는 다시 내 몸수색을 실시하더니 자리에 앉으라고 말한다.

그는 내 왼쪽 손목의 수갑을 풀어 책상에 붙은 아이볼트에 채우고 나서 말한다. "운전면허증을 보여주세요."

"잃어버렸습니다."

그는 이 사실을 서류에 적은 뒤 책상 반대편으로 빙 돌아가서 컴퓨터에 접속한다.

내 이름을 받아 적는다.

다음은 주민등록번호.

주소.

직장.

내가 묻는다. "내가 정확히 무슨 혐의로 입건되고 있는 겁니까?"

"풍기 문란 및 치안 방해입니다."

해먼드는 체포 보고서를 작성하기 시작한다.

몇 분 뒤 그는 타이핑을 멈추고 흠집이 난 플렉시 칸막이 사이로 나를 쳐다본다. "당신은 미친놈이나 개자식 같아 보이지 않는군요. 전과 기록도 없고, 문제를 일으킨 적도 없네요. 그런데 아까는 무슨 일이었던 겁니까? 이건 흡사……

체포되려고 일부러 노력한 것 같은데요. 저한테 하고 싶은 말 없어요?"

"네. 경관님의 아침 식사를 망쳐서 죄송합니다."

그는 어깨를 으쓱한다. "식사야 또 하면 되죠."

내 지문이 채취된다.

사진이 찍힌다.

담당자들이 내 신발을 가져가더니 슬리퍼와 모포를 준다.

해먼드가 신병 등록을 끝낼 즈음 내가 묻는다. "전화는 언제쯤 할 수 있습니까?"

"지금 바로 하셔도 됩니다." 그는 전화 수화기를 들어 올린다. "누구에게 전화하실 겁니까?"

"아내요."

나는 전화번호를 알려주고 그가 번호를 누르는 모습을 지켜본다.

신호가 가기 시작하자 그는 칸막이 너머로 내게 수화기를 건넨다.

심장이 쿵쾅거린다.

전화 받아, 여보. 어서 받아.

음성메시지로 넘어간다.

내 목소리가 흘러나오지만 이건 내가 녹음한 메시지가 아니다. 제이슨2가 메시지를 재녹음함으로써 교묘하게 영역 표시를 한 건가?

나는 해먼드 경관에게 말한다. "아내가 전화를 안 받네요. 전화를 끊어주시겠습니까?"

그는 삐 소리가 나기 직전에 전화를 끊는다.

"다니엘라가 모르는 번호라서 받지 않았을 거예요. 한 번 더 부탁드려도 될까요?"

그는 다시 전화를 건다.

다시 신호가 간다.

나는 속으로 생각한다. 다니엘라가 전화를 안 받으면 위험을 무릅쓰고 메시지를 남겨야 할까?

안 된다.

혹시라도 제이슨2가 들으면 어쩌려고? 다니엘라가 이번에도 받지 않으면 뭔가 다른 방법을 궁리해야—

"여보세요?"

"다니엘라."

"제이슨?"

그녀의 목소리에 눈시울이 뜨거워진다. "응, 나야."

"어디서 전화하는 거야? 발신 번호에 시카고 경찰이라고 뜨는데. 경찰공제조합에서 자선 모금하는 전화겠거니 생각하고 안 받았—"

"잠시 내 얘기 좀 들어줘."

"무슨 일 있어?"

"출근길에 일이 좀 생겼어. 내가 전부 설명할 테니까—"

"당신 괜찮아?"

"괜찮긴 한데 유치장에 들어왔어."

일순간 수화기 저편이 어찌나 조용해지는지, 그녀가 작게 틀어놓은 라디오 방송 소리가 다 들릴 정도다.

이윽고 그녀가 말문을 연다. "체포된 거야?"

"응."

"어쩌다가?"

"당신이 좀 와서 꺼내줘야겠어."

"맙소사. 뭘 잘못한 거야?"

"저기, 당장은 설명하고 있을 시간이 없어. 지금 이게 유일하게 받아낸 통화나 마찬가지야."

"변호사를 알아볼까?"

"아니, 그냥 최대한 빨리 이리로 와줘. 여긴 14지구 관할서이고⋯⋯." 나는 거리 주소를 알아내려고 해먼드 쪽을 본다.

"노스캘리포니아가입니다."

"노스캘리포니아야. 수표책 가져오는 것도 잊지 말고. 찰리는 벌써 학교에 갔어?"

"응."

"나한테 올 때 찰리도 같이 태워서 데려와줘. 이건 아주—"

"절대 안 돼."

"다니엘라—"

"제 아버지를 유치장에서 빼내러 가는 길에 내 아들을 데려갈 순 없어. 도대체 무슨 일이야, 제이슨?"

해먼드 경관이 투명 가림막을 툭 치더니 손가락으로 목을 긋는 시늉을 한다.

나는 말한다. "그만 끊어야 돼. 최대한 빨리 와줘."

"알았어."

"여보."

"왜?"

"정말 사랑해."

그녀는 전화를 끊는다.

나 홀로 갇힌 유치장은 콘크리트 바닥에 종잇장처럼 얇은 매트리스가 깔려 있다.

변기.

세면대.

문 위에서 나를 감시하고 있는 카메라.

나는 유치장에서 지급하는 모포를 덮고 침대에 누워 천장 한쪽을 빤히 쳐다본다. 절망하고 자포자기하고 잘못된 판단으로 괴로워하던 온갖 부류의 사람들이 저 천장을 유심히 들여다봤겠지.

머릿속에서는 자칫 일이 틀어지게 할지도 모를, 까딱하면 다니엘라가 내게 오는 것을 가로막을 수많은 경우의 수가 스쳐 지나간다.

다니엘라가 제이슨2의 휴대폰으로 전화할 수 있다.

제이슨2가 공강 시간에 그녀에게 안부 전화를 할 수도 있다.

다른 어느 제이슨이 행동에 나서기로 결심할 수도 있다.

이런 경우의 수들 중 어느 하나라도 일어난다면 이번 계획은 통째로 와장창 틀어져 버릴 것이다.

배가 아파온다.

심장이 마구 뛴다.

마음을 진정시키려 애써보지만 두려움은 멈출 줄 모른다.

혹시 나의 도플갱어들은 이런 수를 예상했을까. 나는 그들이 예상했을 리 없다는 생각으로 위안을 삼으려 애쓴다. 어젯밤 술집에서 여자들에게 추하게 수작을 걸다가 문지기에게 쫓겨난 술주정뱅이 시비꾼을 보지 않았더라면, 안전한 여건에서 다니엘라와 찰리를 내가 있는 곳으로 불러들이기 위한 방편으로 일부러 체포당해야겠다는 생각은 결코 하지 못했을 것이다.

이 판단에 이르게 한 동기는 오직 나만이 겪은 고유한 경험이었다.

하지만 어쩌면 내가 틀렸을지도 모른다.

모든 걸 잘못 생각했을지도 모른다.

나는 벌떡 일어나서 변기와 침대 사이를 서성인다. 그러나 가로세로 각각 6피트, 8피트에 불과한 이 감방에는 걸어 다닐 공간이랄 게 거의 없고, 자꾸 서성거릴수록 사방의 벽이 점점 더 좁혀 들어오는 듯하더니 급기야 가슴을 옥죄는 폐소공포증까지 느껴진다.

숨쉬기가 점점 더 힘들어진다.

결국 나는 문의 눈높이에 나 있는 작은 창 쪽으로 다가간다.

창틈으로 새하얀 복도를 빤히 들여다본다.

옆 감방에서 여자 울음소리가 콘크리트 블록 벽을 타고 울린다.

여자의 소리는 한없이 절망적이다.

내가 처음 도착했을 때 신병 등록실에서 봤던 그 여자일까.

간수 한 명이 또 다른 수감자의 팔뚝을 붙잡고 복도를 지나간다.

나는 침대로 돌아와 담요 아래 몸을 웅크리고 벽을 마주하고서 눕는다. 생각을 안 하려 애써보지만 뜻대로 되지 않는다.

몇 시간이 지난 것처럼 느껴진다.

왜 이리 오래 걸리는 거지?

생각할 수 있는 이유는 한 가지뿐이다.

무슨 일이 일어난 것이다.

다니엘라는 오지 않을 것이다.

⸬

내가 있는 감방 문이 철컥 하는 기계음을 내며 열리고, 그 소리에 심장박동이 솟구친다.

나는 일어나 앉는다.

앳된 얼굴의 간수가 문간에 서서 말한다. "이제 댁에 가셔도 됩니다, 데슨 씨. 방금 아내분이 보석금을 내셨어요."

간수는 나를 다시 신병 등록실로 데려가고, 나는 굳이 읽어볼 생각도 않고 어느 서류에 서명을 한다.

나는 신발을 돌려받은 뒤 연이은 통로로 안내된다.

마지막 복도 끝에서 문을 밀고 들어가는 순간, 목이 턱 막혀오고 눈물이 두 눈을 뒤덮는다.

우리가 마침내 재회할 장소로 온갖 곳을 상상했었지만 그곳이 14지구 관할서 로비가 될 줄은 몰랐다.

다니엘라가 의자에서 일어난다.

나를 모르는 다니엘라가 아니다. 다른 남자나 나의 다른 버전과 결혼한 다니엘라도 아니다.

나의 다니엘라다.

오직 하나뿐인.

다니엘라는 그림 작업을 할 때 가끔 입는 셔츠—군데군데 유화물감과 아크릴물감이 묻은, 옅은 푸른색 버튼다운 셔츠—차림이다. 나를 보자 그 얼굴은 혼란스럽고 믿기지 않는 듯한 표정으로 일그러진다.

나는 급히 로비를 가로질러 가서 다니엘라를 와락 안고, 그녀는 뭔가 앞뒤가 맞지 않는다는 듯한 말투로 내 이름을 부르고 있지만 그녀를 놓아주지 않는다. 놓아줄 수가 없기 때문이다. 이 여자의 품으로 돌아오기 위해 내가 거쳐 온 세계들, 내가 행하고 견디고 겪은 일들을 생각하면.

그녀를 만지는 기분이 얼마나 좋은지 믿기지 않는다.

같은 공기를 마시고 있다니.

그녀의 향기를 맡고 있다니.

그녀에게 닿은 내 몸이 감전된 듯 짜릿하다.

나는 두 손으로 그녀의 얼굴을 감싼다.

그녀에게 입을 맞춘다.

이 입술—미치게 부드러운 입술.

하지만 그녀는 내게서 떨어진다.

그런 다음 내 가슴에 양손을 갖다 대고 이마를 잔뜩 찌푸리며 나를 밀어낸다.

"식당에서 담배를 피우다가 체포됐다며. 그러면서……" 다니엘라의 머릿속에서 꼬리를 물고 이어지던 생각이 탈선한다. 그녀는 뭔가 잘못되었다는 듯이 내 얼굴을 찬찬히 뜯어보며 까칠하게 자란 2주치 수염을 손가락으로 어루만진다. 당연히 이 얼굴은 뭔가 잘못되었다. 오늘 아침에 일어나서 본 그 얼굴이 아니니까. "오늘 아침엔 수염이 없었잖아, 제이슨." 그녀는 나를 위아래로 훑어본다. "게다가 너무 말랐어." 그녀는 너덜너덜 해어지고 지저분한 내 셔츠를 만져본다. "이건 오늘 입고 나간 옷도 아니고."

다니엘라가 이 모든 상황을 머리로 이해해 보려다가 아무 소득도 얻지 못했음을 확연히 알 수 있다.

"찰리는 데려왔어?" 내가 묻는다.

"아니. 안 데려올 거라고 했잖아. 내가 지금 미친 거야 아니면—?"

"당신은 미치지 않았어."

나는 부드럽게 다니엘라의 팔을 잡고 작은 대기실에 두어 개 놓인 등받이 의자 쪽으로 이끈다.

"잠깐 앉아봐."

"앉기 싫어, 당신이—"

"제발, 다니엘라."

우리는 의자에 앉는다.

"나를 믿어?" 내가 묻는다.

"모르겠어. 이 모든 게…… 무서워."

"전부 다 설명할게. 하지만 먼저 택시를 불러줘."

"두 블록만 가면 내 차가—"

"당신 차로 가지 않을 거야."

"왜?"

"밖은 우리에게 안전하지 않아."

"그게 무슨 소리야?"

"다니엘라, 이 건에 관해선 그냥 날 좀 믿어주면 안 될까?"

주저할 줄 알았던 다니엘라는 선뜻 휴대폰을 꺼내더니 앱을 열고 택시를 신청한다.

이윽고 나를 쳐다보며 말한다. "했어. 3분 후 도착이야."

나는 로비를 슥 훑어본다.

신병 등록실에서 여기까지 나를 데려온 경관은 자리를 뜨고 없고, 현재 이곳에 있는 사람은 우리 말곤 안내 창구에 앉은 여자뿐이다. 하지만 그 여자는 두꺼운 유리 가림막 뒤에 있으므로 우리 대화를 못 들을 거라는 확신이 든다.

나는 다니엘라를 쳐다보며 말한다.

"이제부터 내가 하려는 말은 미친 소리처럼 들릴 거야. 내가 정신이 나갔다고 생각하겠지만 난 멀쩡해. 빌리지탭에서 라이언의 축하 파티가 있던 날 밤 기억나? 그 상을 받고 나서?"

"응. 한 달도 더 된 일이잖아."

"그날 저녁 우리 집을 나섰을 때, 그때 난 당신을 마지막으로 보았어. 5분 전에 저 문에서 나오기 전까지 말이야."

"제이슨, 난 그날 저녁 이후로도 매일 당신을 봤어."

"그 사람은 내가 아니야."

다니엘라의 안색이 어두워진다.

"그게 무슨 말이야?"

"그 남자는 나의 다른 버전이야."

다니엘라는 내 눈을 뚫어져라 보다가 눈을 깜박인다.

"이건 무슨 속임수야? 아니면 날 데리고 장난하는 거야? 아니—"

"속임수가 아니야. 장난도 아니고."

나는 그녀가 들고 있던 휴대폰을 가져와 시간을 확인한다. "지금이 12시 18분이지. 내가 집무실에 있을 시간이야."

나는 학교의 내 직통 번호를 누른 뒤 다니엘라에게 휴대폰을 건넨다.

신호음이 두 번 울리고 나서 전화를 받은 내 목소리가 들려온다. "안녕, 예쁜이. 안 그래도 당신 생각을 하던 참이야."

다니엘라의 입이 천천히 벌어진다.

표정이 좋지 않다.

나는 전화를 스피커로 돌리고 소리 없이 말한다. "아무 말이라도 해."

그녀가 말한다. "어. 오늘은 어떻게 보내고 있어?"

"아주 좋아. 오전 강의는 마쳤고, 점심시간 동안 학생 몇 명을 만나려고. 별일 없지?"

"음, 없어. 그냥…… 당신 목소리가 듣고 싶어서."

나는 다니엘라에게서 휴대폰을 잡아챈 뒤 음소거를 누른다.

제이슨이 말한다. "당신 생각이 떠나질 않아."

나는 다니엘라를 보며 말한다. "그에게 이렇게 말해. 작년 크리스마스 때 우리 가족끼리 키스에서 너무 즐겁게 보냈던 생각이 나서, 올해도 또 가고 싶다고 말이야."

"우린 작년 크리스마스에 키스에 안 갔어."

"알아. 하지만 그는 모르지. 그가 당신이 생각하는 사람이 아니라는 걸 당신에게 증명하려는 거야."

나의 도플갱어가 말한다. "다니엘라? 연결이 끊긴 거야?"

그녀는 음소거를 해제한다. "아니, 여기 있어. 있잖아, 내가 전화한 진짜 용건은—"

"그저 내 감미로운 목소리를 들으려고 한 게 아니었어?"

"작년 크리스마스에 키스에 갔을 때를 떠올리다가 우리 모두 너무 재미있게 놀았던 생각이 나서 말이야. 자금 사정이 빠듯한 건 알지만, 또 가는 건 어떨까?"

제이슨은 조금도 주저하지 않는다.

"물론이지. 당신이 원한다면 뭐든 좋아."

다니엘라는 내 눈을 빤히 보면서 수화기에 대고 말한다. "전에 묵었던 그 숙소를 또 잡을 수 있을까? 해변 바로 근처에 있던 핑크색과 흰색 건물? 거기 정말 완벽했잖아."

마지막 마디에서 다니엘라의 목소리가 갈라져서 나는 그녀가 평정을 잃기 직전이라고 생각하지만, 다니엘라는 어찌어찌 정신 줄을 붙잡고 버틴다.

"되게 해보지 뭐." 그가 말한다.

다니엘라의 손에 든 휴대폰이 흔들리기 시작한다.

나는 그를 서서히 찢어놓고 싶다.

제이슨이 말한다. "여보, 날 보려고 복도에서 기다리는 사람이 있어서, 이만 가봐야 할 것 같아."

"알았어."

"이따 밤에 봐."

아니, 넌 못 봐.

"이따 밤에 봐, 제이슨."

다니엘라는 전화를 끊는다.

나는 팔을 뻗어 그녀의 손을 꼭 잡으며 말한다. "나를 봐."

그녀는 길 잃고 혼란스러운 얼굴이다.

내가 말한다. "지금 머리가 빙빙 돌 거란 거 알아."

"어떻게 당신이 레이크몬트에 있는데, 또 지금 여기 내 앞에도 있을 수가 있어?"

다니엘라의 휴대폰이 신호음을 울린다.

화면에 우리가 부른 택시가 도착할 예정이라고 알리는 메시지가 뜬다.

내가 말한다. "다 설명해 줄게. 하지만 당장은 이 차를 타고 가서 우리 아들을 학교에서 데려와야 해."

"찰리가 위험한 상황이야?"

"우리 모두 그래."

이 말에 다니엘라는 번쩍 정신이 드는 듯하다.

나는 일어나서 그녀의 손을 잡고 의자에서 일으킨다.

우리는 로비를 가로질러 경찰서 입구로 향한다.

20피트 앞 연석에 검정색 에스컬레이드가 주차되어 있다.

나는 문을 밀치고 나가서 보도를 따라 다니엘라를 잡아끌고 대기 중인 SUV 쪽으로 간다.

지난밤 폭풍우의 흔적은, 적어도 하늘에서는 전혀 찾아볼 수 없다. 거센 북풍이 구름을 모조리 긁어 가고 그 뒤에 눈부시게 청명한 겨울날을 남겨두었다.

나는 조수석 뒤쪽 문을 열고 다니엘라 다음으로 차에 올라타고, 먼저 탄 다니엘라는 검은 양복 차림의 기사에게 찰리네 학교 주소를 건넨다.

"거기로 최대한 빨리 가주세요." 그녀가 말한다.

차창은 짙게 선팅이 되어 있다. 차가 경찰서를 벗어나 속도를 높이자 나는 다니엘라 쪽을 보고 말한다. "찰리에게 문자로 알려줘. 우리가 간다고, 준비하고 있으라고."

다니엘라는 휴대폰을 잡고 있지만 여전히 손을 너무 떨어서 문자를 제대로 입력하지 못한다.

"이리 줘, 내가 할게."

다니엘라의 휴대폰을 받아 들고 문자 앱을 열어서 찰리와 주고받은 가장 최근 문자를 찾는다.

나는 이렇게 입력한다.

지금 아빠랑 같이 널 데리러 학교로 가고 있어. 정식으로 외출 허락받을 시간이 없으니까 화장실에 간다고 핑계 대고 건물 입구로 나와. 우린 검정색 에스컬레이드에 타고 있어. 10분 뒤에 보자.

우리를 태운 기사는 주차장에서 나온 뒤 눈이 깨끗이 치워진 도로로 들어선다. 노면은 눈부신 겨울 햇살을 받아 거의 다 말라간다.

두어 블록 후에 우리는 다니엘라의 감청색 혼다를 지나친다.

그녀의 차에서 두 대 앞에 나와 똑같이 생긴 사내가 흰색 밴의 운전석에 앉아 있는 것이 보인다.

나는 뒷창문 너머를 힐끗 쳐다본다.

우리 뒤에 차 한 대가 따라오고 있지만 거리가 멀어서 운전자가 누구인지는 보이지 않는다.

"뭔데 그래?" 다니엘라가 묻는다.

"우리를 뒤쫓는 자가 없는지 확인하고 싶어서."

"누가 우리를 따라온다는 거야?"

마침 그녀의 전화기가 진동으로 새 문자의 도착을 알린 덕분에 나는 그 질문에 대답하지 않아도 되었다.

찰리   지금
       무슨 일 있어요?

나는 이렇게 답한다.

아무 일 없어. 만나서 얘기해 줄게.

나는 한쪽 팔로 다니엘라를 감싸고 가까이 끌어당긴다.

그녀가 말한다. "마치 악몽에 붙잡혀 있는데 잠에서 깰 수가 없는 기분이야. 무슨 일이 일어나고 있는 거야?"

"어딘가 안전한 곳으로 갈 거야." 나는 속삭이듯 말한다. "우리끼리만 조용히 얘기할 수 있는 곳으로. 거기서 당신이랑 찰리에게 모든 걸 얘기해 줄게."

찰리의 학교는 불규칙하게 뻗어 있는 벽돌 건물 단지로, 마치 스팀펑크(주로 19세기 증기기관 시대를 배경으로 하는 대체역사 SF 장르—옮긴이) 소설에 등장하는 성과 교배한 정신병원처럼 생겼다.

우리가 픽업 차선에 들어섰을 때 찰리는 입구 계단에 앉아 휴대폰을 들여다보고 있다.

나는 다니엘라에게 기다리라 하고선 차에서 내려 아들이 있는 쪽으로 다가간다.

자리에서 일어서는 아이는 다가오는 나를 보고 어리둥절한 표정이다.

내 몰골을 보고.

나는 아이에게 와락 달려들어 아이를 꽉 껴안으며 말한다. "아아, 너무 보고 싶었어." 미처 자제할 생각을 할 겨를조차 없었다.

"여기는 왜 오신 거예요?" 찰리가 묻는다. "저 차는 뭐고요?"

"이리 와, 우리 같이 가야 돼."

"어디를요?"

하지만 나는 그저 찰리의 팔을 움켜잡고 에스컬레이드의 열린 조수석 문 쪽으로 그를 이끈다.

찰리를 먼저 태우고 나도 뒤따라 탄 뒤 차문을 닫는다.

운전기사가 뒤를 힐끗 보며 러시아 억양이 강한 말투로 묻는다. "이제 어디로 갈까요?"

경찰서에서 여기로 오는 동안 내가 생각한 장소는 크고 번화한 곳, 혹여 다른 제이슨들 중 어느 하나가 우리를 따라오더라도 우리가 군중 속에 쉽게 섞여들 수 있을 만한 곳이었다. 하지만 지금 나는 그 선택을 재고해 본다. 대안으로 링컨파크식물원, 윌리스타워전망대, 로즈힐공동묘지 세 곳을 생각한다. 로즈힐은 가장 예상에서 벗어난, 가장 안전한 선택지처럼 느껴진다. 윌리스와 링컨파크도 마찬가지로 끌린다. 그래서 나는 본능적인 직감을 거슬러 처음 선택으로 되돌아가기로 한다.

나는 기사에게 말한다. "워터타워플레이스로 가주세요."

우리는 말없이 도시로 달린다.

도심 빌딩들이 조금씩 가까워질 즈음 다니엘라의 휴대폰이 진동한다.

그녀는 화면을 보더니 방금 받은 문자메시지를 내가 볼 수 있도록 휴대폰을 넘겨준다.

발신 번호는 773으로 시작하는 낯선 번호다.

다니엘라, 제이슨이야. 모르는 번호로 문자하고 있지만 만나서 전부 설명해 줄게. 당신이 위험한 상황이야. 당신이랑 찰리 둘 다. 어디 있어? 가급적 빨리 회신해 줘. 정말 사랑해.

다니엘라는 겁에 질려 제정신이 아닌 모습이다.

차 안에는 오싹한 기류가 감돌고 있다.

기사는 미시간애비뉴로 들어서고, 도로는 점심시간 차량들로 꽉 막혀 있다.

저 멀리서 누르스름한 석회암으로 지어진 시카고워터타워가 어렴풋이 모습을 드러내는데, 매그니피슨트마일의 널찍한 거리에 줄지어 솟은 마천루들로 둘러싸여 왜소해 보인다.

정문 입구에서 에스컬레이드가 멈춰 섰지만, 나는 기사에게 여기 말고 지하에서 내려달라고 부탁한다.

체스트넛가에서 우리는 주차장의 어둠 속으로 들어간다.

4층 밑으로 내려가서야 나는 기사에게 엘리베이터 옆 구역에 세워달라고 말한다.

내가 아는 한 우리를 따라 들어온 다른 차는 없었다.

차문 닫히는 소리가 콘크리트 벽과 기둥에 부딪혀 울리는 가운데 SUV는 주차장을 빠져나간다.

워터타워플레이스는 크롬과 유리로 만들어진 아트리움을 중심으로 8층에 걸쳐 부티크와 명품 상점이 들어서 있는 수직 쇼핑몰이다.

우리는 온갖 식당들이 즐비한 중이층까지 올라간 뒤 유리 엘리베이터에서 내린다.

눈 내리는 바깥 날씨 탓에 수많은 인파가 실내에 모여 있다.

적어도 지금 당장은 완벽히 익명의 한 사람이 된 기분이다.

우리는 오가는 사람들의 물결에서 벗어나 조용한 한쪽 구석에 놓인 벤치를 찾는다.

다니엘라와 찰리를 양쪽에 두고 앉은 나는 지금 이 순간 시카고에 있을 다른 모든 제이슨들을 생각한다. 내가 앉아 있는 이 자리를 차지할 수만 있다면 무슨 짓이든 기꺼이 할, 살인조차 마다하지 않을 그들을.

나는 숨을 들이쉰다.

어디서부터 이야기를 시작해야 할까?

나는 다니엘라의 눈을 바라보며 흘러내린 머리카락 한 가닥을 귀 뒤로 넘겨준다.

이어서 찰리의 눈을 가만히 들여다본다.

두 사람에게 내가 얼마나 사랑하는지 말해준다.

지금 두 사람 사이의 이 자리에 앉기 위해 지옥을 지나왔다고.

나는 상쾌한 시월의 밤에 납치당했던 일로 이야기를 시작한다. 머리에 총구가 겨눠진 채 시카고 남부의 어느 버려진 발전소까지 차를 몰아야 했던 그날 밤.

살해당할 거라 생각하고 내가 느낀 두려움에 관해, 그런데 깨어나 보니 비밀스러운 과학 연구소의 격납고였으며 그곳에서 처음 보는 사람들이 나를 알 뿐만 아니라 내가 돌아오기를 고대하고 있었던 것처럼 보인 일에 관해 말해준다.

두 사람은 내가 그 첫날 밤에 벌라서티연구소를 탈출한 세세한 과정, 그리고 엘리너가에 있는 우리 집으로 돌아갔더니 그 집은 우리 집이 아니었고 과학 연구에 일생을 바치기로 선택한 내가 혼자 사는 집이었다는 이야기를 열심히 경청한다.

다니엘라와 내가 결혼한 적이 없고 찰리는 태어난 적이 없는 세계.

나는 다니엘라에게 벅타운의 설치미술 전시회에서 그녀의 도플갱어를 만난 일에 관해 말해준다.

연구소에서 억류되고 감금된 일.

어맨다와 탈출해서 상자에 들어간 일.

나는 다중 우주에 대해서도 설명한다.

내가 걸어 나간 모든 문.

황폐한 모든 세계.

조금씩 어긋났던, 그렇지만 나를 한 걸음 더 집에 가까이 데려다준 모든 시카고에 대해서도.

빼놓고 말하지 않은 것들도 있다.

아직은 차마 입 밖으로 꺼내지 못할 얘기들.

전시회 개막식 후에 다니엘라와 보낸 이틀.

그녀의 죽음을 지켜본 두 번의 경험.

언젠가 때가 되면 이 순간들에 대해서도 말해줄 것이다.

나는 이 이야기를 듣는 다니엘라와 찰리의 심정이 어

떨지 헤아려보려 애쓴다.

눈물이 다니엘라의 얼굴을 타고 흐르기 시작할 때 내가 묻는다. "내 말을 믿어?"

"당연히 믿지."

"찰리는?"

아들은 고개를 끄덕이지만 눈빛은 딴생각에 깊이 잠긴 듯한 모습이다. 그는 스쳐 지나가는 쇼핑객들을 멍하니 쳐다보고 있다. 내가 한 말 중 제대로 입력된 게 과연 얼마나 될까.

하긴 누군들 이런 일을 선뜻 받아들일 수 있겠는가?

다니엘라가 눈물을 닦으며 말한다. "당신이 하는 말을 정확히 이해한 건지 확인하고 싶어. 그러니까 당신이 라이언 홀더의 축하 모임에 갔던 날 저녁에 다른 제이슨이 당신 인생을 훔쳤다는 거야? 그가 당신을 상자에 넣고 그의 세계에서 좌초되게 만든 이유가, 자신이 이 세계에서 살기 위해 그런 거라고? 나와 같이?"

"바로 그거야."

"그렇다면 그동안 내가 같이 살았던 사람이 생판 모르는 남이라는 거네."

"꼭 그렇지는 않아. 그와 난 15년 전까지는 같은 사람이었을 거야."

"15년 전에 무슨 일이 있었는데?"

"당신이 찰리를 임신했다고 내게 말했지. 다중 우주가 존재하는 건 우리가 하는 모든 선택이 갈림길을 만들고 그것이 평행 세계로 이어지기 때문이야. 당신이 내게 임신 사실을 알린 그날 밤의 일은 당신과 내가 기억하는 방식으로 일어나기만 한 게 아니야. 그 밤은 수많은 순열 조합으로 펼쳐진 거지. 가령 지금 우리가 살고 있는 이 세계에서는 당신과 내가 삶을 함께하기로 결심했어. 우리는 결혼했고, 찰리를 낳았고, 가정을 꾸렸어. 반면에 다른 세계에서 나는 이십 대 후반에 아버지가 되는 건 내 길이 아니라고 판단했어. 내연구가 증발될까 봐, 내 포부가 꺾일까 봐 걱정한 거야.

그래서 우리 삶의 여러 버전 중에는 우리가 아이를, 찰리를 지키지 않은 버전이 있는 거야. 당신은 미술을 계속했고 나는 과학을 계속했어. 그러다 결국 우리는 각자 다른 길을 갔어. 그 남자, 그러니까 당신이 지난 한 달 동안 같이 산 버전의 나—바로 그가 그 상자를 설계했어."

"그건 우리가 처음 만났을 때 당신이 연구하고 있던 그 입방체의 확대 버전이고?"

"맞아. 그렇게 살던 중 어느 시점에 그 남자는 연구를 자기 존재의 중심이 되게 함으로써 그간 포기했던 모든 것을 깨닫게 되었지. 그는 15년 전에 내린 결정을 후회스럽게 되돌아봤어. 하지만 상자는 과거나 미래로 데려다주지는 못해. 동일한 순간, 지금 현재의 가능한 모든 세계와 연결해줄 뿐이지. 그래서 그는 여러 세계를 찾아 헤매다가 내가 사는 세계를 찾아낸 거야. 그러고는 나와 그의 인생을 맞바꾼거지."

다니엘라의 얼굴에 떠오른 표정은 충격과 혐오 그 자체다.

그녀는 벤치에서 일어나 화장실로 달려간다.

찰리가 뒤따라가려 하지만 나는 아이의 어깨에 손을 얹고 말한다. "엄마에게 잠시 시간을 드리렴."

"뭔가 이상하다고 생각했어요."

"그게 무슨 말이니?" 내가 묻는다.

"아빠—아니, 아빠가 아니라 그 사람—그에게는 뭐랄까, 다른 기운 같은 게 있었어요. 우린 더 많은 대화를 나눴어요. 특히 저녁 식사 시간에요. 그는 그냥, 모르겠어요……."

"그냥 뭐?"

"달랐어요."

아들에게 묻고 싶은 것들이 있다. 내 머릿속을 섬광처럼 관통하는 질문들.

그가 더 재미있었어?

더 좋은 아빠였니?

더 좋은 남편이었어?

그 사기꾼과 사니까 더 흥미진진했어?

그러나 나는 이 질문들에 대한 답이 나를 무너뜨릴까 봐 두렵다.

그때 다니엘라가 돌아온다.

너무나 창백한 얼굴.

다시 벤치에 앉는 다니엘라에게 묻는다. "괜찮아?"

"물어볼 게 있어."

"뭔데?"

"오늘 아침 당신이 체포당했을 때 말이야—나를 당신에게 오게 하려고 그랬던 거야?"

"응."

"왜? 그냥 집에 오지 않고? 그…… 빌어먹을, 그자를 뭐라 불러야 할지조차 모르겠어."

"제이슨2."

"제이슨2가 나간 후에 와도 됐을 거 아냐."

내가 말한다. "여기서부터 상황이 정말 미쳐 돌아가게 돼."

찰리가 묻는다. "이미 미친 상황 아니에요?"

"나만이 아니었어……." 이 말을 내뱉는 것조차 제정신이 아닌 것처럼 느껴진다.

하지만 말하지 않을 수 없다.

"뭐가?" 다니엘라가 묻는다.

"이 세계로 무사히 돌아온 내가 나 하나가 아니었어."

"그게 무슨 말이야?" 그녀가 묻는다.

"다른 제이슨들도 돌아왔어."

"다른 제이슨들이라니?"

"그 연구소에서 상자로 탈출했지만 다중 우주를 거치면서 다른 갈림길로 간 나의 여러 버전들이야."

"몇 명이나 되는데요?" 찰리가 묻는다.

"나도 몰라. 많겠지, 아마도."

나는 스포츠용품점과 채팅방에서 있었던 일을 설명한다. 숙소까지 나를 쫓아왔던 제이슨과 칼로 나를 공격했던 제이슨에 대해서도 말해준다.

내 가족의 혼란은 명백한 공포로 바뀌어간다.

"이런 이유 때문에 일부러 체포됐던 거야. 내가 아는 한, 수많은 제이슨이 방법을 모색하는 과정에서 두 사람을 지켜보고 따라다니며 모든 행동을 추적해 왔어. 난 안전한 장소에서 두 사람이 나를 찾아오게 해야 했지. 차량 서비스를 부르게 한 것도 그래서야. 적어도 제이슨 한 명은 경찰서까지 당신을 따라온 게 확실해. 당신이 세워둔 혼다 옆으로 지나갈 때 그를 봤거든. 이래서 찰리를 같이 데려왔으면 했던 거고. 하지만 이제 상관없어. 우리가 이렇게 여기 함께 있고 안전하니까. 이제 두 사람 다 진실을 알았고."

다니엘라는 한참이 걸려서야 간신히 말을 할 수 있게 된다.

그녀가 나직한 소리로 말한다. "이 다른…… 제이슨들…… 그들은 어때?"

"무슨 뜻이야?"

"그들 모두 당신과 같은 역사를 공유하는 거야? 본질적으로 그들이 곧 당신이야?"

"맞아. 내가 다중 우주에 발을 들인 순간까지는. 거기서부터 우리는 모두 다른 길로 들어섰고 다른 경험을 했어."

"하지만 일부는 당신과 똑같은 거야? 이 세계로 돌아오기 위해 죽기 살기로 싸운 내 남편. 원하는 거라곤 다시 나와 함께 있는 것, 찰리와 함께 있는 것뿐인 사람."

"그래."

그녀는 눈을 가늘게 찌푸린다.

다니엘라에게 이 상황은 어떤 느낌일까?

그녀가 불가능하게 느껴지는 이 모든 일을 이해해 보려 애쓰고 있는 것이 느껴진다.

"다니, 나를 봐."

나는 은은히 반짝이는 그녀의 눈을 깊이 들여다보며
말한다.

"사랑해."

"나도 사랑해. 하지만 그들도 그렇겠지? 당신과 똑같이."

이 말을 듣고 있자니 장기가 찢겨 나가는 것 같다.

이 질문에는 뭐라 대꾸할 말이 없다.

나는 우리 가까이에 있는 사람들을 쳐다보며 생각한다.
누군가가 우릴 지켜보고 있지 않을까.

중이층은 우리가 앉은 후로 사람이 더 많아졌다.

유모차를 끌고 가는 여자가 보인다.

젊은 연인들은 손을 잡고 아이스크림콘을 먹으며 더없
는 행복감에 빠진 채 쇼핑몰 곳곳을 느릿느릿 돌아다닌다.

발을 질질 끌며 아내 뒤를 따라가는 나이 지긋한 남자
의 얼굴 표정에는 집에 좀 가자, 제발이라고 쓰여 있다.

이곳은 우리에게 안전하지 않다.

이 도시의 어느 곳도 우리에게 안전하지 않다.

나는 묻는다. "나랑 함께할래?"

다니엘라는 주저하며 찰리를 본다.

그러고는 다시 나를 본다.

"그래." 그녀가 말한다. "당신과 함께할게."

"좋아."

"그럼 이제 어떻게 해?"

　　우리는 예금 통장에서 전액 인출한 현금이 든 은행 봉투만 들고 맨몸으로 떠난다. 다니엘라가 렌터카 비용을 신용카드로 결제하지만, 이후에는 우리를 추적하기 더 어렵도록 모든 거래에 현금만 사용할 예정이다.

　　오후 중반쯤 우리는 위스콘신을 관통하고 있다.

　　완만하게 경사진 목초지.

　　야트막한 언덕들.

　　붉은 헛간들.

　　곡물 저장고들이 시골 특유의 스카이라인을 형성한다.

　　농장 굴뚝에서는 연기가 느릿하게 피어오른다.

　　땅을 하얗게 뒤덮은 눈 위에서 모든 것이 반짝이고 겨울 하늘은 눈부시게 푸르다.

속도는 느리지만 나는 고속도로를 피한다.

시골길만 고수한다.

어떤 목적지도 정해두지 않고 무작위로, 계획 없이 길을 찾아간다.

주유소에 들렀을 때 다니엘라가 내게 휴대폰을 보여준다. 부재중전화와 새 문자메시지가 줄줄이 와 있는데 모두 773, 847, 312 등 시카고 지역 번호들이다.

나는 문자메시지 창을 연다.

다니—제이슨이야. 지금 바로 이 번호로 회신해 줘.

다니엘라, 제이슨이야. 우선 사랑해. 당신한테 해야 할 얘기가 너무 많아. 메시지 보는 대로 빨리 전화해 줘.

다니엘라, 다른 제이슨들이 우르르 당신에게 연락할 거야. 이미 받았을 수도 있지만. 필시 이게 무슨 소린가 하고 머리가 띵하겠지. 난 당신 거야. 당신은 내 거고. 영원히 사랑해. 이 메시지를 받는 즉시 연락해 줘.

다니엘라, 지금 당신과 함께 있는 제이슨은 사기꾼이야. 전화해.

다니엘라, 당신과 찰리는 안전하지 않아. 지금 당신과 함께 있는 제이슨은 당신이 생각하는 사람이 아니야. 바로 전화해.

그들 중 누구도 나만큼 당신을 사랑하지 않아. 전화해, 다니엘라. 제발 부탁이야. 사랑해.

당신을 위해 저들을 모두 죽이고 이 상황을 바로잡을 거야. 말만 해. 당신을 위해서라면 난 무슨 짓이든 할 거야.

나는 읽기를 중단하고 모든 번호를 차단한 다음 메시지를 삭제한다.

하지만 한 메시지가 각별히 주의를 끈다.

이건 모르는 번호로 온 메시지가 아니다.

제이슨이 보낸 것이다.

내 휴대폰 번호로. 그는 내내 내 휴대폰을 가지고 있었다. 그가 거리에서 나를 잡아간 그날 밤 후로 줄곧.

집에도 없고 전화도 받지 않네. 알고 있는 것 같군. 당신을 사랑한다는 말밖에 달리 할 말이 없어. 그래서 그랬어. 당신과 보낸 시간은 내 생애 최고의 시간이었어. 제발 전화해 줘. 내 얘기를 좀 들어줘.

나는 다니엘라의 휴대폰 전원을 끈 다음 찰리에게도 휴대폰을 끄라고 말한다. "저들을 차단해야 해." 나는 말한다. "이제부턴 계속. 그들이 연락을 계속하는 한 그중 누가 우리를 추적할지 몰라."

오후가 저녁으로 바뀌고 해가 저물기 시작할 즈음 우

리는 광활한 노스우즈로 들어선다.

도로는 텅 비어 있다.

우리 차뿐이다.

우리는 여름 휴가차 여러 번 위스콘신에 왔지만 이렇게 북쪽 멀리까지 온 적은 없었다. 게다가 겨울에 온 건 더더욱 처음이다. 수 마일을 지나도록 문명의 흔적이라곤 보이지 않고, 지나치는 마을은 하나같이 직전에 거쳐 온 마을보다 작아 보인다. 인적이 끊긴 외딴곳의 교차로다.

무거운 침묵이 지프 체로키 내부를 장악했으나 나는 이 침묵을 어떻게 깨야 할지 모르겠다.

아니, 더 정확히는 그럴 용기가 있는지 모르겠다.

태어나서부터 줄곧 우리는 자신이 유일무이한 존재라는 말을 듣는다. 나는 고유한 개인이라고. 지구상에 나와 똑같은 사람은 아무도 없다고.

이것은 인류의 송가다.

그러나 이제 나에게는 해당되지 않는 얘기다.

다니엘라가 어찌 다른 제이슨들보다 나를 더 사랑할 수 있을까?

앞 조수석에 앉은 다니엘라를 보며 생각한다. 지금 그녀는 나를 어떻게 생각할까. 나를 향한 감정은 어떤 것일까.

제기랄, 내가 나를 어떻게 생각하는지부터가 논쟁거리인걸.

그녀는 말없이 내 옆자리에 앉아 차창 밖을 스쳐 가는 숲을 바라볼 뿐이다.

나는 콘솔 너머로 팔을 뻗어 그녀의 손을 잡는다.

그녀는 내 쪽을 바라보더니 다시 창밖으로 고개를 돌린다.

황혼 녘에 나는 적당히 외져 보이는 아이스리버라는 소도시로 진입한다.

우리는 간단히 패스트푸드를 산 다음 식료품점에 들러서 음식과 생필품을 잔뜩 구입한다.

시카고는 무한정 계속된다.

교외 지역에서조차 숨 돌릴 틈이 없다.

그러나 아이스리버는 딱 끝이 난다.

방금 전 우리는 시내에 들어와서, 늘어선 점포들 앞을 판자로 막아놓은 방치된 쇼핑몰을 지나쳤다. 그런데 바로 다음 순간 사이드미러에 비치는 건물과 불빛이 점점 줄어들더니 어느새 우리는 숲과 어둠을 통과하고 있고, 전조등이 내쏘는 원뿔형의 빛은 도로 양쪽으로 조금씩 가까이 다가서는 좁은 소나무 지대를 비추고 있다.

불빛 아래로 포장도로가 흐르듯이 이어진다.

우리 옆을 지나가는 차는 없다.

나는 도시 북쪽으로 1.2마일 지점에서 세 번째 갈림길을 만나 일차선 도로로 접어든다. 가문비나무와 자작나무 사이로 구불구불 나 있는 눈 덮인 도로는 작은 반도 끝으로 연결된다.

몇백 야드를 지난 뒤 전조등 불빛이 딱 내가 찾고 있는 곳처럼 보이는 통나무집 정면에 부딪친다.

이쪽 지역에 있는 호반 주택 대부분이 그렇듯이 이곳도 캄캄하고 거주하는 사람이 없는 것 같다.

이번 시즌 동안 문을 닫은 곳일 터다.

나는 원형 진입로에 체로키를 세우고 시동을 끈다.

주변은 매우 캄캄하고 매우 조용하다.

나는 다니엘라 쪽을 바라보며 말한다.

"당신이 이 생각을 반기진 않겠지만, 장소를 빌려서 서류상 흔적을 남기는 것보다는 무단 침입이 덜 위험해."

시카고에서 여기까지 오는 여섯 시간 내내 다니엘라는 거의 입을 열지 않았다.

마치 충격에 빠져 있는 것처럼.

그녀가 말한다. "알았어. 여기까지 왔으니 어차피 가택 침입 단계는 벌써 지났잖아, 안 그래?"

차문을 열고 내리는 순간 1피트가량 쌓인 눈이 밟힌다.

매서운 한기가 파고든다.

대기는 고요하다.

침실 창문 중 하나가 잠겨 있지 않아서 유리창을 깰 필요조차 없다.

우리는 식료품이 담긴 비닐 봉투 여러 개를 들고 지붕 덮인 현관으로 올라간다.

실내는 얼어붙을 듯이 춥다.

나는 전등을 켠다.

바로 앞에 컴컴한 2층으로 연결된 계단이 있다.

찰리가 말한다. "여기 진짜 더러워요."

그래도 곰팡이와 방치의 냄새가 날 정도로 더럽지는 않다.

비수기의 휴가용 별장일 뿐이다.

우리는 주방으로 식료품 봉투를 들고 가서 조리대 위에 놓아둔 뒤 집 안을 구석구석 살펴본다.

실내장식은 아늑함과 구식 사이에 애매하게 걸쳐 있다.

가전제품들은 희고 낡았다.

주방의 리놀륨 바닥은 갈라져 있고 원목 바닥은 닳아서 삐걱거린다.

거실에는 큰입우럭이 벽돌 난로 위에 박제되어 있고 벽면은 액자에 든—100개는 족히 넘을—낚시용 미끼로 뒤덮여 있다.

아래층에 큰 침실이 하나 있고 위층에 침실 두 개가 있는데 그중 하나는 3층 침대로 꽉 채워져 있다.

우리는 기름이 잔뜩 묻은 종이봉투에서 데어리퀸 버거를 꺼내 먹는다.

머리 위에 달린 조명이 주방 식탁 표면에 강렬하고 적나라한 빛을 쏘아대지만 집 안의 나머지 부분은 어두컴컴하다.

난방장치는 사람이 살 만한 온도로 실내 공기를 데우는 것조차 버거워한다.

찰리는 추워 보인다.

다니엘라는 말이 없고 딴생각에 잠긴 듯하다.

어두운 곳으로 서서히 추락하는 상황에 꼼짝없이 잡혀

있기라도 한 것처럼.

그녀는 음식에 거의 손도 대지 않는다.

저녁 식사 후 찰리와 나는 집 앞 현관에서 장작을 한 아름씩 가져오고, 나는 우리가 먹은 패스트푸드 종이봉투와 오래된 신문을 이용해 불을 지핀다.

장작은 팬 지 여러 철이 지난 듯 거무죽죽하게 말라 있고 순식간에 불이 붙는다.

얼마 지나지 않아 거실 벽이 환히 빛난다.

천장 곳곳에 그림자가 가물거린다.

우리는 찰리를 위해 침대 소파를 접어 벽난로 가까이 가져다 놓는다.

다니엘라는 침실을 정리하러 간다.

나는 찰리 옆 매트리스 끄트머리에 앉아 난롯불의 열기에 온몸을 쪼인다.

내가 말한다. "혹시 밤중에 깨면 땔나무를 더 넣도록 해. 그러면 아침까지 불씨가 살아서 실내가 제법 따뜻해질 수도 있어."

찰리는 컨버스 운동화를 벗어 던지고 후드티 소매에서 팔을 빼낸다. 이불 밑으로 파고드는 모습을 보고 있다가 문득 찰리가 이제 열다섯 살이 되었다는 생각이 스친다.

10월 21일이 그의 생일이었다.

"어이," 내가 부르는 소리에 찰리가 나를 본다. "생일 축하해."

"무슨 소리예요?"

"네 생일을 놓쳤잖아."

"아. 맞아요."

"그날 어땠어?"

"뭐, 괜찮았어요."

"뭘 하며 보냈어?"

"영화 보고 외식했어요. 그러고 나서 저는 조엘, 앤절라랑 놀았고요."

"앤절라가 누구야?"

"친구요."

"여자친구?" 난로 불빛을 받은 찰리의 얼굴이 빨개진다. "아빠가 진짜 궁금한 게 있는데—운전면허 시험엔 붙었어?"

찰리는 슬며시 웃어 보인다. "이제 어엿한 연습면허(필기시험에 합격하면 발급되는 임시 면허—옮긴이) 소지자예요."

"멋진걸. 그러면 그가 데려가줬어?"

찰리가 고개를 끄덕인다.

제기랄. 가슴이 쓰리다.

나는 찰리의 어깨까지 시트와 담요를 덮어주고 이마에 입을 맞춘다. 사실 아들의 잠자리를 챙겨줘 본 게 수년 만이라, 나는 이 순간을 음미하며 속도를 늦춰보려 애쓴다. 하지만 좋은 것들이 으레 그러하듯, 이 순간은 너무나 빠르게 지나간다.

찰리가 불빛 속에서 나를 가만히 올려다보다가 묻는다. "괜찮아요, 아빠?"

"아니. 괜찮지 않아. 그래도 이제 너랑 엄마랑 같이 있잖아. 그럼 된 거야. 그, 나의 다른 버전 말이야……. 그 사람은 좋았어?"

"그 사람은 내 아빠가 아니에요."

"알아, 그래도 그가—?"

"그 사람은 내 아빠가 아니에요."

침대 소파에서 일어난 나는 난롯불에 땔나무를 하나 더 던져 넣고서 터덜터덜 주방을 가로질러 집 안의 반대쪽으로 걸어간다. 원목 바닥이 내 체중을 받아 삐걱거린다.

이 방은 잠을 자기에는 너무 추운 것 같지만, 그래도 다니엘라가 위층 침대들의 시트를 모조리 벗겨 오고 옷장을 뒤져 담요를 더 가져다 놓았다.

벽면은 목재 패널로 마감되어 있다.

한쪽 구석에서 전기 난방기가 빛을 내며 돌아가고, 먼지 타는 냄새가 방 안에 가득하다.

욕실 안에서 무슨 소리가 난다.

흐느끼는 소리.

나는 싸구려 합판 문을 똑똑 두드린다.

"다니엘라?"

그녀가 숨을 고르는 소리가 들린다.

"왜?"

"들어가도 돼?"

그녀는 한동안 말이 없다.

이윽고 잠금쇠가 풀린다.

다니엘라는 갈고리 발이 달린 구식 욕조에 기대어 한쪽 구석에 웅크리고 있다. 양 무릎은 가슴 쪽으로 끌어안았고, 두 눈은 빨갛게 부어 있다.

그녀의 이런 모습은 이제껏 한 번도 본 적이 없다. 물리적으로 동요하고 내 눈앞에서 무너지는 모습.

다니엘라가 말한다. "못 하겠어. 난 정말…… 못 하겠어."

"뭘 말이야?"

"당신이 여기 바로 내 앞에 있고 당신을 너무나 사랑하지만, 그런데 또 당신의 다른 버전들을 생각하면ー"

"그들은 여기에 없어, 다니엘라."

"여기 있고 싶어 하잖아."

"그렇지만 여기 없어."

"이 상황을 어떻게 생각하고 어떻게 느껴야 할지 모르겠어. 그러다 문득 의문이 들고……."

다니엘라는 그나마 남아 있던 일말의 평정마저 잃어버린다.

마치 얼음판이 갈라지는 광경을 지켜보는 기분이다.

"무슨 의문이 들어?" 내가 묻는다.

"그러니까…… 당신이 당신이 맞긴 해?"

"그게 무슨 말이야?"

"당신이 나의 제이슨인지 내가 어떻게 알아? 당신 말로는 10월 초에 우리 집 현관을 나선 후로 다시는 나를 못 보다가 오늘 아침 경찰서에서 처음 만났다고 했잖아. 그런데 당신이 내가 사랑하는 사람이라는 걸 내가 어떻게 알아?"

나는 바닥으로 내려간다.

"내 눈을 봐, 다니엘라."

그녀는 내 말대로 한다.

눈물을 흘리면서.

"나인 걸 모르겠어? 안 보여?"

"그 사람과 같이 보낸 지난 한 달에 대한 생각을 멈출 수가 없어. 그 생각만 하면 속이 울렁거려."

"어땠어?"

"제이슨, 나한테 그러지 마. 당신한테 그러지 마."

"그 통로, 그 상자에서 집으로 돌아올 길을 찾으려 애쓰던 그 시간 동안 매일같이—난 당신과 그, 두 사람에 대해 생각했어. 그러지 않으려고 했지만, 당신이 내 입장이라고 생각해 봐."

다니엘라는 무릎을 펴고, 내가 그 사이로 기듯이 다가가자 나를 끌어당겨 품에 안고 내 머리칼을 어루만진다.

그녀가 묻는다. "정말로 알고 싶어?"

아니.

하지만 나도 어쩔 수 없어.

내가 말한다. "그 의문을 영원히 떨치지 못할 거야."

나는 다니엘라에게 머리를 기댄다.

그녀의 가슴이 오르내리는 것을 느낀다.

그녀가 말한다. "솔직히 처음엔 정말 좋았어. 당신이 라이언의 파티에 갔던 날 밤을 이토록 생생히 기억하는 건 당신이—그 사람이—집에 돌아와서 했던 행동 때문이야. 처음엔 취해서 그러는 줄 알았는데, 취한 건 아니었어. 그건 뭐랄까……. 마치 당신이 전혀 새롭게 나를 바라보는 것 같았어.

난 그 옛날, 내 복층 아파트에서 우리가 처음 사랑을 나눴던 순간을 여전히 기억해. 나는 알몸으로 침대에 누워 당신을 기다리고 있었어. 당신은 한참을 침대 끄트머리에 서서 날 바라보고만 있었지. 마치 당신이 처음으로 나를 제대로 본 것 같은 느낌이었어. 어쩌면 누군가가 나를 제대로 본 게 처음인 것도 같았고. 더없이 뜨겁고 흥분되는 경험이었어.

이 다른 제이슨은 그런 식으로 나를 바라봤고, 우리 사이에는 어떤 새로운 기운이 존재했어. 당신이 주말 동안 학회에 갔다가 집에 돌아왔을 때와 비슷한데, 다만 그 정도가 훨씬 강렬했어."

내가 묻는다. "그러니까 그와 함께 있으면, 마치 우리가 처음 사귀기 시작했을 때 같았겠네?"

다니엘라는 곧장 대답하지 않는다.

잠시 숨만 내쉴 뿐이다.

그러다 이윽고 입을 뗀다. "정말 미안해."

"당신 잘못이 아니야."

"두어 주 지나고 나서야 이것이 어쩌다 하룻밤, 혹은 어느 주말에 한 번 일어나는 그런 일이 아니라는 생각이 들었어. 당신 안의 뭔가가 변했다는 걸 깨달았지."

"어떤 게 달랐어?"

"수많은 사소한 것들. 옷 입는 방식. 아침에 출근 준비하는 방식. 저녁 식사 시간에 하는 얘기들."

"당신과 잠자리하는 방식도?"

"제이슨."

"제발 내게 거짓말하지 마. 그건, 견딜 수 없어."

"그래. 달랐어."

"더 좋았겠지."

"다시 처음 시절로 돌아간 것 같았어. 당신이 한 번도 안 하던 것, 아니면 오랫동안 하지 않았던 것들을 했어. 나

라는 사람이 당신이 원하는 것이라기보다 당신에게 없어서
는 안 될 존재인 것만 같았어. 마치 내가 당신의 산소이기라
도 한 것처럼."

"당신은 이 다른 제이슨을 원해?"

"아니. 나는 나와 삶을 함께한 사람을 원해. 나와 함께
찰리를 만든 사람. 하지만 당신이 그 사람이 맞는지 알아야
해."

나는 자세를 바로 하고 다니엘라를 쳐다본다. 이 외진
곳에 있는, 희미하게 곰팡내를 풍기는 창문 없고 비좁은 이
곳 화장실에서.

다니엘라도 나를 쳐다본다.

피로가 엄습한다.

나는 힘겹게 일어나며 손을 내밀어 그녀를 일으켜준다.

우리는 침실로 돌아온다.

다니엘라가 먼저 침대에 오르고, 나는 전등을 끄고 나
서 차가운 시트 아래 그녀의 옆자리로 들어간다.

침대 프레임이 삐걱거리고, 아주 조금만 몸을 움직여도
머리판이 벽에 부딪치면서 위에 걸린 액자가 덜거덕거린다.

다니엘라는 속옷과 흰색 티셔츠 차림에, 하루 종일 차
를 타고 다닌 뒤 샤워를 못 한 것 같은 체취—희미한 디오
더런트 향에 짙은 땀 냄새가 살짝 섞인—가 난다.

그 체취가 좋다.

다니엘라가 어둠 속에서 속삭인다. "이 상황을 어떻게
해결해야 할까, 제이슨?"

"생각 중이야."

"그게 무슨 뜻이야?"

"아침에 다시 물어보라는 뜻이야."

내 얼굴에 닿는 그녀의 숨결이 달콤하고 따뜻하다.

내가 집과 연관 지어 떠올리는 모든 것이 담긴 정수.

다니엘라는 이내 깊은 숨소리를 내며 잠이 든다.

나도 그녀를 뒤따라 바로 잠이 들 줄 알았지만, 눈을 감는 순간 생각이 걷잡을 수 없이 밀려든다. 나의 여러 버전이 엘리베이터에서 나오는 장면이 떠오른다. 주차된 차 안에, 브라운스톤 집 건너편 벤치에 앉아 있는 장면도 떠오른다.

사방에 내가 보인다.

구석에서 빨갛게 빛나는 전기 난방기 코일을 제외하면 방 안은 캄캄하다.

집 전체가 고요하다.

나는 잠을 이루지 못한다.

이 문제를 해결해야 한다.

나는 조용히 이불 밖으로 빠져나온다. 문간에서 걸음을 멈추고 다니엘라를 돌아본다. 그녀는 담요 무더기 아래 안전하게 누워 있다.

시끄럽게 소리를 내는 복도의 원목 바닥을 따라 걸어간다. 거실에 가까워질수록 집 안 공기는 훈훈하다.

불길이 벌써 많이 사그라들었다.

나는 장작을 몇 개 더 넣는다.

한참 동안 가만히 앉아 불꽃만 뚫어져라 쳐다본다. 장작이 서서히 타들어가서 붉은 잉걸불이 되는 모습을 지켜보는 동안 등 뒤에서는 아들이 나지막이 코 고는 소리가 들린다.

그 생각은 오늘 북쪽으로 차를 몰고 오던 중 처음 떠올랐고, 그 후로 나는 줄곧 그에 대해 숙고해 왔다.

처음에는 무모한 생각 같아 보였다.

하지만 검토해 볼수록 그것이야말로 내가 가진 유일한 선택지라고 느껴진다.

거실의 TV 장식장 옆에 자리한 책상에는 10년 된 맥 컴퓨터와 거대한 구식 프린터가 놓여 있다. 나는 컴퓨터의 전원을 켠다. 만약 패스워드가 걸려 있거나 인터넷 연결이 되어 있지 않다면 내일까지 기다렸다가 시내의 인터넷 카페나 커피숍으로 가야 할 터다.

운 좋게도 게스트 로그인 옵션이 있다.

나는 웹브라우저를 열고 asonjayessenday 이메일 계정에 접속한다.

하이퍼링크가 여전히 작동한다.

우버챗에 오신 걸 환영합니다!
현재 참여 인원은 일흔두 명입니다.
신규 사용자입니까?

나는 '아니요'를 클릭하고 내 사용자명과 패스워드로 로그인한다.

다시 오신 걸 환영합니다, 제이슨9!
지금 바로 우버챗에 연결합니다!

대화는 전보다 훨씬 길어져 있다. 너무나 많은 참여 인원에 나는 식은땀을 흘린다.

대화창 전체를 훑어본다. 가장 최근 메시지는 작성된 지 1분도 채 지나지 않았다.

제이슨42: 늦어도 오후 중반부터 집이 쭉 비어 있었어.

제이슨28: 너희 중 누구 짓이야?

제이슨4: 엘리너가 44번지부터 북부 캘리포니아 경찰서까지 다니엘라를 뒤따라갔어.

제이슨14: 다니엘라가 거기서 뭘 하고 있었는데?

제이슨25: 다니엘라가 거기서 뭘 하고 있었는데?

제이슨10: 다니엘라가 거기서 뭘 하고 있었는데?

제이슨4: 모르겠어. 안에 들어가더니 나오지를 않았어. 타고 온 혼다도 그대로 있고.

제이슨66: 그녀가 알게 된 걸까? 아직도 경찰서에 있어?

제이슨4: 나도 몰라. 무슨 일이 있는 게 분명해.

제이슨49: 어젯밤에 우리 중 한 명한테 죽을 뻔했어. 내 호텔방 열쇠를 구해서 한밤중에 칼을 들고 들어왔더라고.

나는 글을 입력하기 시작한다······.

제이슨9: 다니엘라와 찰리는 나랑 같이 있어.

제이슨92: 무사해?

제이슨42: 무사해?

제이슨14: 어떻게?

제이슨28: 증거를 대.

제이슨4: 무사해?

제이슨25: 어떻게?

제이슨10: 이 개자식.

제이슨9: 어떻게는 중요하지 않지만 그래, 두 사람은 무사해. 둘 다 많이 무서워하고 있기도 하고. 이 상황에 대해 많이 생각해 봤어. 우리 모두 기본적으로 원하는 건 같으리라고 봐. 무슨 일이 있어도 다니엘라와 찰리에게 해가 가서는 안 된다는 것, 그렇지?

제이슨92: 맞아.

제이슨49: 맞아.

제이슨66: 맞아.

제이슨10: 맞아.

제이슨25: 맞아.

제이슨4: 맞아.

제이슨28: 맞아.

제이슨14: 맞아.

제이슨103: 맞아.

제이슨5: 맞아.

제이슨16: 맞아.

제이슨82: 맞아.

제이슨9: 그들에게 무슨 일이 생기는 걸 볼 바엔 차라리 죽는 게 나아. 그래서 이 제안을 하려고 해. 지금으로부터 이틀 뒤 자정에 우리 모두 발전소에서 만나서 평화적으로 제비뽑기를 하는 거야. 승자가 다니엘라, 찰리와 함께 이 세계에서 사는 걸로. 또한 더는 다른 제이슨들이 이곳으로 오지 못하도록 그 상자는 파괴하는 거야.

제이슨8: 싫어.

제이슨100: 안 돼.

제이슨21: 이게 먹히겠어?

제이슨38: 절대 안 돼.

제이슨28: 두 사람이 같이 있다는 걸 증명하거나 아니면 꺼져.

제이슨8: 왜 운에 맡겨? 끝까지 싸우지 않고? 실력으로 정해.

제이슨109: 그럼 패자들은 어떻게 해? 자살?

제이슨관리자: 이 대화가 이해 불가능한 방향으로 흐르는 것을 방지하기 위해 나와 제이슨9 외의 계정은 참여하지 못하게 임시로 막아놨어. 하지만 나머지 사람들도 대화를 볼 수는 있어. 제이슨9, 하던 얘기 계속해.

제이슨9: 이렇게 했다가 일이 틀어질 수도 있는 경우의 수가 많다는 건 알고 있어. 당장 내가 약속 장소에 나타나지 않을 수도 있겠지. 어떻게 확신하겠어. 제비뽑기에 참여하지 않는 쪽을 택하는 제이슨도 몇 명이나 될지 몰라. 상황이 정리될 때까지 조용히 기다리다가 우리 중 한 명에게 제이슨2가 했던 짓을 할 작정으로 말이야. 다만 나는 분명 약속을 지킬 것이고, 이러는 내가 순진한 건지도 모르지만 그건 곧 너희도 모두 약속을 지킬 거라는 뜻이리라 생각해. 너희는 우리를 위해 약속을 지키려는 게 아닐 테니까. 다니엘라와 찰리를 위해 지키는 것일 테니까. 다른 대안은 내가 두 사람을 데리고 영원히 사라지는 방법이야. 새 신분을 얻고, 항상 쫓기는 삶을 살겠지. 항상 뒤를 경계하면서. 나는 그들과 함께하고 싶지만 내 아내와 아들이 그렇게 사는 건 원치 않아. 게다가 나만 그들을 차지할 권리가 있지도 않아. 이 점을 통감하기에 난 기꺼이 이 제비뽑기를 감수하려는 거야. 관련된 우리의 수만 봐도 내가 질 게 거의 확실한데도 말이야. 다니엘라에게 먼저 얘기해야겠지만, 그사이에 이 소식을 퍼뜨려 줘. 난 내일 밤에 다시 접속해서 더 자세한 내용을 말해줄게. 증거도 포함해서, 제이슨28.

제이슨관리자: 누가 이미 질문했던 것 같은데 패자들은 어떻게 되는 거야?

제이슨9: 아직 모르겠어. 중요한 건 우리의 아내와 아들이 남은 생을 평화롭고 안전하게 사는 것뿐이야. 이렇게 생각하지 않는 사람은 그들과 함께할 자격이 없어.

커튼 사이로 들어오는 빛에 잠이 깬다.

다니엘라는 내 품에 안겨 있다.

아주 오랫동안 나는 그대로 누워 있다.

그녀를 안고서.

이 대단한 여자를.

잠시 뒤 나는 몸을 빼내어 바닥에 있는 내 옷 무더기를 줍는다.

난로의 잔불—석탄 조각만 남았다—옆에서 옷을 입은 뒤 마지막 남은 장작 두 개를 던져 넣는다.

우리는 늦잠을 잤다.

난로 위에 놓인 시계가 9시 30분을 가리키고, 싱크대 위로 난 창을 통해 상록수와 자작나무 사이로 비스듬히 내리쬐는 햇빛이 숲 바닥에 빛과 그림자의 웅덩이를 만들어 놓은 풍경이 보인다.

나는 밖으로 나가 차가운 아침 공기를 맞으며 현관 계단을 내려간다.

통나무집 뒤쪽을 지나니 집 부지에서 호숫가까지 완만한 비탈이 나 있다.

눈 덮인 잔교의 끄트머리까지 걸어간다.

호수 가장자리를 따라 몇 피트 두께로 얼음이 생기기는 했지만, 최근에 눈보라가 쳤다고는 해도 아직 호수의 나머지 부분까지 얼기에는 이른 시기다.

나는 벤치의 눈을 털어내고 앉아 소나무 뒤로 느릿느릿 떠오르는 해를 바라본다.

차가운 공기가 마치 에스프레소 숏처럼 정신을 번쩍 들게 한다.

호수 면에서 엷은 안개가 피어오른다.

등 뒤에서 뽀드득 눈을 밟는 발자국 소리가 들려온다.

뒤돌아보니 내 발자국을 따라 잔교로 다가오는 다니엘라의 모습이 보인다.

그녀는 김이 나는 커피 두 잔을 들고 있다. 머리카락은 아름답게 헝클어져 있고, 담요 여러 장을 숄처럼 어깨에 둘

렀다.

가까워오는 다니엘라를 보고 있자니 필시 지금이 그녀와 함께 보내는 마지막 아침일 거라는 생각이 스친다. 나는 내일 날이 밝자마자 시카고로 돌아갈 테니까. 혼자서.

다니엘라는 내게 머그컵 두 개를 다 건네더니 담요 한 장을 벗어서 내 몸에 둘러준다. 이어서 그녀도 벤치에 앉고, 우리는 커피를 마시며 호수 저편을 가만히 바라본다.

내가 말한다. "난 늘 우리가 나중에 이런 곳에서 살게 될 줄 알았어."

"당신이 위스콘신으로 이사 오고 싶어 하는지는 몰랐네."

"더 나이 들었을 때 말이야. 오두막집을 장만해서 수리도 하고."

"당신이 뭘 수리할 줄을 알아?" 다니엘라가 웃으며 말한다. "농담이야. 무슨 뜻으로 한 말인지 알아."

"어쩌면 여기서 손주들과 여름을 보낼 수도 있겠지. 당신은 호숫가에서 그림을 그릴 수도 있고."

"당신은 뭘 하고?"

"글쎄. 그간 밀린 《뉴요커》를 드디어 다 따라잡으려나. 그냥 당신이랑 같이 있지 뭐."

그때 다니엘라가 손을 뻗어 여전히 내 약지에 감겨 있는 실을 만진다. "이게 뭐야?"

"제이슨2가 내 결혼반지를 가져가기도 했고, 초반에 내가 현실 감각을 점점 잃어가는 시점이 있었어. 내가 누구인지, 당신과 결혼한 적이 있는지조차 확신할 수 없었지. 그래서 당신이, 이 버전의 당신이 존재한다는 걸 상기시켜 줄 증거로 손가락에 이렇게 실을 감았어."

다니엘라는 내게 입을 맞춘다.

아주 오랫동안.

내가 말한다. "당신에게 해야 할 말이 있어."

"뭔데?"

"내가 처음 눈을 뜬 그 시카고에서, 그러니까 다중 우주를 다룬 설치미술 전시에서 당신을 발견했던 곳에서—"

"뭐?" 그녀가 소리 없이 웃는다. "나랑 잤어?"

"응."

웃음기가 사라진다.

다니엘라는 한동안 나를 빤히 보고만 있다가 이윽고 감정이 거의 담기지 않은 목소리로 묻는다. "왜?"

"내가 어디에 있는지, 내게 무슨 일이 일어나고 있는지 알 수 없었어. 모두가 날 미쳤다고 생각했어. 나 스스로도 그런 생각이 들기 시작했고. 그러다 당신을 발견했어. 모조리 잘못된 세계에서 유일하게 친숙한 존재를. 난 그 다니엘라가 당신이기를 간절히 바랐지만 그녀는 당신이 아니었어. 당신일 수가 없었지. 다른 제이슨이 내가 아닌 것처럼."

"그러면 다중 우주를 거치는 내내 계속 잠자리를 하고 다녔다는 거야?"

"그때 한 번이 다였어. 그 일이 있었을 당시 나는 내가 있는 곳이 어디인지도 깨닫지 못했어. 내가 미쳐가고 있는 건지 혼란스러웠다고."

"그래서 그 여자는 어땠어? 나는 어땠어?"

"아무래도 우리 그 얘기는—"

"나는 말했잖아."

"그래, 좋아. 당신이 다른 제이슨이 집에 온 첫날에 대해 했던 얘기와 마찬가지였어. 당신을 사랑한다는 걸 깨닫기 전에 당신과 함께하는 것 같았달까. 놀랍도록 서로 연결된 듯했던 그 기분을 다시 처음으로 경험하는 것 같았어. 지금 무슨 생각해?"

"당신한테 얼마나 화를 내야 할지 생각하는 중이야."

"왜 화를 내야 해?"

"아, 그게 당신 주장인 거야? 상대가 나의 다른 버전이면 바람피운 게 아니다?"

"아니, 적어도 독창적이긴 하잖아."

이 말에 다니엘라는 웃음을 터뜨린다.

이 말에 웃음을 터뜨리는 것 자체가 내가 그녀를 사랑하는 이유를 고스란히 말해준다.

"그녀는 어땠어?" 다니엘라가 묻는다.

"그녀는 나 없는 당신이었어. 찰리 없는 당신. 라이언 홀더와 일종의 사귀는 관계였어."

"말도 안 돼. 그런데 내가 그렇게 성공한 미술가였다고?"

"그랬어."

"내 작품은 마음에 들었어?"

"대단했어. 당신은 정말 대단했어. 작품에 관해 듣고 싶어?"

"응, 듣고 싶어."

나는 다니엘라에게 플렉시글라스 미로와 그 미로를 관통하는 기분이 어땠는지에 관해 말해준다. 놀랍도록 선명한 이미지. 극적인 디자인.

그 얘기에 그녀의 눈빛이 밝게 빛난다.

그 얘기는 또 그녀를 울적하게 만든다.

"내가 행복했던 것 같아?" 다니엘라가 묻는다.

"무슨 뜻이야?"

"그런 여자가 되기 위해 포기한 모든 것에도 불구하고 말이야."

"글쎄. 그녀와 48시간을 같이 보냈을 뿐이라서. 당신이나 나나 다른 모두와 마찬가지로 그녀에게도 후회가 있었을 거라 생각해. 가끔은 한밤중에 잠에서 깨어 자신이 선택한 길이 옳은 길이었을까 생각하기도 했겠지. 옳은 길이 아니면 어쩌나 두려워도 하고. 나와 함께했다면 어땠을까 궁금해하기도 했겠지."

"나도 가끔 그런 생각을 해."

"너무나 많은 버전의 당신을 봤어. 나와 함께한 당신, 함께하지 않은 당신. 미술가. 교사. 그래픽디자이너. 하지만 결국엔 모두가 그저 삶일 뿐이야. 우리는 그 삶을 거시적으로, 하나의 큰 이야기로 바라보지만, 우리가 그 삶 속에 있을 때는 그저 하루하루의 일상일 뿐이잖아? 그리고 그 일상이야말로 우리가 다툼 없이 잘 지내야 할 대상이지 않을까?"

호수 한가운데서 물고기 한 마리가 뛰어올라 유리 같은 수면에 완벽한 동심원 모양의 잔물결을 일으킨다.

내가 말한다. "어젯밤에 이 상황을 어떻게 해결할지 당신이 물었잖아."

"좋은 생각이라도 났어?"

사실 맨 처음 드는 생각은 내가 꾀하는 일을 다니엘라는 모르게 하고 싶다는 것이지만, 우리 부부는 서로 비밀을 만드는 관계가 아니다. 우리는 모든 일을 서로에게 말한다. 가장 어려운 일까지도. 이런 성향은 부부로서 우리의 정체성에 깊숙이 자리 잡고 있다.

그래서 나는 어젯밤 채팅방에서 했던 제안에 대해 다니엘라에게 말해주고, 그녀의 얼굴에 떠오르는 분노와 공포, 충격, 두려움을 지켜본다.

이윽고 그녀가 말한다. "나를 추첨식 경품으로 내주고 싶어? 내가 망할 과일 바구니야?"

"다니엘라—"

"내겐 당신의 영웅놀이 따위는 필요하지 않아."

"어떻게 되든 당신은 나를 되찾을 거야."

"하지만 다른 버전의 당신이잖아. 당신이 하는 말이 그런 뜻 맞지? 혹시나 그 버전이 우리 삶을 망쳐놓은 그 개자식 같다면 어떻게 해? 당신처럼 좋은 사람이 아니라면?"

나는 다니엘라에게서 고개를 돌려 호수 쪽을 바라보고, 눈을 깜박이며 눈물을 삼킨다.

그녀가 묻는다. "왜 당신 자신을 희생해서 다른 누군가가 나와 함께하게 하려는 거야?"

"우리 모두 자신을 희생시켜야 해, 다니엘라. 당신과 찰리가 잘되려면 이 방법밖에 없어. 제발 부탁이야. 두 사람이

다시 시카고에서 안전하게 살 수 있도록 내가 하려는 대로 따라줘."

집으로 돌아와 보니 찰리가 가스레인지 앞에서 팬케이크를 뒤집고 있다.

"냄새 좋은걸." 내가 말한다.

"아빠가 과일 시럽 만드실래요?"

"좋지."

나는 잠시 두리번거리다 도마와 칼을 찾아낸다.

아들 옆에 나란히 서서 사과의 껍질을 벗기고 잘게 썬 다음 소스 팬에서 보글보글 끓고 있는 메이플시럽에 사과 조각을 넣는다.

창밖으로 보이는 해가 더 높이 떠오르고 숲은 빛으로 가득 찬다.

우리는 함께 아침을 먹으며 편히 대화를 나눈다. 그러는 동안 평범한 일상에 가깝게 느껴지는 순간, 아마도 이것이 내가 두 사람과 같이 먹는 마지막 아침 식사가 될 거라는 사실이 내 머릿속의 중심을 차지하지 않는 순간이 간간이 찾아오기도 한다.

이른 오후 우리는 색 바랜 시골길 한가운데를 따라 시내로 걸어간다. 노면은 햇빛을 받아 말라 있지만 그늘에는 눈이 가득하다.

우리는 중고품 할인점에서 옷가지를 구입한 뒤, 여섯 달 전에 개봉한 작품을 상영하고 있는 작은 극장으로 조조 영화를 보러 간다.

영화는 실없는 로맨틱코미디다.

지금 우리에게 딱 필요한 종류이다.

우리는 엔딩크레디트가 다 올라가고 불이 켜질 때까지 자리를 뜨지 않는다. 극장 밖으로 나오니 벌써 하늘이 어둑해지고 있다.

시내 변두리에서 우리는 유일하게 영업 중인 아이스리버 로드하우스라는 식당에 들어가보기로 한다.

우리는 카운터 쪽에 자리를 잡는다.

다니엘라는 피노누아 한 잔을 주문한다. 나는 내가 마실 맥주와 찰리가 마실 콜라를 주문한다.

식당은 손님으로 붐빈다. 위스콘신주 아이스리버의 평일 저녁에 벌어지고 있는 유일한 사건이다.

우리는 음식을 주문한다.

나는 맥주를 두 잔째 비우고 세 번째 잔을 마신다.

오래지 않아 다니엘라와 나는 살짝 취기가 오르고, 식당의 소음은 점점 커진다.

다니엘라가 한 손을 내 다리에 놓는다.

그녀의 눈은 술기운으로 게슴츠레하고, 그녀와 다시 이렇게 가까이 있으니 기분이 너무 좋다. 나는 소소하게 일어나는 모든 일이 내 마지막 경험이 된다는 생각을 하지 않으려 애써보지만 그 자각은 너무나 무겁게 나를 짓누른다.

가로변 식당에는 계속 손님이 들어찬다.

실내는 멋지게 소란스럽다.

구석의 작은 무대에서 밴드가 악기 세팅을 시작한다.

나는 취했다.

공격적이거나 과하게 감상적인 상태는 아니다.

딱 기분 좋게 취한 정도다.

이 순간 외의 것들을 생각하면 눈물이 나기에, 이 순간 외의 다른 생각은 하지 않는다.

4인조 밴드는 컨트리음악을 연주하고, 잠시 후 다니엘라와 나는 좁은 댄스 플로어에서 사람들 무리에 섞여 느린 춤을 추고 있다.

다니엘라의 몸은 내게 바짝 밀착되었고 내 손은 그녀의 허리를 감쌌다. 스틸기타 소리와 나를 보는 그녀의 눈빛 사이에서 내가 원하는 건, 그녀를 헐거운 머리판이 달린 삐걱대는 침대로 다시 데려가서 벽에 걸린 액자를 모조리 떨어뜨리는 것뿐이다.

다니엘라와 나는 크게 소리 내어 웃고 있는데, 왜 그러는지조차 모르겠다.

찰리가 말한다. "두 분 술에 떡이 됐네요."

이 말은 과장일지 몰라도 그리 심한 과장은 아니다.

내가 대꾸한다. "풀어야 할 스트레스가 좀 있었거든."

찰리가 다니엘라에게 말한다. "지난 한 달간은 이런 느낌을 못 받았어요, 그죠?"

다니엘라는 나를 쳐다본다.

"그래, 그랬어."

우리는 비틀거리며 캄캄한 도로를 오른다. 우리 뒤에도 앞에도 자동차 불빛 하나 없다.

숲은 완전히 고요하다.

바람 한 점 없다.

한 폭의 그림처럼 정지된 풍경.

나는 우리 방의 문을 잠근다.

다니엘라의 도움을 받아 침대에서 매트리스를 들어낸다.

우리는 마룻바닥에 매트리스를 놓은 다음 불을 끄고 옷을 모두 벗는다.

전기 난방기가 돌아가고 있는데도 실내는 쌀쌀하다.

알몸의 우리는 떨면서 담요 아래로 들어간다.

내 몸에 닿는 그녀의 살결은 매끈하면서 차갑고, 그녀의 입술은 부드럽고 따뜻하다.

나는 그녀에게 키스한다.

그녀는 고통스러울 만큼 간절히 자신 안에 나를 들이고 싶다고 말한다.

다니엘라와 함께하는 건 집에 온 것 같은 느낌이 아니다.

그 자체로 집이다.

15년 전 그녀와 처음 사랑을 나누던 순간에 했던 생각이 기억난다. 내가 그간 찾아 헤매고 있었는지조차 몰랐던 무언가를 찾았다는 생각.

그 생각은 오늘 밤 더더욱 진실로 느껴진다. 우리 밑에서 원목 바닥이 나직이 삐걱이고 커튼 틈새로 살며시 들어온 달빛이 다니엘라의 얼굴을 비출 때, 입술이 벌어지고 고개가 젖혀지면서 그녀가 너무나 다급하게 나의 이름을 속삭이는 지금 이 순간에.

우리는 땀에 젖고, 우리의 심장은 고요 속에 질주한다.

다니엘라는 손가락으로 내 머리카락을 어루만지고 내가 좋아하는 표정으로 어둠 속에서 나를 가만히 쳐다보고 있다.

"뭔데 그래?" 내가 묻는다.

"찰리 말이 맞았어."

"무슨 말?"

"집에 오는 길에 그애가 했던 말 말이야. 제이슨2가 여기 온 후로는 줄곧 이런 느낌이 아니었어. 당신은 대체 불가능해. 당신조차 당신을 대체할 수 없어. 난 우리가 만난 과정을 계속 생각해. 우린 삶의 그 시점에서 누구와든 마주칠 수 있었어. 하지만 당신이 그 뒷마당 파티에 나타났고 그 재수 없는 놈에게서 나를 구해줬어. 우리 이야기의 일부는 전류가 흐르듯 강렬하게 연결된 우리의 관계지만 나머지 부분도 똑같이 기적적이라고 확신해. 당신이 바로 그 순간에 내 인생으로 걸어 들어왔다는 단순한 사실 말이야. 다른 누군가가 아닌 당신이. 어떻게 보면 그 사실이 결합 자체보다도 더 놀랍지 않아? 애초에 우리가 서로를 찾았다는 게?"

"놀라운 일이야."

"내가 깨달은 건 그와 같은 일이 어제도 일어났다는 거야. 온갖 버전의 제이슨 중에서도 식당에서 그 미친 짓을 해서 유치장에 들어가고, 그렇게 우리가 안전하게 만날 수 있게 한 사람은 당신이었어."

"당신 말은 이게 운명이라는 거군."

그녀는 미소를 짓는다. "내가 하려는 말은 우리가 또 한 번 서로를 찾아냈다는 거야."

우리는 다시 사랑을 나누고 잠이 든다.

한밤중에 그녀는 날 깨워서 내 귀에다 속삭인다. "당신이 떠나지 말았으면 해."

나는 옆으로 누워 그녀를 마주 본다.

어둠 속에서 그녀는 눈을 크게 뜨고 있다.

머리가 아프다.

입안이 마른다.

나는 쾌락이 고통으로 서서히 바뀌어가는 만취와 숙취 사이의 혼란한 전환 상태에 빠져 있다.

"그냥 차를 몰고 계속 가버리면 어떨까?" 그녀가 말한다.

"어디로?"

"모르겠어."

"찰리에겐 뭐라고 말하고? 그애에겐 친구들도 있잖아. 어쩌면 여자친구도 있을 테고. 그런 건 전부 잊어버리라고 말해? 이제 겨우 학교에 잘 적응했는데."

"알아. 나도 그러고 싶지 않고. 하지만 그렇게 말하자."

"우리가 사는 곳, 친구들, 직장―이런 것들이 우리를 정의하는 거야."

"우리를 정의하는 건 그런 게 다가 아니야. 나는 당신과 함께 있는 한 내가 누구인지 정확히 알 수 있어."

"다니엘라, 나도 세상 무엇보다 당신과 함께 있고 싶어. 하지만 내일 내가 그렇게 하지 않으면 당신과 찰리는 결코 안전해질 수 없어. 그리고 무슨 일이 일어나든 당신에게는 여전히 내가 있을 거야."

"난 다른 버전의 당신을 원하지 않아. 내가 원하는 건 당신이야."

어둠 속에 잠에서 깨어보니 머리에서 맥박이 뛰는 듯 지끈거리고 입안은 바싹 말라 있다.

나는 청바지와 셔츠를 입고 비틀거리며 복도를 따라 내려간다.

오늘 밤에는 불을 피우지 않았으므로 1층의 광원이라고는 주방 조리대 위의 콘센트에 연결된 희미한 야간 등이 유일하다.

수납장에서 컵을 꺼내 수돗물을 채운다.

물을 단숨에 들이켠다.

컵을 다시 채운다.

중앙난방이 꺼진다.

나는 싱크대에 서서 차가운 물을 홀짝인다.

집 안이 어찌나 조용한지 멀리 떨어진 구석에서 목재의 섬유질이 팽창하고 수축하면서 바닥이 튀는 소리까지 귀에 들어온다.

주방 싱크대 위 창문으로 숲을 내다본다.

다니엘라가 나를 원하는 건 기쁘지만 여기서부터 우리가 어디로 가야 할지 모르겠다. 가족을 안전하게 지킬 방법을 모르겠다.

머리가 빙빙 돈다.

지프에서 조금 떨어진 곳에서 무언가가 내 시선을 끈다.

눈밭을 움직이는 그림자.

아드레날린이 치솟는다.

나는 유리컵을 내려놓고 앞문 쪽으로 가서 부츠를 신는다.

현관에서 셔츠 단추를 채우고 계단과 자동차 사이의 눈밭으로 걸어간다.

지프 옆을 지나 밖으로 나간다.

바로 거기.

주방에서 내 눈길을 끈 형체가 보인다.

내가 다가가는 동안에도 그 형체는 여전히 움직이고 있다.

처음 생각했던 것보다 크다.

성인 남자만 한 크기다.

아니다.

세상에.

저건 성인 남자다.

별빛 아래 검게 보이는 기다란 핏자국으로 그가 발을 끌며 지나온 길을 분명히 알 수 있다.

남자는 신음 소리를 내며 앞 현관 방향으로 기어간다. 무사히 도착하기는 틀린 듯하다.

나는 그에게 다가가 옆에 무릎을 꿇고 앉는다.

입고 있는 코트며 벌라서티연구소 배낭, 손가락에 감긴 실까지 그는 영락없이 나다.

그는 더운 김이 나는 피로 뒤덮인 배를 한 손으로 움켜쥐고 있고, 나를 올려다보는 눈빛은 더없이 절박하다.

내가 묻는다. "누가 이런 짓을 했어?"

"우리 중 하나가."

"내가 여기 있는 걸 어떻게 알아냈어?"

그는 울컥 피를 토해낸다. "도와줘."

"우리 중 몇 명이나 여기 와 있어?"

"난 죽어가고 있어."

나는 주변을 둘러본다. 곧바로 이 제이슨이 있는 위치에서 지프 방향으로, 또 통나무집 옆쪽으로 이어지는 피 묻은 발자국 한 쌍이 감지된다.

죽어가는 제이슨이 내 이름을 부르고 있다.

우리의 이름을.

도와달라고 사정하고 있다.

나도 그를 도와주고 싶지만 지금 내 머릿속에는 한 가

지 생각뿐이다—그들이 우리를 찾아냈다.

어떻게 했는지 몰라도, 그들은 우리를 찾아냈다.

그가 말한다. "저들이 그녀를 해치게 두지 마."

나는 고개를 돌려 차를 본다.

아까까진 눈치채지 못했는데 지금 보니 타이어 네 개가 모두 칼로 그어져 있다.

어딘가 가까운 거리에서 눈 밟는 소리가 들린다.

나는 움직이는 형상을 찾아 숲을 훑어보지만, 통나무집에서 멀리 떨어진 더 울창한 숲까지는 별빛이 뚫고 들어가지 못한다.

그가 말한다. "이런 일을 맞을 마음의 준비가 안 됐어."

내 안의 공포가 고조되는 가운데 나는 그의 눈을 내려다본다. "이게 끝이라면 마음 단단히 먹어."

한 발의 총성이 고요를 가른다.

그 소리는 통나무집 뒤편의 호수 근처에서 났다.

나는 급히 뒤돌아 눈밭을 가로질러 간다. 지프 옆을 지나 앞 현관을 향해 전력 질주하면서 지금 무슨 일이 일어나고 있는지 파악하려 애쓴다.

통나무집 안에서 다니엘라가 내 이름을 부른다.

나는 계단을 올라간다.

부술 듯이 현관문을 돌파한다.

다니엘라는 담요를 두르고 큰방에서 새어 나오는 빛을 받으며 복도를 내려오고 있다.

아들은 주방에서 다가온다.

내가 현관문을 잠그는 동안 다니엘라와 찰리는 현관

앞으로 모여든다.

다니엘라가 묻는다. "총소리였어?"

"응."

"무슨 일이야?"

"그들이 우릴 찾아냈어."

"누가?"

"내가."

"어떻게 그게 가능해?"

"당장 여길 떠야 해. 두 사람은 침실로 가서 옷을 입고 짐을 정리하도록 해. 난 뒷문이 잠겼는지 확인하고 나서 합류할게."

그들은 복도로 이동한다.

앞문은 확실히 잠겨 있다.

집으로 들어오는 다른 길은 방충망이 쳐진 베란다에서 거실로 이어지는 프랑스식 유리문을 통하는 것뿐이다.

나는 주방을 가로질러 간다.

다니엘라와 찰리는 다음으로 뭘 해야 할지 내가 말해 주기를 기다리고 있을 터다.

그런데 내게는 아무런 방안이 없다.

차를 타고 갈 수는 없다.

도보로 떠나야 하는 상황이다.

거실까지 가는 동안 내 머릿속에서는 생각의 줄기가 걷잡을 수 없이 몰아친다.

꼭 챙겨야 할 물건은 뭐지?

휴대폰.

돈.

우리 돈은 어디에 있지?

침실 서랍장 맨 아래 칸에 넣어둔 봉투 안에.

그 외에 또 필요한 건?

우리가 잊지 말아야 할 건?

나의 다른 버전들 중 몇 명이나 여기까지 우리를 추적해 왔을까?

난 오늘 밤 죽게 될까?

내 손에?

나는 어둠 속을 더듬으며 침대 소파를 지나 프랑스식 유리문으로 향한다. 손을 뻗어 문손잡이를 확인하는 순간 어떤 생각이 퍼뜩 스친다. 실내인데 이렇게 차가울 리가 없지 않나.

최근에 문이 열리지 않은 다음에야.

가령 바로 몇 초 전이라든가.

유리문은 잠겨 있는데, 나는 이 문을 잠근 기억이 없다.

판유리를 통해 테라스에 무언가가 있다는 걸 알 수 있지만 너무 어두워서 자세히 알아볼 수가 없다. 어쨌든 그 형상은 움직이고 있는 것 같다.

가족에게로 돌아가야 한다.

내가 프랑스식 유리문에서 돌아서려는 찰나, 소파 뒤에서 그림자 하나가 불쑥 솟아오른다.

순간 심장이 멎는다.

전등이 깜박거리며 켜진다.

10피트 거리에 서 있는 내가 보인다. 한 손은 전등 스위치에 가 있고, 다른 손으로는 내게 총을 겨누고 있다.

그는 달랑 사각팬티만 입고 있다.

두 손은 피투성이다.

내 얼굴을 겨냥한 채 소파를 돌아 나오면서 그가 나직이 말한다. "옷 벗어."

얼굴에 길게 난 칼자국이 그가 누구인지 말해준다.

나는 유리문을 통해 내 뒤를 슬쩍 본다.

전등 불빛이 테라스를 얼마간 비춰주는 덕에 바닥에 널브러진 옷가지—팀버랜드 워커와 피코트—와 옆으로 누워 있는 또 다른 제이슨이 보인다. 그는 목이 그어진 채 머리가 피 웅덩이에 잠겨 있다.

제이슨이 말한다. "두 번 말 안 해."

나는 셔츠 단추를 풀기 시작한다.

"우린 아는 사이로군." 내가 말한다.

"당연하지."

"아니, 네 얼굴의 그 상처. 우린 이틀 전에 맥주를 같이 마셨어."

나는 이 정보가 어떻게 입력되는지 기다려보지만 이 말은 기대했던 것처럼 그를 흔들어놓지 못한다.

그가 말한다. "그랬다고 일어나야 할 일이 바뀌진 않아. 여기가 끝이야, 친구. 너라도 이렇게 할 거라는 건 너도 알잖아."

"아니, 난 아니야. 처음엔 그렇게 생각했지만, 난 이러지 않을 거야."

나는 양쪽 팔을 소매에서 빼낸 뒤 그에게 셔츠를 던진

다.

그가 어떻게 할 작정인지는 뻔하다. 내 옷을 입고 다니엘라에게 가서 나인 척하겠지. 얼굴의 칼자국은 새로 생긴 상처처럼 보이게 다시 그어야 할 것이다.

내가 말한다. "난 그녀를 보호할 계획이 있었어."

"그래, 나도 봤어. 나는 스스로를 희생해서 다른 누군가가 내 아내, 아들과 함께하게 두지 않을 거야. 바지도 이리 내."

나는 바지 단추를 끄르며 생각한다. 내가 잘못 판단했구나. 우리는 다 같지 않아.

"오늘 밤에 우리 중 몇 명이나 죽였어?" 내가 묻는다.

"넷. 필요하다면 너희들 천 명이라도 죽일 거야."

한 번에 한쪽 다리씩 청바지를 벗으며 내가 말한다. "상자에서 무슨 일이 있었던 게 분명하군. 네가 말한 그 세계들에서. 무엇이 널 이렇게 만들었어?"

"네가 그들을 되찾고 싶은 마음이 그리 간절하지 않은 걸 수도 있지. 만약 그렇다면 넌 그들과 함께할 자격이 없ㅡ"

나는 그의 얼굴을 향해 청바지를 던지고 냅다 그에게 달려든다.

제이슨의 허벅지를 양팔로 감고서 있는 힘껏 들어 올린 뒤 그를 곧장 벽에 메다꽂아 폐를 짓눌러 놓는다.

총이 바닥에 떨어진다.

제이슨이 고꾸라지는 사이 나는 총을 주방으로 차 보내고 무릎으로 그의 얼굴을 가격한다.

우두둑 뼈 부스러지는 소리가 들린다.

나는 그의 머리를 잡고 또다시 무릎을 날리지만 그는 내 왼쪽 다리 아래로 미끄러지듯 빠져나간다.

나는 쿵 하고 마룻바닥에 내동댕이쳐지고, 뒤통수를 세게 부딪쳐 눈앞에 섬광이 번쩍인다. 곧이어 내 위에 올라탄 그는 뭉개진 얼굴에서 피를 뚝뚝 흘리며 한 손으로 내 목을 조른다.

그가 나를 치는 순간 나는 왼쪽 눈 밑이 폭발하는 듯한 통증과 함께 광대뼈가 골절되는 느낌을 받는다.

그는 또다시 나를 친다.

나는 눈물과 피로 범벅이 된 눈을 깜박인다. 다시 앞을 또렷이 볼 수 있게 되었을 때, 나를 때리던 손에 칼을 들고 있는 그의 모습이 보인다.

총성.

순간 귀가 멍해진다.

그의 흉골에 난 작고 검은 구멍으로 피가 쏟아져 나와 가슴 중앙으로 흘러내린다. 그의 손에 쥐여 있던 칼이 내 옆의 바닥으로 떨어진다. 그는 가슴에 난 구멍에 손가락을 넣어 막아보려 하지만 출혈은 멈추지 않는다.

그는 축축하고 거친 숨을 내쉬며 자신을 쏜 남자를 쳐다본다.

나도 목을 길게 빼어 그에게 총을 겨누고 있는 또 다른 제이슨을 본다. 이 제이슨은 말끔히 면도를 했고, 다니엘라가 10년 전 결혼기념일에 내게 선물한 검정색 가죽재킷을 입고 있다.

그의 왼손에서 결혼반지가 금빛으로 빛난다.

내 반지다.

제이슨2는 다시 한 번 방아쇠를 당기고, 두 번째 총알은 나를 공격한 제이슨의 옆통수를 뚫는다.

그가 앞으로 쓰러진다.

나는 몸을 뒤집어 천천히 일어나 앉는다.

피를 뱉는다.

얼굴은 불타는 듯 화끈거린다.

제이슨2가 나에게 총을 겨눈다.

그는 방아쇠를 당길 것이다.

실제로 코앞에 다가온 죽음이 느껴지지만 나는 뭐라고 할 말이 없다. 그저 할아버지, 할머니의 아이오와 서부 농장에 있는 어린 시절 내 모습이 스쳐 지나갈 뿐이다. 따뜻한 봄날. 광대한 하늘. 옥수수밭. 나는 뒷마당을 가로지르며 형이 있는 쪽으로 축구공을 드리블하고, 형은 '골문'—단풍나무 두 그루 사이의 공간—을 지키고 있다.

나는 생각한다. 죽기 직전 마지막으로 왜 이 기억이 떠오르는 걸까? 내가 그 순간에 가장 행복했었나? 가장 순수하게 나 자신이었나?

"그만해!"

다니엘라가 그새 옷을 챙겨 입고 주방 구석에 서 있다.

그녀는 제이슨2를 본다.

이어서 나를 본다.

머리에 총을 맞은 제이슨을 본다.

방충망 쳐진 베란다에 누워 있는 목이 그인 제이슨을

본다.

그러고는 어찌 된 일인지 목소리를 떨지도 않고 질문을 던진다. "내 남편은 어디 있어?"

제이슨2는 순간 당황한 기색이다.

나는 눈앞을 가린 피를 닦아내며 말한다. "여기 있어."

"오늘 밤 우리가 뭘 했어?" 그녀가 묻는다.

"구린 컨트리음악에 맞춰 춤을 추고 집에 돌아와서 사랑을 나눴어." 나는 내 삶을 훔쳐 간 남자를 쳐다본다. "네가 날 납치했던 놈이지?"

그는 다니엘라를 쳐다본다.

"그녀도 다 알아." 내가 말한다. "거짓말해 봤자 소용없어."

다니엘라가 묻는다. "어떻게 나한테 이럴 수가 있어? 우리 가족한테?"

찰리가 엄마 옆에서 나타나 우리 주위에 펼쳐진 참상을 목도한다.

제이슨2는 다니엘라를 본다.

이어서 찰리를 본다.

고작 6, 7피트 거리에 제이슨2가 있지만 나는 바닥에 그대로 앉아 있다.

내가 그에게 닿기도 전에 그는 방아쇠를 당길 것이다.

나는 생각한다. 그에게 계속 말을 시키자.

"우리를 어떻게 찾았지?" 내가 묻는다.

"찰리의 휴대폰에 내 폰 찾기 앱이 깔려 있어."

찰리가 말한다. "어젯밤 늦게 문자 하나만 보내려고 잠시 켰어요. 앤절라가 내가 자길 찼다고 생각할까 봐 걱정돼서요."

나는 제이슨2를 쳐다본다. "그럼 다른 제이슨들은?"

"나도 몰라. 아마 날 따라서 여기까지 온 것 같군."

"몇 명이나 돼?"

"전혀 몰라." 그는 다니엘라 쪽으로 고개를 돌린다. "난 원하던 걸 모두 얻었어, 당신만 빼고. 그런데 당신 생각이 뇌리에서 떠나지 않았어. 우리가 잘될 수도 있었는데 하는 생각이. 그래서—"

"그럼 15년 전 그럴 기회가 있었을 때 나와 함께했어야지."

"그랬다면 상자를 만들지 못했을 거야."

"그게 그렇게 나쁜 일이구나, 왜? 주위를 둘러봐. 당신 필생의 연구가 가져온 게 고통 말고 또 있어?"

그가 말한다. "매 순간이 선택의 연속이야. 하지만 삶은 불완전해. 우리는 잘못된 선택을 하고. 그래서 우린 결국 끝없이 후회하며 살아가게 되는데, 이보다 더 나쁜 것이 있을까? 나는 실제로 후회를 없앨 수 있는 물건을 만들었어. 우리가 옳은 선택을 내린 세계를 찾게 해주는 거지."

다니엘라가 대꾸한다. "인생은 그런 식으로 돌아가지 않아. 자신의 선택을 감수하면서 배워가는 거지. 정해진 체계를 기만할 수는 없어."

나는 아주 느리게 두 발로 체중을 옮겨 싣는다.

그러나 이를 바로 눈치챈 그가 말한다. "꿈도 꾸지 마."

"저 두 사람 앞에서 나를 죽이겠다고?" 내가 묻는다.

"정말로 그럴 셈이야?"

"너에겐 원대한 꿈이 있었어." 그는 나에게 말한다. "내 세상에, 내가 이뤄놓은 삶 속에 머무르면서 실제로 그 삶을 살 수도 있었잖아."

"아, 네가 한 짓을 그런 식으로 정당화하는 거야?"

"나는 네 사고가 어떻게 작동하는지 알아. 매일 출근길에 기차역으로 걸어갈 때마다 이게 정말 맞을까? 하는 생각을 하며 공포를 마주하지. 네가 용기가 있다면 인정할 수도 있겠지. 아닐 수도 있겠고."

"멋대로 날―"

"아니, 난 널 판단할 수 있어, 제이슨. 왜냐면 내가 너니까. 15년 전에 서로 다른 세계로 갈라졌을지 몰라도 우리는 같은 기질을 타고났어. 넌 학부 물리학이나 가르치고 있을 사람이 아니야. 라이언 홀더 같은 자들이 네 것이었어야 할 찬사를 받는 걸 구경이나 하고 있을 사람이 아니라고. 네가 하지 못할 일은 아무것도 없어. 이건 확실해, 내가 다 해냈으니까. 내가 만들어낸 걸 봐. 나는 원했던 모든 것을 성취했기 때문에 매일 아침 네 브라운스톤 집에서 깨어나 당당히 거울 속의 나를 볼 수 있어. 너도 똑같이 말할 수 있어? 네가 한 일이 뭐가 있어?"

"나는 저들과 삶을 꾸렸어."

"난 너에게, 우리 둘 모두에게 누구나 은밀히 원하는 걸 건네줬어. 두 가지 삶을 살 수 있는 기회 말이야. 가장 멋진 두 가지 삶을."

"난 두 가지 삶을 원하지 않아. 내 가족을 원해."

나는 다니엘라를 본다. 내 아들을 본다.

다니엘라가 제이슨2에게 말한다. "나도 그를 원해. 제발 부탁이야. 우리 삶을 되찾게 해줘. 이럴 필요 없잖아."

그의 얼굴이 굳어진다.

두 눈이 찌푸려진다.

그는 나를 향해 다가온다.

찰리가 소리친다. "안 돼요!"

총은 내 코앞에 있다.

나는 고개를 들고 내 도플갱어의 눈을 응시하며 말한다. "그래, 나를 죽이고 나선 어쩔 건데? 그래서 네가 얻는 게 뭐야? 다니엘라가 널 원하게 되지는 않을 텐데."

그의 손이 떨리고 있다.

찰리가 제이슨2에게 다가가기 시작한다.

"아빠를 건드리기만 해봐요."

"가만히 있어, 아들." 나는 총신을 내려다본다. "넌 졌어, 제이슨."

찰리는 여전히 다가오고, 다니엘라가 붙잡아보려 하지만 아이는 팔을 뿌리친다.

찰리가 가까이 접근하는 사이 제이슨2의 시선이 아주 짧은 순간 내게서 벗어난다.

나는 그 순간을 놓치지 않고 그의 손에서 총을 쳐낸 뒤 바닥에 있던 칼을 집어 그의 배에 찔러 넣는다. 칼날은 거의 아무런 저항 없이 미끄러지듯 들어간다.

내가 일어서서 칼을 뽑아내자 제이슨2는 내 어깨를 움켜쥐며 나를 향해 쓰러지고, 나는 칼날로 또다시 그를 찌른다.

몇 번이고 계속해서.

걷잡을 수 없이 많은 피가 그의 셔츠 밖으로 쏟아지며 내 손을 적시고, 녹슨 쇠 같은 피 냄새가 방 안을 가득 채운다.

그는 여전히 배에 칼이 박힌 채 나를 꽉 붙들고 있다.

나는 다니엘라와 함께 있는 그를 생각하며 칼날을 비틀어 빼낸 뒤 그를 밀쳐낸다.

그는 휘청인다.

얼굴을 찡그린 채.

배를 부여잡고서.

그의 손가락 사이로 피가 새어 나온다.

그의 다리가 풀린다.

그는 털썩 주저앉더니 곧이어 신음 소리를 내면서 옆으로 몸을 뻗고 머리를 바닥에 떨어뜨린다.

나는 다니엘라, 찰리와 눈을 마주친다. 그런 다음 제이슨2에게로 가서 신음하는 그의 주머니를 뒤지다가 마침내 내 자동차 열쇠를 찾아낸다.

"서버번은 어디 있어?" 내가 묻는다.

대답하는 그의 목소리를 듣기 위해 나는 가까이 몸을 숙인다. "갈림길에서 4분의 1마일 지나서. 갓길에."

나는 좀 아까 벗었던 옷가지가 놓인 곳으로 급히 가서 재빨리 옷을 입는다.

셔츠 단추를 다 채운 뒤 신발 끈을 묶으려 몸을 굽히면서, 이 낡은 통나무집의 마룻바닥에 피를 흘리고 있는 제이슨2 쪽을 힐끗 쳐다본다.

나는 바닥에서 총을 집어 들고 손잡이를 바지에 문질러 닦는다.

우리는 이곳을 떠나야 한다.

제이슨이 몇 명이나 더 올지 모를 일이다.

그때 내 도플갱어가 내 이름을 부른다.

그쪽을 보니 그는 피투성이가 된 손가락으로 내 결혼반지를 쥐고 있다.

나는 그에게로 다가간다. 내가 반지를 받아 실이 감긴 손가락에 끼워 넣자 제이슨2가 내 팔을 잡고 나를 자기 얼굴 가까이 끌어당긴다.

그는 뭔가를 말하려 하고 있다.

내가 말한다. "잘 안 들려."

"글러브 박스…… 안을…… 봐."

찰리가 다가와 두 팔로 나를 와락 감싸 안는다. 아이는 눈물을 참으려 애쓰지만, 어깨가 들썩이더니 결국 흐느낌이 터져 나온다. 내 품에서 어린아이처럼 우는 찰리를 보며 그가 방금 목격한 끔찍한 광경을 생각하자니 내 눈에도 눈물이 글썽인다.

나는 두 손으로 아들의 얼굴을 감싸 쥔다.

"네 덕분에 살았어. 네가 그를 저지하려 하지 않았으면 아빠에겐 가망이 없었을 거야."

"정말요?"

"정말이야. 그나저나 네 빌어먹을 휴대폰은 밟아 부숴 버릴 거야. 자, 이제 우린 가야 돼. 뒷문으로."

우리는 피 웅덩이를 피해 서둘러 거실을 지나간다.

나는 프랑스식 유리문을 열고, 찰리와 다니엘라가 방충망 쳐진 베란다로 나가는 동안 이 모든 사태를 초래한 남자를 힐끗 뒤돌아본다.

그의 눈은 여전히 뜨인 채 느리게 깜빡이며 떠나는 우리를 보고 있다.

나는 밖으로 나가면서 바로 유리문을 닫는다.

또 다른 제이슨의 핏자국을 따라 이동하고서야 방충문에 이른다.

어느 길로 가야 할지 모르겠다.

우리는 호숫가로 내려가서 호안선을 따라 북쪽으로 나무 사이를 걷는다.

호수는 흑요석처럼 매끄럽고 검다.

나는 다른 제이슨들이 없는지 계속 숲을 살핀다. 언제라도 어느 제이슨이 나무 뒤에서 나와 내 목숨을 앗아 갈지 모를 일이다.

100야드쯤 갔을 때 우리는 호안선에서 벗어나 대충 도로가 난 방향으로 이동한다.

통나무집에서 네 발의 총성이 울린다.

이제 우리는 힘겹게 눈을 헤치며 뛰기 시작하고, 하나같이 가쁜 숨을 몰아쉰다.

치솟은 아드레날린 덕분에 당장은 상처 난 얼굴의 통증이 느껴지지 않지만 이 효과가 얼마나 더 갈지 의문이다.

우리는 숲을 빠져나와 도로로 접어든다.

나는 도로 중앙의 이중 황색선에 선다. 숲은 당장은 조용하다.

"어느 쪽으로 가?" 다니엘라가 묻는다.

"북쪽으로."

우리는 도로 중앙을 따라 터벅터벅 걷는다.

찰리가 말한다. "보여요."

바로 앞 오른쪽 갓길 쪽에 숲속으로 반쯤 들어가서 세워져 있는 서버번의 뒷모습이 보인다.

우리는 우르르 차 안으로 들어가고, 나는 열쇠를 끼워 차의 시동을 걸다가 사이드미러에서 어떤 움직임—우리를 향해 도로를 질주하는 그림자—을 감지한다.

나는 엔진의 시동을 건 뒤 사이드브레이크를 풀고 기어를 변속한다.

서버번의 방향을 틀면서 가속페달을 끝까지 밟는다.

내가 말한다. "몸을 숙여."

"왜?" 다니엘라가 묻는다.

"그냥 해!"

우리는 속도를 높여 어둠 속으로 달린다.

나는 주먹으로 쳐서 전조등을 켠다.

불빛이 도로 한가운데에 서 있는 제이슨을 정면으로 비춘다. 그는 우리 차를 향해 총을 조준하고 있다.

총이 발사된다.

총알은 앞유리를 뚫고 들어와 내 오른쪽 귀 바로 옆 머리 받침대를 찢으며 박힌다.

총부리가 또다시 번쩍이며 다시 한 번 총성이 울린다.

다니엘라가 비명을 지른다.

이 버전의 나는 얼마나 망가졌길래 다니엘라와 찰리를 맞힐지도 모를 위험을 감수한단 말인가?

제이슨은 달리는 차를 피해보지만 간발의 차로 늦고 만다.

범퍼의 오른쪽 가장자리가 그의 허리를 후려갈기며 파괴적인 충돌을 일으킨다.

그는 세고 빠르게 내동댕이쳐지고, 앞조수석 창에 유리가 깨질 정도로 강하게 머리를 부닥친다.

그가 도로 위로 굴러 떨어지는 모습을 백미러로 보면서 나는 계속 가속페달을 밟는다.

"다친 사람 없어?" 내가 묻는다.

"저는 괜찮아요." 찰리가 말한다.

다니엘라는 다시 일어나 앉는다.

"다니엘라?"

"나도 괜찮아." 그녀는 이렇게 대답하며 머리카락에서 유리 조각을 털어낸다.

우리는 어두운 고속도로를 빠르게 달린다.

누구 하나 말을 하지 않는다.

시간은 새벽 세 시를 지나고 도로에 있는 차는 우리뿐이다.

앞유리의 총알구멍으로 밤공기가 흘러들고, 다니엘라의 머리 옆 깨진 유리창을 통해 들어오는 도로의 소음은 귀가 먹먹할 지경이다.

내가 묻는다. "아직 휴대폰 가지고 있어?"

"응."

"나한테 줘. 찰리, 네 것도."

나는 두 사람이 건네는 휴대폰을 받은 뒤 운전석 창을 조금 내려 밖으로 내던진다.

"그들은 계속 쫓아오겠지?" 다니엘라가 묻는다. "절대 멈추지 않을 거야."

그녀의 말이 맞다. 다른 제이슨들은 믿을 수 없다. 제비뽑기를 하려던 내 생각은 틀렸다.

내가 말한다. "이 상황을 해결할 방법이 있을 줄 알았어."

"그럼 이제 우린 어떻게 해?"

극심한 피로가 엄습한다.

얼굴의 통증은 매 순간 더 심해진다.

나는 다니엘라 쪽을 보며 말한다. "글러브 박스를 열어 봐."

"뭘 찾아야 돼?" 그녀가 묻는다.

"잘 모르겠어."

그녀는 서버번의 사용자 매뉴얼을 꺼낸다.

보험증서와 등록 서류를 꺼낸다.

타이어 공기압 측정기를 꺼낸다.

손전등을 꺼낸다.

그리고 내게는 너무나 익숙한, 작은 가죽 가방을 꺼낸다.

15

우리는 인적 없는 주차장에서 총격으로 훼손된 서버번에 앉아 있다.

나는 밤새 운전을 했다.

거울에 내 얼굴을 비춰 본다. 왼쪽 눈은 자줏빛으로 심하게 부어올랐고, 왼쪽 광대뼈를 덮은 피부는 아래에 고인 피로 검게 변했다.

살짝 건드리기만 해도 고통스러울 정도로 아프다.

나는 뒷자리의 찰리를 본 다음 다니엘라 쪽을 본다.

다니엘라는 중앙 콘솔 너머로 손을 뻗어 내 목덜미를 쓰다듬는다.

그녀가 말한다. "우리에게 다른 선택지가 뭐가 있어?"

"찰리? 이건 네가 결정할 일이기도 해."

"전 떠나고 싶지 않아요."

"그래, 알아."

"하지만 떠나야겠죠."

너무나 이상한 생각이 덧없이 흘러가는 여름 구름처럼 내 의식을 스치고 지나간다.

우리가 벼랑 끝에 와 있다는 사실은 너무나 명백하다. 그간 우리가 쌓아온 모든 것—우리 집, 우리의 일, 우리의 친구, 우리의 공동체 생활—이 모조리 무너졌다. 우리에게는 서로를 제외하곤 아무것도 남지 않았다. 그런데도 지금 이 순간, 나는 그 어느 때보다 행복하다.

아침 해가 지붕의 갈라진 틈으로 새어 들어와 어둡고 적막한 복도에 빛 조각들을 만든다.

"여기 멋진데요." 찰리가 말한다.

"어디로 가는지는 알아?" 다니엘라가 묻는다.

"유감스럽게도 우리가 가야 하는 곳으로 찾아가려면 눈가리개를 해야 할지도 몰라."

버려진 통로를 앞장서서 지나가는 동안 나는 이루 말할 수 없는 피로를 느낀다. 카페인과 두려움의 힘으로 간신히 움직이는 상태다. 통나무집에서 가져온 총은 바지 뒤춤에 꽂아놓았고, 제이슨2의 가죽 가방은 겨드랑이에 끼고 있다. 동틀 녘에 사우스사이드로 차를 몰고 오던 길에, 다운타운 바로 서쪽을 지나치면서도 스카이라인에 눈길조차 주지 않았다는 생각이 불현듯 스친다.

마지막으로 잠깐이라도 봤더라면 좋았을 텐데.

가슴 저릿한 후회가 밀려오지만 곧장 밀쳐내 버린다.

침대에 누워 만약 상황이 달랐다면, 내가 내 전공 분야의 저명한 권위자 대신 누군가의 아버지가 되고 그저 그런 물리학 교수가 되는 길을 선택하지 않았더라면 지금쯤 어떻게 되었을까 질문해 보던 그 모든 밤을 떠올린다. 이건 결국 내가 가지지 못한 것에 대한 갈망으로 귀결되는 문제겠지. 내가 인지했던 것이 일련의 다른 선택을 거쳤다면 내 것이었을 수도 있으니까.

하지만 진실은 내가 그 다른 선택들을 했다는 것이다.

왜냐하면 나는 단지 내가 아니기 때문이다.

정체성에 대한 나의 이해는 완전히 산산조각이 났다—나는 지금까지 가능한 모든 선택을 했고 상상할 수 있는 모든 삶을 살아온, 무한한 측면을 가진 제이슨 데슨이라는 존재의 한 측면이다.

우리는 우리가 한 선택들의 총합 이상이라는, 우리가 택했을 수도 있었을 모든 길이 우리의 정체성 계산에 어떻게든 포함된다는 생각을 떨칠 수가 없다.

그렇지만 다른 제이슨들은 중요하지 않다.

나는 그들의 삶을 원하지 않는다.

내 삶을 원한다.

지금 모든 것이 엉망진창이라고 해도 이 다니엘라, 이 찰리와 함께 있는 것보다 나은 곳은 없다. 아주 작은 것 하나만 달라도 그들은 내가 사랑하는 사람들이 아닐 것이다.

우리는 발전실을 향해 천천히 계단을 내려간다. 우리의 발소리가 드넓은 공간에 메아리친다.

바닥까지 한 층계를 남겨두었을 때 다니엘라가 말한다. "저 아래에 누가 있어."

나는 걸음을 멈춘다.

입안이 바짝 마르는 것을 느끼며 아래의 어둠을 응시한다.

바닥에 앉아 있던 한 남자가 일어나는 것이 보인다.

그의 옆에서 또 한 명이 일어난다.

그리고 또 다른 한 명.

마지막 발전기와 상자 사이의 어두컴컴한 공간 곳곳에서 나의 다른 버전들이 일어나고 있다.

제기랄.

그들은 제비뽑기를 하러 일찌감치 와 있었다.

수십 명이다.

모두 우리를 쳐다보고 있다.

나는 계단 위를 돌아본다. 두 귀에 어찌나 시끄럽게 피가 몰려오는지 한순간 공포로 야기된 폭포수 같은 백색소음에 모든 소리가 차단된다.

다니엘라가 말한다. "우린 도망가지 않을 거야." 그녀는 내 뒤춤에서 총을 꺼내 들고 내게 팔짱을 낀다. "찰리, 아빠 팔을 잡고 무슨 일이 있어도 놓지 마."

"정말 이렇게 해도 되겠어?" 내가 묻는다.

"내 결심은 확고해."

찰리와 다니엘라를 옆에 꼭 붙인 채로 나는 천천히 마

지막 계단 몇 개를 내려가서 깨진 콘크리트 바닥을 건너기 시작한다.

내 도플갱어들은 우리와 상자 사이에 서 있다.

실내에는 산소가 없다.

오로지 우리가 내는 발소리와 저 위의 유리창 없는 창틀로 불어오는 바람뿐이다.

다니엘라가 내쉬는 떨리는 숨소리가 들린다.

찰리의 손은 내 손 안에서 식은땀을 흘리고 있다.

"그대로 계속 걸어." 내가 말한다.

제이슨들 중 한 명이 앞으로 나온다.

그는 나에게 말한다. "이건 네가 했던 제안과 다르잖아."

내가 대꾸한다. "상황이 달라졌어. 우리 여러 명이 간밤에 나를 죽이려 했고—"

다니엘라가 말을 가로챈다. "당신들 중 한 명이 찰리가 타고 있는 우리 차를 쐈어. 이걸로 됐어. 끝이야."

그녀는 나를 앞으로 끌어당긴다.

우리는 그들에게 바짝 다가간다.

그들은 비켜서지 않는다.

누군가가 말한다. "어쨌든 지금 여기 왔잖아. 말했던 제비뽑기를 하자고."

다니엘라는 내게 낀 팔짱을 더 세게 조인다.

"찰리와 나는 이 남자와 상자에 들어갈 거야." 그녀의 목소리가 갈라진다. "다른 방법이 있었다면…… 우린 그저 우리가 할 수 있는 최선을 다할 뿐이야."

어쩔 도리가 없다. 나는 가장 가까이에 있는 제이슨과

눈이 마주친다. 그의 부러움과 질투가 너무나 생생하게 느껴진다. 너덜너덜한 누더기 차림의 그는 집 없는 노숙자의 절망적인 분위기를 물씬 풍긴다.

그가 나를 향해 낮게 으르렁거리듯 내뱉는다. "왜 네가 그녀를 차지해야 하지?"

그의 옆에 선 제이슨이 말한다. "중요한 건 그가 아니야. 다니엘라가 뭘 원하느냐, 우리 아들이 뭘 필요로 하느냐지. 지금 중요한 건 그것뿐이야. 지나가게 해주자. 너희 모두."

모여 있던 무리가 갈라지기 시작한다.

우리는 제이슨들 사이의 통로로 천천히 이동한다.

몇몇은 눈물을 흘린다.

분노와 절망에 찬 뜨거운 눈물.

나도 눈물을 흘린다.

다니엘라도.

찰리도.

몇몇은 냉철하고 긴장된 표정으로 서 있다.

마침내 마지막 제이슨이 길을 비켜준다.

바로 앞에 상자가 모습을 드러낸다.

문은 활짝 열려 있다.

찰리가 먼저 들어가고, 다니엘라도 뒤따라 들어간다.

나는 가슴 속에서 쿵쿵 뛰는 심장을 느끼며 무슨 일인가 일어나기를 계속 기다린다.

이 시점에서 어떤 일이 일어난들 놀랍지 않을 것이다.

나는 문턱을 넘은 뒤 문손잡이를 잡고서 마지막으로 내 세계를 일별한다.

이 장면을 나는 결코 잊지 못할 것이다.

높은 창으로 들어온 빛이 낡은 발전기 위로 흘러내리는 가운데 나의 쉰 가지 버전들이 아득하고 으스스하고 망연자실한 침묵 속에서 상자 쪽만 가만히 응시하고 있는 장면.

문의 잠금장치가 작동한다.

볼트가 홈에 들어간다.

나는 손전등을 켜고 내 가족을 본다.

잠시 동안 다니엘라는 금방이라도 허물어질 듯 보이지만 곧 감정을 추스른다.

나는 주사기와 주삿바늘, 앰풀을 꺼낸다.

필요한 것들을 모두 세팅한다.

예전에 그랬듯이.

찰리가 팔꿈치 위로 소매를 걷는 걸 거들어준다.

"처음엔 자극이 좀 강할 거야. 준비됐어?"

아이는 고개를 끄덕인다.

나는 찰리의 팔을 단단히 잡고는 정맥에 주삿바늘을 꽂아 넣고 밀대를 살짝 당겨 피가 주사기 안으로 섞이는지 확인한다.

내가 라이언의 약물을 아들의 혈류 속으로 모조리 흘려보내자 찰리는 눈을 뒤집으며 벽에 털썩 기댄다.

이어서 나는 내 팔에 압박대를 감는다.

"효과가 얼마 동안 지속돼?" 다니엘라가 묻는다.

"한 시간 정도."

찰리가 똑바로 일어나 앉는다.

"괜찮아?" 내가 묻는다.

"느낌이 이상했어요."

나는 내 팔에 주사를 놓는다. 마지막으로 사용한 후 며칠이 지나서인지 약물은 평소보다 더 세게 나를 강타한다.

약물의 충격에서 회복한 나는 마지막 주사기를 집어든다.

"당신 차례야, 여보."

"난 주사가 싫어."

"걱정 마. 이제 내 실력이 제법이니까."

이내 우리 셋 모두 약 기운이 돈다.

다니엘라는 내게서 손전등을 가져가더니 문에서 먼 쪽으로 걸음을 옮긴다.

손전등 빛이 복도를 밝히는 순간 나는 그녀의 얼굴을 바라본다. 아들의 얼굴을 바라본다. 두 사람은 두렵고 경이에 찬 표정이다. 나는 처음 복도를 봤던 순간을 돌이켜본다. 나를 압도했던 공포스럽고 경이로운 기분을.

어디에도 있지 않은 느낌.

또한 어딘가의 사이에 끼여 있는 느낌.

"얼마나 길게 이어져요?" 찰리가 묻는다.

"끝없이 계속돼."

우리는 무한하게 이어지는 이 복도를 함께 걸어간다.

내가 다시 이곳에 와 있다는 것이 믿기지 않는다.

가족과 같이 이곳에 있다는 사실이.

지금 느끼는 기분이 정확히 뭔지는 모르겠지만, 이전에 겪었던 적나라한 두려움이 아닌 것만은 분명하다.

찰리가 말한다. "그러니까 이 문들은 각각……."

"다른 세계로 통하지."

"우와."

나는 다니엘라를 보며 묻는다. "괜찮아?"

"응. 잘 따라가고 있어."

우리가 걷기 시작한 지도 이제 한참이 지났고 우리에게 주어진 시간이 바닥나고 있다.

내가 말한다. "이제 곧 약효가 사라질 거야. 슬슬 가보는 게 좋겠어."

그리하여 우리는 다른 문들과 똑같이 생긴 어느 문 앞에 멈춰 선다.

다니엘라가 말한다. "생각해 봤는데, 다른 제이슨들 모두 자기 세계로 돌아오는 길을 찾았잖아. 그들 중 하나가 우리가 종국에 도착할 곳으로 가는 길을 찾지 않으리라고 어떻게 장담해? 이론상으로는 그들 모두 당신과 같은 방식으로 사고하잖아, 안 그래?"

"맞아. 하지만 난 문을 열지 않을 거야. 당신도 마찬가지고."

나는 찰리 쪽을 돌아본다.

찰리가 말한다. "저요? 제가 망쳐버리면 어떡해요? 우리를 끔찍한 곳으로 데려가기라도 하면요?"

"아빠 널 믿어."

"나도 그래." 다니엘라가 말한다.

내가 말한다. "네가 문을 열기는 해도 그 세계로 가는 길은 우리가 함께 만들어가는 길이야. 우리 셋이 함께." 찰리는 긴장된 얼굴로 문을 쳐다본다. "있잖아," 내가 말한다. "너한테 상자의 작동 원리를 설명하려고 애썼지만, 아빠가 했던 말은 잠시 다 잊어버리렴. 그게 말이지, 이 상자는 인생과 별로 다르지 않아. 두려움을 안고 들어가면 두려움을 만나게 될 거야."

"하지만 저는 어디서부터 시작해야 할지도 모르는걸요." 찰리가 말한다.

"이건 흰 도화지 같은 거야."

나는 아들을 껴안는다.

아들에게 사랑한다고 말해준다.

너무나 자랑스럽다고 말해준다.

그런 뒤 다니엘라와 나는 찰리와 문 쪽을 향하도록 벽에 등을 대고 바닥에 앉는다. 다니엘라는 내 어깨에 머리를 기대고 내 손을 잡는다.

어젯밤 여기까지 차를 몰고 오는 동안 나는 이 순간이 오면 새로운 세계로 걸어 들어가기가 두려울 거라 생각했다. 하지만 지금은 전혀 두렵지 않다.

다음에 어떤 일이 일어날까 기대하는 어린아이 같은 흥분으로 가득하다.

내 사람들이 나와 함께 있는 한, 난 무엇이든 할 각오가 되어 있다.

찰리가 문을 향해 다가가 손잡이를 잡는다.

문을 열기 직전에 숨을 들이쉬고 우리를 슬쩍 돌아보는 아이의 얼굴은 그 어느 때보다 용감하고 강인해 보인다.

남자의 모습이다.

나는 고개를 끄덕인다.

찰리가 손잡이를 돌리고, 잠금쇠가 구멍에서 미끄러져 나오는 소리가 들린다.

칼날 같은 빛줄기가 복도를 가르며 들어온다. 빛이 너무 밝아서 잠시 눈을 가리고 있어야 할 정도다. 마침내 밝은 빛에 적응하고 나자 상자의 열린 문간에 선 찰리의 실루엣이 눈에 들어온다.

나는 바닥에서 일어나 다니엘라를 일으켜주고, 차갑고 메마른 진공의 복도가 온기와 빛으로 채워지는 동안 우리 둘은 아들에게로 걸어간다.

문으로 불어오는 바람에 젖은 땅과 미지의 꽃 내음이 실려 온다.

폭풍우가 지나간 직후의 세상이다.

나는 찰리의 어깨에 손을 얹는다.

"준비됐어요?" 찰리가 묻는다.

"바로 뒤따라갈게."

감사의 말

《30일의 밤》은 나의 작가 경력에서 가장 어려운 작품이었다. 이 글을 쓰는 동안 내 하늘을 환히 밝혀준 큰 별처럼 멋지고 재능 넘치는 사람들의 도움과 지원이 없었다면, 나는 결코 결승점까지 완주하지 못했을 것이다.

나의 에이전트이자 친구인 데이비드 헤일 스미스는 이번에 마법 같은 능력을 발휘했고, 잉크웰매니지먼트(Inkwell Management)의 팀 전원이 매 순간 내 뒤를 든든히 받쳐주었다. 가장 필요할 때 지혜로운 조언을 해준 리처드 파인, 뛰어난 판단과 결단력으로 내 작품의 해외 판매를 추진한 알렉시스 헐리, 탁월한 계약 담당자 너새니얼 잭스에게 감사한다.

영화 및 TV 담당 매니저인 앤절라 쳉 캐플런과 엔터테인먼트 전문 변호사 조엘 밴더클루트는 모든 면에서 특출하다. 두 사람을 내 편에 둘 수 있었던 것은 더없는 행운이었다.

크라운(Crown)의 담당 팀은 내가 함께 일해본 이들 중 손에 꼽게 똑똑한 사람들이다. 그들이 이 책에 바친 열정과 헌신은 믿기 어려울 정도였다. 몰리 스턴, 줄리언 파비아, 마야 마브지, 데이비드 드레이크, 다이애나 메시나, 대니얼 크랩트리, 세라 베딩필드, 크리스 브랜드, 신디 버먼과 펭귄 랜덤하우스(Penguin Random House)의 임직원 모두에게 이 책을 지지해 준 데 대해 감사한다.

대단한 실력의 편집자로 그 누구보다 열심히 나를 다

그치고 독려하여 이 책을 매 페이지 발전시켜 준 줄리언 파비아에게는 다시 한 번 감사를 전한다.

이 책을 영화화(현재는 드라마 시리즈로 변경)하기 위해 애쓴 이들은 더 바랄 수 없을 만큼 막강한 그룹이었다. 소니(Sony)의 맷 톨맥, 브랜드 지머만, 데이비드 맨펄, 라이언 도허티, 앤지 자네티에게 대단히 감사한다. 처음부터 이 책의 든든한 지지자가 되어준 마이클 데루카와 레이철 오코너에게도 깊은 감사를 전한다.

나의 전작인 《웨이워드 파인즈》 시리즈 전체의 편집을 맡았던 자크 벤-제크리는 이번 책을 담당하지 않았는데도 불구하고 자신이 맡은 책과 다름없이 관심을 쏟으며 신경을 써주었다. 그의 통찰이 없었다면 《30일의 밤》은 지금에 훨씬 못 미치는 작품이 되었을 것이다.

물리학 및 천문학 교수인 클리퍼드 존슨 박사는 내가 양자역학의 개념을 다룰 때 완전히 바보처럼 보이지 않을 수 있도록 도와주었다. 이 글에 오류가 있다면 그것은 순전히 내 잘못이다.

인간 존재의 본질에 관한 근본적인 진실을 찾고자 자신의 평생을 바친 수많은 물리학자, 천문학자, 우주학자의 연구가 없었다면 이 책도 나올 수 없었다. 스티븐 호킹, 칼 세이건, 닐 디그래스 타이슨, 미치오 가쿠, 롭 브라이언턴, 어맨다 게프터는 내가 양자에 관한 제반 사항을 이해하는 데 중요한 역할을 했다. 특히 미치오 가쿠가 명쾌하게 풀어 쓴 연못과 잉어, 초공간의 비유는 차원의 본질을 이해할 수 있는 밑바탕을 제공했으며, 제이슨2가 다니엘라에게 들려준

다중 우주에 관한 설명의 초석이 되었다.

내 글을 미리 읽은 독자들은 완성 전 초고에 수차례 시달리면서 내게 꼭 필요한 피드백을 제공해 주었다. 내 집필 파트너이자 최고의 친구인 채드 하지, 한 배에서 난 형제인 조던 크라우치, 배다른 형제인 조 콘래스와 배리 에이슬러, 사랑스러운 앤 보스 피터슨, 엉뚱한 구상에 있어 내 영혼의 단짝인 마커스 세이키에게 특별히 감사하고 싶다. 특히 마커스 세이키는 내가 2년 전 시카고를 방문했을 당시 침몰해 가는 수많은 아이디어 속에서 이 책의 가능성을 발견할 수 있도록 도왔으며, 내가 그 구상에 대해 엄청나게 겁을 먹었음에도 불구하고, 아니, 그렇게 겁을 먹었기 때문에 나에게 이 책을 쓰라고 적극적으로 권했다. 시카고 로건스퀘어의 명소인 롱맨앤드이글(Longman & Eagle)의 바 테이블에도 애정 어린 감사를 보낸다. 《30일의 밤》의 형태와 정체가 말 그대로 안개를 뚫고 나타난 곳이다.

마지막으로 가장 중요한 감사 인사를 나의 가족 리베카, 에이든, 앤슬리, 애덜라인에게 전한다. 모든 것이 고맙고, 사랑해.

옮긴이 이은주
이화여자대학교 통역번역대학원 한영번역학과를 졸업하고 전문번역가로 활동 중이다. 옮긴 책으로 《무한공간의 왕국》《윤리학의 배신》《폭풍 전의 폭풍》이 있으며, 콜린 매컬로의 《마스터스 오브 로마》 시리즈를 공역했다.

30일의 밤

첫판 1쇄 펴낸날 2022년 9월 13일
　　3쇄 펴낸날 2024년 7월 17일

지은이 블레이크 크라우치
발행인 조한나
편집기획 김교석 유승연 문해림 김유진 곽세라 전하연 박혜인 조정현
디자인 한승연 성윤정
경영지원국 안정숙
마케팅 문창운 백윤진 박희원
회계 임옥희 양여진 김주연

펴낸곳 (주)도서출판 푸른숲
출판등록 2003년 12월 17일 제2003-000032호
주소 서울특별시 마포구 토정로 35-1 2층, 우편번호 04083
전화 02)6392-7871, 2(마케팅부), 02)6392-7873(편집부)
팩스 02)6392-7875
홈페이지 www.prunsoop.co.kr
페이스북 www.facebook.com/prunsoop　　인스타그램 @prunsoop

ⓒ 푸른숲 2022
ISBN 979-11-5675-984-3(03840)